心静如莲

黄开林 著

陕西新华出版传媒集团
太白文艺出版社

图书在版编目（CIP）数据

心静如莲 / 黄开林著. — 2版. — 西安：太白文艺出版社，2017.9（2022.3重印）
ISBN 978-7-5513-1241-7

Ⅰ. ①心… Ⅱ. ①黄… Ⅲ. ①散文集—中国—当代 Ⅳ. ①I267

中国版本图书馆CIP数据核字（2017）第180103号

心静如莲
XIN JING RU LIAN

作　　者	黄开林
责任编辑	曹　甜
封面设计	陈　涛
版式设计	汇丰印务
出版发行	陕西新华出版传媒集团 太 白 文 艺 出 版 社
经　　销	新华书店
印　　刷	三河市腾飞印务有限公司
开　　本	787mm×1092mm　1/16
字　　数	310千字
印　　张	23
版　　次	2015年1月第1版 2017年9月第2版
印　　次	2022年3月第2次印刷
书　　号	ISBN 978-7-5513-1241-7
定　　价	69.00元

版权所有　翻印必究
如有印装质量问题，可寄出版社印制部调换
联系电话：029-81206800
出版社地址：西安市曲江新区登高路1388号（邮编：710061）
营销中心电话：029-87277748

写在前面的话

吴志旭

蛇年初夏，我在西安看病，开林和几位老友专程赴西安陪我。散步时，他告诉我："想在花甲之年出一本书作结，画一个句号。"希望我在书前写几句话，算是情谊的一种存念。

开林将新作集结成书，我很高兴，新书在花甲之年面世，我也非常赞成。但对"写几句话"却有些犹豫，主要是我自知功力和威望不够，不敢轻易应允，害怕别人弹嫌。但思之再三，我还是同意破例写几句话。其理由有二：

首先，我是土生土长的岚皋人，20世纪80年代末90年代初又在县政府副县长的岗位上分管过五年文化教育，对岚皋的文化、文化人以及他们所代表的文化成就有很深的感情，尤其是开林的散文能得到同行的充分认可和广大文学爱好者的由衷喜爱，我作为岚皋人感到脸上有光，以见证人和热心读者的身份说几句话，也是应该的，这叫义不容辞。

其次，我和开林交往四十多年，初识时还是初出茅庐，不谙世事的少年，如今都已两鬓斑白，成为"正爷级"的花甲老翁了。四十多年的人生交往，共同经历的岁月沧桑，恰如陈年老酒愈品愈浓，酸甜苦辣涩五味杂陈。其中很多往事都与开林有关，一个"情"字总觉得无法用语言表达。开林说，我们是老庚，过罢下一个生日就奔六十了，不想再出书了，最后一本书希望我写几句话，算是个纪念，也是我们几十年交往的文字见证。从这个角度讲，我是乐意的，这叫情不容辞。所以就破例了。

开林是个诚实的人。真实，朴实，有内涵。他为人真诚坦荡，简单随和，讲究不多，和他打交道不用防范，没有负担。听他讲话不用分辨哪句是真的，哪句是假的。在他看来，是就是，非就非，不用掩饰。所以，虽是文人，却不阿谀；虽常帮忙，但不帮闲。至今，我既未见到他昧着良心帮人鼓吹的文字，也未听过他对权贵的肉麻吹捧，身在人下却从不看人眼色行事。很少在人前夸赞别人，即使偶有所闻，也让人感觉是真诚的，发自内心的。有内涵的人肚子里有货，有自己的主见，但他从不出风头，从不在场面上与人争高下，比输赢。善于倾听，尊重别人，即使恃才也不傲物，偶有得意也不忘形。这使我想起古人的一句话：厚重言寡，遇人不设城府，人自不敢欺。我想，这正是开林虽不与人争高低，却赢得大家尊重的重要内在原因。

开林生在农村，长在农村，参加工作早。上中学时正值"文革"期间，学习的大环境非常差，可以说并未接受过良好的、系统的基础教育。他能走到今天，在岚皋文坛毫无争议地占有一席之地，其作品，尤其是散文作品在全市乃至全省都有一定影响，非常重要的原因是他的执着和勤奋。因为爱好，执着地探索追求，从不间断，不停笔。在我的印象中，他从参加工作至今，经历了六七个单位，八九个岗位，无论是普工还是领班、秘书还是总编，稍有闲暇，总在阅读，在创作。在我的记忆中，经常浮现出他在接转电话的机房里、在生病住院的病床上、在偶尔出差的客房里埋头看书和作文的镜头。正是这些镜头常常使我自惭、自责。几十年来，正是开林的影响、带动和督促，使我也偶尔写点豆腐块，并养成了凡以自己名义发表的东西必由本人动手，决不让他人代劳的习惯。好多次，我将初稿请他看，请他改，相互探讨，交换看法。如今看来，正是这些影响、交流和探讨，成了我们友情建立、发展和深化持久的黏合剂。

作为文化人,或者换句话说,开林之所以能成为一个有成就的文化人,还在于他的内秀。他有灵气,善于观察,勤于思考,自觉或不自觉地用文学的眼光去观察事物,感悟生活,表达情感。我经常感觉在他略显古板迟钝的外表下潜藏着细腻而又丰富的内心世界,涌动着喷薄欲出的生活激情。有人说,读开林的散文是一种享受,我也有同感。他对生活和事物的观察细腻、自然、独到,很多东西我们看到了,也想过了,但表达不出来或找不到适当的语言表达,而他却巧妙地说出来了,并且那么自然,贴切,富有感情而又不做作,让人感到有共鸣,很愉悦。他的作品干净清爽,节奏感强,读起来不费力气,看似平淡,品起来却有味道。这不仅仅是勤奋能达到的,而是境界,是功力,是灵气。

千百年来,人们崇尚苦读、苦思、苦干,其积极意义自不必说。而我从开林身上看到的更多的是快乐,是汲取知识的享受,感悟生活的乐趣,表达情感赞美高尚的成就感。想写就写,决不勉强,不硬憋。个人也轻松,作品也自然,读者也享受。由此使我想到,当今一些青年的发展定位,长辈对后代期望的误区,以为只要肯吃苦,舍得花钱就可以成功,就可以出名赚大钱。实际上,很多时候应该因人而异,顺其自然,不可强求。人才学有个观点:才无大小,直木可做梁,弯木能做犁,才尽其用就行。

说了开林的很多优点,其实他也有不少弱点。最大的弱点是没有跟上市场的步伐,不懂得推销,不大明白"酒香也怕巷子深"的道理,或许是虽然明白但未去做或者因为性格原因不会做,做不到位。因为这个原因,使得他的很多好作品至今"养在深闺人未识",让人觉得可惜。同时,也使我对文坛风气多少有些看法。然而,瑕不掩瑜,正是他的本色,包括他的弱点,保持了我对他这个人和他的作品的喜爱和尊重。

就写这些吧,衷心祝福开林幸福快乐,如意平安!

2014年1月8日于安康

目　录

第一辑　乡情一缕

真水流芳 …………………………………… 003
蔺河口 ……………………………………… 006
家在草鞋垭 ………………………………… 009
草色掩映的土屋 …………………………… 013
老屋的火炉坑 ……………………………… 016
老家的小地名 ……………………………… 019
一滴水响 …………………………………… 022
水雾池 ……………………………………… 025
心静如莲 …………………………………… 027
金黄的稻草亭 ……………………………… 029
薅不尽的草 ………………………………… 032
信步闲堤 …………………………………… 036
走　树 ……………………………………… 039
小　名 ……………………………………… 041
小城的雾 …………………………………… 044
岚河送来春消息 …………………………… 046
横溪河 ……………………………………… 048
胎　记 ……………………………………… 051
挑　力 ……………………………………… 054
回老家过年 ………………………………… 058
送　书 ……………………………………… 061

帮　忙 ……………………………… 063
茶之间 ……………………………… 066
粗茶有味 …………………………… 069
茶树鸟巢 …………………………… 072
人间烟火 …………………………… 074
魔鬼之芋 …………………………… 078
荠菜饺子香 ………………………… 082
那些认识我的树 …………………… 084

第二辑　随手而记

风　骨 ……………………………… 101
淡　然 ……………………………… 103
回　忆 ……………………………… 105
名　誉 ……………………………… 107
不知有赋 …………………………… 109
逼上"志"山 ……………………… 111
五七感言 …………………………… 114
兰能入心 …………………………… 116
与妻书 ……………………………… 118
在女儿婚礼上说的话 ……………… 123
小外孙记趣 ………………………… 125
挑自己一战 ………………………… 129
在西安走村串巷 …………………… 132
在西安过年 ………………………… 135
久友谭宗林 ………………………… 138
相送清梦里 ………………………… 141
老乡树 ……………………………… 144
一篇旧作的经历 …………………… 148
花甲者言 …………………………… 151
散文就是散心 ……………………… 154

第三辑　游历小品

宁陕行走笔记 ············· 159
香溪溢香 ················· 177
石泉出幽峡 ··············· 180
独步华山 ················· 183
哈尔滨看云 ··············· 186
牡丹是条江 ··············· 188
壶口势若虹 ··············· 190
闲走九江堤 ··············· 192
亲情的瑞昌 ··············· 194
静静的修水 ··············· 198
石钟山小记 ··············· 201
爬庐山好汉坡 ············· 204
湖边莲影 ················· 207
报本之塔 ················· 209
书香秀成堆 ··············· 212
放得下的庄园 ············· 215
平和之湖 ················· 218
乌镇冷雨 ················· 222
踏雪寻迹 ················· 225
进了一个叫书院的门 ······· 227
让心安静下来的地方 ······· 229

第四辑　小赋与序

岚皋有景入画来 ··········· 257
秦巴贤叟 ················· 264
根在故乡 ················· 267
文思若涛故园情 ··········· 271
出书缅怀李发林 ··········· 275
　　——写在《岚河与您相伴》前面的话

匀一点儿时间给写作 …………………………… 278
美景美食成绝配 ……………………………… 280
碗场坝广场赋 ………………………………… 283
双丰桥禁赌碑楼修复记 ……………………… 284
青莲书院赋 …………………………………… 286
茶食本方赋 …………………………………… 287
弘一达鉴祭 …………………………………… 288

第五辑　他人评点

黄开林散文的一二三／张胜利 ……………… 291
家的名字叫岚皋／卢修宾 …………………… 295
　　——陕西作家黄开林散文集《家在岚皋》浅评
干净的散文／曾德强 ………………………… 303
　　——读黄开林散文集《家在岚皋》
是为真性情／梁真鹏 ………………………… 307
岚皋的另一座山／杜文娟 …………………… 310
为岚皋代言的作家／王晓云 ………………… 313
　　——看黄开林新书《流年顾影》
一次地方历史文化的负重之旅／李茂询 …… 319
　　——《流年顾影》的心灵超越
历史的复活及昭示／曾德强 ………………… 328
　　——黄开林《流年顾影》读后
散文作家的道义和使命／方晓蕾 …………… 333
　　——从《流年顾影》看黄开林的散文创作
读黄开林和他的《流年顾影》／陈益鹏 …… 337
读《流年顾影》想起一些往事／徐开满 …… 343
丢失的老照片／张树梅 ……………………… 347
形散神聚／梁真鹏 …………………………… 349
　　——散文《小蒜味长》赏析
读《宁陕行走笔记》／钟　帆 ……………… 351
后记 …………………………………………… 355

第一辑 乡情一缕

每个人的心中都有一个故乡,每一个故乡都会杂乱无章,却又让人喋喋不休。那些故去了的人和事,已经消失或即将谢幕的东西,成为一种符号,组成记忆中的乡愁。即使远行,根仍系着故土;纵然逝去,情景会留在心上。

真水流芳

我家门前那条小河由"放牛"演绎而成，因为源头有个水草丰茂、土地肥沃叫放牛场的地方，后来有人根据读音改为芳流。别小瞧了这一改，一字之改，境界大开，不仅脱俗，简直就是脱胎换骨。20世纪50年代初，我家住的是"土改"分来的公房，上面要求民主建政，叫我们在隔壁另起炉灶，原先分得的房子要做草鞋垭乡政府，有人嫌这名读起来拗口，便在"芳流、草鞋垭"中各取其首，遂成芳草乡。这名字多美！我真佩服前人的文墨和智慧，比现在的"脱口秀"还要厉害，虽然只存世了四年时间，就像县名由砖坪改成岚皋一样，一改出新意，一改通文脉，一改涌诗情。佛说真水无香，我说真水流芳。人要流芳百世，水能流芳千秋万代。

真有些不可思议，我的父辈们并未见过海，却给我起了一个"海清"的乳名，难道他们早都知道"滴水藏海"的道理？在我的一再追问下，他们说我命中缺水，要补干脆补个汪洋大海。我是认同这个"海"的，老大不小的叫我小名并不责怪，反倒觉得亲切。河聚小溪，海纳百川，我家门前这条叫芳流的小河终究会归向大海的。有一天上山干活回来，拿着毛巾到河坝上的石包上擦洗，脚在水中泡着，耳旁有水鸟的鸣唱，更有哗啦哗啦的水响，仿佛进入梦境，不知不觉溜进了深潭。我本是识得水性的，这阵儿却犯了迷糊，在水下怎么也走不出来，只把手臂高高举着，想喊又发不出声音，心想，这下真要成水鬼了，真要回归大海了。在附近拾柴火的同学米娃看得一清二楚，开

始以为我在潜水呢,时间一长觉得不对劲儿,忙找了树枝递过来,我一把抓住顺势出了水面。奇怪的是,我一点儿也未感到后怕,反而觉得被水淹一次的人才会懂水,识水,亲水。反倒是母亲天黑领我到出事地点"喊吓",显得阴森可怖,汗毛直竖。那一次真是喝足了家乡水了,比开怀畅饮还要过瘾,印象非常深刻。到现在,我都觉得那是水在同我开玩笑,是一次嬉戏,就像马三立的相声《逗你玩》。

　　家乡的水好喝,清亮亮,凉爽爽,甜丝丝。也有的说这水硬,喝了有助消化,吃肥肉都少有得脂肪肝的。还有的说这是丛林中流出来的木叶水,散发着草木的清香味儿,兴许还有保健功能呢。这水是硬,硬到洗衣服从不用肥皂、洗衣粉,我亲眼见到婆在河边把脏衣服放在石头上,用棒槌捶打一阵儿就干净了。捣衣声声,衣袂飘飘,至今见到"一衣带水"这个词就可亲,就会想到婆。正月初一早上抢挑金银水更有意思,刚出罢"天星",伸手不见五指,各家各户打着灯笼火把出门挑水,只听开门的咿呀声,扁担的咯吱声,水桶的咣当声,脚板的扑嗒声响成一片,说是越早越好。第一家挑回去的叫金水,第二家叫银水,三家四家就是铜水、铁水了。我看主要是比试,看谁起得早,图个干净,当地有"起得三早当一工"之说。

　　我家对门住着一户大户人家,姊妹十个,唯有老五秀娃长得秀气,头发密而长,眉毛弯而细,水汪汪的大眼睛顾盼生辉,杨柳细腰扎着两根麻花辫,挑着两桶水轻盈如飞,在鹅卵石小路走出无限风情。最奇怪的是她挑水不洒不溢,有几次我从她身边经过,闻到一股淡淡的清香,水桶里不是漂着几枝栀子花,就是几片桐叶或芭蕉叶,那水就碧绿晶莹,温润如玉,异香轻拂。我对大人讲了这个发现,他们说:细娃儿懂个啥,那叫姑娘的体香。桶里放几片水草树叶,水再满也不会溢出。自此以后,我才不会无端地浪费水,哪怕一点一滴,也才真正认识到芳流的水再多,用起来应该客气一点儿,不能理直气壮,更不能随便抛洒。也就打这以后,才发现芳流的水不仅有色,而且有味;不仅流韵,而且流芳。

　　一有空闲,我就会回到老家,静静地坐在草鞋垭的小河边,看流水潺潺，听水流淙淙。洗脸从不用热水，大冬天里，河边水草结着冰锥儿，就像美女的耳坠，捧几把朝脸上一浇，顿时神清气爽，水从脸上路过，短暂的肌肤之亲后又还原于水。感恩一滴水，不需要有多大壮举，从水龙头入手，从身边入手，从细节入手，从心灵入手。

　　水是物质的，也是精神的。水能说话，水能唱歌，水能满足我们许多渴望。水涨船高，泥多佛大。水造福万物，滋养万物，却不与万物争高低，人若做到水这个份儿上，就是好人，就是善举，就是美德。有人说，水是中国文化中涵盖一切意象的符号，含纳着深刻的哲学意味，孔子有智者乐水，老子有上善若水，禅语有善心如水。水处圆则圆，处方则方，静柔而动刚。因势赋形，以不变而应万变。水性至柔，却锲而不舍，昼夜奔流，无坚不摧，有阻必克，渗透漫延，纵横捭阖。滋养生命的这些水，不染纷华，修美于内，清澈明净，淡然悠长。沸腾世面，心静如水，真叫难得。古人说：行到水穷处，坐看云起时。看不见水了，云就起动了，可见这水算是云根了，水是云的老先人了。水云无形，云水有情。

　　芳流河的水，是通人性的水，是真性情的水，是有文化涵养的水。

　　芳流河的水，是故乡的遗传基因血脉之源啊！

蔺河口

蔺河是我老家门前的一条河,也是一个乡的建制名称。

蔺河有口,我也有口。蔺河有口不说不吃,我有口能吃却不大会说,吃也不甚讲究,粗茶淡饭合口,山肴野蔌最香。人是吃东西长大的,有些人吃的是饭,有些人吃的是亏。我总是先吃亏,后才吃香。我长嘴不是不能说,只是不会说好的、讨人满意的、逗人开心的。会说是技术活,得有天赋。不说憋在肚子里难受,就要想办法挤出来,于是就学会用笔写,用电脑敲。在下出过几本书,有人就说我是秀才了,就是文人了。我知道自己几斤几两,如果在科举时代,乡试这一关恐怕就得拉下来。我是喝蔺河水长大的,母亲乳汁里有一多半是水,乡亲们说我娘的奶水发旺,喝了能长个子。我虽然不能说,写得也是一般般,但我知道好歹,晓得回报,懂得感恩。我报答的方式是写,为生我养我的故乡留下只言片语的文字。

蔺河口的上游不远处是笼子口,山与山之间的沉降地带是峡谷,与峡谷并行的是一条蜿蜒的小河。峡谷不长,刚够一个瓶颈,阴森险要,寂静无声,走到此地,天小地窄,生机一线,像一束花被拦腰一缚,顿时就有了归拦。曾见有挑夫在这里换肩歇气,发一声壮喝,就想到被挤压的唢呐笛管,山乡丰收的长调岂能守口如瓶,呜呜啦啦吹打出去才是正事。

蔺河口的下游叫茶园沟口,清清一溪美水,缓缓注入岚河,源头是四季常青的茶树,不用泡,这水一定富含茶的底蕴。我喝过用这水泡的新茶，味厚香高，品咂有声，由于过多地贪杯，真正地醉了一回，睡也不是，坐也不是，一门心思要转悠。有人用树叶折个斗儿舀来沟里的凉水，一口下喉，真叫神奇，浑身通泰，茶醒了一半，人精神了一倍。有人说，这叫原汤化原食；也有人说，这叫一物降一物。

蔺河口，笼子口，茶园沟口，三口成品，就像人有人品，文有文品，一个地方也是应该有"品"的。这品就是品位，就是你喜欢的样子，就是山形水势，就是神秘莫测的风水。岚皋古代最大的官祝垲，千选万选，死后的坟地最终选到蔺河中坝的乌龟包，后来有人说，祝垲是有大抱负的人，蔺河的水虽好，可惜小了点儿，夫妻合葬时迁至蔺河街下面的慢坡，这里的黄土深厚，还能看到日夜流淌的岚河。坟虽然迁走了，却还埋在蔺河的土地上。听到的岚河水响，有四分之一是蔺河的吟唱。这就叫人能移，心不能移，遗骸迁走了，根脉跑不了。

蔺河的极品是水。水汇集在一起流动，就成了河，一个人的流动是行走，集体的流动是游行。河流不会停下脚步，哪怕是一分钟，所谓"流年似水"是也。人无常形，水无常态，严寒结冰，蒸腾是岚。水有形，流动洒脱，曲线优雅，随物赋形；水有声，哗啦哗啦，叮叮咚咚，夜里梦话不断；水有景，撞石开花，击潭腾雾，遇岩成瀑；水有色，天蓝水碧，苔青水葱，草盛水绿。涨水的时候，我爱撵着水头奔跑，我走直路，它绕弯儿，我还是跑不过。更多的时候，喜欢沿着水走，知道水是有大志向的，跟着水走，一定会有出息。

蔺河的高品是树。树是正人君子，总是站直着身子，目不斜视，从不动摇，任人俯仰。树中之王是河边上的那两棵红豆树，连专家都有些不相信，生在南国的树种怎么就跑到蔺河来了？而且长得这么古老，这么硬朗，年年开着白花，结着豆荚，落着红豆。从树下路过时我拾了几枚，硬如铁，色似血，像是忘了穿绳的念珠，作为掌中之物，常常拿出来把玩。时间长了，似有了灵性，有了肌肤之亲，几天不见就有种失落感。

蔺河的上品是草。蔺河的草很多，有一种修长的蔺草，专门种在

田里，除了织席还可造纸。蔺草又叫灯芯草，多年生沼泽草本。根状茎横走，密生须根，像父亲又硬又粗的胡须。茎秆颀长，细柱形簇生，亭亭玉立，比世界名模的腿还要端正。花序侧生，夏季绽放，色泽淡绿，像美女撑着一把小花伞，一点儿也不艳乍。结果长圆，如微缩的橄榄球。茎髓乳白，很像现在的泡沫填充物，极轻，装一大口袋也不过几两，俗称灯草，常做桐油灯的灯芯，并可入药，性微寒，味甘淡，利尿清热，主治心烦失眠。我见过织席的全过程，一架高大的木质织床，上面穿了密密的细绳，梭子朝里扳动一下，长篾片顶头夹一根晾干了的灯芯草，从绳子的缝隙递进去，篾片刚抽出来，上面吊着的木方就重重地砸下来。朝外扳一下，又递一根，就这样里里外外一递一扳一砸，两三天工夫就能织一领草席。蔺草席比篾席软和，冬天就是没有被单也不冰人，我在溢河读寄学时就是拿着这种草席与别人合伙搭铺的。草席与刚晒过的稻草一挨，就像找到了知音，顿时就通了血缘，我们睡在上面很自在，在闻到草香的同时，夜夜都做好梦。草是平凡的，我也是平凡的，就像有人说的，把一切平凡的事做好就不平凡，把一切简单的事做对就不简单。

走在乡村的土路上，走在蔺河的出口处，回望乡关，亲切依旧，农田、河流、草坡、树木、天空，不紧不慢，大大咧咧，从容不迫，井井有条。乡亲们的日子是粗犷的，是滋润的，像泥土那样朴素、真实、平凡、俗常。

很显然，蔺河口的"口"只是一个通道，一个出口。有了出口，才有出路；有了出路，才有生路。小草的出口是地表，大树的出口是天空。山里边找不到路不要紧，只要沿着水走，就一定会找到生还之路。水在这方面是我们的表率，走出口外乾坤朗，脱口而出天地宽。现在我才明白，当地人为啥把见过世面的人称"口岸上"的人，为啥对一个人的评价好叫作"口风"好！

2011 年 7 月 8 日

家在草鞋垭

我曾经出过一本散文集,叫《家在岚皋》,有人说名儿小了。其实,我是朝大的说了,准确地说,应该是"家在草鞋垭",一个巴掌大的地方。

快到一片开阔地时,往往有一座小山丘,半中腰那条平路我们叫碥子,前面不远处的豁口就是垭子。垭子与草联而得名,就有些意思;与草鞋搭配,看起来土俗,却是脚踏实地,是护足贴身的物件。老祖宗取的这名儿,我不能弹嫌,不能说三道四。草鞋垭是我的生养之地,有童年的梦,少年的懵懂,甚至剃掉的胎毛,换下来的牙齿,说话的口音,个性的形成,都与这儿有了瓜葛,脱不了干系。

每次回家,只要翻过垭口,就会看见熟悉的四间土墙房子,像一个不规则的感叹号,后来加修的厨房就是那个圆点。于是,就常常感慨,伤感,叹息,感系万端。有几次回去晚了,夜色中亮着的小窗,让我格外兴奋和温暖。有家在,就有可回的理由,就有想回的念头。房屋亮着灯,就说明亲人还未入睡,老远喊一声会有亲切的应答,吱呀一声门扉洞开,一束光照着离家最近的几步路。

除了文字,我很少跟人提及草鞋垭。提了也引不起足够的重视,甚至遭到取笑:哎呀,你是草鞋垭的,有米吃吧,还有草鞋穿哟!没处说,就在纸上书写,记录我是来自哪里,别忘了自己的祖宗,让后人找到根和源头。有时喝了几杯,不由自主地向别人提及,那些人总是问我,是不是草鞋打得好,可惜现在穿的人少了,不过能申报非物

质文化遗产哟！声音怪怪的，在哭笑不得的同时，真后悔自己多嘴，一个与草鞋垭没有丝毫关系的人，说给他们简直就是对牛弹琴，有伤自尊。不管别人怎样轻视，怎样不在乎，对一个曾经在这里度过艰难而又美好时光的人来说，这里就是我的天，我的地，我的命，我的全部，我的整个世界。这就是说，草鞋垭只有对我而言，才具有特别的意义。

当一个人降生到这个世界，如同自己的父母，身不由己，不可能选择。这地儿好也好，孬也好，都得认，这是出生之地啊，这是命啊！落地生根，吮吸乳汁，血脉贯通，吃饭长大，以后的事全靠自己了。即便故乡曾经伤害过，伤心过，负气过，也不要计较，更不能耿耿于怀。老家就是老家，存活在骨头里，流淌在血管里，无法剔除，不能剜根。就算赌咒发誓不再回故乡，那也是一时之气，算不得数的。记得我十二三岁时，在大集体劳动，把晚上刚读到的《林海雪原》讲给社员们听。队长说我淡话多，影响别人干活，扣了当天的工分。我很生气，家里劳力本来就少，和妈加在一起干一天还不够十分，就指着队长的脊梁骨起誓：你等着瞧吧，我不可能一辈子在你手下扛（方言读老）抓抓锄（指薅锄、板锄、羊角锄）的！现在想起来，是多么的幼稚可笑，当时对我来说算得上一句狠话。

到现在都不大清楚，到底是哪一天离开草鞋垭的？没有下陡坎，没有具体的日子，是慢慢腾腾地、不慌不忙地离开，这就不需要告别，更无须伤感。开始是求学，一周回去一次；再就是参加工作，两三个月回去一次；成家以后，差不多半年回去一次。事实上，当时并没有觉得离开过，自己的心情也不复杂，只是简单地认为今后不淋暴雨了，不晒大太阳了，不面朝黄土背朝天了，肩不挑背不驮腰不弯手板再不长老茧了。在父母的眼中，只是挪了个窝、腾了半张床、撒下一只碗而已。其实我并未走多远，空间距离不足十千米。就是这短短的一截路，自打走了之后，就没有真正意义上的回去过。即便回了，也是过客，父母亲尽量烹调出好茶饭，把新洗的被褥拿到外面再晒晒，邻里乡亲说话说半句留半句，显得有些生分客气。不管怎么说，当遭遇挫折或者心情不好时，就会本能地想起草鞋垭，甚至想马上走老路步行而回，哪怕只是回去喝一碗水，吃一顿饭，踏踏实实睡上一宿。我知道，这不是回，是内心抚慰，是心灵疗伤。

但无论走多远，跑多久，在回望故乡时，抑或是在梦中，都会不可名状地温顺起来，谦和起来，心上会掠过那么一丝难以言说的怅然，也会闪过一星半点的温情。

在外面居住了半个世纪，有一天，我突然感觉到草鞋垭变了，门前的河堤没有了曲线，几棵高大的麻柳也不知去了哪里；几百亩引以为荣的水田变成旱地，种着叶片肥大的烤烟。月儿坝圆圆一坝子优质稻田，厂房林立，成了建筑工地。屋后的窑场早已倒塌，旁边能结又大又香的甜杏的两株杏树杳无踪迹。对面的一大园金竹也被蚕食，只剩小小的一角。我们练习游泳的乌潭，缩成了澡盆大小，站进去没不过膝盖。抠过荸荠的池塘早已填平，成了别人的屋基。最让人唏嘘不已的是，许多我熟知的人故去了，童年伙伴搬走了，有过好感的女子不知嫁到何处了。总之，草鞋垭已经物是人非，不！应该是人非物也非了。

有时候，突然会冒出怪怪的想法，认为草鞋垭不仅仅是美地，还是美女，有态，有神，有趣，有情；可爱，可亲，可人，可靠。有些人一直没机会见面，等有机会了，却又迟疑了；有些事一直没机会做，等有机会了，却不再想做了；有些话埋藏在心中好久，没机会说，等有时机说的时候，却说不出口了；有些爱一直没机会表达，等有机会了，已经不爱了。上面这几句话说得多好，多好玩儿，可惜是别人说的，精彩不属于我。之所以引用，因为这是对时过境迁最到位的阐释。借着话音我补一句：有些地方，比如老家，一直抽不出时间回，等有时间了，却回不去了。

是的，时下的乡村，包括我的草鞋垭，都在发生着变化，有的破了相，有的面目全非。那些手掌纹路般的羊肠小道隐于荒草之中，美丽的芳流也仄成一条细流，不种稻谷自然就没有诗意的稻草垛了。草鞋垭将要变成什么样子，我茫然不知所措，住在这儿的人也浑然不

知,有的已经由农民变成农民工,有的由村姑变成打工妹,村庄和土地就这样被莫名其妙地丢弃在了身后。走不了的就得留守,像我父亲那样执拗的人才叫坚守。能守住什么呢?我想应该是后路和念想,还有家业的荣耀、风习的传承、落脚之地的情结。

　　故乡、故土,老屋、老家,既是地域的,也是文化的;既是亲切的,也是亲情的。回到出生地,回到初生的学步之地,虽然找不到很熟识的脸,见不到很想见到的人,然而,老家总让我们有太多的情绪可以发泄。人总是意识不到自己家乡的好,总是熟视无睹,远香近臭。不得不承认,草鞋垭给了我健康的心智,健全的人格,硬朗的体魄,这就足够了,这就应该感恩一辈子了。草鞋垭在我心里,其实就是我的先祖,我的父母,我的精神领地。我听信那句话:再伟大的男人,回到家乡也是孙子。最心疼我的婆去世了,给了我生命的母亲病故了,但她们并没有离开,她们的坟茔还在那里。我那八十多岁的老父亲,虽然背驼了,腿弯了,仍然耳聪目明,声音爽朗,能吃能喝。见我在对面大路上下了车,蹒跚着脚板,踯躅着步态,笑脸出门迎接。这是最朴素的接待,也是最高礼节。有父亲真好,父亲在,家就在。家在,故乡就在。故乡在,灵魂就在。

2013 年 8 月 1 日

草色掩映的土屋

这是我的老家,四间土墙房,坐落在一个叫草鞋垭的小地方,坎上叫莲花台,对面叫月亮坝,旁边有条清亮亮的小河叫芳流。

我总是自我感觉良好着草鞋垭的名字很美,并且一直津津乐道。老伴当初作践我是乡下人,有米吃,也有稻谷草鞋穿。这名儿有土腥气,也有草木香,土得能掉渣,就不土了,就像乡下的方言俚语,朴素得恰到好处。土屋并不小气,长四间,门很大,是真正的大门,一年四季的风都可以来去自由,行走方便。母亲说门老关着,就没有人气,想到屋的人都不来了。门大窗子却小,小能聚焦,望出去不会分神。婆说过,窗是房子的眼睛,小而有用就行,大而无神等于零。有门却不常关,整天开着,鸡和燕子还有青草气息可以随意登堂入室。

现在的草鞋几乎没人穿了,垭子还在,草却固执地茂盛。我喜欢草鞋垭这个名儿,最大的成因是基于这个"草"字。婆说过,百草都是药;母亲说过,每一种草都会开花。

夏天是植物最发旺的季节,青山连绵着青山,稻田连绵着稻田,草色连绵着草色。我家旁边稻田加上野草,还有高大的玉米,把田地遮掩得密不透风。那条泥巴小路就更非同一般了,如翡翠镶嵌,用锦绣铺成,脚片大大方方与美好的东西亲密接触。清晨蛙声遍野,黄昏炊烟缭绕,傍晚点燃熏夜蚊子的艾蒿,浓烟过后,空气里游荡着迷人的清香,久久不愿走开。能容忍许多事物和平共处,并让它们相安无事,亲密无间,这是一种胸襟,也是一种雅量。

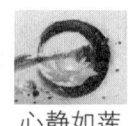

心静如莲
XinJingRuLian

听父亲说,种稻谷的地方原先是一坨旱地,盖房时取土,硬把那儿凿成了一块水田,土地到户时,分给别人不要,嫌瘦,背阴,禾秆比谷粒耐看。我们却视为家珍,生怕别人看上,这里面当然有感情因素,但人不能嫌弃土地,如同儿不嫌母丑一样。

苔痕上阶绿,草色入帘青。别小瞧了土墙瓦舍竹篱,它们可是时时与绿色相处,天天与鸟虫比邻。虽然一些草挤占了小路,却成了真正的芳径,我们尽可能地把脚板抬低,把脚步放轻,心安理得地享受轻柔的抚摸。草丛中的蛐蛐、蝈蝈、土狗和纺织娘,它们的嗓音非常清纯,像教堂里唱诗班的那些孩子,晶亮如草叶上的露珠,尽管听不懂一句,每一句又都像是唱给我们的。

我仿佛懂了,对待一些东西,不仅要学会向上看,看高贵、体面的风头正劲,更要知道向下看,看并不起眼的从容、淡定和卑微中的尊严。心态平和了,就会觉得土屋那么静,那么幽,那么庭院深深,那么爱不释手。

这些草,我是认识的,脸儿都熟。昂着头的是狗尾巴草,奇怪,谁家这么粗心,狗丢了尾巴,也不来找。趴在地上的是车前草,我们叫蛤蟆衣,青蛙把衣裳丢在这里,也不嫌冷。马兰头我们叫泥鳅串,马兰花开,泥鳅喷香,一个养眼,一个养胃。鱼腥草我们叫择耳根,这耳根也能随便挑剔吗?听听墙根是可以的。还有蛾儿肠,一点儿也不像蝴蝶的肠子,说是谁撒了一地金针菇,还有点儿沾边,只怕是豆芽一般见天绿罢了。灯芯草像韭菜,虽比韭菜圆滑,内心却是一番轻松。野茄子的籽粒长着倒钩,像古代的某种兵器,进了药铺突然变老,成了苍耳。野草莓,我们说是蛇泡儿,蛇吃的水果,我们想吃也不吃,跟蛇争食没有道理。丝茅草让人想起丝竹的乐器和国酒茅台,听音乐,喝美酒,好不快哉!

草都会开花,有的大,有的碎,有的艳,有的暗。没有指令,没有章法,因为它们不是炫耀,而是为自己而开。小草结籽也不是证明有生育能力,而是不结不行,不结就会枯萎,就会死得更快。

任由草们在房前、屋后、路边疯长,并非我们懒惰,而是气度,一种包容之心。草是我们的朋友,不仅能治病,灾荒年月,还曾经救过我们的性命。仔细看,它们都是很有姿色的,一点儿也不丑陋,也不萎缩,卑微而不自卑,柔弱而不轻贱,特别是那种顽强劲儿,人类真该好好学学。人活一世,草木一秋,都不容易,都应该平等,都得追求生活质量。有草相伴,天也蓝,地也宽,空气也鲜,只要跟自然能融为一体,草木的清香就会融入骨髓。

  这是草帘,是青纱帐,是绿色的屏风,把老家的土墙房掩映得诗意盎然,生机一片。

(原载2012年3月16日《安康日报》)

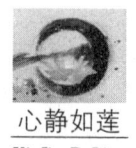

老屋的火炉坑

老家草鞋垭的老屋，迈进大门槛，扑面而来的是一大炉柴火的热情。别处叫火塘，我们叫火炉坑，简洁大方，朴实无华。如果这叫坑人，谁都愿意被多坑几次。几块条石，围炉而卧，形成半分方塘。没有天光云影，也没有源头活水，有的只是火搭钩上的吊罐，吊罐里冒出来的美味。还听见有人叫火炉荡的，沙家浜的芦苇荡，茫茫一片，多大的气势。我明白了，山里人虽然没见过大世面，心胸并不窄，口气也不小。

那地方一般在门背后的墙角，是仅次于神龛的一个设置，背风，避闲，如同会客厅，也是一家人团聚最多的地方。最里边的角落放一有靠背的木桶，里面垫上干草，坐在上面比沙发舒适。那地儿暖和，受热均匀，且不遭烟熏火燎。家中德高望重者才能坐在那儿，如果来了客人，再是"大腕"级的老人，也得起身让座。进门是客，客为至尊。一次跑到猪槽沟玩儿，胡乱钻进一家门扉，一位八十岁的老大爷硬要我坐他的"宝座"，推都推不脱。刚坐下，双手就递来两匹旱烟叶子，长烟袋嘴儿朝胳肢窝里一擦，恭恭敬敬地送到嘴唇边，吓得我脸都变了色，纵身跳出门外，落荒而逃。有人称火炉坑为山里的孝子，我非常赞同，老人离不了，祖辈传教也离不了。烤火能烤出孝道，其他地儿也许闻所未闻，在我们草鞋垭可是真正的民俗。

有的家房屋多，专门腾出一间，叫火炉屋，长年累月，烟火不断，生机盎然。孩童时的冬天，大人在地里种植洋芋，我们在火坑里

"种植"红薯、土豆、玉米,有时还有"野味"——一个毛芋,半截山药,几疙瘩何首乌或隔山消。用火钳从滚烫的红灰里扒拉出来,有的焦黄,有的泛白,冒着热气,就像现在的炒房团,要不停地倒手。吹去草木灰,刮掉粗皮,尤其那半焦的硬壳,香脆无比,老远都能听到诱人的清响。吃不到的嫉妒得直嚷嚷:嘴巴里衔了烧萝卜了,喉咙喊破都不作声!剥去壳,比美女脱了外套还好看,粉扑扑,颤巍巍,雪白滑嫩,松软绵实。这个时候得讲节制,切不可操之过急,弄不好就会烧嘴烫舌,得一点儿一点儿地品而尝之。性急的就大口大口地狼吞虎咽,有噎着打嗝的,有吐舌眨睛的,有哇哇直叫的,有拼命撑的,有躲避不及的,有两败俱伤一无所获的,有隔岸观火渔翁得利的,有流着泪说去告状的,有没吃到葡萄说葡萄酸的,有假装未看见却暗地里望眼欲穿的……洋相纷呈,丑态百出,热闹非凡,戏味儿十足。

那时做馍没有苏打碱面,新麦下来,我们等不得要吃,母亲就用石磨推了,箩筛筛了,凉水和了,稍微一醒,做成大饼,先在锅里贴一下,像婴儿挨脸。拿起来一看,都成老太婆了,满脸都是皱纹。把火炉坑的红灰扒开,丢进去壅严实,几分钟就闻到香味了。掰开一看,里面都是蜂子窝,麦香扑鼻而来,有人开始咽唾沫了。母亲说,草木灰里有碱,火烧馍皮酥里嫩,又泡(膨松)又筋道,是上了书的好吃货。

养女穿花鞋,养儿烧干柴。这是老年人常说的一句话。干柴好烧难得弄,不是一碰就碎,就是被刺挂了,我每次背着弯刀上山,弄回来的都是活鲜鲜的湿柴。母亲说,湿柴怕猛火。可不,湿柴燃烧到热气腾腾,有时还吹起木笛,发出爽朗的笑声。母亲说,火在笑,亲人到。有时真的就有亲戚登门,不是小舅就是大姑,不是二姨就是干爷。把湿湿的柴放在火炉里,开始冒烟了,就拿起竹筒做的吹火筒,鼓起腮帮使劲儿地吹,湿柴像被挠了痒痒筋儿,憋不住扑哧一下就笑了,壶里的水就哼起了有韵无词的歌儿。此时此刻,我就向往"寒夜友来茶当酒,竹炉汤沸火初红"的奇遇。

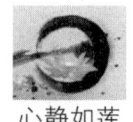

火炉边最热闹的时候要数过年了。时令一进入腊月，母亲就叫我多准备一些柴，除了平时烤火做饭用的细渣子柴外，每天收工之后得扛一根棒棒柴，也就是经烧的硬杂木。如果再顺带着找几个朽干了的疙瘩蔸，那就是最大的收获，母亲喜出望外，我也得意扬扬。有时疙瘩蔸上长着毛茸茸的干木耳，用水一泡，厚墩墩，肉乎乎，如同锦上添了一朵花，打鱼呢捎带捉了一只鳖。更像《达坂城的姑娘》里唱得那样："带着你的嫁妆，带着你的妹妹，赶着马车来。"母亲的想象力惊人，说三十晚上的柴大，第二年喂的猪就大。正如熊培云在《一个村庄里的中国》里说得那样：早在几十年前，家猪曾经是中国"最有影响力的家畜"。母亲把做针线的笸箩放在火炉边上，一边穿针引线，一边讲些有趣的故事，如老鼠嫁女、二十四孝等。还说三十晚上的火，十五晚上的灯，火越大越好，最好在火边坐一通宵，这叫"挖窖"。我们那儿的方言"觉""窖"同音，不知是要把贪睡的根儿挖掉，还是要挖一窖金银，始终没问明白。围炉夜话，烤火守岁，其乐融融，我们都等不住守那看不见摸不着的"岁"，也不想把"窖"挖了，不到半夜就呼呼大睡，只有母亲每年要守一通夜，等我们天亮起来"出天星"，每人一双千层底新布鞋就上了脚。母亲说，脚暖和了，浑身就不冷了。

记得有一次，坎上壅的火种熄了，跑到我家来借，我正把燃得旺旺的火炭扒开，刺啦一声蹦起一颗火星，在我眼前开出一朵花来，母亲叫把那坨大的给人家，免得路上熄了。借火者会说话，老家方言叫嘴甜。他说：黄家人就是和气，贤德。

现在不是用电就是煤炭，火炉坑就用不上了，自然就没有那炉烤得上身的熊熊大火，但在我的心中，老家的那炉柴火从来都没有熄过。如今，游荡在西安的我，时时扒开记忆里的红火灰，让那些能做种的火星在梦里的火炉坑里无止无尽地燃烧着，暖和着，余年的所有日子就不怕冷了。

（原载 2012 年 2 月 8 日香港《成报》、3 月 5 日《株洲日报》）

老家的小地名

如果到了一个地方，见到来人，你打听人家的乳名，总显得唐突，甚至于有些冒犯。若问小地名，都乐意告诉你，可见土地是开通的，是大度包容的。

老家最大的地名是芳流，原先不是这两个字，是识得几个文墨的人改的。旧志上说：放牛场，距城五十里。西界草鞋垭，南界溢河上保，东至茅坡梁，北至熊家垭交平利界。很显然，芳流因放牛而来。

我最熟悉清楚的，还是我的出生地草鞋垭的一些小地名，如黑湾、白岩寨、胡家四房、月儿坝、莲花台、庙儿坪、冷浸湾、仙人脚、老人洞、鱼洞沟、岭子上、老屋场、天池庵、铺子上。这里面最有名的是月儿坝和仙人脚，当地流传一首口歌：天狗来吃月，仙人用脚遮。遮又没遮住，咬个大缺缺。仙人脚的脚脖子上有一个大院坝，是生产队晒谷子的地方，就是被天狗咬的豁口。

庙儿坪过去的规模也不小，自我记事起只剩下断壁残垣，白墙上有两首绝句至今依稀记得：小院古庙掩苍苔，河水哗哗鼓声来。日暮鸟啼人散尽，野风吹得梅花开。其二为：古塔凌空玉笋高，斜半压水声嘈嘈。老僧却掩残经声，静听松声沸海涛。

草鞋垭最英俊的汉子当数莲花台的杨老四，我们不知道他的大名，见面就喊杨四爷。不知什么原因，他一直没有婚娶，我婆说他喜欢万仁秀。

万仁秀的丈夫周光恩是远近有名的木匠，屋里头的（老婆）长得

漂亮，瓜子脸，柳叶眉，嫣然一笑露出糯米似的白牙。说话的声音巴皮巴肉，唱歌儿一般。杨四爷只会当背老二，能当天进城走夜路挑一百八十斤货打个来回。再就是会扯草药，团转四邻谁家有人长了包疖或是得了肿瘤，打着露水掐着嫩草丢进嘴里细嚼，然后又吐在桐子叶上，有人想学，他又不传，至今也不知道到底是哪些草。轻者一敷即愈，重的三包就好，送上门叮嘱几句就走，不坐也不喝别人一口水，更不收取分文。虽然人缘儿好，口碑也不错，就是没有木匠有钱，只好眼睁睁地叫一朵莲花插在牛屎上去了。

周家家境虽然殷实，但美中不足膝下无子，周木匠说漂亮有什么用，又不能当饭吃，我就不信吃好的还能把女人喂成公的了？时间一长，两口子就生了嫌隙。杨四爷会抓机遇，趁隙而入。因为周家与供销社紧对门，中间只隔个晒场，杨四爷从城里挑货回来多是下半夜，供销社又不开门，只好厚着脸皮敲周家的门。木匠不开，杨四爷擂鼓一般，还把"万仁秀"三字喊得山响，生怕别人没有听见。周木匠知道人言可畏，只好披衣起来开门。四爷把货挑进门，用打杵撑着靠在山墙上，连谢都不说一声，哼着酸不溜丢的姐儿歌摸黑回莲花台去了。有了第一，就有第二，加之请木匠的人多，远的十天半月才能回来，四爷更是有恃无恐，如入无人之境。四爷人粗心细，每次进城总要给万仁秀捎点儿雪花膏、手帕、香皂之类的小玩意儿，想喝酒就从货担的桶里舀半碗，不够秤就兑半碗水。先是留坐，后是留饭，再后来就是留睡了。杨四爷是孤老，一人吃饱全家不饿，一人高兴全家欢乐。周木匠也知道是引狼入室，怎奈鞭长莫及，听别人说，屋里头的不生育，责任也不全在女人身上，就睁只眼闭只眼当个"肉脑壳"算了。不出三载，万仁秀还真有了喜，周木匠更是喜出望外，暗地里跑到庙儿坪烧了几炷高香。娃儿下地了，底下还带着把呢，别人讥笑说：你高兴么子，那娃又不是你的种？他非常大度地回敬一句：管他是谁的种，我还是他的老子，他还姓周。

上面说的事不大，地名也不算小，还有更小的，如灯盏窝、裤裆田、烂泥湖。

裤裆田在我家厕所外边。外呈弧形，内隐三角，中间筲箕大一块沼泽地，常年浸水不干，人牛不能靠近。每年插秧只能空着，都觉可惜，却又无可奈何。有胆大的试着插足，一下子就陷了进去，眨眼的工夫就到了胸部，不是人多势众，差点儿要遭灭顶之灾，喂了泥鳅。

当我长大在外面看到西湖、鄱阳湖时，家乡岭子坎下的烂泥湖就太不是一回事了，连湖的边都沾不上，充其量是烂泥田。小是小，小里藏着宝，里面的荸荠诱人，看到那绿色的空心草茎，就会弄得我们方寸大乱，不是打湿裤袖，就是泥花满脸。后来见到倒在路边的醉汉，就想到童年的烂泥湖，烂醉如泥，真是神来之笔，太形象了！

灯盏窝在我家侧面，夹在田埂中间，我数了一下，能种二十苑苞谷，点五窝南瓜。对这个小地名记忆深刻，是婆常说的一句话：千选万选，选个漏油的灯盏。她这话有所指，因为小叔年轻时相对象，不是人家看不上他，就是他看不上人家，时间一长，就像错过节令的庄稼，收获的多是没饱米或不如意。

老家的小地名，几乎每一个背后都有讲究。有些地名，叫得非常奇怪，但是很美，也很传神，有的还与村史掌故连在一起。当初取这些名字时，都是灵机一动，或是脱口而出，并没有我们现在这样难场，苦思冥想，绞尽脑汁，甚至于捻断数茎须。那是最本真的艺术，是没有任何添加剂的环保产品，不需要版权稿酬，也无须任何文字记录，全是口传心授，代代沿袭。

2013年2月7日

一滴水响

我喜欢听水响，一听到滴水的声音就感到亲切，就来精神。办公室外面有一个水龙头，拧得再紧都要滴答几声，我就听成词牌《水龙吟》了。有水声虽好，却有些疲沓，因为是滴在水泥池上的，我就找了一个旧瓷盆，一放上去这声音就动听起来。每天我都要把半盆水端进门，或擦桌椅，或洗拖把，末了就拿去冲厕所。这断断续续的水滴，既能饱耳福，又有了节约的意味，真叫一举两得。

到了我这个年龄，许多事情都经历过了，一切都看得很开了，心态平和得如同一汪清水。水声不噪，水响顺耳，是一种滋润，一种抚摸，一种潜移默化。有人告诉我，广场在搞活动，精彩得很，我无动于衷；有人打电话，文化中心有外面来的风情劲舞，热辣火爆，我坐怀不乱。大半辈子都过去了，还有什么没见过，还有什么放不下来的。现在的问题是，要痛下决心，最好是快刀斩乱麻，把一些虚浮和不切实际的东西赶快丢掉，重新拾起那些朴素简约的生活方式。怕黏稠，拒浓酽，越清淡越好，见了大鱼大肉，不屑一顾，提不起一点儿兴致，若是清水煮白菜，再加些豆腐，生怕误了饭局。有人附耳过来，说有人对我有看法，或是说某篇文章不怎么样，便会大度地一笑，波澜不惊。我不止一次地对老伴讲，把复杂的事情弄简单是大智慧。名也好，利也罢，太沉重了，压得许多人喘不过气。学学水滴，该低吟时低吟，该浅唱时浅唱，不看脸色，不拘一格，随物赋形，张扬个性。现在我最喜欢两句话：一个是文人的，叫君子之交淡如水；

一个是农家的，叫过日子淡淡长流水。

　　有一年下乡，住在一个叫化鲤墟的地方，每次走到快拢时，就要在小地名叫滴水岩处歇气，不一定很累，不一定非停不可，而是想听听滴水的声音。水从岩缝里渗出，一滴赶一滴地涌动，似是迫不及待，又很舒缓有度，够一大颗了，实在撑不住了，就叮咚一声落在数十米的岩窝里。准确无误，音韵悦耳，如珠入玉盘，禅寺钟磬，古筝弹拨；似又多些圆润，少些气韵，是真正的柔情似水。再看那窝儿，像古时候的灯盏，黑油油，亮汪汪，如不是亲眼所见，根本不相信是一滴水凿出来的，这是柔能克刚的典型范例，是以弱胜强的伟大壮举。太可怕了，太不可思议了。由此可见，只要坚持不懈，持之以恒，没有什么事情办不成，没有什么困难不可战胜。

　　说到水，我就想起儿时的情景。我家对面的月亮坝，住着一户姓胡的人家，院子大，人口多，比我小两岁的秀娃，越长越秀气，真正是大家闺秀呢。她经常到竹园外的小河挑水，走路风风火火，两条大辫子在腰后摆来摆去，踩在鹅卵石上，扭腰摆臀，轻盈如蝶。那水就像粘在木桶里了，一点儿未见抛洒出去，有时不得不擦肩而过，她就会老早让到路边，低垂着头等你先过。也就在这个时候，有一股好闻的东西扑面而来。再看桶里的水，清亮如镜，碧绿如玉，上面漂着几片桐叶芭蕉。这是祖辈的传教，桶里放几片水草树叶，再满水都不会溢出。这么大一条河都是水，舀一桶也好，挑两桶也罢，毫发无损，看不出一点儿痕迹，如此地惜水如金，真让人起敬。

　　西安一位女作家到岚皋，想听当地的民歌，我认识一位叫高天军的小伙子，先前在南宫山抬滑竿，现在改行卖水果。人清瘦，个儿不高，嗓音却独到。作家听了一曲又一曲，不时盯着喉和嘴看，说一句：真不可思议，这歌声咋像是流水的声音？把歌喉说成是水响，评价高。

　　人往高，水往低。往低是一种谦恭，也是一种顺从，顺其自然，顺理成章，顺风好扬帆，顺水就有人情。人的一生必定要经受不少的磨难，关键是要处之泰然。有些事情并无所谓好坏，全在于你怎么去

看。遇事应该有颗平常心,除了大是大非要坚持原则外,让一让,忍一忍,退一步海阔天空。一个人没有太多的奢望,就没有失望,更不会有绝望。水,沉稳淡定,在某些方面是我们的表率,更是我们的恩师。

　　一滴水响,声音不大,不在意时甚至充耳不闻。在一滴水面前,内心就润泽,浑身都舒坦,不再浮躁,少了渴求。看到故乡的流水,听到室外的水响,常常会被这动与静,刚与柔,纯与雅,健与婉所感动。就想:作文,要行云流水;做人,要透明如水;做事,要公平如水。

(原载 2011 年 7 月 19 日《西安晚报》)

水雾池

如果给老家芳流凑成八景，除了香炉石、穿洞子、五花石、雷打石、老人洞、草鞋垭、仙人脚，水雾池应该算一个。

水面起雾，霞散成绮，在江南一带，司空见惯，而在这样的高山顶上，难得一见。只要一有雾，当地人就认为是水雾池生发的，在他们心目中，水雾池就是雾之母，是起根发苗。陪同我们的小舅说：有雨山戴帽，无雨起河罩。这应该是气象谚语，帽罩都指的是雾，非常形象。

水雾池这个名字不知是谁命名的，真好！风生水起，水起雾生。晋人张协《杂诗》之十有"云根临八极，雨足洒四溟"之句。仇兆鳌注曰：五岳之云触石出者，云之根也。我明白古人的意思，就是说，云是石头生的，石是云之根。那雾呢？前面说了，是水雾池生的，至少芳流是的。云山雾罩，佛陀云游，这就有了仙气。若要牵强附会，这水雾池就是瑶池仙境。云雾缥缈，梦笔生花，这就有了文气。若生拉硬扯，这水雾池就是诗赋之砚。

不巧的是，我们来的时候正值初夏，天气晴朗，满目鲜碧，没有见到一丝雾气。池小，水浅，草衰，泥软，人高，山大。此时的我们，虽自称高人，踩在能生云雾的地方，还得小心翼翼，生怕陷进泥沼，不能自拔。野猪胆子比我们大不了多少，想痛痛快快洗上一回澡，终于没敢越雷池半步，只在池边胡乱拱了几嘴，便全身而退。小舅不说野猪洗澡，说野猪滚浆。

记得十岁左右,一个大雪纷飞的日子,小舅带我到这儿砍柴。自己没有柴山,只能越界行动,雪野寂静,弯刀一挨着树,就会发出很大的响动,还有可怕的回声。我屏住呼吸,雪团落到头顶脖颈也不动弹,生怕增大了音量,让人当贼抓了去。小舅叫我莫怕,山下的一切动静都在他视野范围之内,等人出门走一截子,那时再撤不迟。柴要扛过山顶,放在水雾池边,用葛藤仔细捆牢。小舅特意把柴捆得扁平,垫上树叶草茎,让我舒坦地坐在上面,他在前面倒退着连拖带拽,没有出溜几下就到了岩屋后面,很快就能听到外公的咳嗽声。那时只有饥饿、寒冷,根本没有心情欣赏水雾池的雪景。小舅只比我大六七岁,为了补偿买不起儿童玩具的缺憾,溜不了滑滑梯的无奈,饿着肚子,出一身冷汗,想着法子让我坐了一回雪橇,高兴了许多时日。

我问小舅:还记得偷柴的事儿?咋不记得,那时穷哇!难得你不择嫌。我说:穷是穷,穷快活。

下山的时候,老伴张琴发现了一大片绛秆菜,说她吃过,县城边上早都老成草了。小舅说:高一丈,不一样。我说,再晚几个月来,不想拈花惹草,也得弄一身草籽,甩不脱,打不掉,得脱下来一颗一颗地摘。小舅说:不是黄泥不烂路,不是草籽不沾身。

人老几辈子住在水雾池畔的小舅,没上过一天学,嘴里说出来的乡谚,精妙,上口,富含许多做人处世的道理。就像山里的野草,自由自在,荣枯随和,遭受埋没不埋怨,没人理视不叫屈。

紫红色绛秆菜比其他的野草高出一头,很好辨认,一揪一个准,很快就掐了一草帽碗碗。回家漂洗几遍,用开水一焯,放上干辣椒,热气腾腾地端上柴桌,其色墨绿,其香奇异,其味嫩爽,食者无不叫好。只有我没有表态,细嚼慢咽,慢慢品尝,看里面有没有风水的成分,有没有水雾的味道。

2013年5月18日

心静如莲

我不认识令箭荷花，却知道这名儿。如果简称，就是令荷，与我老家的乡名蔺河读音相同。

蔺河盛产蔺草席而得名，现在没人用这种草席了，就改种草为种莲了。不种则已，一种就种出名堂，蔺河的土质好，种出的藕好吃，不少人靠种莲发了家、致了富，事迹早已上了电视，见诸报端，不说声名远播，也算小有名气。

花可以无语，但不能无香，一个艳阳高照的中午，我随电视台的记者来到乡政府后坡的荷田，有风吹来，远远地就闻到一股异香，仿佛来自仙界。一季花开，一世轮回。佛经中的莲花，是有着各种不同颜色的，因色不同而意各异，白为"深"，青为"善"，赤为"觉"。

这里的荷花太干净了，干净得没人打扰，天然地绽放和伫立，不管不顾地疯长着，自由自在地美丽着。美人多清高，美荷多清雅。我们事先并没有想到要打声招呼，说来就来了，想徜徉就徜徉，想照相就照相，如进了自家门扉。荷花呢？美人眉目一样清秀着，不言一语，安宁得如同沉睡的婴儿。我们像是临坐林泉侧畔，深山幽谷，尽管太阳很大，并未感到怎么热，这正应了"心静自然凉"的老话了。

我想起儿时婆讲的一则谜语，文雅而又富含哲理：天晴又天阴，下雨满天星。水冷锅盖热，饭熟米汤生。多年都未猜出，现在才明白谜底"莲藕"的妙处。说是丽日临空，荷叶之下却是一片阴凉；天上下的雨落在阔叶上变成的晶莹的露珠，好像繁星在闪烁；如盖的莲叶晒得滚烫，田中的水却冰冷如故；田里的莲藕渐渐长大了，水中的泥

心静如莲
XinJingRuLian

怎么也煮不熟。在这炎热的季节，我实在想不出还有比赏莲猜谜更让人感觉清凉的了。此时，深深吸一口气，顿觉浑身舒畅。大口吸气，慢慢呼气，只觉神清气爽，肺部似被清洗了一番。

这里不叫荷塘，应该是荷田。蔺河可赏莲，莲叶何田田。我仔细观察了一下，莲未开时像一颗"心"，开了之后才是花，这不是别一种意义的"心花怒放"嘛！嗅了嗅含苞欲放的莲蕾，有一种淡淡的清香，不是脂粉，是真正的体香。我就想到"心香一瓣"，想到龚自珍的"红泪弹前恨，心香警旧盟"。

我晃晃悠悠走过田埂，抬眼望去，虽不是"接天莲叶无穷碧"，也是春草碧色映农家。莲叶上滚动的水珠肆意无拘，闪着五彩的光。红荷喷薄纵放，绚烂俊丽，花光艳逸，晔晔灼灼。一阵清风吹过，一堆堆晶莹剔透的玉珠在硕大碧绿的圆盘里滚来滚去，不想朗诵"大珠小珠落玉盘"都不行了。

一田莲韵，婉约如诗，慎独的芳华分外怡人。百花贵在艳，莲花贵在洁。莲之态，不枯瘦，无病容，看得见，摸得着，中通外直，不蔓不枝，亭亭静植，香远益清。莲之美，不媚俗，不做作，素雅洁净，清高自守，顾盼生辉；莲之雅，不雕琢，不世俗，玉洁冰清，娉婷绰约，气质超众。

莲花是宁静、超脱、智慧的象征，是东方文化的一个符号。佛教中把莲花比作圣洁和永恒，菩萨的座椅称为"莲花宝座"，寺庙中照明的灯具称之为"莲花灯"；形容某个人口才好，称之为"口吐莲花"。莲是淤泥中的洁清，是喧闹中的淡定，是浓艳中的素净。闻着莲香，听着蝉鸣，不由得要改前人的诗句：蝉噪林愈静，林静心如莲。

到了我这把年纪，外界的声音已不再重要，就像这荷，世界再喧嚣，我心依旧平静，固守一方知根知底的田园。是啊，恬静和清新，滋润了我一路的心情，有什么能赶得上这样的心灵抚慰呢？也许有一天，我对泥土的向往会变得真切而现实，回老家向弟妹们要一块田，种上莲或别的植物，过几天晴耕雨读的日子。多好！

（原载 2009 年 10 月 27 日《西安日报》）

金黄的稻草亭

别人写了不少稻草垛,我有这样的生活,也想写写,为了避嫌,就写稻草亭吧。垛和亭的区别不是很大,一个用稻草围着木柱垒砌,实心。一个借助几根树木支撑叠加,高风亮脚,半虚着心。

草亭搭在离房屋较远的地方,多与牛圈靠近,就是说,这别致的草庐是专门给牛修建的。我们那里的牛待遇都不低,人没有享受的,它可以优先;人还在为衣食发愁,它可以一边嚼着可口的美味,一边在亭台楼阁中纳凉观景。

谷子退场,稻草上场,武士似的方阵井然有序,麻雀、蜻蜓、蝴蝶飞上身,一动不动,坐怀不乱的样子。谷子在场院晒干进仓,稻草也差不多干了,除了灯草,可能就是稻草最轻了,连我们这些八九岁的小孩子都能抱十几个。

地上栽四根木柱,多是刚砍的杉木,杪上还残存一些绿色的叶片,刀痕处还在流着树脂,有一股淡淡的清香。木柱上面绑缚圆木和斑竹,架上柴枝作檩条,再用篾片捆扎,有点儿像建筑工地的脚手架。我们人小,腿脚快,就到田里搬运。那时种的高秆稻,产量不高,却好吃,稻草的个头差不多与我们比肩,稍不注意,脚下一绊,倒在草身上很软和,远远地看过去,不知道是人背了稻草,还是稻草在背着人。年长的路过,不拉不说,反而取笑我们:我看这伢儿呀,捡了啥好东西,给大伯也分一点儿!笑声打破辈分,飞过浅浅的田埂,越过高高的山梁,方圆几里地都能听见。

放牛的储家"一把手",草亭搭得最好,听父亲说,他那一只手是叫炸药炸的。借了炸药捏在手上,回来的路上摔了一跤,豹子还未炸,先把自己的胳膊炸掉一只。手虽少一只,脑子并不笨,别人只搭一层,他会搭两层,下雨的时候,牛上不了山,他把牛一喂,就躲在两层之间观景,听雨,睡觉。金黄的稻草亭,被太阳一照,扣着顶戴花翎,披着黄金铠甲,威风凛凛,光彩夺目。别处的草亭像蘑菇,他的草亭像葫芦。亭内没有碑刻,没有栏杆,除了丰盛的稻草,可以说是了无遮拦,空空如也。空好,空有禅意,亭空不碍风,草厚能藏月。

为了近距离接触草亭,就讨好叫叔的"一把手"。讨好叔,不如讨好牛。我拾了一大捆苞谷壳,丢进在亭里等着雨停的黄牯牛,也许是稻草吃腻了,两头牛争着抢着,很快就席卷一空。或许吃累了,或许在向我施礼,前蹄屈下,就势卧倒,望着我开始回味,反刍。安详,泰然,一吞一吐间,好像在思考什么。储叔听见动静,从草隙里伸出头来,给我比了个大拇指。现在回忆起来,牛们虽然不会饮酒赋诗,把栏杆拍遍,却能安之若素,吞吐八荒。

因为吃的是草,牛屎一点儿也不臭,也不丑陋,像硕大无比的灵芝。有时不小心踩一脚,热乎乎、湿漉漉的,沾在布鞋上,走不了多远,消失得干干净净。妈妈嫌我们长得慢,就说我那老大不长个儿,三帕牛屎高。我们那儿把花卷似的油馍叫油旋子,牛屎的形状很像油馍,想给伙伴们开玩笑,就问想不想吃油旋子,若说想,就指着刚从草亭牵出来的大牯牛说,赶快去,路上好几坨,正冒着热气呢。还击的多是泥巴坨,还有一阵笑骂声。

冬日的一天,寒气逼人,队长让我除牛圈,就是把牛拉的粪便挑到院场,晾晒干了就是上等的农家肥料。歇息时,我爬上草亭,眯着眼躺在稻草上晒太阳,猫一样慵懒,鸟儿一样倦怠,不想动一下身子,仿佛静得入了定。其实,周边是有风声的,可以看到树枝的摇动,此时此刻,我相信稻草是能储存阳光的,草亭如同妈妈的手掌,是有余温的。这时的稻草亭,似乎成了寒冷里的温床,冬天里的火炉坑。等我成人了，懂事了，晓得稻草亭是有内涵的，是有故事的，是被爱情遗忘角落里的伊甸园。

　　我婆有一养女，小名金桑儿，我们叫姑。来的时候骨瘦如柴，面如灰土，几年工夫就出脱得有模有样，两根大辫子一根甩在背后，一根搭在胸前，油光水滑，十分诱人。人大了，心就野了，也不多听婆的话了，不时还顶几句嘴。有几天，正要闩大门了，她才急急忙忙地回来，遮手的是几根干柴，辫子虽然绑着，鬓角和刘海儿有些凌乱，头发上面还沾了一些稻草茎儿，婆就狠狠吵了半宿。又过了几天，她干脆把头发散着，稻草如发卡不离不弃，在头顶招摇，很是抢眼，婆说大姑娘了，披毛鬼似的，哪个男人敢要。煤油灯下发现头发中的草茎，气就更大了，质问跟哪个男人野（婆不会说野合）去了？像一头牛样的，她一头打进自己的房屋，说一句：吵吧，迟早是要走的！婆就数落她翅膀硬了，忘恩负义了，还有碗米养恩人，斗米养仇人的话。真叫没有不透风的墙，不久就叫婆打听到真相，晚归的原因是与"一把手"到稻草亭约会去了，扬言正准备聘礼，找人到我们家提亲。婆嫌人家是残疾，要先下手为强，赶快请人到外公社放话，只要小伙子五官齐全，有没有聘礼都行。就这样，金桑儿很快就嫁到蔺河口，男人虽有些单薄，却是正宗贫下中农，还是生产队长。

　　我们在一天天长高，稻草亭在一点点地消瘦，一点点缩小，我们知道，那些金黄的稻草多半去了牛的胃里，少数去了我们脚下（草鞋），还有一部分夜里背着我们（铺床）。不要担心，等到吃光用尽，新一年的稻谷又要上场了，稻草亭又会长高了，就这样年复一年，生生不息，许多儿童成了大人，许多老人入土为安，只有稻草亭依然如故，永不褪色。不过，现在改变了用途，作为乡村旅游的一个小小标志，令城里人特别是城里的孩子津津乐道，念念不忘。

　　金黄的稻草亭，故乡用童心搭起来的积木，我们童年的金字塔。

2012 年 11 月 24 日草于平湖

薅不尽的草

草鞋垭的人把不认识的草称作野草，或者杂草。有些草没名字，只要是长在庄稼地里，它就依附着有了名儿，如苞谷草、洋芋草、红苕草、南瓜草。

不管有名无名，只要与粮食作物争，我们就在队长的带领下把它们清理出去。草也不是好惹的，你越要铲除，它越要强悍地疯长，势头甚至超过了娇宠的庄稼。眼看着那些顽强的小生命，大有吞噬庄稼之势，我们就心急火燎，带上半个月亮似的薅锄，在骄阳似火的天气里进行一次大扫荡。刚薅过一遍草不久，只要来一场雨，或是几次晨露，草又拼命地生长出来，不只是野火烧不尽，简直是砍头不要紧，或者叫砍头如同风吹帽，越长越旺势，越薅越精神。你再看那些被杂草围困的庄稼，面黄肌瘦，无精打采，一点儿不给我们留面子。

洋芋下地一般在冬季，需要把土壅起来保温，一垄一垄的，像屋脊上的瓦楞。开春薅草时，把田埂似的土梁扒拉开就行，那时的草还没出土，洋芋也未出苗。我问队长，没有草薅个什么劲儿，他说没草也得薅，这叫"打闷草"，我摇摇头，又点点头，心里想，可能种子在土里睡闷了，需要划拉几下，清醒清醒。不出三天，嫩苗就慢慢钻了出来，很快就葱茏一片。就想到上次打闷草，如同挠痒痒，解闷儿，小苗苗自然开心。

不知是谁给我的出生地命的名，打头一个"草"字，好像与草结了缘，沾着亲，带了故，从小就得经常与草打交道，与草早不见晚见。那时，我好像对草熟视无睹，没有什么好感，也没有恶意。一方面是出于大人的表率作用，一方面是自己的身体力行。不是我想与草为敌，是大人们的强迫命令。放学还未放下书包，妈妈就要我到庄稼地里去拔草，一蔸并不起眼的小草，根茎出奇地发达，结一块饼，团成一坨，如同施了魔法，任我怎么用劲儿，它就是不挪窝，直到一声脆响，草断了，我重重地摔了一个屁股蹲儿，疼得眼泪花儿直转。重者能把手弄些小口儿，轻者满手都染上绿色的汁液，好长时间都洗不掉。最可气的是，几天露水过后，那草又冒出青葱的头来，在清风中望着我讪笑，一点儿也不示弱的样子。

衡量一个劳力的强弱，测量的方式也简单，看你能不能在三伏天薅二道苞谷草。那是一种力量的比照，也是"武器"的展示。有的薅锄是刚从铁匠铺新打的，口面宽，褙子薄，一锄下去，扫倒一大片；有的久经沙场，磨损严重，如我婆裹着的小脚，薅的面积没别人宽，却灵巧好使，挥洒自如；有的半新不旧，正当其时，增一分嫌重，少一毫略轻，如正出力的半大小子；有的好像磨刀石磨过一样，明晃晃地耀眼，歇息时用粗糙的大手不停地摩挲，如抚摸少年的肌肤，似乎那不是劳动工具，而是可以把玩的掌中之物。最绝的还是那些风格各异、粗细不匀、长短不齐、个性张扬、特色鲜明的锄把儿。这些把儿，有的直，有的曲；有的木质细腻，韧性十足；有的色泽红润，黑白分明。薅锄的好赖全凭铁匠的手艺，锄把的优劣就是自个儿的眼力，原材料就在山上长着，就看你识不识货。当然，回来加工的环节也很重要，有的能化腐朽为神奇，有的却把一朵花弄成豆腐渣。

我最羡慕队长，他总在地边的位置指挥，锄头小不说，几乎不用，要用也是象征意义一下，点到为止，多是大声呵斥。有一次我挨着他薅草，轻松得如同儿童游戏，只要跟上节奏就行，薅不薅无所谓。也不怪队长，地边上土少，多是瘦得皮包了骨，别说长庄稼，草都不欢实，一锄头下去一道白印，像我们刚在河里洗罢澡想遮掩被大人在皮肤上划拉了一下。苞谷林中间不通风，如进了蒸笼，顿时汗流浃背、以汗洗面，尤其是那带齿的叶片儿，横刀立马，拦路剪径，躲都躲不过，随便在我们稚嫩的皮肤上亲一下，轻则几条红印，重则血珠渗出，火辣辣地疼得钻心。

那时的土地还是集体所有，我参加劳动最多的是下地锄草，有时起早摸黑，有时披星戴月。我妈比我辛苦，薅草时总不忘背个挎篮，遇到猪草就忙里偷闲扯几把，我在她跟前时，就教我认识猪吃的草，如蛾儿肠、灰雀旱、王八叉、母猪藤、红花草、白蒿、苦麻菜、马齿苋、地地菜。我尽可能地把猪能吃的草拢到一堆，歇气时再用棕叶编成提兜装起来，这样做虽然解决不了多大问题，目的是想为母亲分担一点儿家务，指甲常常被青草染绿，草浆沾在手上，好多天都洗不掉。我把它视为色染、草痕，准确地说，应该是草按的手印。

我对这些草的看法是矛盾的，悲欣交集，喜忧参半。如果没有草，就没有草药，没有草料，就没有饥荒年馑的救命之需，更没有牲畜的口中之餐。草鞋垭人常说的一句话：人眼识宝，牛眼识草。还说爱吃的猪"草口好"。其实，牛羊在这方面比人有眼力，漫山遍野就是餐桌，也挑肥拣瘦，也喜新厌旧，却从来没见吃错过，也未发生过食物中毒。

看到绿油油的青草，我就有一种亲近感，既蓬勃着大地的生机，又给了我们无尽的色彩，这些不起眼的草芥，一旦没有了，就会不习惯，就会有失落感。某些时候，草又是我们的表率，是我们的标杆，比如，生命力的顽强，适应能力的神奇。有一种草，像韭菜叶儿，手感硬而有韧性，根须弱小，结蚊蝇大的籽实，像微缩的橄榄球。明明是大太阳地里翻晒的，可以说，再顽固不化的草，只要到这个份儿上，必死无疑。可到第二天一看，它又青幽幽的面不改色。队长说是"回头青"，脸皮厚。我喜欢这名儿，你刚一回头，它就返青了，比返老还童还要玄乎。就想起人说的一句话，叫"好死不如赖活着"，草死皮赖脸地生存，人不如也。

稻田的草，不要薅锄，得有眼力。不注意，你根本无法分辨。它也有弱点，就是比秧苗欢实，色深。千不该万不该，不该叶片中间长根白茎，你又不是警察，裤子上留条白线干什么，结果叫我们一捉一个准。捉拿并不归案，而是扔到田埂上暴晒，看到枯焦，委顿成泥，第二年田里又会出现它的身影。不知是谁取的名儿？稗子，还未交手，先就"败"了，岂是人的对手！稗字拆开是卑禾，我看那精神样儿，一点儿也不卑微。

  草鞋垭的草是真正地野生土长，没有谁刻意兴种。个别有翅膀的种子飞来，落地生根，有些被鸟儿食后从粪便排出，自带了肥料，不想旺势都难。也有的时候，种庄稼时顺便把草籽种了进去，不是想这样，而是躲不过，许多农家肥都是草沤成，牛草里面也有成熟的种子。这就是草命，也可以叫作草运。草命比人命硬，人命关天，草命关地。

  正写这篇小文，读到《人民文学》上孙惠芬的《生死十日谈》，这是专门写农村自杀现状的长篇非虚构作品，里面多次提到"百草枯"，许多人就是喝了它而命丧黄泉的，而且很难救治。这是谁发明的？为啥要取这样的名字？百草都枯了，人还活个什么劲儿？有句老话叫人活一世，草木一秋，当年与我一道薅过草的人，好多都已谢世，认得认不得的草却依然故我，活得不卑不亢。

  许多时候，我回忆起童年与草打的交道，与草的相依为命，与草的生死博弈，心里总有一种酸酸的滋味。草虽然顽劣，也不能背后捅刀子，用除草剂之类的损招来赶尽杀绝，这样做太不地道，更不仁义。如果有一天草灭绝了，我们将再也看不到绿草如茵的大地了，看不到牛羊在田边地头啃食青草的风景了，看不到诗人笔下遥看的草色了。如果真是这样，那将是一个多么可怕的世界啊！

  我怕乡村失去这些风景，我怕我的心灵寂寞得没有了一抹草色，我更怕草鞋垭这个名字再难名副其实。

2013 年 3 月 10 日

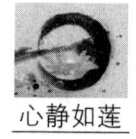

信步闲堤

客住西安一年又半载,偶尔回到魂牵梦萦的小县城,见到一些熟人,遇到一些事情,就情不自禁地唏嘘感慨:唉!怎么那么淡定,那么从容不迫,没见一丝一毫的慌张。以前咋就没有发现?愣怔半会儿,走一阵子神儿。不是某个人,而是整个小城都在按部就班,循序渐进,安之若素,泰然处之。

不用说,急不可耐地加入晨昏散步的行列。沿堤信步并不需要讲求游戏规则,左右皆可通行,甚至可以横冲直撞,就是走成"之"字拐儿,也没人过问。天天见面,天天问好,一天见三回,就打三次招呼,哪像我在异乡的车水马龙间行色匆匆,鬼吹火似的疲于奔命。在这里,我才真正体会到什么叫让生活慢下来,什么叫放慢生活的脚步。

小城的河堤随弯就势,曲线优雅,起伏不定,这时候的散步应该叫浪漫之旅。刚才看见日出在前头熹微,一会儿跑到身后烧霞;刚才还见月亮在山头升起,眨眼工夫就在房顶皎洁。捉迷藏似的与你嬉戏,害羞似的犹抱琵琶,没有金屋却藏着娇呢,没练书法却藏着锋呢。才栽几年的杨柳垂下细细的枝条,移民而来的桂花四季常青,这才叫杨柳依依,桂子寂寂,静流深深,行者款款,可惜没有荷叶田田,炊烟袅袅。

我喜欢新疆作家刘亮程的散文,也喜欢他说过的一席话:我喜慢事物。所谓慢,是我们对待事物或事物对待我们的一种态度:彼此珍惜与挽留。我希望我的文字是慢的，仔细的，是停下来细观慢察的。我喜欢那些停下来不动的句子，事物被文字捕捉到。

好东西不能生吞活剥，一目十行，要细嚼慢咽，反复琢磨。写作如同盘腿打坐，冷静思考，静观其变，剔除杂念，字斟句酌。我这个人生性反应迟钝，等明白过来水已冷了三秋，想补救当属马屁股后头作揖。好在我没有老撵别人的脚步，及时回头另辟蹊径，爱好散文的路数很对我的口味，也适合我的性格。物竞天择，适者生存，几十年了，虽然没有声名大震，却也随心所欲，通达放逸，自在不羁。散文加上我的慢条斯理，于是，我就喜欢上了散慢这个词，散是境界，慢是修为，散和慢在一起不成正果也会成一种造化。尽管我刻苦过，努力过，却未写出令人叫绝之作，就是说，要想达到超越世俗荣耀之上的那种宁静，还有很大的差距。

说到作品，说到小城，我想起一位耄耋老人，岚皋解放时弃教从戎去了部队文工团的纪小城。他现在旅居兰州，铁佛寺人，原名纪光烈，后来思念家乡改成现名。他年纪轻轻就写出了电影文学剧本，八一电影制片厂还拍摄了他的《红鹰》，话剧《刺刀见红》作为新中国成立十周年献礼剧目，在人民大会堂演出，毛泽东、周恩来都曾前往观看。在电话里与我聊起故乡，说得上气不接下气。古人讲，仁者寿。从这一个例看，时刻不忘故土的人也能长寿。

有一次打开电视，在《舞动陕西》里见到从空中拍到的小城，我一下子惊呼起来：快看，那是我的小城岚皋，简直美极了！从来没有这样沉不住气，这样失过态，一时找不到合适的字眼，小家碧玉，惊鸿一瞥，美妙绝伦，美轮美奂……这些似乎不够，还不足以说明小城之美的内在气质。蔚蓝的碧空，整洁的高楼，特别是那一湾绕城而过的湖水，真该叫千般妩媚万般旖旎，不知道哪是钻戒，哪是宝石，或是镶了浮雕的玉盘。没有皇冠的富丽堂皇，却有银箔的艳压群芳，仿佛是从天上银河里截取了一小段放在了这儿。

有人会说，那是航拍，是高看。我就会据理力争：有本事叫人家把你的县城再拔高几百米拍出来试试！有人又说：你看你那护城堤，

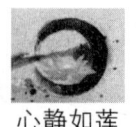

全是弯弯肠子，花心。我就会反唇相讥：花不美吗？弯弯建筑比直巷子有魅力。

小城不是美人，因为美人会迟暮，年老会色衰。因此，我曾经在一篇文章中说过，生活在小城的人是幸运的，是天天能抱得美色归的。

也许是我从小就习惯了小城的风俗习惯，抑或是骨子里就深藏着快不起来的细胞，还有萦绕在心间的那些淡淡的乡愁，我总是在异乡忙碌一阵子之后，心急火燎地赶回去，静静地享受这独有的慢半拍的生活节奏，当然还有那不浅的艳福。

2012 年 5 月 20 日

走 树

有走人一说，没听说过走树。我家老屋左侧的那棵桂花树真的走了，再也不会回来了。我相信它行不会更名，立不会改姓，但是成为别人家的树了已成事实，不再属于我，也不再属于黄家。

一个月未回草鞋垭，我家祖屋旁边一棵桂花树走了，就像一个人，打了几十年交道，突然消失，除了不习惯，多少还有一些伤感。就像人的脸蛋儿，突然出了一个难看的疤痕，破了相，怎么看都不顺眼，不舒服。

我问职守在家的老父亲，他说别人买走了。

好端端的一棵树，招谁惹谁，又不碍事，为啥卖了？

是熟人，对门的胡发贵，你的同学。

我无话可说，当年我学游泳时，差点儿溺水身亡，是他拉了我一把。前年，他大儿和我一个单位供事，不幸英年早逝，我写过一篇《老乡树》以寄哀挽。

过了一会儿，我仍愤愤不平：那棵桂花树站到那儿，很显眼，一转过垭口就能看见，那位置再合适不过，像一面绿色旗帜在招展。胡发贵也太霸道了吧，为啥非要据为己有，把别人的东西挖走栽到自家门前？

父亲说，我老了，守不住，好多人来打过主意。既然迟早要走，何不走近一些，好歹没有出村。

我无话可说，也说不起话。如果抢白我几句，你们城里人好，哪

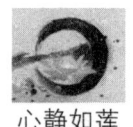

一棵大树不是从乡下搬去的？我会无言以对。我家的桂花树是没走远，只有一河之隔，早不见，可以晚见，晚不见，明天可以见。这样一想，心里稍许安慰了一点儿。是啊，现在城里的大树，有几棵是土生土长的，全都是生拉活拽，花大价钱买的。也不管树愿不愿意，喜不喜欢，走也得走，不走也得走，根本不管死活，这跟抢有什么区别？看到街上或者公园一些截肢去头、无精打采、半条命的大树，生不如死，慢慢枯萎，快快而逝，我心里就痛，就想骂人。

陪八十岁老父亲打了两个小时"双扣"，这是他的最爱，趁倒茶时，我又忍不住问：是人家硬要买，还是你见钱眼开？

父亲吸了一口纸烟，长长地嘘了一口气：开始是他的小儿子长生要分蔸，挖了半边，结果那棵小的并不是"独身"，只是分枝，因为土壅得厚，没有看出来它们早已融为一体，无法分开。胡发贵就进屋说，已经挖了半边了，干脆卖给我。我说那是我二女开翠的，现在外地，得她同意才行。打电话过去，说你愿卖就卖吧，就这样，卖了五百块，给她缴了养老保险和医疗保险。

我这样不依不饶，并不全要责怪父亲，而是对那棵桂花树有了感情，一时半会儿不能接受，难以释怀。

人是行走的树，志在四方，胸怀天下。树是思考的人，高风亮节，故土难离。我说了这么多，树什么都不说，默不作声，甚至一点儿都不知道。不过，树也有自己的生活方式，会用自己的独特眼光看世间变幻，读人间沧桑。有些话，咋好对别人说，只能烂在自己的肚子里。丢了一棵树，等于丢了一个魂，今后自己浮躁的心态靠谁来平和，有杂念的心灵叫谁来净化？

我想给老家拍几张照片，举起相机又放下，放下了又举起，最终没有摁动快门。因为少了那棵树，心里总不是滋味，已没了那个心情。

贾平凹有言：厚云积岸，大水走泥。我说：急功跨桥，近利走树。看看，是不是我的思维有些乱？

2013年7月14日记

小 名

  母亲已经离开我们十几年了,她不会再为儿行千里担忧什么了。其实,母亲并不比我大多少,只有屈指可数的十九年。母亲属鼠,却不胆小,她敢一个人进很深的山打岩桑喂蚕,独自一人趁着月色在坟地拾柴。特别她给我取的小名,可以说是文采飞扬,有胆有识,大气磅礴。

  小时候,我的波折多,爱生病。大路上走过一位盲人,听说会算命,母亲就请到家中。报上生辰八字,算命先生掐着指头自言自语:这伢儿命中缺水,小名得有水啊!母亲不假思索:那就叫海清。两个字不仅有水,而且是汪洋大海。水善下成海,山谦高极天。算命先生不住地点头,连说了三个"好"字。我知道母亲是识字的,比父亲少上一年学,只读到二年级,可惜后来拖儿带女,天天下地劳动,渐渐就荒废了。

  我骄傲着我的小名很文雅,也很有气势,不像对门儿,不是叫黑娃子,就是狗娃子。也不像隔壁,不是叫长命,就是叫百岁。后来我的大妹出世,母亲就自作主张,取了"翠兰",葱翠的兰花,多好!不像有的人家,不是翠娃子,就是兰女子,把两个很美的字眼放到一块儿用,在我们那样的乡下,不多。

  我的小名母亲一直叫到参加工作,成了公家的人为止。有一天从城里回去,走到院坝边上,正在堂屋剁猪草的母亲一抬头,站起来喊了一声:老大回来了!

我一时没回过神儿来,在确认是在喊自己时,才觉得自己成人了,是大人了。那个亲切的小名已经作废,成了历史,秘而不宣,没人再叫,也没人敢叫。

隔壁有一家,姓陈,五十岁添一子,喜不自禁,觉得我的小名取得好,有出息,就学着取了"海水"之名。海水并不风平浪静,十岁时与老父吵了一架,杀猪匠出身的父亲虽然没有动刀子,却动了巴掌。儿子负气一走了之,自此再无音信,害得父亲日思夜想,每天都要朝儿子走的方向望好一阵子。有一次回家,我不知就理,贸然问起,八年未见儿子的屠夫泣不成声,老泪纵横,仿佛每一滴都是他苦涩的"海水"。

竹园里的米娃跟我同了三年学,上树入林,打猎安套,无所不能。如此聪明的人,对读书了无兴趣,任由父母打骂,就是不进教室。好在他对犁田打耙很喜欢,几乎是无师自通,自此有劳而获,天天吃着自种的白米干饭。我们草鞋垭人说某人从小衣食无忧为"一颗米长大的",这个小名倒也名副其实。当知道我在单位上每月只有六斤米时,硬要送我两升,一半是同情,一半是分享。

父亲吃的是商品粮,见过世面,成人就应该叫大号,把姓去掉,单喊一个"开林"。母亲听见后,觉得在理,就不再叫老大了,改成"开林回来了!"或是"开林啥时再回来?"

现如今,这三个称呼母亲虽然不能叫了,但那种无法取代的母语和声音质地,常会想起。母亲与我最后一次交谈,也是说话最多的一次,是她与退休在家的父亲拌了几句嘴,气呼呼走了三十里山路,找到我的办公室。刚从三楼楼梯口一露头,我一眼就认出来了,让她进来,她却招手叫我出去,母子俩就在走廊上说起话来。母亲声音洪亮,从不藏着掖着,有人从门里探头张望,有人走过去又踅回来,我们不管不顾,继续大声把话说完。我听明白了,事情小得不能再小了,母亲一辈子不吃菜油,说吃了上火,就悄悄买了几斤猪油,生活习惯的不一致,导致了口角。问题是话怕岔,气怕赌,就上升到吃闲饭的高度。母亲对我说,她不想吃父亲的闭眼食,后半辈子要我养活。我说好哇，一言为定！她用手背擦去快要滚落的泪水，扭头下楼，匆匆而去。我竟然忘了送她一程，也忘了留她住一宿，就那样呆若木鸡地站了好一阵子。

母亲是信任我的，知道我说话算数，从不说谎，才跑那么远来讨个说法，听一句儿子的承诺。只可惜，我的畅快应允只是一纸空文，母亲并没叫我养活就去了天国。那种依赖叫我欣慰，那种挥之不去的乡音叫我难忘，遗憾的是我的小名母亲不再可能叫了。

想到要写小名，是受作家陈奕纯的影响，有些话我还未说，他已经想到了，就在他的《乳名》中顺手牵羊几句：故乡还是那个故乡，乡音还是那个乡音，根还是根，我还是我，你还是你。不管你的身份如何如何高贵，不管你今天多么多么富有，他们叫起来那么脱口而出，熟悉得不能再熟悉了。因为在故乡，大伙儿叫不顺你的大名，他们只记住了你的小时候，记住你那光屁股爬树、洗澡、吃饭、撒尿的熊样子，没有人不记得你的乳名的。

小名不小，如同方言土语，是一个人，一个地方，一块地域文化的重要组成部分。

小城的雾

　　小城岚皋，山环水绕。岚皋美，岚皋二字也美，听起来悦耳，忆起来倾心，想起来有诗。小城人取名，男儿女儿都爱用这个字，熨帖，适宜，贴皮巴肉，恰到好处。"岚"字分开也不错，山是青山，是宝山，是奇山。风是风光，是风致，是风花雪月，是让人挺直腰板的风骨。风生水起，水起雾生，小城的雾就多而繁密。离这里十几公里的芳流和上溢交界的地方，在南宫山不远处天然生一水塘，当地百姓唤作水雾池，多好的名儿，一不说水塘，二不说水坑，三不说海子，偏偏想到水和雾，这叫功夫，也是灵慧。

　　辞书上对"岚"的释义就是林中的雾气，石是水之根，林是雾之源，小城因林而俊，因水而秀，因雾而丽。有大山的地方就有豪气，有美水的地方就有灵气，有树木的地方就有生气，有美景的地方就有人气，有云雾的地方就有仙气。有时候，这雾从蔺河口经四坪到梨树垭，一直延伸到水围城和柳口，一字长蛇阵摆弄，由东而西横陈在县城脑后，像是谁献上的特号哈达。有人说，这是宏一大仙吹了一口气，小城便笼罩在祥瑞之中。从方位上讲，笔架山（今易名南宫山）在县城的东面，雾从东方来，南宫山至今还保存有大仙的不腐真身，这就似在情理之中了。

　　雨后的雾最美，蓝天澄碧，青山如洗，其色似母乳，其形像奶酪，一会儿扯成片，一会儿撕成绺，一会儿抱成团，舞动着，飞扬着，撒着欢儿在天地间张扬着个性，释放着激情。小城的雾很调皮，从水面上缓缓生成时，那应该叫烟岚，岚河像害羞的嫁娘，在薄薄的纱布后面美不胜收。等我们看清真面目时，那雾就像被谁牵系着，从县城上空徐徐掠过，一点儿也不拖泥带水，速度快得惊人，还没等你回过神儿来，就围在中梁子山的脖子上了。有时候，这雾前呼后拥从山后奔来，把堰溪、陈家两条沟塞得严严实实，密不透风。太阳一出，雾顿时有了色彩，虹霓滚动，霞光万斛。也就在此时，我才明白什么叫虚怀若谷、豁达大度。有时候，这雾从太阳梁慢洇而下，将拢西坡时，横着弹一条粗细不匀的墨斗线，很像吴三大的手笔，一疙瘩连着一疙瘩，就想起贾平凹送我条幅上的文字：艺术之妙在于能飞也，断之，续之，善蹈大方。

同样是雾，岚皋的清雅；同样是雾，岚皋的艺术。

（原载 2008 年 7 月 23 日《南京日报》）

岚河送来春消息

有人说，春节是春天的节日，这话未免有些随意，春节充其量只能算作春的序幕，是一本书的扉页，一本杂志的卷首语。

有人说，立春是春天的开始，就像我们说的三十而立，是自立了门户的儿男，是站得住脚的一些道理。

我老家草鞋垭的人不这样说，他们把立春叫作打春。春天也能打吗？这是把春天看成自家的孩子了，该吵则吵，该打则打，该心疼则心疼，好比家长里短的私房话，人情味儿十足的方言俚语。

春天到底什么时候来的，谁也没有在意，谁也说不清楚。也许是一夜之间，也许只打了一会儿小盹，甚至一个转身，一个媚眼，一个哈欠。

正因为不请自到，各色人等才能充分分享那份美好。每个人感受春天的时序都不相同，每个人心目中的春天都不同样：儿童蹒跚学步，仿佛一脚踢翻了春天的酒壶，还未喝呢，被气浪一冲，顿时就酩酊如泥，东倒西歪，拉都拉不住。少年是好动的季节，他们躁动不安，想在春天里展翅翱翔，自己飞不了，就折一些纸鸢，或是做一个风筝，放飞所有的心愿和希望。年轻的女子心急，超前，反季节消费，夏装春穿，不怕露出马脚，却要露出一双美腿，在早春的寒意里走出青春的娉婷，走出阳光的明媚。中年汉子知道人勤春来早的道理，行走沟垄，荷锄田间，给麦苗梳头，为洋芋挠痒，或是掐一把菜薹，顺手抚摸一把油菜花蕾，用手中的农具叩问春天的消息。老人裹紧冬衣，捂得严实，纽扣外面再勒根绳子。不是怕冷，而是害怕春天跑了，腿脚不灵便，追不上。

老人见多识广，知道春天是怎么来的。明明山上的花儿开了，坡上的椿树发芽了，却要我们脚步向下，再向下，一直走到岚河边上才停下。像一个虔诚的仪式，带头俯下身子，左脸尽可能地贴近水面，感受河风的轻轻吹拂，然后侧耳倾听。

听到了，这是春天的絮语，是万物的拔节，是流动的音符。

听到了，这是春天的响指，是岁月的长啸，是生命的集结号。

老人说，春天是春风吹来的，春风是岚河接来的。是啊！河风一吹，水汽上升，冰凌开始融化，小草开始复苏，果木开始含苞，满坡的山桃花就开了，如霞似雾，缤纷一片，像节日的礼花。

岚河是春天的通道，春天是岚河的使者。

梅花泄露春消息。这是晏殊的一句词。闻道春还未相识，走傍寒梅访消息。这是李白的两句诗。我们要知春，不必访寒梅，问问岚河就知道了。

要知春消息，流水知深浅。岚河一扭腰，春光在眼前。

（原载 2012 年 3 月 13 日《西安石油大学报》）

横溪河

河是江之源,溪是河之源,横溪河算得上源流之源。我喜欢溪水,也喜欢河流,对这个"横"字却有些莫名其妙,不想认同。但它却是实实在在地存在着,由不得你的质疑,印章上刻着,文件上印着,共和国的版图上标着。横就横吧,横也有好词,譬如纵横驰骋,还有横空出世。

当我走进镇政府的大院,墙上赫然一幅标语:把路走直,把人做正,把事办实。我释然了,这"直"从另一方面看,不也是一横吗?把路走直,就是公仆的秉性;把人做正,如同四周的树木;把事办实,就是为人民服务。

听当地一位老人讲,这儿自古就叫黄溪河,只因来了一个杨大人(陕甘总督杨遇春),说了一句"此处不可无木"的话,当地官员如捧圣旨,连忙将"黄"字旁边加上木,就成了现在的横溪河。若是当年这儿寸草不生,或是乱砍滥伐严重,出此一语倒要让人刮目,也合情理。痛定思痛,频发的自然灾害,无端的环境破坏,再来看这句话,应算得上警策之语,有先见之明。出于自私,我还是要耿耿于怀,若是不加那"木",这条河就会与我同姓,就是我的亲戚,我就会多个本家。

没走一圈儿,只走了一横,也就是一条直线,到处都能看到木秀于林,浓荫匝地,屋舍街道都被树木包裹着,还有镇上正在搞着的植树造林,可见这儿的人是爱树的,是不会数典忘祖的,有木也要植,无木更要植,树木不嫌多。

岚皋很早以前流传一首民间谣曲:穷滔河,富岚河,好打官司的黄溪河,背起菩萨神仙河,纳起鞋底千层河。后面还有一长串,几乎把周边的小溪河流都说完了。散步时遇到一位老人,七十多岁了,嗓门儿洪亮,精神矍铄。文墨深浅不说,大名就很有文化:彭君美。我说男人咋取了女流之名?他哈哈一笑:你有所不知,我还有一个号呢,叫彭成之,名号一起就是君子要成人之美。没工夫探究君子,也没时间问询成人之美事,随口而出的花鼓词让我们喜泪纷飞,笑声一片。镇干部刘列宾调侃惯了,出言叫战:横溪有个彭君美,三百斤重的野猪全凭一张嘴。对手猝不及防,嘴里呜噜两下随口便答:横溪有个刘列宾,要死不活的狼包子正发瘟。这是当地习俗,叫骂笑。骂是形式,笑才是目的。哪里有这样的地方才俊,哪里就有笑声,就有欢乐,就有快活。就像横溪河里的水,何曾有过消沉,何曾有过郁闷,何曾有过忧心忡忡?

从老人口中得知,黄溪河为啥好打官司?清朝末年,这儿住着彭、凌两家大户,为祖坟山打了几十年官司,还是一位吴姓县令会来事,把两家主事的请到县衙,不理诉,也不问讼,一连三天好酒好肉招待,请几曲大戏伺候,临了说一句:这官司就莫打了,两家退一步天宽地阔,我也好有两个吃酒的地方。两家你看看我,我看看你,像是垂头丧气,其实是如释重负。我说:县上若写司法史,这是很好的个例,说明那时岚皋人的法制观念就不弱。

横溪老早就是富庶之地,彭君美祖上就是被"麻柳十三坝,猪头(其实是石头)砌田坎"这句话哄来的。由于好讼,这儿还有砖坪第二衙门之称。小学堂名气也不小,校长彭祝三自撰一联:天下一等人忠诚孝子,世间两件事读书耕田。少川镇长说:便于好记,用了谐音,我们新的口歌是姑女擅淡经,发洋财,做鬼事。见我们惊讶,他一一解释:姑指香菇,女指旅游,淡指土鸡土鸡蛋,洋指山羊,鬼指鬼脑壳魔芋。

唱累了,笑够了,彭君美问我:陕南新九寨、九寨幺妹是你们这

些文人给取的吧？千层河的名字多好，每一个字都比九寨沟的口气大。我仔细一想，说得真对，九没有千大，寨没有层多，沟没有河宽。就叫千层河吧，何必自惭形秽，灭自家威风。

横溪河的上游除了小家碧玉的秀水河，就是名声日盛的千层河。一层就是一横，就是一个台阶。一层一分秀，一层一个样，一层一重天。我曾经说过，沿着水走，就有出路。在这儿，只要你沿着水走，就有美景，就有意想不到的惊喜，因为尽头就是巴山之巅的神田大草甸。

人往高，水往低，这话在这里得到准确诠释。水往下时，跳跃着，冲动着，款款着，就像弹拨在琴键上，发出动听的音色。就想到成语层次分明、层出不穷，还有不是成语的金层辉景、层台累榭。可见，这水是有来由的，是有底蕴的，是有文化的。水往下时，并不会被台面上的事所羁绊，层层落实，叠叠不休，看得见或看不见的前方就是出路。如果说品茗，这就是浅酌；如果说清唱，这就是低调；如果说"横"字，这每一级音阶就是一横，就是简谱上的延长符号。

横溪河不是一横，而是千层，它的美和富有是有内涵的，是丰富多彩的，是一石可以激起千重浪的。

（原载 2012 年 7 月 12 日《安康日报》）

胎　记

　　人的一生，会得到许多印记，也会留下许多痕迹，但任何烙印都没有胎记厉害，擦不掉，洗不净，抹不去，看似嵌入皮肉，实际深入人心。因而胎记是父亲画上的图腾，是母亲打上的记号。

　　有的胎记打在脸上，像没有画完的脸谱，叫法却与京戏类似——花脸。

　　有的胎记烙在背部，像简洁的文身，有人把它叫作汗青，取文天祥诗句之意，加之那儿爱流汗，成语就有"汗流浃背"一说。

　　多数胎记躲在私处，譬如在下就是。记得儿时在故乡草鞋垭的小河里游泳，伙伴们老爱瞅我的屁股蛋儿，对那块乌青皮肉疑惑不解，童言无忌，不是好伙伴点破，我对父母格外的"馈赠"全然不知，拼命扭脸细看，才发现这块乌眼青是那样碍眼，慌忙提上裤子回家质问母亲。妈妈并不以为然，满脸堆着笑说：孩子，别怕，那是胎记，是从娘胎里带出来的，无论你跑到哪里，妈妈都会认得出，找到自己的亲骨肉。胎记不痛不痒，况且长在尻蛋上，别人又看不到，何必计较，天知地知，你知我知。从这以后，我游泳时再不放浪形骸，多有顾忌，不是潜泳，就是仰泳，既然是母亲赐给我的专用标识，就得收敛一点儿，岂能轻易示人。

　　有了这样的稀罕之物，具备了不可再生的资源，却不能对外宣传，算是几片肥肉壅在饭里吃了。自这以后就爱打量别人，看我有的别人有没有，看别人有的我有没有，总是失望，除了脸上、眼部、上

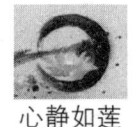

身，其余均包裹严实，不得而知。看不见人，就转移视线，上了几趟国家地质公园南宫山，才发现真正的胎记在那儿。同人一样，多数躲在原始密林里，旅游开发，不得不从最隐秘处凿出一条路来，这样就看到了很难看到的卑微之物。它有个好听的名字，青苔，或者叫苔藓植物。写法不同，意思有别，读音一样。就像有人喊叫乳名，如果有人与我同音，别人答应，我也想张嘴，打心里头亲切。

溪边的水汽大，长得旺势，轻轻抚摸，如同肌肤之亲。它似乎有些害羞，想躲，却挪不开脚，迈不动步。自然界也有隐私，只是人们的窥视欲太强，躲得过初一躲不过十五。

树上的生得颀长，纤细，薄厚不匀，长短不一，像长臂猿伸出的胳膊，虽然毛乎乎的却不瘆人。想与其一握，又怕弄乱了有序的纹理，那种朴素之美会让你怦然心动，把伸出去的手悄悄缩回来，真有与人握手时你急不可耐把手伸出去别人却没反应的尴尬。树枝上的又是一种气象，长发飘飘，美髯翘翘，花白如老人的胡须，有人说是云雾草。这名儿好哇！云雾一来，苔藓就有了仙气，南宫山就有了仙风道骨。

岩壁上的干瘦如纸，像一幅油画，抽象，写意，五彩斑斓。黑如墨，绿如玉，黄如金块，红如印泥。当地人说，颜色红黄，年成就好，若是绿黑，就要歉收。苔藓能预卜丰歉，真叫神奇。

火山石上的密如地毯，像农夫披了蓑衣，既遮风雨，又可暖身，形状奇特些的，真像绿毛怪兽。石的可贵在于不会变质，苔的可贵在于不会变色，小生命显示出的大境界，让我等芸芸众生望尘莫及，无地自容。

因为要栽标识牌，不得不挖掉一大块青苔，我找了塑料袋小心翼翼装回家，想美化那些没有生气的花盆。天天浇水，天天关注，下雨天还不厌其烦地搬到阳台，天一放晴赶快搬进室内，没承想它还是水土不服，病恹恹的，一日不如一日，眼睁睁地看到由绿而黄，由黄转灰，由灰变黑，苔衣即将剥落，很快就要委顿成泥，叹惜，心痛，无能为力，只好把它送回原籍。一周过后，专程前往探视，像变了戏法，说不上葱绿一片，却大有转机，似乎每棵细株都在复苏，显得很有精神。

　　植物界的执拗简直有些不可理喻，小生命的顽强让我肃然起敬。青苔就是南宫山的胎记，已经与大山融为一体，已经与自己的生命血肉相连，就像我身上的胎记，如果挪个地方，就会萎靡，也会坏死。

　　胎记是我身上的苔藓，苔藓是南宫山的胎记。

2012年8月10日改写旧作

挑　力

　　我们草鞋垭管人工运输货物为挑力，那时候没有机动车辆，连手推车都少见，搬运大小物件都得靠肩扛背驮。挑力这词儿虽说是方言，却精辟，很到位。把一百多斤的东西放在肩头，走几十里山路，这挑起的不是力气吗？这挑战的不是劲头吗？这不是攒圆了劲儿才挑得起的吗？前些年全国精神文明典型张家港有"负重前进"的口号，我就想到少年时的挑力。我们挑着力，力又挑着货，挑着挑着我们就有力了，不说力拔山兮气盖世，也能力所能及，自食其力。

　　运送货物除了挑，还可以背，力字不能少，就叫背力，人称背老二。照这样说，挑力的就应该叫挑老大了。背东西是我的弱项，有次队上分红薯，妈妈见我比同龄人背得少，以为我偷懒，把后面的衣服掀开一看，发现脊梁骨是凸起的，已经红成一根绳，轻轻地叹了一口气说，我儿是条汉子，连背脊骨都是公的呢。自此只叫我扛或挑，有了帮手就抬，总之是肩膀上的活儿，七兄妹中我是老大，用书面语就是重任在肩。

　　第一次挑力，我虚岁十一，是给生产队运木炭，小叔用夜蒿树给我削了一根小扁担，还搓了捆扎的棕绳，专门烤炙了篾夹子。刚烧出来的栎树木炭，从灰烬里扒拉出来，还有些烫手，一丝潮气都没有，看颜色叫白炭，听声音叫钢炭，挑进城里就是抢手货。小叔在这方面很有经验，长的在下，短的在上，像砌石坎一样，仿佛叫我挑的是一种工艺。尽管他的力气比我要大好几倍，我还是能跟上，因为他挑的是一百八十斤，我挑的是四十斤。他在前面从右肩换到左肩，又从左肩换到右肩，我也跟着换肩。他发一声吼，把扁担移到打杵上，歇口气，我在后面照猫画虎，移动时也大吼一声，也真管用，吼一声，出口恶气，浑身就轻松一些，还夹杂着些许成就感。

挑力的头一天，队长交代，一百斤木炭进城可卖五元，减五斤损耗，转来给队上交三元五角，剩余归己。照这个算法，我可以得到七角钱。约莫走了三个小时，我们到了渡船口，也就是说离城只有五里路了，我坐在船上倒出褡裢里的苞谷花，捧几捧岚河水，吃得有滋有味。船太公收了小叔四分钱船费，见我人小，挑得也少，说是免了。为了还人情，我捧了两捧苞谷花给他。下了船，不知是小叔不小心，还是故意的，木炭挑子让水浸湿了三分之一。这是哄不了人的，水淹过的地方立马变色，粉扑扑的脸蛋儿，霎时乌云密布，漆黑如墨。从小叔迈出的步子看，担子显然越来越重，汗珠一个劲儿地滚落，歇气的频率加剧。

刚进北门坡，就有人拦住要买，买又要讨价还价，弹嫌小叔的是水货，要除潮，费了许多口舌，最终以每斤五分钱成交。我的没水分，争着抢着要，每斤加价五厘钱，尽管短了两斤，算总账并未折本。回家天已黑尽，妈早已做好了晚饭，进门手都未洗，连忙把荷包掏出来，如数把钱交到她手中。母亲满脸堆笑，说我儿长劲儿了，能挣力钱了。我说别嫌少，以后会越挣越多的。妈说已经不少了，能买五斤盐，够我们吃两个月呢。

小叔挑得多，除了力气大，还有就是工具得力。垫肩有一寸多厚，据说里面全是獐毛，质轻而富有弹性，可以缓解肩上的负荷。特别是那桑木扁担，金黄锃亮，厚薄适中，两头翘起如弓似月，货担在弹跳中一起一伏，加上踏上点的脚步，不像在卖苦力，而是在玩杂耍，举重若轻。小叔看出我的想法，叫我别急，等能挑上八十斤以上才能使用，分量不够，"翘"压不下去，步都迈不开。再说，这种扁担脾气不好，稍不注意，就会打你的耳光。仔细观察以后，我总算明白，只有挑力者中力气最大、技术娴熟的汉子，才能镇得住它，或者

说,才能跟它匹配。

终于忍不住了,有位比我大不了几岁的小伙子,在我家支着扁担歇气,问明只有百十斤重量,就沉下肩头去挑。刚走了一步,扁担开始欺生,一下子就翻了过来,比人翻脸都快,狠狠地打了一耳光,不响亮,却很重,一会儿就肿了半边脸。我不信邪,还要试,那是冷不防,这次显然有了十二分的谨慎,还是没有逃脱挨打的命运,只不过这次没打在脸上,一"刀"砍在脖子上,火辣辣的。这时再看那扁担,翘起的"大拇指",变成"胃下垂",翻了个身,向上弯着的笑意,变成了向下弯的撇嘴,不屑里有点儿幸灾乐祸的样子,我很不服气,却又无可奈何。

十五岁时,个头儿见长,力气也在长,小叔说我能挑重担了,就削了一根岩桑扁担,虽然没他的色泽好,也没有他的厚,翘的弧度也小许多,这也应该知足,因为挑起来的确来劲儿,不说健步如飞,也是行走自如,大步流星。那一次是给供销社运山货特产,挑了一二十斤。这种扁担要求量才使用,分量要恰到好处,分量够了,它自然心悦诚服,愿效犬马。还要操作得当,当弯下腰扁担上了肩,得使个猛劲儿,并适时站立起来,来他个出其不意,待扁担还没有反应过来已经上肩,那向上翘的两头也已被重担压了下来,它想要打人耳光也不可能了。这时,它会随着我的脚步,随着我的呼吸和节奏,在肩上一上一下地颠动着。在它向上晃悠的瞬间,沉重的担子好像会暂时离开肩膀一样,能使肩膀在一重一轻之间有个歇息时间,实际上是在帮我转移视线,使巧力,用巧劲儿。也只有在这时,两头翘的扁担才被真正驯服,其好处才彻底显露出来。

时间一长,就会摸索出经验,为了让重负少在肩头耗时辰,担子越重我跑得越快,等小叔按部就班撵上来,我的汗差不多歇干了,当然,这得借助翘扁担帮忙。那时兴毛主席语录,我的亲人说的话,不敢说是语录,却上口,好记。小叔说:三步两打杵,慢得不如猪。婆说:力气是个怪,使了它还在。妈说:力气是压出来的,胆子是吓出来的。背桩子背笼的伙伴羡慕的同时就"骂笑":一根扁担两头翘,中间夹个瞎胡闹。一根扁担两头闪，中间夹个气包卵。我就回敬一句：背上背个半人桩，找个媳妇龅牙腔。背上背个疙瘩坨，新姑娘进门大肚婆。

  我们就这样在苦中作乐中慢慢长大，长劲儿，长见识。在笑骂声中成人，成熟，成家立业。有过这样经历的人，忍受力惊人，耐力过人，内心里有苦也不诉，有委屈很少说，在人面前的形象很谦卑，很温驯，很阳光。当时觉得苦不堪言，过身了，也就过去了，如一阵风刮过；过去了，了无痕迹，近似于无，不仅不心生抱怨，有时还莫名其妙地怀念。那些经历是我的财富，别人借不去，拿不走，也无法继承。尽管后来我改了行，拿起了笔杆，那也是一种力气活啊，脑力劳动也是力啊！不挑担不知分量重，不承担不晓压力大，只有从小挑过力的人，相信他一定会挑得起生活重担，一定能坚韧不拔，一定有责任担当。

2012 年 12 月 3 日草于浙江平湖

回老家过年

  人有乡下老家是一件幸福的事，若年年能回老家过年，则更是幸上加幸、福中之福了。

  老家不仅有家，还有老人手，老邻居，老街坊，老掉牙的故事。与老家的人见面握手最亲切的是未改的乡音、老土话，如：山不转路转、亲戚越走越亲、吃菌子（野生蘑菇）莫忘疙蔸（老朽的树蔸）恩，还有家中有老，胜过珠宝；要知父母恩，怀中抱儿孙……

  老家是什么？不同的人有不同的理解。我的理解，老家就是一个人的出生之地，你的胎毛留在那儿，你的乳名放在那儿，甚至换下来的乳牙也丢在那儿。老家是根脉，是靠山，是惦记，是指望，是一辈子住得少想得多的地方。你可以自由行走，家永远不动，不管你走多远，飞多高，家会在老地方等你。无论你腰缠万贯，还是穷困潦倒；无论你孤身一人，还是拖家带口；无论你名声显赫，还是平头百姓，家总会敞开温暖的怀抱接纳你，包容你。用不着客套，也无须掩饰，家就是你放松心情享受亲情的憩园。

  我见过有的人回家，瓶瓶盒盒，大包小箱，手中提着，肩头扛些，忘了"走路不用问，大路没得小路近"的古训，专门找人多嘴杂的地方迈腿。刚看见老家的房屋一角，就迫不及待地呼爹叫娘，惹得左邻右舍的坐不住，齐扑扑出门瞧热闹，那个眼热劲儿，让归巢的和守巢的人好不自得。因此我要说，回家就是羡慕。

  有些人多年不回，一旦回来就不是单身，"进口"一个时髦女郎，口红香水，长靴短裤，描眉染发，牵手亲热也不背人，没有人多嘴杂的顾虑，乱了家道方寸。害羞的反而是老的，矜持的是小的，撇着嘴别过脸去，说也不是，不说也不是，脸上的所有皱纹都堆满了喜悦，这叫生娃的不急抱腰的急。因此我在想，回家就是百感交集。

在外面安了家的，两口子携儿带女，甚至还有孙子，腊月二十边上回家省亲，打一辆车，一直开到路的尽头。为了显摆，好让别人说自己命好，故意让最小的幺儿骑在脖子上。得了消息的，打着灯笼火把前来恭迎，你不知道该喊我啥，我不晓得怎样叫你啥，手握着手，眼睛望着眼睛，乡音对接着乡音，等把葛麻藤关系扯展，脚已拢了门槛。一路上亲密无间，热闹非凡，亲热的话题穿过密林，方圆几十里都能听到。因此我以为，回家就是光耀门庭。

还有的一时冲动，负气出走，在外面又混得"背"，到了分外思念亲人的年关跟前，心慌慌地像丢了魂儿。实在没有办法，收拾简单的行囊，虽说是无颜见江东父老，脚不由自主地要向家的方向移动。情绪自然不佳，垂头丧气，忍气吞声，囊中羞涩，两手空空，家人并不责怪，反要和颜悦色，嘘寒问暖，嘴里不住点儿地感叹：回来就好，回家就好！因此我断言，回家就是一条生路。

返程时谁也不落下风，一个赛一个的风调雨顺全面"丰收"：老爹给几块腊肉，大姨夫送两根腊猪腿，弟妹们塞些猪血粑粑豆腐干，隔壁婶子装几升核桃摸出几个土鸡蛋，姑老表拨开冰雪出几身老汗硬是从冻土层中挖出只有儿时闹饥荒才能吃上的癞瓜山苕。因此我坦言，回家就是满载而归。

我也回过家，回家的感觉真好。翻过垭口，远远望见那长四间的瓦屋，心里就踏实，就有暖意，还有屋前的稻草垛，屋后的芭蕉林。再往前走几步，看见大门敞着，知道屋里有人，就觉得有了依靠。若是房上再冒出炊烟，不管做的什么饭，一定养人，肯定合口味。等我来到院坝边上，花儿狗最先打招呼，摇头摆尾跑来迎接，尽管从小到大还是第一次见面，它似乎有某种感应，绝对不会认错人。屋内的母亲或是婆听到响动连忙放下手中的活计，探出头来的第一句就是"老

大（我是长子）回来了！"声音并不大，亲切得无法形容。洗罢脸，硬要叫我到火炉里边坐，免得闪了汗。洗了脚，母亲总要找出父亲的布鞋，看着我趿上。后来我才知道，这是窥视脚的长短肥瘦，过年的时候，一定会有一双新鞋上脚。

　　老家是牵肠挂肚，是梦绕魂牵，是离别时亲人那一双双期盼啥时再回家的眼神。

送 书

我说的送书,可不是只图某种形式的"送书下乡",而是龙年正月初九的早上,国华兄骑着摩托,不顾严寒风紧,踏脚板内夹着一个鼓囊囊的大帆布包,一溜烟跑来给我送来一套《汉语大词典》,另有一册精装的《宋词观止》。

我喜不自禁地下楼迎接,这是多么珍贵的新春礼物,比家乡"送财神"的风俗更有意义。叫他上楼喝茶,他说要买面粉蒸馍,就站在院子里简单聊了几句。

他说:这书放在过去,别人想借都借不到。现在上了年岁,没时间去摸它了,把它送给需要的人,就是物有所值。我说可以留给孩子看看。他说他们都忙,没有那个兴趣。

说罢将摩托掉了头,又一溜烟地去了,看背影似乎了了一种心愿,如释了重负。我仔细地抚摸着厚重之物,也是他的心爱之物,久久不愿放下。这套《汉语大词典》是1997年出版的缩印本,定价六百元,近八千页,五千余万字。罗竹风主编,荣获首届国家图书奖。厚厚的三册,约莫十几斤重。我很感动,这是重礼,也是重情,更是大的普世情怀。

有人说了,书虽好,发音不吉利,若是牌友,定会光火。晚上自家亲戚打麻将,果然输了。我倒不以为然,反而击碗而歌:输了麻将,赢了书香。兄长情谊,山高水长。

书是朋友,可以长相厮守,你不弃它,它绝不会先离你而去。朋

友是书，可以慢慢品读，有的一读获益，有的百读不厌。这样的朋友和书富含营养，不仅养人的气韵、养人的信念，也养人的心智、养人的境界。这样的朋友和书净心润肺，就像一位作家说得那样，闭门即是青山，读书随处净土。

　　就想起早年前他送我的那本《阿弥陀佛经》，薄薄的一本，看起来并不起眼，却对我的人生和写作带来很大的帮助。

　　佛说：送人玫瑰，手有余香。我说：送人好书，手有书香。

2012年2月1日

帮　忙

别人有事,尽其所能助一臂之力,就叫帮忙。

有人得了信息,放下手中的急活儿,喜滋滋前往领命,把别人的事当成自己的事,甚至比自己的事看得还重,这叫助人为乐,也可以说是舍己为人。

有人打听到消息,脸上堆着笑意前来"兴师问罪":这事哪是你自己做的?你都干了,还要我们这些狐朋狗友干什么?于是反客为主,仿佛临危领命,要力挽狂澜,扶大厦将倾。也真管事,一阵咋咋呼呼,一团乱麻就展头了,一池浑水就澄澈了。

忙不分大小,只要你愿意,总有帮衬的地方。一句话也是帮,出个主意也是帮,跑个路也是帮,捧个场也是帮。

这次女儿出嫁,原本不想张扬,怕亲戚花钱,怕朋友脱不开身,怕有些人为难,怕好客没得好招待。两句话,怕麻烦,怕忙不过来。

过一场事,检验一些人。得一些帮助,看清不少人。帮一次忙,收获许多感动。

我曾经在《流年顾影》中写过的老革命王鸿夫妇,八十高龄了,上气不接下气地爬上五楼,专程前来道贺,送了红包,说了一些祝福的话。这情义重啊,真有些领当不起!

年届花甲的罗发亮老师,桃李满天下,很有口碑,我们只在文字上有过交流,早早地就到了婚礼现场,随了份子,一字一句地听我那并不标准的普通话。他如果教过我,经常点评过我的作文,我一定会比现在写得好些。

张国华先生告诉我,一接到文涛的通知,心里非常高兴,表示一定要去参加婚礼,听听我在女儿婚礼上的发言。县作协的那些文友,或打电话,或发短信,或亲临现场,再现着文人相亲的感人场面。

在举行婚礼的前两天,仕君接到通知,要陪同市上领导考察。我急了,他是我选定的主婚人,临阵换帅是兵家大忌。他反而安慰我:不要紧,误不了你的事,陪同的人多,到时候我不上车就是。在政治和友情面前,他义无反顾地选择了后者,我在感动之余又有些不安。

老伴的同学马晓华,身兼两职(她的同学田培同一时间要接儿媳),使着分身术,跑上跑下忙活,顾前顾后串场,见缝插针打时间差,手心手背都是肉,一碗水端平,两家都很满意。这样的能干,真是难得。

三位镇上的书记刘志海、徐远航、王道志冒着大雨前来恭贺,很想把婚礼参加毕再走,无奈领导检查防汛,不得不带着遗憾离去,临别一再表示歉意。在友情和职守之间,都做到了"忠于"。

邱仕维、邹田歆、杜文涛、陈洪文、黄仲武、刘德忠、魏才显、郭荣斌以及张琴的同学王光兰、段少暄、张自琴、许琴、张远志。对这些人,按说应该事先提上礼品,拿上红包登门去请,我一个电话,立马赶到,给足了面子。还有马青兰夫妇,特意从西安赶来贺喜,让女儿张力樱发挥所长——布置新房。他们都说过类似的话:珊珊是我们看着长大的,跟自己的孩子一样。还有人对我说:你过去帮过我们不少忙,你也许忘了,我们始终记得的。

女儿的大舅张岚、大舅妈赵萍和小姨张萍,还有张琴的姨夫万安,都冒雨专门从安康赶上来。二舅张里、二舅妈陈继兰,数次登门了解情况,送来床上用品。大妹开玉和幺妹的女儿罗双双、张黎从西安就开始忙活起,表哥赖全鹏早上四点起来扎婚车,并亲自驾驶。

老伴在花里的亲戚,平时交往不多,许多事当时不知,事后也不晓,当那些陌生而又熟悉的面孔出现在婚礼现场时,真叫人大喜过望,令人动容。

我的小舅张孝元和二舅张孝德，一个在北京女儿家养病，一个在家守着儿孙务农。我知道小舅不得回来，就把嫁女的日期说了，他叫我一定要告诉二舅，娘亲舅大，不说不对。二舅年轻时就死了老伴，再也没有续弦，一直过着又当爹又当妈的日子，每次进城都是步行，因为晕车得厉害，坐一次车就像害了一场病，给他说了岂不让他为难。当我给他打电话时，他表扬我：你做得对。心里有我这个人，才会对我说。婚礼的当天，有人敲门，开门一看，小舅冒着大雨来了，我简直不相信自己的眼睛，前几天还在北京，昨天特意赶了回来，这没有想到的惊喜令我一时说不出话来。

还有安康天成礼仪公司的老总杨雁，精心策划，用心准备，倾力包装，不顾旅途颠簸专程上来看了现场，并把她的金牌主持派了来。不用我赞许，观众感动的泪水就是明证。事后听人议论，这是一场别开生面的婚礼，这是一场文化味儿很浓的婚礼，这是一场品位很高的婚礼。

当然，我也有过一瞬间的失望，该来的人没来。还有一些人，你给他说了，嘴上不言传，心里老大的不高兴，或是把钱看得过重，或是他有一回过事我忘了去赶。你要是不说，不知哪一天在闹市碰见，就会大声呵斥你目中无人，这么大的事也不言语一声。明明知道人家口不合心，也得连连道歉，赔着小心。最让我惊喜的是，没想到能来的突然出现在面前，这就是长久的朋友，天天见啥样，一年半载见到还是啥样，嘴上不说，心里记挂着。

这次帮忙或麻烦的人很多，不可能一一罗列，我都记在心里了，孩子们也不会忘记。不管怎么说，这次嫁女感动比失望多，快乐比郁闷多，惊喜比不顺多。

众人拾柴，温暖如春。有人相帮，忙而不乱。经历一事，体会深刻，帮别人的忙，也就是帮自己的忙。往往人求你帮忙之事，不久就有人帮你忙之时，因此，能帮人处且帮忙，能助力处尽力助。

从今往后，只要别人用得着，自己帮得上，一定要尽力而为。

（原载 2012 年 7 月 14 日《安康日报》）

茶之间

茶字拆开，就是人在草木中。人若能经常与草木为伍，朝夕相处，那该多好哇！我的名字里不仅有木，而且是一双，黄也可看成草字头，加上我这人，就与茶融为一体，与茶有了瓜葛，与茶相依为命，与茶扯上了葛麻藤亲戚。

从老屋的左边上坎，再左行几百米，就是一个不大的茶园。说茶园是里面有几十蔸茶树，余皆为杉树、腊梅、白杨、青檀、棕榈及荆棘藤蔓。正因为无人管理，就是共有，谁都可以是主人，先下手为强，后来者也可分一勺羹。一年秋天，供销社收购茶籽，我独自一人在茶树下待了半天。叶片已经老了，深绿如墨，只有顶端梢梢掐得动，不施粉黛，不着铅华，清雅脱俗，隔绝红尘，其身独善。茶籽黑如墨疙瘩，亮如童睛，不时掉下一滴露珠在嘴边，哑吧哑吧，隐隐有一丝半缕的茶味儿。有茶树相伴，那种静仿佛到了骨髓，入了心田，自己的脉搏和心跳都能听见。那种凉意，清清爽爽，所有的毛孔都喜悦，所有的皮肤都受活。现在想起来，我当时就该是茶字的一部分，离了我仅剩草木，茶就不成其为茶了。不能太上，也不要太下，茶之间最好。

在收获半篮茶籽的同时，还采摘了半斤水叶子秋茶，叫母亲当即炒熟焙干，在老屋的一棵柑子树下，一个人沏了一壶，真正的大脚片，像赤脚大仙，边喝边左顾右盼，胡思乱想。我一会儿看天，一会儿看地，就觉得这茶神通广大着呢，上接云天，下接地气，我只不过是中间的一个节点。这个时候就是醉汉，口出狂言：草鞋垭的草就是天，草鞋垭的木就是地，山水之中，天地之间，唯吾独尊！哈哈，自己终于了不起了一回，不仅要谢天谢地，还能谈天说地，更要顶天立地。人不能太狂，一狂准没有好事，在铺了稻草的木床上辗转反侧，一夜无眠。也就从这时起，我懂得人应向茶学习，知道敬畏一些植物。

后来读了一些书，长了一些见识，知道茶不仅能因人而异，还能因境而异，就像一句歌词唱得那样，"照到哪里哪里亮"。

友情三分，二分机缘，佐一个泥壶，撮上等好茶、净水，加上安详、雅乐、笑语、旧谊，茶之真味和盘托出，原形毕露。禅字左边是示，右边为单，表示一个人喝茶就能喝出禅意。所谓禅茶一味，就是一个人喝有味，两个人喝有劲，三个人喝有慧。这慧就是慧根，慧眼，慧心。还有，三人喝，我又可为"之间"也。

柴米油盐酱醋茶。茶虽然放在最末一位，但在我的老家，见了客人第一句话就是"进屋喝茶"。这就是说，茶是见面礼，茶是友情水，茶是第一要务，是上了档次拿得出手的雅货。

我的要求不高，只要每天有茶喝，俗念就会少一些。若能遇上故友新知，饭后沏上一壶茶，大家喝得尽情，谈得尽兴，悠悠茶香，绵绵往事，从人生聚散无常的感叹中得到某种慰藉，就是享了天福，得到了大自在。

一壶水，一碗茶，看似简单，实际后味无穷。独坐窗前，静静思考，不知不觉间茶杯见了底，舌尖留香，味蕾绽开，似乎这茶没在胃里，而是被大脑吸收，转为灵性的升华，于是文思泉涌，梦笔生花。

在我看来，酒是热烈的，豪迈的，酒壮英雄胆，越喝越让人热血沸腾。咖啡是深沉的，理性的，越喝人越清醒，越喝人越彬彬有礼。而茶则是灵性的，清远的，淡泊的，内敛的，越喝人就越有魏晋之风、清峻之气。

粗茶淡饭，幸福无边，容易满足就是天堂。人生的滋味，如同饮茶，时间长了才能领悟个中真味。人会变老，心会变态，世界会变得

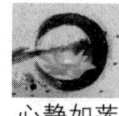

难以捉摸,唯有这"茶"不变,正如欧阳修所言:"吾年向老世味薄,所好未衰惟饮茶。"

成大事不在于力量的大小,而在于能坚持多久。在茶之间,如同在山水之间,古人有千载儒释道、万古山水茶一说,可见只要居中,就能持久,就会有所修为。茶是有生命的液体,是有感情的饮品,是有故事的朋友。一匹茶叶藏世界,半壶香茗悟人生。

看山,要先察其势。观水,必先睹其气。品茶,得先闻其香。

茶事成旧谊,只有香如故。

清净能无为,雅量可齐观。

2012 年 7 月 28 日

粗茶有味

平常百姓，有布衣便服穿，有粗茶淡饭吃，就是好日子了。别小瞧了"粗"和"淡"，这两个字很民间，很私房；持得久，耐得长。如同我的喝茶，不去抢购明前，也不要细细的毛尖，更无须云里雾里的仙毫，锣罢鼓罢，才去弄几斤粗茶。一斤一大包，一把泡一大壶，堆头大（婆曾戏称我这是"狗吃牛屎只图多"），味口正，止渴，生津，不仅齿颊留香，连肠胃都舒坦得咕咕叫好。特别是下地劳动归来，捧起茶缸，仰着脖子直灌，这样的"牛饮"，比吼几声山歌都过瘾。

离老屋一里地的后山有一块茶园，由于无人管理，荆棘丛生，藤蔓缠绕，杂草没膝，茶树隐居其中，出脱得格外茂盛，一蔸一蔸地出类拔萃，葱郁葱茏。别人都摘两遍了，婆才拄着竹杖，挪动着一双小脚去捡人家的"罢脚子"，还未到日上三竿，就背了冒冒一背笼回来，还插着"花"呢（插花，方言，即在篮子边上插些树枝，增加容量，以便多装一些）！把大毛边锅洗干净，倒进去翻炒，搂进篾簸揉搓，那香气捂也捂不严，关都关不住，从门缝窗棂墙洞瓦隙纷纷而溢，一股风能吹到屋背后的卜家。正在门槛边做篾匠活的卜表爹就会打个喷嚏，说一句：坎下黄伯娘又在做茶呢！

来了客人，缸子总要大，水总要沸，如果茶放得久了，还要在瓦片上烘焙，柴火煮沸的开水，倒进茶碗，氤氲的水雾弥漫开来，这时的婆总要说一句：莫弹嫌，喝一碗自己做的大脚片茶！语气没有半点儿自卑，反倒透着一些得意。

也许自己吃尽了裹小脚的苦，挂在嘴边上的一句话，就是"大脚片茶好喝，大脚片人走路稳当"。她给人介绍对象，不说心灵手巧，也不说灵醒排场（排场，方言，漂亮之意），开口第一句就是茶饭好。茶是第一位的，饭屈居次席。我理解婆的意思，因为茶是交际，是和气草，交际叶，来客茶为先，是祖辈传教。饭多是自家受用，而且是一日三餐，雷打不动，习以为常。

其实，粗茶，怎么会仅仅是粗呢？粗而不俗，就是不俗；粗而不野，就叫有味。

再大的茶，也有喝淡的时候，淡到无味，淡到无色，淡到只剩无汁的叶片，用力一泼，叶落归土，杯空如洗，灰都不沾。

啜一口粗茶，可以回味采茶制茶泡茶的记忆，想起逝去老人的一些精彩片断，几十年过去了，依然余味绵绵。虽然淡淡的，像家族的荣耀，藏在心灵深处，只有自己晓得。这样的茶，后劲儿足，令人作久久的怀想。

粗茶是大众的，是乡野的，是有人间烟火气的。

粗茶，意味着大刀阔斧，就像我们从春天的明丽，迈进夏季的热烈，芬芳洒满了一路，清洌的香气，在花瓣上飘散，使人心旌摇曳；而炎热的夏天，烦闷中大碗做牛饮状，会让人痛快淋漓，过足茶瘾。并不耐看的粗茶，清素、平静、安宁，不喧嚣，也不艳丽，为季节的更替，铺一路的愉悦；为客人的离去，送一程的清芬。

粗茶，是对昨天的回望。眺望来路，曾经葱茏，曾经浓香。因此，珍惜曾经的美，即使现在淡了，远了，并不因此而对于生活淡漠。回望是整理心情，是归纳思绪，是修剪绿叶，是调整前行的步态。粗，是一种常态，一种大气——当一棵树由细变粗的时候，你知道它的内心世界吗？一碗粗茶，有山一样的风骨，水一样的柔情，盛过粗茶的空杯，又怎么会是空的呢？

细茶是出类拔萃的明星，粗茶是芸芸众生的世相；由此，不能忽视一碗粗茶——茶壶周边，淡淡的茶香，已一点点渗入茶人茶事的内心深处。

　　这个世界，什么都想做大，房子越修越高，城越扩越大，茶却越喝越细。终于熬到"憋得住话、憋不住尿"的年龄才明白：有些书，没有阅历是永远读不懂的；有些茶，没有经历是品不出味的。

　　好友登门，粗茶献上，还未等灶屋里的猪蹄焖熟，茶就逐渐淡了，香气渐行渐远。自然规律，谁都难以掌控，茶越喝越淡，人越坐越拢，话越说越亲，此时，谁又在意茶浓茶淡呢！

　　茶粗，心不会粗。

　　茶淡，情绪不淡。

　　能够经常在一起把粗茶喝到很淡很淡的人，他们的举止，一定不俗；他们的交情，一定不淡。

（原载 2012 年 2 月 8 日香港《成报》）

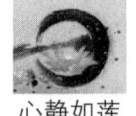

茶树鸟巢

我每天爬山锻炼的路上有一片茶林，东一簇，西一蔸，散漫着绕山而转，与荆棘为伍，同草棵齐肩，墨绿鲜碧，翠色扑人，自在生，天然样，清静寂寥懒梳妆，从未见有人来采摘打理。正因为如此，适地而生，见风就长，野性十足，个性想怎么张扬就怎么张扬。

一个薄雾蒙蒙的早晨，我正大步朝前走着，以为谁扔了土坷垃，箭一样不偏不倚正好击中一蔸茶树。奇怪，怎么没听见声响？还画了美丽的弧，仔细回味，似乎有飞翔的感觉曾经在眼前飘过，可能是一只小鸟飞进茶树之中。许久未见出来，朝前走几步，伸长脖子打望，隐约可见茶梗中有一黑色物体，估摸着那是一个鸟巢。迅速离开，轻移脚步，自此守口如瓶，经常路过，佯装不知，生怕别人知道后要去打搅。什么时候产卵，什么时候孵化，什么时候出窝，心里惦记，行动上却是漠视。就像有的人，内心里越是爱她，表面上反而疏远。有一天，我突然发现，这对小鸟在一株水杉的枯枝上嬉戏，守望，远远地护卫着家园。一会儿并枝而立相互梳理着羽毛，一会儿摩肩接踵抚颈而语，一会儿比翼双飞另择高枝。旁若无人，亲昵无间，相敬如宾，让人好生羡慕。

一想起鸟儿们在茶树之中的儿女情长，天伦之乐，每天都在原生态呢喃，无伴奏吟唱，对鸟的自由自在不由得肃然起敬起来。享林泉之乐，具隐者风度。这是真正的隐士，是常人无法比拟的"藏拙"，一种与树为善的"大隐"。隐居在过往行人很多的地方，是需要勇气和胆识的。下面就是新修的村级公路，那蔸茶就在岩壁剖面的边沿，若雨下得久了，真担心要垮下来。鸟儿们不怕，安身立命，无忧无虑。

久雨或露水很重的天气，想那雀舌在茶叶上吮吸水珠的情景，这鸟又是真正的"饮者"，天然，纯正，朝饮晨露，夕醉余霞。别看我在饮茶时有诸多讲究，与鸟这种天然品茶方式比起来，差得天远，吾真的不如也！本地贡茶有"龙安雀舌"一说，把一芽一叶的毛尖形容成雀鸟的舌头，美妙绝伦，神韵毕现。

几个月过去了，我只听到随时有鸟鸣唱，再没见到这蔸茶跟前有戴着黑色栽绒帽子的小鸟来过。这才走到跟前，拨开杂草荆棘，鸟巢已经变形，窝内的软草开始朽烂，就想起杜子美的"茅屋为秋风所破"的诗句。这是真正的经济适用房，有点儿像湘西的吊脚楼，就地取材，以树为基，用叶当瓦，衔草当褥，通风防震。当地婚俗"摆礼"仪式中的雁茶礼，就是取"雁不单飞，茶不移栽"之意，暗合白头到老，不离不弃。茶是龙安茶，没有大雁，就找一只鸭替代。鸟不恋旧巢，是叫孩子们早些出去闯荡，历练，翅膀一硬，就让它们自由自在地飞翔。

在这方面，人就不如小鸟，不但要坚守，还要传宗接代，光耀门庭。修房子多么不容易，说撇下就撇下，义无反顾，勇气可嘉。这叫舍得，舍的是小家，得的是大自然，更得的是大自在。

2008年7月7日

人间烟火

　　人老了,就要想一些事情,想这大半辈了的荣辱得失,想记忆深处的物是人非,想刻骨铭心的见识口福。我说我好想老家屋顶上的炊烟。有人大惑不解,炊烟有什么好想的?捉摸不透,飘忽不定,不能吃也不能喝。其实,有炊烟的地方就有宁静的生活,就有从精神到物质的满足。炊烟下有悠闲的鸡鸭,昼伏夜出的花猫,尽职尽责的看家狗。还有婆的慈祥目光,母亲亲切的呼唤,父亲浑厚如土的声音。对炊烟的怀念,是一个人深藏不露的私人日记,是经风见雨之后的人生感悟,是风光无限之后的平静淡定。

　　我的老家草鞋垭盖房很有特点,筑墙扇壁光鲜如磨,石板作瓦层次分明。阳坡的肖老八是远近闻名的瓦匠,石板在他手中就像面团儿,可以任意切割揉捏组合,块分大小,石看厚薄,条纹清晰,美观整齐,有的呈"八"字形,有的摆成"人"字路,有的错落成五朵梅,像绣花女精心纳出来的鞋底袜垫,里外透出一种大雅大俗来。疏而不漏,密而透气,冬暖夏凉。雨打石板,似木琴独奏,音韵悦耳,如听天籁。雨过天晴,阳光斜照,筛下缕缕光柱,如天女散花,满眼霓虹。最绝的还是从石板缝隙里冒出来的袅袅炊烟,一点一滴地浸润,一片一块地漫洇,似在烧制着远古的瓦当。石硬,烟软,光柔,刚柔相济,柔弱有骨。

　　没有风的时候,炊烟是一棵树,从家里的灶房里生长起来,然后与全村的树聚合成一片树林。有风的时候就不同了,炊烟就成了会行走的树,摇曳着,舞蹈着,变幻莫测,婀娜多姿,悬浮到村庄的上空,最后成为一抹仙气,消失到我家斜对门小地名叫仙人脚的地方。其实,不论是有风还是无风,乡村上空的炊烟都是一幅动人的画卷。可是炊烟与画卷又有所不同,因为炊烟里有饭菜的香味儿,有柴米油盐的馋相,更有娘老子的惦念。

  对于有着乡村生活经历的人们来说,童年的时候,炊烟是口福之乐。我们结伴在田野里疯跑,去小河里游泳,到树林里捉蝉,学稻草人吓唬小鸟。兴致上来,一切皆忘,家早丢到爪哇国去了。这个时候不知道谁喊一声,我家房顶上冒烟了,娘在做饭了。一会儿又有人咽着唾沫说,我家房上的烟熄了,大家立刻都齐刷刷地把目光投向村里,纷纷搜寻自家的房顶。大家自然都收了心,赶快追逐着跑回自己的家里,一锅可口的饭菜等着啊。即使未等住,灶头上也会焐一老碗热饭。

  会干活了,家境反而拮据,老是吃不饱,老是盼那长四间的石板房上冒烟。在生产队干活有时要走十几里地,爬很高的山,但不管多高多远,总能发现自家房上冒出来的炊烟,准确地分辨出家中是在做饭还是在烤火,或是来了客人要烧水泡茶,甚至知道哪一缕是婆的功夫,哪一缕是妈的杰作。因为婆年岁大了,中气不足,常常吹不燃火,往往一处点火八处冒烟,整个房屋都成了雾中世界烟里乾坤。妈就非常简捷,大刀阔斧,张弛有度,像书法家留下的一大段飞白,收束得恰到好处。当我们从野外打猪草弄柴回到家里,当我们放下锄头喊婆叫娘的时候,她们的身影正在炊烟里忙碌。我们不嫌,也不怕烟,总爱往灶门口钻,或是朝锅洞里添把干柴,或是朝红锅里舀半瓢冷水,竹筒做的吹风器像一支长箫,虽然吹不出优美的小调,却能将火苗吹得哈哈大笑。

  现在每每想起那种天人合一的情景,丝丝片片的炊烟仿佛变成了丝绸手绢,拂掉我镜片上的尘埃,让我看清一个明丽的世界,千丝万缕也好,梦绕魂牵也罢,像母亲的手掌在轻轻抚摸,一种甜蜜的感觉流遍全身,将鸡鸣狗吠轻烟曼舞连带大地贮存的气息席卷而来,心灵

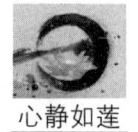

的沐浴让人不得不脱胎换骨自省三分。烟雾蒸腾，有时青紫，有时乳白，有时密不透风，有时疏可走马。阳光之下，烟霞千斛，细雨之中，雅诗万行，月白风轻隐约得见海市蜃楼，星光灿烂似遇蓬莱仙阁，那播洒出去的饭菜油烟味儿，更让人牵肠挂肚满口生津。若遇花花太阳花花雨，花花月亮花花云，你就分不清哪是云雾哪是炊烟哪是天上哪是人间了。那些写在房屋之上、蓝天之下的风景小诗，曾鲜活过乡村田园的图腾，生动过劳作之余的闲情逸致，丰富过随意道来的俚语谣曲。像浓墨一点滴入清池，由稠而稀，从浓转淡，渐渐模糊，最后消失散尽，隐入心灵深处。老家有句土话：饿狗记得千年屎。虽然不雅，道理质朴。我就没忘那首描写柴火冒烟的儿歌："烟子烟，烟上天。莫烟我，烟河那边的抱鸡母。上天去，雷打你。下地来，火烧你。钻洞洞，蛇咬你。你出来，我保你。"

  人生在世，几十年光景，如果没有让炊烟濡染过，那才叫遗憾，至少人生是不完整的，生命的历程就少了一些根须，生活的情趣就打了折扣，怀旧的话题就索然无味。再忙也应当停下一会儿人生的脚步，公务再缠身也该驻足回望一眼，应酬再多也要平和一下浮躁的心态，只有当心灵归于一份平淡和安静的时候，那袅袅的炊烟才会从久远的记忆中升起来，瞬间就会弥漫你整个的心灵。人说回忆就是心理老化，心理老化也要怀想困难时期的那一束有味的希望之云霓。一闭上眼睛，那些经柴薪燃烧过的情愫扑面而来，甩也甩不脱，丢也丢不掉，扯也扯不断，理也理不清。那一番指望，那一份暖意，朦胧而清晰，遥远而亲近，犹如家乡父老期盼的目光。我时常内疚、自责：是人间烟火气熏染了我，是故乡的炊烟喂大了我，我们究竟又能为故乡做些什么呢？

  这可不是空穴来风哟，这也不是过眼烟云啊！再厉害的人也不敢说他不食人间烟火。忘不了那些用炊烟熏陶出来的纯情岁月，离不开那些用淡墨写出来的飘香日子，弥漫飘洒，缭绕萦回，传宗接代，瓜瓞繁衍。是啊，一丝一缕民之脂膏，一束一片衣食父母，一股一网薪火相传！

那是母亲的呼唤，是母亲挥动着的印花头巾，故乡的炊烟哟，永远忘不掉哺育我长大成人的烟火之气，从石罅瓦砾中冒出来掺和着五谷盐茶的人气——人生之气！

2010年12月16日改写旧作

魔鬼之芋

家乡盛产一种植物，叫魔芋，因其根茎大如头颅，且又丑陋不堪，人称鬼芋或鬼脑壳。刚从土里挖出来时，拇指粗的芽尖粉红如舌，就想起一些书里的描写：青面獠牙，面目可憎，筋骨鼓突，阴森可怖。

过去听老人讲，魔芋多是野生，自个儿发芽，开花，结籽，长大，冬天销声匿迹，春天破土而出，就是十年八年不管，茎叶自生自灭，我行我素，土中的那颗头颅却在不断思考，悄无声息地变大，由于思维活跃，旁边还簇拥出一些小脑袋，头挨着头，脸贴着脸，像是争着抢着要听爷爷讲故事呢。

最早认识魔芋是在孩提时代，老屋后面的坟地旁长了几株，常有胳膊粗的乌梢蛇出没，同小伙伴捉迷藏时，感到有数条蛇突然立了起来，像要迎面扑来似的，忙哭着把婆喊来看。婆虽是小脚，却很从容，拿起吹火筒问在哪里。我用手一指，婆就笑了：那哪是蛇，是魔芋夯子（茎干）。到了冬天，婆挑大的挖了两个，放在栓皮木棒上磨成浆，兑上草木灰水，烧着大火在开水锅里猛煮，捞起来切成块，在清水中漂洗。

我惊异着这种蜕变过程，像是使了魔法，形状不再可憎，体积成数倍猛增。那时缺食少油，婆就切成细条，与野油菜做成的酸菜相拌，浇上捣碎的烧青椒，还有嫩花椒叶，筋道耐嚼，滑爽可口。婆说我饿痨，妈说我是从大牢里放出来的，总之是不管不顾，囫囵吞枣，除了嘴巴吧唧外，还不停地说话。婆的讲究多，叫我不要说是吃的魔芋豆腐，万一有人问，就说吃的"鬼脑壳"，不然就会蜇人，舌头僵硬，严重的会全身不适。正应了"好吃难消化"的老话，不久胃就发作起来，口水牵着线地流。现在想起来，一是不该吃得太多，二是缺碱，三是肚子里缺油。

当我识得几个字，写了几篇东西之后，一纸调令把我从文化馆调到县志办公室，哪壶不开提哪壶，难写的《魔芋志》分在了我的名下。四位编辑我最年轻，没有推脱的理由，只好硬着头皮领命而上。档案馆几乎没有一个字的记载，征集来的资料也没有这方面的提示，别说摸着石头过河，简直是在摸黑啊！

好在当时县上有一个魔芋精粉厂，已经小有名气，我在那儿待了两个月，管档案的女子眉清目秀，热情大方，我算是与魔鬼、美女打起了交道。差不多来了一个底朝天，也凑不够一本专志的分量，只好去找农牧技术员求救，给了我一份种植实验报告。还是不够。打听到大道河、铁炉坝有种魔芋的历史，而且出现过老秤四五十斤重的魔芋王，决心实地考察一番。

在一户老农自留地里，主人正在挖魔芋，说这东西是懒庄稼，万年桩，意思是繁殖力强，种下去就不管了，老古人有"千年菜籽、万年魔芋"一说。魔芋既是一种特殊的蔬菜，也是一种药材，可治皮炎疱疖。还是不可多得的大众糨糊，半斤重一小芋就能磨一脸盆，糊裱粘贴，附着力极强，虫不蛀，鼠不咬。当地姑娘出嫁，陪嫁的布鞋，其底都是用魔芋糨子粘的棕壳纳制而成，穿在脚上滤汗不得脚气。在这里，我算是真正了解了这种植物的神奇与魅力。

当时正值秋末，禾苗已经化为泥土，地表空空，只有几个拳头大的窟窿。那位老农很自信，说下面有大作为。是啊，不为而为，有语无语，就都是境界了。最可贵的是魔芋能守静，喜沉寂，以逸待劳，不怕埋没，遵自然规律，守天地法则。这如同做人，能把心念坐实，忘知守本，就能如常守常了。好像他还说过，农历七月十五是魔芋生日的话，那天要给魔芋打露水，一颗露珠就会长成一个魔芋。我说，

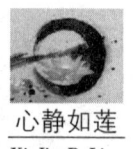

那不是鬼节吗？他说鬼脑壳不就是鬼节呀！我无话可说，低头沉思：甘霖化育，落地坐胎，华而有实，鬼使神差。回来后很快写出两万多字的初稿，几经修改，硬是叫名不见经传的魔芋不仅登上大雅之堂，还登上一县文本之巅。

　　时间一晃过去了二十多年，我从小伙子变为准老头了，魔芋的事越做越大，越做越红火，成了岚皋的一张名片，种植面积达到十万亩，仅林下就有两万多亩，被国家质检总局列为地理标志保护产品，得到农业部无公害生产基地认证，是当之无愧的全国种源基地县。用岚皋土话，几片肉不能壅到饭里吃了，得让它抛头露面，成为响当当的拳头产品。中国魔芋协会得到消息，想把第二届魔芋节放在岚皋来办，要求有一台主题晚会，节歌的任务就落在我的头上。

　　说魔芋有诸多功效，没人弹嫌，若从形象思维来看，无法产生美感，换句话说，就是找不着感觉。我们创作团队来到南宫山下的宏大村，那里有许多魔芋专业户。经过仔细观察，刚出土的幼苗绿油油的，未散盘时像一把收拢的绸扇，仿佛只等音乐响起，就有扇子舞蹈起来。散开的叶片有模有样，呈六角形，很像一朵放大的雪花。一天早晨散步，突然看到一朵魔芋花，吐着长舌，在苞谷林中做着鬼脸，像在讪笑，更像一把紫红色唢呐。似乎一下子找到状态，展纸就写，一挥而就：所有的花朵都在吹奏喇叭，所有的根茎都在施展魔法。魔芋，银豆豆似的魔芋，清纯素雅，朴实无华；魔芋，金蛋蛋似的魔芋，食品王国里的一朵奇葩。地表的希望在一天天发芽，土里的心愿在一天天长大。魔芋，富疙瘩似的魔芋，魔力无边，大俗大雅；魔芋，钱坨坨似的魔芋，植物王国里的一个神话。两段似嫌不够，又写了三句副歌：魔芋之花常开不败，魔芋声誉名满天下，魔芋把健康和富裕带给万户千家！

　　后来岚皋成立康森农业发展有限公司，开发出南宫山牌雪魔芋，开袋即可食用，大受消费者欢迎。经理请我写几句话，印在包装盒上，我根据掌握的素材，加上听来的传说，写了下面一段文字：南宫山的神奇，岚皋魔芋的魔力，加上雪的纯净，构成了纯天然健康食品的独特韵味和魅力。山是仙山，芋是鬼芋，雪是瑞雪。这可不是神出鬼没，也不是雪上加霜，而是鬼斧神工，神来之笔！貌不出众的一块茎状物，洗净磨浆，可以成倍成几十倍地增长膨胀，就像传说中的狐皮，巴掌大一块，几经揉捏，就会成为大氅。大火猛煮，结团成块，草木灰浸，山泉泡漂，如水洗凝脂，顿觉柔弱无骨，触之有肌肤之亲，弹性十足。冬天的南宫山，积雪不化，有信众把魔芋豆腐背上山，作为清贡。宏一大仙食之，赞不绝口：真乃素食神品也！没承想失落一块在地，一夜雪藏，收缩成蜂窝状，净身素缟，筋道绵长。拾回烹制，佐以调料，质地松软，入口清爽，香而不腻，鲜美可口。僧众咂舌而问：此乃何名？大仙脱口而出：雪魔芋！嗣后民间设坊制作，逢集赶场，争购一空，雪魔芋之名不胫而走，成为地方名吃。

魔也好，鬼也好，我乐意与之交往，并且交情深厚，套用一部电影名，我算得上是"与魔鬼打交道的人"。据我的了解，魔芋的确是好东西，是真正的健康食品，低热、低脂、低糖，富含氨基酸、葡甘聚糖和多种微量元素，对降低胆固醇、血脂、血糖，以及减肥、健美养颜具特定功效，被誉为肠胃"清道夫"。

其实，魔芋这种植物，已经不年轻了，西晋文学家左思在他的《蜀都赋》中就提起过，不过那时不叫魔芋，而是一个极文雅且富有诗意的名字：蒟蒻。两个草头告诉我们，这是草木篇，是草本植物。要立一句什么话呢？示弱！敢于处下，姿态放低，说自己不行，也是一种勇气和胸襟。植物学家把其命名为天南星科，让我们想到南天门，还有上天的恩赐，真有些不可思议，不是《封神榜》里的人物，却是一颗星宿？是啊！魔芋称得上植物界的一颗星，食品行业中的新星，地方风味食品中的明星。

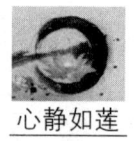

荠菜饺子香

我这人向来喜欢野菜,不管长什么样儿,只要进得嘴,下得喉,都是我的救命恩"草"。不是我念旧,经过饥荒年代的人,可能都有同感。

趁着明媚的春光,回了一趟草鞋垭,见韭菜地里好多野草,正找薅锄呢,父亲说是地地菜,也许沾了农家肥料的光,别处早已起了老薹,有的还开了白色碎花,这儿却绿油油地嫩鲜。像在聆听,在膜拜,全身心地匍匐在大地上,由于它的低调,我不得不蹲下身子,慢慢把叶片捏拢,想完整无缺地拔起来,没想到它的根系发达,并不轻易就范,与我死磕,对峙了几十秒钟,直到身首分离,我手中才握了一撮。在这方面,人比草有办法,接过父亲递来的小刀,贴地剜起,把根留下,一盘一饼,如花似玉,有的还有点儿像莲台宝座,有的像微缩的孔雀羽毛,一边欣赏一边剜,不知不觉就是半篾篮。来到小河边,找一干净石头坐下,用鹅卵石围成临时篱笆,不是怕牲畜钻进来,而是怕野菜偷偷溜了。水清见底,把野菜倒进去,顿时一河水秀,满目春色。仔细地择去杂草,淘洗理顺,轻轻放入篾篮,从野菜里滤出的水滴落浅水潭,让我好听小河淌水呢。

回到县城,老伴见了大悦,忙系上围腰,准备包野菜饺子。我也不想闲着,把洗好的地地菜切碎,撒上盐,挤出的水翡翠一般,舍不得倒掉,就用它和面。打几个本地鸡蛋,掺半斤嫩豆腐,炒时再加一锅铲化猪油,捣碎与挤干水分的野菜拌匀,黄白橙绿夹杂的饺子馅就算成了。

老伴会擀皮，我会包，两人合作，很快就是满满一筲箕。老伴一再提醒，馅要多包，这是素饺。我心领神会，以不撑破皮儿为底线，包出来的饺子个个天庭饱满，大腹便便，满腹经纶的样子。再闻五指，指指留香，洗都洗不走。包得再结实，煮破了也会走味，我亲自掌握火候，翻一次花，就激一瓢冷水，直到激了五瓢冷水才出锅。夹起一个，顾不上蘸上醋辣子，一口咬去一多半，只觉一股异香冲鼻而起，齿颊留香，舌尖上也芳香四溢，整个五脏六腑都蠢蠢欲动，急不可耐起来。我知道，物以稀为贵，这种香，奇缺，少有，难遇。用我父亲的话说，就是吃稀罕，岔口味。

吃了七八个之后，才有耐心来看饺子的成色，外面是嫩绿，里面是深绿，就想起某个时代的丫鬟名儿，一个叫绿烟，一个叫墨玉。老伴吃罢龇牙一乐，白齿上沾了一星半点，我作践她包不起金牙，镶了玉呢！

打着饱嗝在"百度"上一搜，才知地地菜就是荠菜，又名护生草，也有叫地米菜、鸡脚菜的。《本草纲目》上说，荠菜"明目，益胃"。好得很！这两样受活了，一切都舒服了，吃到碗里不会再盯到锅里、吃了五谷再不想六谷了。

2013年3月6日

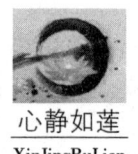

那些认识我的树

闲来无事,很向往江南水乡,又不想到名气太大的地方,知道岚皋堰门镇的卢修宾在嘉兴平湖市文化馆工作,有过电话或书信来往,从未晤面,我们年龄差距虽大,却有着共同的爱好。听说我要来,说东升南区房子空着的,想住多久就住多久。真是求之不得,我最喜欢这种信马由缰、毫无来由的旅行。修宾的单元房在东湖边上,宽敞明亮,装修一新,一百多平米让我占而领之,独自支配,阔绰得有些不知所措。修宾见我能自己做饭,说了声好极了,就源源不断地送来岳父岳母们种的蔬菜和稻米。湖是平和的,有气都生不出来,无理更不会高声,推窗能看到水中的小船,还有捕鱼人在悠闲地下网。晚上月亮照进湖心,把月光折射到窗前,湖光水色,诗意扑面。清晨比陕南早许多,撵鱼人网之声如梆子敲击,还有村妇的捣衣声、洗拖把声和偶尔几声鸟啼,把我轻轻唤醒。洗漱毕就沿着湖边跑步,做操,打两遍简易太极拳。回来做了早点,泡一杯铁观音,边看书边在阳台上晒着暖暖,随便写点儿什么,然后下楼散步。想与当地人交流,一句都听不懂,只好去看那些认识我的树。

很绅士的芦苇

每次从龙湫湖大桥下面经过时,总要望几眼那片茂盛的水草,与芦苇目光对接,人早过了桥,眼神丢在了后面。那苇也很有情,常常扭过脸来,神情专注,好像在向我招手。

那是一片很小的沙洲，似乎就浮在水面，像一株很大的萍，风吹过来，马上要漂走的样子。苇很执着，风吹草可以动，它却寸步不移，死心踏地。若说苇是草，那也是很有风度的草，耐人寻味的草，诗经中称作兼葭。两个名字都别致，都响亮，都很有诗意。头顶上举着的银灰色花絮，雾似的飘荡，太阳一照，我就想到吐气若虹。花就是头，头就是花，这样的植物不会思考才怪呢，没有思想火花才怪呢。身段儿像玉米，似水竹，若甘蔗，尤其是叶片儿，只有大小之分，没有模样之别。修长，宽大，甩着水袖，看走了眼，以为名伶在实景演出呢。苇没人看管，生活完全自理，雨来了洗头，风来了朗笑，有鸟飞来，忙沙沙沙写一首抒情长诗。老了，枯萎了，还能造纸，当我们翻动书页时，说不定就是在与苇抚摸，握手，亲密接触。

苇的邻居不多，最靠近的是浮萍。碎碎的，小小的，懒洋洋地晒着太阳。微风吹拂，不由自主地跳起水上芭蕾，只是太弱小了，常常被人忽视。只有苇，当着热心观众，有时还哗哗哗拍手呢。我最欣赏的是萍爱洗脚，一洗就没停止过，现在那么多的足浴中心和洗脚屋，还没萍的胆量，光天化日之下也敢洗，这叫明"萍"不做暗事。古人真会观察，说风"起于青萍之末"，那就是说，石是云的根，萍是风的根。正想着，朋友发来一条短信，祝我萍居愉快。是啊，眼下我也是一茎浮萍，有定居平湖的老乡接纳，暂时告别漂泊之苦，自然宽慰，只要有人接风，我就有根了。

还有就是水葫芦，虽然都有芦，却不受人待见，不是打，就是捞，恨不能赶尽杀绝，斩草除根。千不该，万不该，不该发展得太快了，冲动，冒进，飞速，跨越式，勇往直前，不管不顾。唉！犯忌啊，多则贱，稀为贵。再说，你挂那么多葫芦干什么，一不沾酒，二不能食用，三最重要，谁都不知道葫芦里卖的是啥药。

芦苇聪明，稳重，爱思考，很绅士地站着，不碍事，不讨人嫌，要繁衍也是循序渐进，科学发展。更何况，它也有光荣的革命传统，战火纷飞年代曾做过贡献，有一部革命样板戏《沙家浜》，前身就叫《芦荡火种》。芦苇们以其卑微而单薄的身躯，抵挡过枪林弹雨，掩护过新四军的伤病员。不知道植物界有没有大义凛然，舍生取义之类的词汇，反正那仪态万方的英姿，早已镌刻在我的童年记忆里。所以，一见到龙湫湖这一小片芦苇，我就感到可亲，可敬，可贵，过来过去都要投去崇敬的目光。

有一古联，叫"墙上芦苇头重脚轻根底浅，山间竹笋嘴尖皮厚腹中空"，曾被伟人引用，自然家喻户晓。联很工整，对得也巧，我不喜欢的是那种语气，三分轻贱，四分蔑视。芦苇和竹笋逗谁惹谁了，一不多言，二不多事，竟遭如此贬损。山间可以长竹笋，墙上岂能长出芦苇！每年春上，我老家后山上就冒出好多竹笋，饥荒年代救过不少人的命，现在又成了真正的山珍，用时下泛滥成灾的一句话：舌尖上的美味。眼跟前看到的这丛芦苇，气宇轩昂，风度翩翩，头不重，腰不弯，那一茎花穗，很像顶戴花翎上的某种饰物。脚也不轻，根基很稳，拔不动，拽不起，矢志不渝，宁折不移，在没有风景的地方站成一排风景。

文质彬彬的芦苇，不仅绅士，还很有雅量。浮萍来了，并不轻看，水葫芦来了，点头致意，就是在身上落几只蜻蜓，筑一个鸟巢，全都包容。说不定还有欢迎词，只是我们听不懂而已。

看见芦苇，就想到一位姓卢的作家，他是岚皋人，却把根扎在文墨厚重的江南水乡。

够朋友的构树

大半辈子都在与山打交道，见到平湖的湖，感到非常新奇，每天都要沿湖走走，打个照面，生怕浪费了宝贵的资源。抬头一看，好熟悉的面孔，差点儿叫出声来，是一棵构树，上前一个拥抱，几乎要把我鼻子碰歪，别看它不说话，心里却激动不已着呢。

仔细端详，模样没变，没人砍剁，没留疤痕，也没人来捋摘构叶，自由生长，枝繁叶茂，充分张扬着天性。看那细腿，就没受过磨难，上面还有茶色斑纹，一圈一圈的，像打着绑腿。还数我老家的构树命苦，砍了又砍，剁了又剁，除了脚，几乎没腿，更没见腰身。树蔸格外发达，像草船借箭那靶，上面插满了箭似的枝条。又像是头颅，枝条就是思想火花，不停地朝外冒着。

也不是我们老家的人心狠，是它的叶片太阔绰了，而且厚实，属上等的猪草。平时舍不得，好钢要用在刀刃上，等同政府的战备贮备，连阴雨下来，坡上稀泥烂滑，打不了猪草，就把构树砍些回来，一片一片捋下来应急。断裂处冒着白浆，乳汁似的，沾在手上洗都洗不掉。构叶好剁，脆嫩清爽，一刀下去，齐齐整整，要不了几下就成碎末。就是不剁，抓一把搂一抱丢进猪圈，猪们一哄而上，争抢不迭，一扫而光，大快朵颐。趁着水汽未干，把枝条上的皮扒拉下来，晾干好绑连枷，还可以卖到供销社，是造纸的好原料。

每当麦收前夕，母亲都要把挂在墙上的连枷取下来修补，褪下已经朽烂的构皮，换上新的。构皮放在水中浸泡两天，让其发软，就会更有韧性，编起来得心应手。当构皮连枷敲打在豌豆、胡豆和麦穗上时，发出的声音格外厚实，绵长，有原生态打击乐的味道。

用构皮造的纸，粗糙，筋道，虽厚薄不匀，却不容易撕破，有时还能看到树皮的纹理，或一个黑皮壳，或一茎碎短枝。住的土墙房，窗户都不大，天冷之时，就要贴上皮纸。挡风，透光，藏不住什么秘密，因为只有一层窗户纸，一捅就破。记得刚上学，老师就教毛笔字，用的就是这种皮纸，不卖单张，要卖一刀，也就是一叠，约二三十张。那时没有墨汁，只有块状墨锭，写前打来清水，在自带的石砚上研磨。一点儿懒也难偷，工夫不到，一笔下去，洇染一片，像长了绒毛，字体脱形，面目全非，垫在下面老师写的影格也会遭殃，像尿在被单上留下的污渍。磨到了家的，一横一竖，一撇一捺，挥洒自如。老师很会鼓励，哪怕有一笔写得周正，就在那一笔上画个红圈，让我们好不得意。构树开不开花，我没注意，果实却是见过的，色红，水灵，夹杂在叶丛之中，有点儿像草莓或是荔枝。我曾经尝过，淡甜，清香，上面有很细的白色线钩，舔了舔，没敢细嚼，怕把舌头钩住，男子汉为嘴伤心划不来。修宾弟送我一本《嘉兴影踪》，里边就有一段写构树的文字，非常精彩：下塘街河边长着一棵很粗很高的构树，人们都叫它谷树，又因为它的果子橘红一颗颗极似杨梅，所以更

通俗的叫法是野杨梅。这树的树荫,把靠河的房子也遮了。秋天来了,构树上的果子烂熟时,一颗颗"吧嗒吧嗒"地掉落。掉落在临河的屋檐上,掉落在大青石河埠上。掉落在大青石上的那么殷红的一朵,慢慢地,青石细腻的石纹染上了胭脂色。然而更好看的还要数掉落在水中的,河面上浮着星星点点绚烂的红,游鱼不时地来争啄(鱼想必也是觉得好玩),这情景常引诱人坐在河埠上不肯起来。

由此可见,构树虽没人刻意去栽种,却也能成为名胜古迹的伙伴,江南水乡的风景。

也有老死了的构树,寿终正寝,若遇连阴雨,就显得更暗,漆黑如墨。奇怪的事情发生了,身上不知不觉长出一些耳朵,肥嘟嘟的,比我们一些伙伴的耳垂还柔软细嫩。母亲说是木耳,比人工培育的椴木耳子大而厚实,炒了品尝,又脆又香,很有嚼头。

在这个城市,除了修宾,没人认识我。幸亏,还有构树,这就够了。

我的伙计火棘

在湖边散步时,看到几蔸火棘,刚理过发似的,圆溜溜的板寸,潮得很,差点儿没认出来。水巷的一面,矮堤上斜出一些枝条,作亲水之吻,显然是园艺工人漏剪,忽略出意想不到的效果,籽实饱满的红豆,借势密布,如红旗招展,又像是艺术大师在甩着水袖。公园的边上,站成一排,像被检阅的仪仗,其实是篱笆,两肋插着尖刺,暗藏杀机,谁敢越这雷池。看到的多是绿肥红瘦,豆豆躲在翠叶丛中,半露半藏,含蓄内敛,让人怜,逗人爱。

火棘,听声音,会让人想到伙计。我们那儿还有个土名儿,叫救兵粮,小时听我婆说,曾经有队伍从山里路过,弹未尽粮却绝了,就用路边上的红豆豆充饥,救了性命,因而得名。

这种红豆在20世纪60年代末,曾经救过我们全家的命,我就称其为救命粮。救人一命,胜造七级浮屠,按说我不能说它的"坏"话,那种碎碎的红豆,好看,却不怎么好吃,虽说有甜有酸,还有一股清香味儿，不该黑黑的硬籽太多，挑不出，分不开，要吃就得"泥沙"俱下，粗细搭配。一次不能吃得太多，黑籽消化不了，第二天就拉不下屎，这就如同我们陕南说贪得无厌的人，下场不好或是受到惩罚就是"好吃难消化"。

说是树，其实应该是灌木，一丛丛，一簇簇，矮小，常青，枝干硬朗，色如浓茶，总是站不直的样子，开的花也不打眼，白而灰，密而繁，再买不到花送女友，也无人打它的主意。除了雪里能映红的季节，像寒夜里的火把，似天边那一抹红霞，我们都有些怕它，连缺柴时也不想动它一指头，因为除了坚硬，它还有许多防身的独门暗器。

记得那时家里真的断了顿，一颗粮食没有，小叔背着背笼，我拿着口袋，朝一个叫三星寨的山梁上进发。路是打柴人踩出来的荒径，不时有藤挡路，有刺拉扯，为了活命，我们勇往直前。看到了，不是一大片，简直就是半面山，如火似丹，红透半边天，尽管赏心悦目，肚子咕咕叫，哪有心情欣赏。颗粒真大，圆润如珠，我急着用手去捋，先填饱肚子再说，刺扎了手也不管不顾。小叔经验丰富，用弯刀削去杂草旁枝，铺上防雨的塑料布，砍来一根长而直的木棍，在上面好一阵敲打，纷纷扬扬，下大雪似的，一会儿就落了厚厚一层。顾不上剔除叶片，赶紧装进口袋，家中老小眼巴巴翘首以盼着呢。好在这东西身轻，一大麻袋不过五六十斤，扛回家倒进晒席，择去草叶，磨浆粑似的用石磨磨细，等不及发酵，下到开水锅里，说不上口感，只能哄哄肚皮。

那时我读"寄学"，一周要在十五里以外的学校待五天半，就专门留了一些晒干，背到学校，饿了权当点心。害怕别人耻笑，总是夜深人静时抓出来细嚼慢咽，不是有耐心，而是怕同学听见，牙缝塞得难受，也不敢起来漱口。最终还是叫比我高一级的同学发现了，我叫他千万别声张，悄悄塞他一嘴，像是要谋害他，吐都吐不赢。

火棘原本是山野之子，现在进了城，还到了江南水乡，身份变了，地位变了，心没有变。我相信，它是认得我的，不会一阔脸就变。我欠着它的情，记得它的救命之恩，无以回报，只能冀望笔墨，

这也叫有钱钱打发，无钱字打发。打发系陕南方言，是施舍之意，用在这儿显然不合适，应该是有钱钱报答，无钱文报答。

有些东西真叫难说，在我们那儿最是常见的火棘，相隔千里万里，居然也跟着来了，竟然还跑在了我的前面。正如作家丁立梅所言：天地有多大，草木就走多远。海的胸怀，天空的胸怀，都不及草木的胸怀，它把所有有泥土的地方都当作故乡。

懂眼的麻柳

在一排排垂柳当中，我发现了两棵麻柳，准确地说，是它先认识了我。到湖边拍照，被一根粗枝拦着，想跨过去，又怕落水，一串干枯之物正好吊在头上，仔细打量这风铃似的籽实，方才知道是旧时相识。

这两棵麻柳，身子前倾，几乎要贴着水面，整个树蔸全泡在水里，真像在浴池泡脚。根全露在岸上，成了袖珍码头，或是当地人说的埠。又像是老人的手臂，挽在一起，害怕一些冒失鬼失足落水，绊一下脚也是提醒。如果湖面再窄一点儿，对面也生这样两棵麻柳，就是一座天然木桥，如同一双巨臂，两岸就会牵手一握，手足之情，天长地久。有独木舟过来，提着网的主人，不得不低了头，没有唱喏，也算行礼。

垂柳是女子，婀娜多姿，娇媚依依，柔态可掬，弱不禁风的样子，看了让人着急。麻柳是男子汉，虎背熊腰，遇风浪振臂一挥，挺身而出，成为护家卫乡之盾，尽管洪水拼命反扑，最终都是丢盔弃甲，败下阵来。一方水土养活一方生灵，一方树木涵养一方水土。《西游记》里写到人参果时有一句话，我很喜欢：树乃水土之灵，天滋地润。还有不知谁的话：每一粒沙子都是一颗渴死的水。借着话音，我说：每一棵柳树都是喝饱了的聪明汉。说聪明，是它适应性强，胃口奇好，从不挑剔，给点儿滋润就成活，有点儿水汽就复生。

记得在书上看过介绍，此树学名叫枫杨，麻柳应是平民百姓起的，可能是皮肤皲裂，浑身长满了麻麻癫癫的疙瘩，才有了这个很土却很亲昵的小名。我老家的小河边，长着许多麻柳，主要功能是护卫河堤，门前有一棵，并不高大，身板儿硬朗，儿时的我们，在上面行走自如，这能摇晃的"路"，就是顽童的滑梯，稚子的跳板。我惊异着麻柳的好脾气，忍气吞声，逆来顺受，包容着我们的忤逆不道，宽容着我们的不知天高地厚。

舅公会种水芋头，滑不溜丢的不好刮皮，他就想了一个办法，用篾黄编了长形篓子，有点儿像放大了的蜻蜓，拴在我们当成玩具的麻柳树枝上，三分之一贴住水面，挖下了芋头，倒进篾篓，用力摇动竹竿做的柄，不一会儿，芋头全都脱了衣服，露出雪白的肌肤，拿回去就可以上灶。我们就羡慕这篾篓，能打秋千，还能给芋头搔痒美容。

这样的麻柳，不止一棵，沿河两岸都有，只是高矮不一，粗细不匀，站成守护的仪仗。尤其是夏天，蝉鸣不断，和蛙声水声还有牛羊的叫声搅和在一起，简直是天籁之音。偶尔也有大蜂包，形状像瓜，色泽像篮球，我们叫葫芦包，现在知道是胡蜂，曾经蜇死过人，故叫杀人蜂。其实它很懂游戏规则，你不惹它，它绝对不会先下手。有一次放牛的憨娃子对我说，咱俩躲在田埂后面，偷偷打几石头，保准发现不了。真准，他一石头就打了个洞，还没等我们把头缩下去，发怒的蜂嗡嗡而至，蜇得我们抱头鼠窜，满地打滚，每人头上挨了三针，第二天还疼痛难忍。尽管死里逃生，对蜂的反应之快，判断能力之准，无不佩服得五体投地。从此以后，只有敬畏，再不敢招惹。

发大水时，它们和石头砌成的堤岸并肩战斗，纵然齐了腰，翻了堤，也不会后退半步。别看它们靠得不拢，脚下的根会在一起，组成我们看不懂的防守阵容，抵御了一年又一年的山洪暴发。前几年，国家拨了款，叫小流域治理，为了美观，把原先曲里拐弯的百年老堤拆了，那些中用不中看的麻柳成了拉直堤坝的障碍，连根挖掉，尽皆清除。新堤高大宽展，气势不凡，比原先的好看多了。又是拍照，又是录像，县上组织人前来参观，风光一时。第二年一场洪水，横冲直撞，迎面扑来，一下子冲毁四分之三。连我这样的门外汉都懂，原先的一弯一拐呈流线型，能起缓冲作用，加上高大的麻柳，联手抗洪，

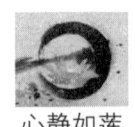

自然固若金汤。

他乡遇故知，人生一乐也！湖边的麻柳真幸运，老得站都站不稳了，也没人动一指头，真叫命好。不过麻柳也不出风头，不多事，不讨人嫌。

懂眼，是我老家的方言，意为知趣。老家还有一句歇后语，叫"一脸的麻子——不懂眼"。麻柳虽然色麻，却懂眼，更懂矢志不渝地护卫家园。

优雅的棕榈

东湖八景里有个案山晓翠，盆景似的除去驳杂，小巧玲珑，锦上添花。说是山，太勉强，底气不足。说是案几似的山，倒还合适，体现了江南水乡人的机智。看得出，名目不同的树林精心为之，除了樟树、红枫、山茶、红花檵木，我最感兴趣的是棕榈林。

那天我去的时候，正是周末，冬日的阳光晒得人暖洋洋的。正要走进那片棕榈林，老熟人似的，叶片像巨型巴掌拼命挥舞，我知道了，那不是招手，是摇手，四下一打量，原来林边的长椅上或坐、或抱、或靠、或躺着几对情侣。

不知道棕榈想独自偷听，还是怕我惊扰？我知趣地绕道而过，在"案几"上踽踽而行，独览这湖光山色，案头山水。不知怎的，心里老放不下，仍要惦记那片棕榈林。

太阳快落时，我来到棕榈林下，情侣们早已收场，我把每个椅子坐遍，想重温一下年轻时光。记得20世纪80年代初，贾平凹给我们讲课时说到一件事，到现在仍然记忆犹新。他在西北大学读书时，周末到兴庆宫公园，看到一对对青年男女，坐在草坪上谈得投机，非常羡慕，想拢去听，又不好意思，就在远处来回踱步。等一对走了，他就赶紧跑去，一会儿坐坐男孩坐过的地方，一会儿坐坐女孩坐过的地方，忽然就有了发现，男孩坐的右手边，有许多划痕，可能在说关键词或是重要决策之前，就不由自主地用小石子在地上画一笔。女孩坐的地方，身旁有许多草茎，掐成一截一截的，可能是姑娘不好意思，羞怯地应一声掐一截儿，掐一截儿再应一声。虽然不知道他们说了些啥，凭感觉也能猜出一些。

我就四下打量，非常失望，没发现任何痕迹，可能是条件所限，或是现在什么都讲快节奏，没必要害羞，连矜持都可以取消。我望望湖水，它似乎什么都知道，知道也不告诉我。我望望棕树，它似乎什么都看在眼里，看在眼里就是不说。

这里的棕榈显然是人工栽植的，高矮差不多，粗细一个样，不像我的老家，东一簇，西一棵，野生疯长，全无章法。婆经常笑话不洗头、不梳头的人是毛棕苑，用文学语言，还挺形象思维的。割了的棕树，就像理了发的汉子，整洁，精神，一表"棕"才。于是，我们学着割棕，一圈又一圈，刻下一些不朽的记忆。似乎永无穷尽，割一层，又长出一层，棕树越来越高，我们使劲儿长也长不赢。

棕的用处很多，鞋底铺几层棕壳子，又耐磨，又滤汗。里外衬上布，缝出来的棕袜子，既暖和，又可护住腿脚。下雨天披的蓑衣，多是用棕缝制。还有棕绳，棕垫，棕床，棕刷，棕扫帚，棕草鞋，可以说，农家好多用具，都离不开棕。棕叶能捆扎物品，方便实用，就像现在的一次性用品。杀猪时，在火苗上一燎，扭成"8"字形，就是最好的挂件，腊肉熏干了，它仍然结实，上面浸了油，更加耐用。还未散开的棕叶，在开水锅里一焯，又白又有韧性，编成"心"形扇子，美观得如同艺术品，还能扇风打蚊子。就连棕板，也可在水里浸泡几天，捞起来捶软成丝状，晒干供销社收购，用途更多。

朋友老沈曾经告诉我这样一件事：几年前，同办公室的一位河南安阳的大学生志愿者随我下乡，指着一棵树问我说，这是什么宝贝树啊，还怕它冻着，包了这么厚的保温物？我说，是棕树，平常得很，那"保温物"是它自己长的。

我们也伤害过棕树，怪就怪有人说棕心能吃，甜蜜蜜的。我们几个小伙伴偷偷砍了一棵小的，挺硬的，让几把弯刀都卷了刃。剥了一层又一层，几乎让我们失去耐心时，总算露出雪白的心。那不像心，除了一点儿嫩纤维，全是没长成器的棕叶，不过吃起来真叫爽口，甜

中隐苦，脆而清凉，可惜太少了，还未吃出真味儿来，就什么也没有了，地上一大堆丢弃的罪证，让我们不同程度地挨了一顿揍。

尽管我伤害过，棕榈量大，并不记过，大巴掌随时张着，击掌问好，等着那久违的一握。案山晓翠之"翠"，棕榈的青枝绿叶，当得那优雅的名分。

大袖的芭蕉

平湖的许多地方都有芭蕉的身影，多是形单影只，不扎堆儿，高长大气，玉树临风，不像我的老家，一有就是连片成林，自由散漫，竖笋子一般。

那天去看莫氏庄园，印象最深的是花园里的三棵芭蕉。由于光线较暗，我还未看见它时，它早已把高大的身影投射在我的头顶，虽然居高临下，态度却很谦恭，没有夸张的招呼，也没有扑上来相拥，只有心心相印的眼神。仿佛在说：嘿，老朋友！我可是走到哪儿都正直坦荡，两袖清风。

我点点头，投去赞许的目光。知道地盘狭窄，空间很小，要想有出息，就得天天向上。高过了梅，高过了黄杨，高过了石榴，一直高过了风火墙，在瓦楞中舒着广袖。我想拍个全身照，镜头怎么也装不下，只得朝天仰拍，像一把太阳伞，碧玉绿幔般遮天蔽日，这时再看脚下，一地斑驳，满园春色。叶片没有陕南的宽长，身躯却要高出一半，干枯了的外叶，像蕾丝花边的长筒袜，衬托得身材分外修长，比时下的腿模还要妩媚几分。太像江南美女了，体态苗条，气质不俗，举止优雅，风情万种。美人，又不施脂粉，就是十分美了，就是美到家了。是真面目只素面，唯大英雄能本色。

小时候，我们家穷，知道芭蕉枝叶茎干剁碎煮熟能喂猪，就想到那根肯定能吃，就挖了些回来，虽粗劣，却水旺，一蔸能煮一吊罐。费了许多柴火，老是煮不烂，有点儿像莲藕，见了铁器汤就变黑。咬一口，柴巴巴，喝口汤，涩巴巴，实在难以下咽。就想这植物也有分工，有些是让人吃的，有些是让人用的，有些是让人看的。

我是真正听过雨打芭蕉的。那是在生产队干活,突然就来了大雨,都没带雨具,年纪大的就往人户家中跑,我们几个小伙伴一下子就钻进附近的芭蕉林,还甭说,里面全是干的,我们就靠在冰凉的芭蕉树上,听雨打蕉叶的声音。有风刮来,的的剥剥,急急切切,滚豆子一样。无风的时候,嚓嚓沙沙,嘻嘻哈哈,筛芝麻一般。那声音比金属圆润,比琴弦更有色彩,比音韵更有气息和味道,富有跳跃和弹性,换气换得天衣无缝,比喇叭里播放的更有动感,从叶面上看过去,那音色还冒着气呢,与周边环境遥相呼应,使我们在野地里有了莫名其妙的野心。那时我们不懂音乐,只觉得有趣,好玩儿,可以边听边躲清闲。这雨一点儿也不讨厌,是专门来逗乐子的,芭蕉林就是童话小屋,是雨季里的风琴(我们那时只见过老师用脚踏的风琴)。

从这以后不久,芭蕉顶尖上长出象鼻子,也就是一朵很大的花苞,样子像荷,边上张开两片苞谷壳似的瓣儿,隐约有蕊儿露出,蜂在上面飞舞。花又不像花,团结成一个实心疙瘩,不红也不白,灰中带着紫,形状很像一颗心。

还是莫氏庄园的芭蕉好,只长个儿,不长心眼。这叫本分,也叫守土有责,开花结果是香蕉的事,自己一门心思伸枝展叶大袖临风就行。

贪睡的合欢

在东湖边散步,微风,水平,径曲,草浅,树细,那种感觉真好,参照物矮小,人自然就高大了。

我在两棵不大的树旁停了下来,不像是土生土长,是移栽来的,树形像一个大大的问号。是问我好吗?是问我认不认识你吗?

既然问我,一定认识我。仔细打量,环境虽然有变,还是认得的,我拍着树身:这不是合欢嘛!合而为欢,欢而为乐,喜庆着呢。可是,初冬的冷风已将你的羽毛梳理干净,只剩得枝干骨瘦如柴,欢乐给了别人,自己却一无所有。你似乎在安慰我,别担心,如果该发芽时不发、该展枝时不展、该落叶时不落,那是多可怕的事情。我明

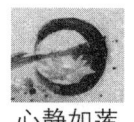

白了，跟人一样，该干啥干啥，遵循规则，顺其自然。

你好，合欢！你是我的榜样，我要学习你的坦然，还有内心的宁静。在深山甘于寂寞，到了江南水乡并没有得意忘形，或者变态、失态。合欢是你的昵称，我老家叫夜蒿树。我曾经追根溯源，说是老朽以后，漆黑的夜晚能看见点点荧光，绿幽幽的，迷信者说是鬼火。当地谚语说：干马桑，湿杨柳，弄夜蒿树不如打空手。再没柴烧，也不愿意砍剁，并不是心慈手软，疑神疑鬼，而是嫌不好烧，半天烧不燃，尽冒黑烟，好不容易烧着了，噼噼啪啪一阵乱炸，火就乱了方阵，忽闪忽闪几下就熄灭了。我认为那不是炸响，而是朗笑，只是笑声大了一点儿。再添上其他的干柴，合起来的火力就大了，欢乐也多了，不一会儿铁壶里的水就吹起了口哨，那种发自内心的愉悦，旁观者难以体味，也难以忘怀。

夜蒿树是做扁担的好材料，通梢，不变形，韧性十足。小时候，我家抬水用的扁担就是夜蒿树的，别的树抬时要把扁担翻过来，以免断裂，夜蒿树不必翻面，穿入水桶梁子抬起就走，省事省时，轻巧耐用。

请客不如遇客，正在写这则小文时，在《新民晚报》副刊上读到一篇短文，正好有一段说到合欢：许多植物也很贪睡，比如合欢树，羽状的叶片由许多长长的叶子组成，像把芭蕉扇。白天叶片舒展开来，迎风而舞；一旦夜色降临，小叶子就会一对一对地合拢起来，仿佛在说：我要睡觉了，请勿打扰。

这下我明白了，老家起名夜蒿树是有道理的，是有据可考的。我想，夜蒿树肯定闭眼就会眯着，不会失眠，除了心静之外，就是淡泊，没有太多的想法。

不得不说说发生在夜蒿树旁的一件事，那时我只有六七岁，新雨过后的一个黄昏，到处都是湿漉漉的，树林中竖起不少聆听的耳朵——野生的蘑菇。听到对面坡上有麂子叫，婆耳朵灵，说是人学的。不一会儿，婆的养女，我们喊姑姑的金桑儿，手中提个篾篮，说是去拾蘑菇。婆说天快黑了，明天早上再去。姑姑坚持要去，说早上露水大，晚上有月亮，不放心就叫海清（我的小名）搭伴儿。

姑姑在前面跑，我在后面撵，拐了两个弯就不见了。树林里行走，本来就有点儿瘆人，加上打麻子影了（陕南方言，天即将黑了之意），踩到树叶上，总感到后面有人，回头看去，什么也没有，特别是一些砍了柴的树蔸，活像一些头颅，鬼影儿似的。前面有人喊我，是姑姑的声音，跑拢去一看，是对面的迟娃子，正把姑姑按在地上，一边啃脸，一边用一只手摸着腰身，另一只手仍握着竹篮。我拉了几下，纹丝不动，慌乱中用手上的篮子狠命敲头，没有反应。敌人太强大了，我实在无能为力，灵机一动，抢下迟娃子的篮子，攒圆了劲儿扔了出去。姑姑趁机翻过身来，迟娃子再一用力，两人就滚下了坡，四周很静，只听到出气的声音格外大，幸好滚得不远，被两棵树挡住了。不知是自己解了裤带，还是让树桩挂的，迟娃子露出的屁股蛋儿，月光下白得耀眼。姑姑喊了我一声，声音都变了，一头蹿出树林，我一边哭着一边追赶，回家之后姑姑对谁都没说，我也没敢说，只做了几晚上噩梦。

从此以后，我再也不想采蘑菇了，也没再理视过迟娃子，更不会问他竹篮找到没有。不过，我曾偷偷把小叔领到那两棵树下，问是啥树。他说是夜蒿树，朽烂后晚上能亮鬼火。我不管鬼不鬼的，反正救过姑姑，至少让姑姑摆脱过纠缠，它就是好树。现在我更知道，这树晚上是睡觉的，睡觉还醒着眼睛救人于危难之中，就应该是植物之灵，树中之杰。

2012年11月8日~12月4日于浙江省平湖市东升南区

第二辑　随手而记

有些时候,我就无来由地要倾诉,要宣泄,不想烂在肚子里,就唠叨,甚至是发牢骚,于是就有了这些即兴之作。自家观点,没有个人恩怨,无意中伤害了谁,大人大量,切勿计较。我理解的随笔就是随心所欲,随手而记,有感而发。

风　骨

风是软的,软中有硬,硬而有力。骨是硬的,硬而有刚,刚而则坚。

山有风骨,任世间风云变幻,不改其态,不变其姿,始终不动声色。擎天一柱,独守一方,铁肩担日月,衣襟拽江河。

树有风骨,落地生根,好也展枝,赖也落叶,不言立而自立,不说重而自重,无论何种打压,总是宁折不弯,傲骨铮铮。

人也有风骨,面对屠刀,要杀要刚,听凭自便;对于诱惑,心如止水,不给正眼,坐怀不乱;权力面前不低头,地位面前不争夺,钱财面前不伸手,美色面前不动心。

文人更要有风骨,文以气为主,画以骨为要,风清骨峻,刚健朗畅,格调刚健遒劲,主旨积极向上,鞭挞丑恶,弘扬正气,实事求是,甘守清贫,耐得寂寞,不为世俗浮华所左右,潜心写一些有责任写、喜欢写的文章。不昧良心,不添油加醋,不为五斗米折腰。扫除腻粉呈风骨,退却红衣学淡妆。做不到,干脆就不写,或者少写,写了就让它烂在抽屉里,不拿出来示众,更不要公开发表。

不低俗,不萎靡,是需要有点精神的。

不媚俗,不附势,是需要有点风骨的。

性灵出万象,风骨超常伦。内在的沉稳有力,加上真知灼见,甚至固执己见,这是特立独行的基本要义。拥有这种节操,也许会相当孤独,被当成疯子,不合时宜者。对于有独立思想的人来说,即使没

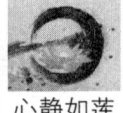

有力,气还在;即使没有风,骨还在。纵使放弃生命,也要刚正不阿,坚守自己的信仰和做人的人格。

　　社会看风气,文章讲风雅,为人重风骨。

淡　然

淡字拆开，一半是水，一半是火，水火本不容，无火水不开，火热水润谁又能抛却得了。比如写作，火热的是生活，抒情的是流水。选择写作是淡的一种方式，因为这样可以自言自语，娓娓道来，像是自己对自己的耳语。华丽一点，别人也可忍受。直白一些，也有人称道叫好。假话、空话、大话、套话不是自己的话，是嚼蔗渣，炒"现饭"。不真，脸也是虚的，虚虚的脸无论抹多少脂粉，都不可能是一张可爱的脸。兴趣事小，面子事大。

我这个人做事木讷，说话慢悠，见了久违的朋友也只是轻轻地握一下手，气氛好时最多再淡淡一笑。有的人说我是摆谱，清高自傲，目中无人。还有人说我这个人不热情，对人淡然。这算是抬举了我，我还做不到真正的淡然。做不到，可以看淡。

记得小时候，只要门前的大路上有人走过，我们都要久久地打望，婆就大声吵我们在望白眼。现在才有所醒悟，不望白眼，就是一种淡然。

饭正端上桌，讨饭的乞丐到我家门前，父亲赶紧把狗撵开，舀了满满一碗递过去，害得我们兄妹几个大肚汉都吃个半饱。要饭的走了之后，我就埋怨父亲太大方了，他是讨百家饭的，给半碗足了，在我们这儿没吃饱，还可以到别处要。父亲说，我们没吃饱，还有下一顿，至少还有锅灶，还有家。现在看来，舍得也是一种淡然。

大集体时，家中缺劳，每次分粮，轮到我们都是锣罢鼓罢，好的

大的都叫别人抢了去,我们分到的都是"下脚料"、小不点儿。母亲说,小的也不错,个数多,人家碗里装一个就满了,我们碗里能装四五个。这种童话似的安慰,也可叫作淡然。

在许多聚会场合,别人都在高谈阔论,谈笑风生,我的一位好友老是在角落里倾听,礼貌地点点头,或是笑笑,从不插嘴。我问他咋一言不发,他说有人说,就得有人听,都争着说,谁听?现在想想,不插言,用心听,就是一种淡然。

不撵热闹,不吝啬,舍得,吃亏,倾听,这些日常琐细,真正能做到,是需要有点儿风骨的,也是需要有些勇气的。淡淡地对待一切,一切自然就心平气和了。月白风会清,天高云才淡。因为淡淡的,所以轻松着;因为轻轻的,所以不让人讨厌。水越是真深越是不喧、不浊,透明得像是很淡,近于"无"。

平淡的日子最美,简朴的日子长远。只要甘于平淡,快乐就很容易。有一种淡,可以化干戈,那就是淡化矛盾。有一种淡,可以识友情,那就是淡淡长流水。淡忘不是忘记,是一种能想起来的忘。

豁达男人对得失的淡然处之,知性女人对容颜的淡妆素抹,都透着一种高洁的雅致。尤其是人生步入中老年阶段,岁月的沧桑稀释了功名利禄的欲念,多了一份淡出江湖的潇洒,还有归隐田园的恬淡。其实,淡,也应该是一种生活常态,是顺应自然的一种智慧。

大道低回,大味必淡。粗茶淡饭,益寿延年。我想通了,做不到真正的淡然,今后就老老实实吃淡饭,喝淡茶,说淡话,写淡文,过平淡的日子。

2012 年 12 月 23 日

回　忆

有故事的人爱忆旧，有往事的人爱回忆。

就像一个家，你时刻牵挂，随时都可以回。就像一些心事，尽管乱七八糟，谁也阻挡不住你的想。没有经历，波澜不惊，太过平顺，即使你想回忆，也没有多少味儿可以咀嚼的。有人说，爱念旧的人多是老人，至少心态已经开始老化，我不太赞同这种说法。老年人做梦，年轻人梦更多，许多回忆都与梦有关。有路可走，有家可回，有梦可做，这多好哇！

那是一种财富，一种精神积累，一种有说服力的家底子，一种能口传心授的个人传记。

值得回忆的事并非都提得上秤，往往都是鸡零狗碎，鸡毛蒜皮。当下耳闻目睹到的一切，无不转瞬即逝，成为过往。因而，想珍惜过去，就得有好奇心，悲天悯人，古道热肠，对什么都感一点儿兴趣，如注视出窝的鸟儿，刚翻耕的土地，不小心踩死了一只蚂蚁，摔倒又爬起来逐渐长大的孩子，携手走过斑马线的老两口儿，大路上边走边慢下来的脚步，甚至正在脱皮的树，即将落瓣的花。

应该说，凡是在这个世界走了一遭的人，都会有故事，哪怕是一次遭遇，一次灾难，一次小小的得意。正如作家周国平说得那样，只有回忆能让往事继续活着：从前的露珠在继续闪光，某个黑夜里飘来的歌声在继续回荡，曾经醉过的酒在继续芳香，早已死去的亲人在继续对你说话……人在世界上行走，在时间中行走，无可奈何地迷失在

自己的行走之中。他无法把家乡的泉井带到异乡，把童年的彩霞带到今天，把十八岁生日的烛光带到四十岁的生日。

能留下记忆的除了音像、文字和梦，那就是我们的三寸不烂之舌。尽管有些走样，或者重三遍四，甚至牛头不对马嘴，只要自己觉得有味儿就行。我们那个年代能留下来的物证是老相片，每家或多或少都有几张。它们安静地躺着，有的褪色，有的发黄，有的起了霉斑，这并不影响怀旧，冲淡不了浓浓的情缘，仿佛历历在目，当时的情景似乎就发生在昨天，末了自会感慨一番：唉！这样的画面不会再出现，那时的心情也不会再有。

随着时间的流逝，有些事情慢慢地忘了。随着时代的变迁，有些记忆却仍然刻骨铭心。我现在不知怎的，刚发生的事，老是想不起来，许多年前的事，却记忆犹新。有人说，那种走过，做过，饱过，饿过，血过，泪过，名过，利过，荣辱过，沉浮过，都进入一种境界，一种诠释，一种了知，抑或是一种彻悟。这都是一厢情愿，自我陶醉。其实，一代人有一代人的活法，一代人有一代人的记忆，无须认同，允许漠视。

回忆，对我们这一代人来说，是一种倾诉，是一个时代的口头文学，是一种大苦之后的自我安慰。明知道一切不可能复原，也阻挡不了念叨的惯性，那山村，那雪野，那稻草人，那野菜，那迷路跑到门前的小鹿，还有走夜路，搞夜战，开荒地，打火把，撵电影，搞运动，开大会，送公粮，交任务，……包括我们过剩的精力，悲情的青春，甚至无意识地被时光燃烧着生命，自己还乐呵呵地浑然不觉。有人说得更形象，回忆是一种无奈，是自己给自己贴的一张伤湿止痛膏。

我们这一代人也不全是亏欠，也曾阳光灿烂过，集体狂热过。现在老了，成了一抹残阳，如果再不好好感怀，已经时不我待了。那些逝去的年代，不是没有痛楚，没有龌龊，只是我们学会了忘记、筛选和淘汰，剩下的都是能津津乐道的干货——单纯、善良、友情和美好。

       2013 年 4 月 9 日于西安草场坡荣城小区

名 誉

沽名可以钓誉,毁誉也能参半。声名可以狼藉,名誉也能扫地。

就像人的一张脸,谁都看重名誉。有的人极端,轻生重誉,把名誉看得比什么都重要,说:金钱如粪土,名誉值千金。莎士比亚说得更玄乎:把名誉从我身上拿走,我的生命也就完了。

岚皋成立作家协会,这是开天辟地的事情,具有划时代的意义。邀我参加,欣然前往,没想到主席台上放着写有我大名的牌子,众目睽睽之下,容不得你推辞。上主席台时,从安康专程赶来的诗人也是市作协的副主席周长圆,硬要叫我走前头,一口一个老师,老前辈,谦卑得让我无所适从。我这个人处事简单,一切看淡,台上台下从不计较,上席下席一样吃喝。前几年就曾经动议,说我写过一些文章,出过几本书,除了李发林,就是你黄开林,好像这个主席铁板钉钉,当仁不让,非我莫属。我知道自己有几斤几两,坚辞不受,一半是让贤,一半是自知之明,因为自己无权无钱,且又不愿当"讨口子",当了岂不是误人误事嘛。

无官一身轻。我是从容的,是心安理得的,也是心底无私天地宽的,从主席台上往下看,自然惊喜不已,男男女女一大屋子人,除了四五位老先生,且都非常年轻,真叫"谈笑有鸿儒,往来无白丁"。从1975年公开发表第一篇作品算起,我已经写了三十七年,"写龄"比许多人年龄都大,是应该悠着点儿了,是应该歇歇手了。对年轻人的恭维和求教,我总是说多看书,好好写,我在你们那个年纪,没有

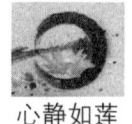

你们出手快，写得好。这是鼓励，也是实话，年轻人才是岚皋的未来，后之来者才是岚皋文坛的希望。前不久，安康日报副社长、文友刘云在我博客上留言：老汉心宽，天地高远；不招闲言，不吃闲饭；腿脚活泛，头脑灵便；妻贤子孝，亲朋流连；一杆老笔，山花烂漫。山花不怎么烂漫，一杆老笔却是实情，不招闲言、不讨人嫌，也是老朽的追求。

论年龄和从文，文涛算是我的弟子，他虽身居要职，却为人谦逊，礼贤下士，当选首任主席，可以说是顺风顺水，众望所归，我举双手拥护。没想到他刚一当选，还未离开座位，就给我一个人单独发了奖状似的纸本，大声宣布聘我为名誉主席，还非常歉意地说，这是县城最好的证书。哈哈！我原本什么也不当的，这下反倒比他那个主席还多了俩字，算是赚大发了。名誉，作家，主席，三个词放到一堆，孰轻孰重，我一时掂量不出，要叫我三里挑一，首选"作家"，最好加上本土二字。

有人说，人生在世，名誉二字。我说，人生在世，吃穿二字。我不是不顾及名声，名望，而是不刻意追求，最好是不求利而利来，不求名而名到，实至名归才是最大的声望。老伴说我好对付，是一个不讲究的人，这不讲究就是顺其自然，就是随心所欲。是你的，甩都甩不脱，不是你的，争也争不来。人生闲气一场空，人争闲名一阵风。

客观地说，求名并不是一件坏事。一个人有名誉感，就有了进取的动力，有名誉感的人就会懂得羞耻，不想玷污自己的名声。但是，什么事都不能过分，强扭的瓜儿不甜，君子求善名，小人图虚名。我不想声名大震，小有名气则可。作家的头衔并不是虚名，而是白纸黑字，真刀真枪。作家就是要用作品说话，文章是硬头货，作不成假，哄不了人。千万莫为虚名遮望眼，一定要脚踏实地，一笔一画，一字一句，专心致志，情真意切。所谓的名誉都只是身外之物，只有不停地写作，写出优美的文章才是正道，才是不朽之盛事。为啥报刊采用文章时，大都把作者的名字放在标题之下，这就是说，先有文章，后才有你的大名。

名誉并不重要，重要的是那份真诚和尊重。这是我今天参加县作协成立大会的深切感受。

2012 年 4 月 16 日夜于芳草居

不知有赋

二十多年前，曾为县志撰写过一篇概述，润色修改后投给《当代陕西》，题目就叫《岚皋赋》。虽然有"赋"，我理解为赞美之意，出版第一本散文集时，做了书名，还请平凹老师题写了书名。

不久，我在贾老师主编的《美文》上读到一篇三四百字的短文，只记得作者叫何四开，四川人。当时真叫爱不释手，复印一份放在玻璃板下，随时都可阅读。当时就想，散文还能这么写的？好像题目中是记，不是赋，有人说是骈体文，也有人说是赋体。

从此，我就喜欢上了这种形式，刚巧县上有位部门领导要在城区显要位置建以工代赈碑亭，叫我写简介文字，我就模仿着写了一篇记，刻在石碑上，颇受好评。后来陆续有人请我写了一些，记得的题目有天然神河源、岚河漂流记、小木屋记、捐资助学碑记、岚皋龙舟赋、重修观音庙碑记、龙安茶肆铭、茶食本方赋、南宫山铭、张本树祭、宏一大仙祭、千层河赋、双丰桥禁赌碑修复记、青莲书屋赋、碗场坝广场赋。

陕西百县赋征文时，我把没人请自己要写的《岚皋县赋》寄了去，原本想只要收入文集讨一本样书就心满意足了，没想到还得了三等奖，位列前十，安康十县区只有我一人进入等级奖。后来一打听，本次评奖十分公允，在入围篇目中隐去作者姓名，请北京专家评审，真正是看文不看人。

陕西写赋高手商子秦来岚，点名要见我，送我收有他十几篇新赋

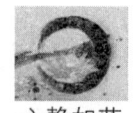

的新著。特别是那篇《西安赋》，曾是《光明日报》百城赋的开栏之作，让我佩服不已。今年8月26日的晚上，商老师打来电话，力邀我参加陕西赋学学会成立大会，别的会我可以推，这个会我不能不参加，欣然前往，因为我太喜欢这种文体了。在8月28日的正会上，我被选为理事，安康只有我一人忝列其中，荣幸的同时又很惶恐。

我在分组讨论中发言：不知有汉，无论魏晋。这是《桃花源记》中的一句话。借陶潜先生语意，我是不知有赋，无论诗文。这不是谦辞，我连古汉语都未学过，没读过赋，也读不懂赋，更不懂什么赋学。后来读了当代人写的新赋，半文半白，可长可短，有尽兴发挥的空间，非常推崇和喜爱，就照猫画起虎来。要问我赋的定义及写作要领，一无所知，只能翻白眼。

我这一辈子没算白活，总结了一句话，那就是：做任何事情，只要喜欢，就足够了。

2013年8月29日

逼上"志"山

差一年半载就要歇菜（退休）了，本打算无事一身轻地过过日子，看看书，码码字，品品茶，喝喝酒，打打小牌，领领外孙，不说天伦之乐，也该珍惜大好而又短暂的时光了。

人一下地，苦乐无边，发多大财，当多大官，做多少事，享好多福，都是有定数的。冒了，就会在另一处流失。过了，就会莫名其妙地赔付。你有七算，它有八算，打个平手算是祖上积了大德。可能是账未还完，事未做罢，来了一批说客，力挺我主编第二轮岚皋县志。

第一轮修志时，我刚从邮电局调到县文化馆，那时，我的最爱是搞创作，组织上一纸调令，非去不可。人事局长跑到家中说：只要我不死，志书修罢，想到哪到哪！老革命的一句狠话，逼到坎边上，只得受命，一写就是七年。好在那时还年轻，正值而立之年，有许多的明天，有太多的来日方长。现在终于明白，不是领导说话不算数，是我们自己算不了数，也就是说，想好了要回的地方，只要离开，就回不去了，这是命，你得认，这是命运的安排，你得遵从。

退二线后，在单位待了两年，无所事事，占着茅厕不屙屎，讨人嫌，不懂眼。老了，也得知趣，便去了西安一家文化公司，用一位朋友的话说：黄开林不是打工，是进修。虽是体面语，却很有见地，这两年的确长了见识，开了眼界，自认为有进步。

正要渐入佳境，史志局负责人找到我，叫我参与并主修第二轮县志，我说参与可以，主修就免了。不久，单位领导找我谈话，说是县

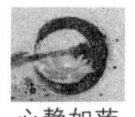

长的意图,县志主编非我莫属,有什么要求,拿方案出来。好像不答应就是不给面子,修志事大,面子事小,就断然谢绝了。果不其然,以后再见到这位年轻的领导,撞膀子过路,只当不认识。

又过了一些时日,文涛叫我回岚皋到他办公室一叙,用他的话说,从打单身起,我们就是文友加朋友。原来他也是受领导之托,动员我写县志,上一轮参与过,驾轻就熟,并说于公于私,无论如何都得答应。当晚到家中给家属做工作,老伴不明就里,稀里糊涂就答应了,我顿感压力很大。主管县志的领导说,黄开林是文人,不在办公室谈话,叫文涛找个茶室,边喝茶边聊,气氛融洽,要人给人,要钱给钱,如此重视,打火把难找。

就这样,逼上了"志"山。过去有句老话:得志不修志,修志不得志。现在应该改了,领导如此重视修志工作,三番五次做工作,想尽办法晓之以理,不是有句话这样说吗?现在什么都缺,就是不缺人。我一介布衣,农家子弟,何德何能,要让敬爱的领导说好话,费口舌?

尤其是博友,当知道我的处境后,在网上赋诗填词,鞭策鼓励,令人动容。湖滨园主写了一首贺新郎——闻黄开林先生主笔二轮修志感而有寄:正晚秋时日。喜乡山、层峦千里,枫红霜白。万树松筠凝苍翠,丽水人家游客。更醉却、南宫秋色。把盏相邀长天月,盼民增福祉花披泽。黔首梦,系家国。欣闻才俊重研墨。细钩沉、删繁就简,无分朝夕。桑梓情深千秋事,善恶分明史籍。裨后辈、从中受益。司马文章不阿世,共人间烛照何曾熄?但举起,董狐笔。南宫樵口占四句:四时山岚汇彩云,日月依旧气象新。子长不阿当朝事,功过千秋照后人。我是老糊涂补四句:做人贵在实,修史贵在真。司马董狐笔,千秋照后人。

有道是上山容易下山难,既然上了山,就要到顶。上山并不可怕,最要命的是时间,其他县都写了两三年了,有的已经成稿并送市上复审,就是急起直追也撵不上了。我的一位最要好的朋友,官至副厅,打电话勉励:既然答应,就要写好,让我们这些做朋友的脸上有光。说得轻，落得重，我懂这句话的分量。唯一能做到的是不懈怠，肯出力，拼老命，知好歹。

四季有更替，人事有代谢，命运有轮回。第一轮县志有我，这一轮该我跑不脱，这是上苍的安排，也是前世的指令。县志二十年一修，不会再有下一轮了，这样一想，就如释重负，一身轻松。

2013 年 11 月 5 日于岚皋县档案史志局

五七感言

　　毛主席曾有五七指示，吾乃布衣一介，不敢指示，只能发点儿感慨。在下今天满五十七岁，想写几句话，图简单，就叫五七感言吧。

　　听母亲说，我是闰三月十七出生的，当时草正茂盛，说我这只"羊"有饭吃。当年没想到去查万年历，就想当然地在身份证上填上了4月17日，今天在网上一查，阳历准确的时间应该是5月8日。我喜欢这个闰（闰道润）字，温润而泽，滋润万物，尤其是我们写稿的人，最喜欢的还是润笔。加上一个"月"字，我的生日就可以堂而皇之地过上两三个。其实，再好的日子也是一个平凡的日子，只是人为的因素才使其有了不平凡和有意义。不论怎样，让日子过得充实、有趣味、有特性，才是生日过着的必要。

　　昨天女儿黄珊珊和刘欣到莲湖民政部门领取了结婚证，虽然婚礼还有一段时日，也算是成家了，是合法夫妻了。我对他们说，只有脚踏实地，才有高远天地。大总是从小而来，高总是从低开始，远总是从近出发。同舟共济，相亲相爱，忠贞不渝，一路走好。我在心底里祝福他们，也祝福着自己。这是大喜事，是孩子送我的最好寿礼。我们那儿有一条美丽的汉江，女婿老家在美丽的牡丹江，汉子和花朵，刚柔相济，侠骨柔肠，也算是绝配了。

　　昨天晚上，来参加西洽会的一位局长打电话问好，他是习惯使然，每次来西安有时间就在一起聚会，没时间就打个电话，这让我非常感动。特别是这一次，恰逢生日前夕，不是生日祝福也成生日祝福了。这不是巧合，是心有灵犀，心照不宣。我说，我都退二线五年了，你还是一如既往地操心，可见你这个人不势利，人走茶不凉。他哈哈一笑：我没有势力，因而就不势利。再说，你是写文章的，我是读文章的，自古文章就是不朽之盛事，没有退隐一说。我就庆幸着自己的爱好，别人认可，自己愉悦，一时半会儿还不会凋谢，说明我这个人还不会让人讨厌，活一年还有人惦记一年。这让我想到，世间任何一个生命的到来，只要自己不老想到萎缩，别人无法把你凋零。

在西安开着小餐馆的二妹、妹夫和大妹的女儿罗双关了店铺，前来道喜，张罗着给我做寿。他们的到来，让租住的房子顿时亲情大增，人气骤旺。锅碗瓢盆，叮当作声，油盐酱醋，香味扑鼻，仿佛回到草鞋垭的土墙房里，久违了的人间烟火让我泪流满面。

还有相濡以沫近三十年的妻子，大老远地从岚皋过来，大包小包的"操心"——腊肉、土鸡、本地鸡蛋、浆粑、苦荞面。为了迎合我的口味，来的头一天，特意上山采了白蒿、鱼腥草、香椿、泥鳅串。让我怀旧，让我忆苦，也让我思甜。这不仅丰盛了餐桌，饱了口福，更是家道传承，门风延续，过日子的约定俗成，贤妻良母的示范标杆。

孩子们过的是加法，今后的路还长，还有许多事情要做，还有许多责任要去担当，出了力还要流汗，成了家还要立业。健美讲瘦身，人老思退路，我和老伴今后就要做减法，过一天就会少一天，走一步就会回头望一步。减法就要简单，就要放得下，就要扔下许多个人得失。世界很复杂，生活崇简朴。知有余，当知足，平民百姓秉持平常心态，平常人过着平淡的日子。

时光流逝，年岁增加。事越来越少，话越来越多。感慨可以万端，感言最宜以少胜多，我的五七生日感怀，也就只能写这么多了。明天我将起程回老家，撰写《中华人民共和国政区大典·陕西卷》岚皋的词条，这把年纪还能为共和国效力，做点儿力所能及的事情，五十八岁就会不凡，就会更加富有意义。

2012年4月7日记于西安南梢门

兰能入心

想邀几位文友品茶，找了几个地方都太嘈杂，最终还是选择在自己家中。朋友会说话：家里好，属最高规格接待。是啊，不是亲戚，不是知己，谁能请到家中？

妻子少有的高兴：我真羡慕你老黄，大过节的，前后不到半小时，一个电话就把想见的人喊齐。说罢就到厨房忙活，一会儿就弄出几个可口的菜来。喝着红葡萄酒，品着铁观音茶，吃着可口的农家菜，话不投机都不成。笨嘴笨舌的我，插言不上，只好学土匪，抢人家的话头。

有人提议合个影，瓷盅土碗，柴桌木椅，墙上又没有名人字画。妻心领神会，忙撤下碗碟，端来她精心侍弄多年的一盆君子兰，顿时眼前一亮，蓬荜生辉，刚刚品尝，又来品鉴，真乃赏心乐事，清供雅玩矣！

古人说：君子之交淡如水。我说：兰能入心情谊长。

一位会写诗的朋友说：这盆兰花虽然不是最好，却是最亲，若能带到西安放在身边做个体己，举案齐眉，绿袖添香，当是难得的雅事。

我知道那是妻的蓝颜知己，命根子，岂能夺爱。就说：兰已入心，无须贴身。

一位写散文的朋友说：松性淡逾古，兰心独不群。有兰相伴，心花绽放，我们每个人若都能在心里种上一株兰花，举止当从容、心情自芬芳。

　　我知道友人的用意，给一个至尊的台阶，当下则下。就说：兰已入心，挥之不去。

　　于是，我们围兰而聚，依兰而坐，侃侃而谈，合影留念。老伴轮番举起各自的相机，从几个侧面为我们拍照，那兰花始终居于中心，成为焦点。那一刻，这株春意盎然的兰，不仅仅印证着君子之交，而吐纳着一种精神，深深地浸润在我们的内心深处，成为莫逆，成为难忘，成为永恒。

　　老伴的网名叫深谷幽兰，可见她是深爱着兰花的，她可以不与我们为伍，兰花不能不参入，兰花不能受冷落。像兰花这样高洁的植物，是应当养在心中的。老伴的这一举止，就是把兰"种"在了我们的心田。

　　种一株心之兰，并让它不断地生长，茂盛，开出清香的花朵，充实自己的心灵，丰富自己的生活，感悟自己的人生，养精蓄气，激发自身的潜能，素面朝天，清雅独守，粗枝大叶，大道至简，这或许才是老伴养兰的初衷吧。想想看，一个拥有了兰心蕙质的人，他的内心定然是平静向善的，他的行为定然是从容美好的。

　　难能可贵，兰能入心。

心静如莲
XinJingRuLian

与妻书

张琴吾妻：

　　时间过得飞快，转眼我们结婚三十年了，我步入花甲，你也知天命了。想想真有些惭愧，除了追你的那些日子有过书信来往，余皆一片空白，在我打算出最后一本书时，就在书上给你留一封信吧，算作补救，也是纪念。

　　见第一面时，你正值豆蔻之年，同妈妈一道从县城步行回孟石岭省亲，天热，路难行，走到溢河坝时，到电信所小憩，我正在总机上值守，就倒了茶水，你说"谢谢"的声音像羽毛，很轻。水灵灵的眼睛目不斜视，只盯着那双漂亮的凉鞋看，墙上有我办的壁报，画的壁画，你妈是我的上级，长话班的班长，出于礼貌，不停地夸奖，你很淑女的样子，始终不为所动。起身时，你妈喊了一声"彩霞：我们走！"我记住了这个好听而又很有诗意的名字。

　　两年以后，我调入县局，不时地见你把书包夹在胳肢窝里，在我住的对面开锁，关门，进进出出。彼此好像认识，却都不说话，因一篇作文需要"请教"，才正式登门，声音柔柔的，亮亮的，像小溪淌水。你父亲是"西进"干部，在我眼中，你应该是高干子女，却质朴如菊，布衣布鞋洗得泛白，空气中弥漫着皂香味儿。爱劳动，不矫情，洗碗、砸炭、挑水、打猪草，样样都来。

　　又过了两年，我到柏杨公社搞路线教育，住在武学馆里，一个盛夏的下午，突然看到熟悉的身影，你戴一顶大半新的草帽，雪白的衬衣上搭着两根漆黑的短辫子。我们打了招呼，老熟人的样子，大大方方到我的卧室（集体宿舍）兼办公室喝茶。不知不觉到了黄昏，你到舅家去，我送你。月光下，山道上，我们有说有笑，轻松愉悦，直到你消失在一片桑林背后，我才哼着小曲儿返回。室友开玩笑：是女朋友吧？我矢口否认：人家多大，我多大？是啊！那时你才十六岁，正值妙龄，我已满二十二了，做梦都不敢想的事情。你回城时我正好要到花里区为队员们领工资，一路同行，快意阑珊，走了十几里凹凸不平的乱石土路。天热，没有感觉。路不好走，没有觉得。说了一大堆废话，都不厌烦。有一点得承认，那时我们是单纯的，纯得一尘不染，没有想法，就不怕别人杂讲。心无杂念，地阔天宽。

再回到邮电局上班，就是熟人了，差不多天天能见面，加上你爱看书，我喜欢买书，书来书往，日久生"意"。从不敢想到想，从想到努力，我知道难度大，难度并不影响倾慕，交往。爱是一回事，欣赏又是一回事，在我眼皮底下，你渐渐成熟起来，由美少女脱颖为美女孩儿。有人在坊间评价，张琴当年是岚皋县城几大美女之一。我没有问过另外几位是谁，反正我的妻子是美人不假。

我发现你最美也是最初的感觉，是那一袭秀发，曾为此写过一篇长长的散文诗，叫《妻发如瀑》，几家报刊抢着要发。我至今记得这样一个画面：那时你正上高二，我在电信局管伙，厨房外面有一个石炭炉子，上面坐一个很大的生铁吊罐，每周你都要来这儿洗头（洗发）。那时没有洗发膏、护发素，就用香皂，或者肥皂，洗出来的头发，散落在背后，搭在曲线优美的背部，又黑又亮，每每从窗前经过，我都要痴痴地望着，直到华丽转身，淡出视野。从认识到恋爱结婚，用了六七年时间，我就看了六七年的柔美之瀑。找对象，除了综合素质，第一感觉很重要。我的感觉或叫眼睛一亮之处，就是那刚出水的一袭秀发。

1981年1月7日，大妹开玉出嫁，我回草鞋垭送亲，请了一个礼拜的假。为了试探，也为了缓解思念之苦，三番五次讨得一张半身玉照。我想让你送送，送是表面形式，一路搭伴同行外带着"显摆"

（毕竟是美女相伴嘛）才是目的。为了掩人耳目，并不一同出发，相约苗圃会面。没有公路，并不是没有力气，走路动嘴，一点儿不累，对面就是黄龙溪了，不得不彼此暂时别过。没有拥抱，也未拉手，只远远地举臂一挥，这情景很优雅，很有意味，像电影里的镜头。我一直在走，故意不去回头，寒风中你一动未动，好像是风传过来一句话：早点儿回来！有如春风拂面，掌心化雪，一股甜蜜涌上心头。那种感觉，语言无法表述，文字不能形容，只觉得有爱真好，有人惦记真好。

　　待业期间，你去六口公社搞蚕桑，有门当户对的老干部想收你做儿媳妇。我相信你的为人，不会为世俗所动，两位好友听到风声却很着急，叫我不能掉以轻心，得马上出击，变被动为主动。第二天，我直奔六口，好在有先入为主的先决条件，有得天独厚的基础，大半天工夫，凯旋而归，真叫挽狂澜于既倒、扶大厦之将倾矣！

　　事不迟疑，在我的诚心与好言抚慰下，你羞羞答答地答应了。对估计不足的困难避而不谈，不管不顾，爱着的人总是胆大妄为，不自量力。没有不透风的墙，虽然私订了终身，前途并不光明，你家里人出于对你的关心，反对或者不赞成者占了绝大多数。我知道，天下所有的父母都希望儿女衣食无忧，幸福美满。你妈对我的脾气禀性一目了然，优点缺点明察秋毫，主要是对我的家庭，以及成家立业的薄弱基础忧心忡忡。更重要的是两个人的性格都倔，丁丁碰了包包，矛盾在所难免。

　　1982年9月25日，你招工进了县邮电局，工种是长途话务员。有了工作，也就有了规定：两年学徒期不准结婚。就这样等待着，煎熬着，尤其是你，还得顶着来自方方面面的诱惑和压力，应该说，所有的提亲者条件比我优越。好事多磨，磨成正果。正应了后来歌词中的一句话：十五的月亮十六圆。我们成家的日子选在中秋节的第二天，也就是1984年9月11日（人无前后眼，不知道若干年后会发生"9·11恐怖袭击事件"），没条件置办酒席，在文化馆的阅览室摆了烟茶糖果，举行了别具情调的仪式，我朗诵了一首裴多菲的《我愿意是急流》，记得有这样的句子："只要我的爱人，是青青的常春藤，沿着我荒凉的额，亲密地攀缘上升。"

三十年，仿佛一瞬间，现在回想起来，除了美好，也有许多的愧疚和歉意。表了的态，没有实现。夸下的海口，难以完成。爱好写作，难免分心，走神。一碗水难以端平，用在写作上的心思多了，照顾家庭、体恤妻子、抚养孩子就少了。从这个方面去理解，你的功劳就大了，百十万字作品，署的是我的大名，未署名的你并未少出力、少操心。

我也有过惊人之举，可惜为数不多。你的生日好记，农历七月初七，中国的情人节嘛。最长脸也是最风光的一次，是你三十五岁生日，我说我没有家财万贯，没有高朋满座，最要命的是我不愿意疯张扎势，张狂闹腾，这就不可能把生日做得很隆重，我有一管秃笔呀，纸上风云，字里乾坤，可以别具一格，不同凡响。我这人遇事总要慢半拍，做了也不愿多表白，没做或是只是想法更不会提前张扬。这次却一反常态，内紧外松，悄悄地动手写了一篇《美好的集合——在妻子三十五岁生日聚会上的祝辞》，投给知名度很高的《演讲与口才》，1996年第8期全文刊登，提前两天收到样刊。什么叫如愿以偿，什么叫心想事成，这应该算是！找了一家歌厅，邀请了你的同学，端着那本飘着油墨香味的杂志，站在麦克风面前用不标准的普通话声情并茂地朗诵了一遍，虽然只有几百字，那可是一字千金、价值连城啊！谁会说到做到？谁会享受如此殊荣？只有你啊！只有我老黄做得到啊！你的同学投来羡慕的眼光，也对我这个穷秀才刮目相看了。

婚后几十年，并不是顺水顺风，与许多夫妻一样，我们有过争论，闹过矛盾。你追求完美，干就要有个干的样子，我怕麻烦，图省事。你想得仔细，考虑困难充分，我能将就，崇尚简单。你善理财，精打细算，我只顾眼前，有了就花。你很要强，很努力，总想把这个家弄得比别人光鲜，把孩子培养成有用之人，让丈夫出人头地。你有许多长处，疾恶如仇，眼中揉不进沙子。贼（同学语），也就是机灵，眼疾手快，反应敏捷。对你好，可以五倍十倍地偿还。有啥说啥，正

大光明，从不藏着掖着。遇上我写的较满意的文章，朗读有声，找出来让闺蜜分享。不时地翻看我的博客，有机会就交换意见，凡是你认为好的，给予肯定的，都能在大一些的报刊发表。

说实话，没有你的操持，这个家就不像样子，这个家就不成其为家。你在家的时候，井井有条，一尘不染。走了几天，家里就乱了套。你做事认真，从不马虎，毛衣一针打坏，拆了重来。蒸馒头先揪一点放在火上烧，看发没发起来。钩保暖鞋，比师傅的还要精致。做腌菜、甜酒、豆瓣酱、腌萝卜、起酸坛子、韩式泡菜、洋芋粑粑，都要不停地询问，真正是一丝不苟，精益求精。还有人情搭送，招待应酬，支撑门面，特别是能在西安、安康买房，让好多人大感意外。

三十年，三百六十个月，一万多个日日夜夜，像分行的诗，用一个笔画很少而又意义很大的"天"来押韵，一首贫贱夫妻过日子为主题的长诗。前不久，你站在我面前，久久不语，那一刻，觉得你像一棵树。树立着，桩子很稳，叫后人乘凉庇荫，为我避风挡雨，让所有郁闷不快的斧头生锈、健康快乐的鸟儿飞临。

非名山不留仙住，是真佛只说家常。我不是真佛，却有真心。岁月会冲走许多东西，把最纯净的留下来，那就是人的真情。年龄大的人都有一个通病，眼前的事记不住，好多年前的事记得一清二楚。大事记不住，鸡零狗碎忘不了，数落了一些陈谷子烂芝麻，都是老掉牙的事。

就说这些吧，祝快乐和顺，一切安好！

黄开林

2014 年 5 月 15 日深夜于芳草居

在女儿婚礼上说的话

尊敬的来宾、亲朋好友们：

我这一辈子不爱热闹，不愿意兴师动众，只有两次例外，一次是我自己结婚，一次就是今天女儿的婚礼。

在大家的帮衬下，今天我完成了我们家庭的一件大事——我和张琴把我们的独生女儿嫁了！与其说嫁，倒不如说娶，我娶了一个东北女婿刘欣，还有很重很亲情的"陪嫁"——远道而来的刘欣父母及他的好友。

常言说：嫁出去的女，泼出去的水。我们是嫁不走的女，泼不走的水。原本这婚礼要在东北举行，或者在孩子们谋生的西安举行，似是天意，又是缘分，婚礼选在了岚皋，这是刘家由信任黄家而信任了岚皋，这是刘家由喜欢黄珊珊而喜欢上了岚皋。这是大喜，也可以说是大爱。我们是女方，应该叫嫁女才对，现在加上婚礼，两槌锣合成一槌打了，用一句老掉牙的话，就是一个幸福两个人分享，变成了两个幸福。我们这回何止两个幸福，是多重幸福，是喜上加喜、亲上加亲，刘欣就是日本音乐家"喜多郎"了！

我三十岁才有了女儿，因而我的而立之年不立也得立了。成家立业，责任担当，女儿就是"立"字上面的一点，我和张琴是"立"字下面的两点，三口之家，立身为本。女儿似乎位置特殊，但我们并没有娇生惯养，从小教育她讲礼貌，懂孝道，善意修为，知书达理，自强自立。在过去的岁月里，我们巴望着女儿快些长大，快些成人，

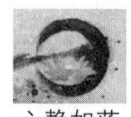

她就是不急不躁，老是长不大。忽然有一天就懂事了，高大了，亭亭玉立了，这倒让我们有些不知所措。就像一朵花，你搭个板凳在那儿老等，就是不见开，当你刚一转身，它就开了。其实，我应该感谢孩子，是她让我做了父亲，有了一个神圣的称谓，知道了养儿才知父母恩的道理。

女婿出生在牡丹江，求学于西安交通大学。女儿出生在小城岚皋，考入东北的吉林大学。两个人并没有在东北相识，却相知相爱于古城西安，这是前世所修，是神的旨意，是天定的姻缘。

我们是天底下最平凡的父母，新人是天底下最幸福的孩子。我们没有显赫的地位，却有为我们长脸的朋友；我们并不富有，只有一个女儿；我们也有欣慰，那就是我们给了女儿健全的体魄、善良的品行和聪颖的头脑；我们不会做生意，却赚得到了一个优秀的"儿子"。我们是鱼与熊掌兼而得之，是锦上添了一朵花，是发表了文章得了稿费又获了大奖啊！

带着这么多的喜庆，我祝愿新人婚姻美满，事业有成。我祝愿所有的亲友身体健旺，家庭和美，万事遂心，一生吉祥！此时此刻，我最想说的是，万分感谢从四面八方赶来贺喜的朋友，这么多年了，你们始终如一，不离不弃，有事共事之，有喜同喜之。特别是今天，我和张琴的朋友、文友、同事、同学还有亲戚，冒着大雨，在百忙之中前来参加女儿的婚礼，送给我们最贴心巴肝的祝福，这种情分很重，这种情义无价，我们从内心里感激，就像作家贾平凹说得那样：你们是我最尊重和铭记的人！

岚皋有句土话，叫隔山挑土，慢步填情。我们会知道大家的好，我们会记住大家的情，女儿女婿在见证了这份美好之后，也会终身铭记，知恩当报。

最后我要说的是：谢谢大家！

小外孙记趣

外孙只有十个月，不是装嫩，是真小，加上不是屎就是尿，我们称之为臭小子。他一点儿也不生气，显得很大度，还乐呵呵的，无知者不仅无畏，还无忧呢。

外孙姓刘，名昭阳。名儿是姥姥起的，爸爸妈妈和我都没意见，本人似乎也认同，喊他的名字，答应得非常响亮，有时还多出一两声来。

现在能喊爸爸了，就是不分场合，也不认人，更不管爸爸在不在场。爸爸真的从西安来了，他却王顾左右而言他，加上哇里哇啦，仿佛是学话时的一种习惯，语助词成了口头禅。从这一点看，刘昭阳比叶公强，至少没有被"龙"吓跑。

出世三天刘昭阳就有惊人之举，那一夜我和他爸在产房值守，半夜听到哭声，爸爸正在擦洗胎便，我去帮忙，突然一股热尿射来，本来无事，他把脚往头上一卷，屁股朝天，那尿就改变了方向，等于给爸爸洗了个热水脸，有一些又回落到自己脸上。我忍俊不禁，说这是童便，上等的中药，比洗面奶强。

有一次刚哄睡下，心想一时半会儿不得醒，就到厨房忙活起来。不到五分钟，听到有小孩的哑语，忙出去瞧，刘昭阳撅着屁股已爬到客厅了。我们非常惊诧：才八个月大呀，怎么下的床？还是老伴仔细，观察一番下了结论：肯定用手扶过床头柜，起了缓冲作用，要不就会重重摔下来，肯定不会像现在这样处之泰然。我不相信，老伴就把他抱上床，似乎轻车熟路，翻个跟头就到了床边，用手去拿床头柜

上的一本书，东西未够着，哧溜一下就滚到地板上，由于屁股先着地，摔得并不重，在承受范围之内，自然没有放出哭声。这样看来，有些事情不知比知道的好，如果事先知道高矮，晓得要摔，肯定不会轻举妄动。正因为刘昭阳对危险视而不见，不懂躲闪，就没有胆怯和害怕。就想到这世界上的许多奇迹，都不是刻意创造的，而是无心为之的。因为无心，才更专注过程，才会淡化可能和不可能、付出与回报的利益权衡，结果"不可能"的事情，还真就成为了可能。

自"下床"事件之后，我们就倍加小心，睡觉时从不离开视线。刘昭阳睡觉有个习惯，睡一会儿就扭头，脖子像安了轴承，然后翻身，抬头，睁眼，"啊啊"两声，若身边有人，马上闭眼而睡。若无人，就揉揉眼，一个翻身出了被窝，抬头稍作观察，再翻一个身就到了床边，姿势有点儿像民兵训练，直奔平时想动而不让动的目标而去，神情专注，义无反顾，也不管前面是刀山还是火海。若想要的东西在身后很远，坐起，头朝后一仰，翻个跟头，差不多就能够着了。前进不了就后退，手脚并用，几下就从床的左边退到右边，很娴熟地下了地，屁股还一闪一闪的，很是得意。这世界上的事情不能死脑筋，前进受阻，可以换一个角度，不说退一步海阔天空，也是选择多多，一通百通。

给他打防疫针，一点儿也不畏惧，第一次没有什么感觉，第二次哼都不哼一声，第三次只轻呻浅吟了一声，我们夸他勇敢，好样的，男子汉。医生说，孩子越大，哭得越厉害。这就是说，有些事情并不可怕，可怕的是知道怕，是恐惧心理，是自己打倒了自己。

刘昭阳喜欢表扬，向他竖大拇指就乐，露小指忙用小手去掰，表情极为严肃。你若说真棒，喊他帅哥，他也不推辞，哭闹的时候多是要喝奶，或是瞌睡来了。有一次下班回来，走进院子就听到哭声，声音很大，有点儿歇斯底里。我跑步上楼，原来姥姥正从口中掏餐巾纸。难怪舍不得，好不容易到嘴的东西，岂能轻易吐出来。有天下午放到垫子上玩儿，找了一堆玩具，转身不久就发现嘴里在品咂东西，你要掰开嘴，他牙关紧咬，英勇不屈，只好找来饼干交换，这才张嘴，原来他咬掉了一个汽车轮子。太厉害了，才长了两对牙呀！

腿能站住了，姥姥借来学步车，不想叫他学走路，目的是暂时解放一下酸胀的臂膀。上了车，刘昭阳一直很兴奋，像一片浮萍在水上漂，速度极快，游移不定，见啥摸啥，哪里危险就往哪里冲。我们拦阻设卡，围追堵截，大声呵斥：刘昭阳是不受欢迎的人！他并不在意，只当耳旁风。不让玩的他越上心，如手机、摇控器之类，有一天你真的给了他，他盯着我们讪笑，好像在说：不可能吧！不是骗人的吧！直到到了手，双脚跳跃，"呵呵"叫好。一样东西，新鲜不了几分钟，玩厌了或是拿不动的，就往地上扔，看到满屋凌乱，一地狼藉，眼珠子骨碌碌直转，很有成就感的样子。够不着的东西尽量去够，实在够不上了，马上放弃。不像我们成人，不可能够上的还要拼命去够，累死累活，毫无结果。电视机上摆放了他妈童年时的绒线熊猫，一看见就"哦哦"叫，身子前倾。想拿给他玩，姥姥说有灰，只好把鼻子凑近他的鼻头，眼神顿时柔软起来，一副陶醉的样子。当他有要求时，我就说：安慰姥爷一下，亲亲鼻子。他就真把鼻子伸过来，朝我鼻头挨一下。心里马上有被融化的感觉。

窗外楼顶上，有人养了好几只鸡，每天都会按时打鸣。刘昭阳睡觉爱把手举过肩头，加上盘着的腿，很像青蛙。天冷了，仍然露出手脚，特别是闹瞌睡时，我们就说：公鸡来了！你听，公鸡正在叫呢！他就马上噤声，规矩了许多。小孩原本是不怕的，由于大人的恐吓，他们才害怕起来，并且这个可怕的东西并无定准，你指定是啥就是啥了。当有一天他碗里盛着热气腾腾的公鸡肉时，就会把可怕甚至恶魔吞进肚子里，我不担心别的，害怕以后问起公鸡是怎么回事，很难自圆其说。

每当姥姥向他摇动奶瓶，他都会露出急不可耐的神情，这种"童颜"太可贵了。我们这些成人，对什么都无所谓，找不到感觉，冷漠，淡然，没有激情。姥姥变着花样做，青菜粥、鸡汤面、鸡蛋羹、炖山药、百合汤、汤汁泡苞谷糁，刘昭阳对吃的总是充满激情，从不挑食，用一句广告词：吃嘛嘛香。有一次蒸了黄心红薯，软糯香甜，嘴

里的还未咽下，就一蹦一蹦地要，姥姥嫌我手脚慢，就把自己正吃的豆腐饺子递上一小块，我再喂红薯时，就哭闹起来，口中的东西不吞不吐，直到又一块饺子皮到嘴才安静下来。不比不知道，一比知分晓。

若从撒尿看性格，刘昭阳很爽快，从不拂谁的面子，有一泡就尿一泡，有几颗就滴几颗。好是好，好也能转换，好过了头就是不好。系鞋带时得把两腿夹紧，一分开就有条件反射，以为要他撒尿，稍一疏忽就尿湿裤子。即使端尿，也不能提前分腿，要不半道儿上就起动了程序，一路洋洋洒洒，等到了厕所，已经所剩无几了。

热爱生活是每个人的向往，刘昭阳也不例外。表现最突出的是喜欢上街。白天看见琳琅满目的商品或是花样繁多的水果，眼睛不仅直，而且直勾勾。有时还哇哇直叫，头像鸭子吃食一样，若翻译这个动作，就是"看见了没有？多可爱呀，我要！"美人或帅哥逗他，不拒绝也不让抱，若是长相麻烦一点儿或是老头儿，一逗准哭。不认识的人给东西，转身扭头，表情严肃。晚上出门，眼巴巴地直瞅闪烁的霓虹灯，余皆视而不见。

带了两个多月外孙，突然感到时间过得慢了，这是许多上了岁数的人求之不得的事。我们也因之改变了许多习惯，比如早晨上山，晚上遛河堤，还有午睡，都得放弃。早上要想晚上的事，今天要想明天的事。除了哼几句老歌，唱几句儿歌，一切娱乐活动停止，睡得正香也得爬起来，出门总是若有所思，行色匆匆。家中拥挤却清洁，女儿的问候电话也多起来，最荣耀的是我升为正爷级（一位最要好的朋友发来短信上如是说）。

苦，苦不堪言；乐，乐不可支。这样的日子难过，却充实，这不是一般的实，是满实满载，一点儿空隙都没有。再忙，再苦，再累，只要有刘昭阳的笑声，特别是下班急匆匆地走进院子，在姥姥的怀里的他，笑呵呵地扑过来，一切缠身的事务抛却九霄云外，所有的郁闷烦恼灰飞烟灭。

2013年12月14日

挑自己一战

家乡是一个人的根，人就是扎了根的树，允许向外伸枝展叶。退居二线以后，在单位待了两年，没人管，也不管人，县上有了大事且正好是自己擅长的，这才慢腾腾地"出山"。西安有位朋友找我帮忙整理文稿，便动了出门的念头，走时单位领导的话很让人感动：办公室给你留着，随时可以回来。

朋友很忙，隔三岔五才有点儿事做，便应聘到一家杂志社，地点在崇业东路，这个地名好，我就崇尚干事业的人，崇尚有事业心的人。报到第一天，主编要试水深水浅，叫我独立完成一篇体验式文稿，到那里一看，门脸并不起眼，内容却很丰富，最贵的菜一万八，便宜的也要三百多，根本不是我等之辈消受得起的。楼上楼下转了一圈，装修得挺有风格，仿了明清北京四合院，等我把菜谱翻过来倒过去地看了之后，心里总算有了点儿底。题目也在脑子里生成：找到金堂食府，算您真有口福。言犹未尽，又加了导题：昔日王府堂前"宴"，飞入寻常百姓家。开头写道：看了这个题目，您别以为金堂食府就真的不好找，远在天边近在眼前，它就坐落在西安市南二环翠华路上，东边是赛格电脑城，西边是陕西省委。位居要冲，交通方便，视野开阔，算上两边人行天桥，还真像一个放大了的四合院呢。

总编没有表扬，却默许了，因为当期就要用，题目内容都未变。同事说，不批评就是肯定。

一天，陕报一位朋友打来电话，叫我去写华山，说是创国家5A

景区成功,要写一万字的长稿。我当即就怵了:我连南宫山都写不好,还敢去写华山这样的天下名山?他一再说我能行。冲着这不断的鼓励,就半推半就地应承下来。这下算是骑在虎背上了,华山一条路,硬着头皮也得往上爬了。

编辑部上班比我想象得要严,刚来几天,不好意思请假,只好抽周末时间。一个星期五的下午,华山管委会派车来接,一到宾馆,见资料就抄,晚宴上也不闲着,边吃边采访。问我第二天咋安排?我说爬华山。接待方以为我很有闲情逸致,趁机旅游,我说不坐缆车,不要人陪同,就从玉泉院那儿上。主人一愣:那得四个多小时,加之刚下过雪,路上不好走。我坚持步行。他们建议我走智取华山那条路,两个小时就够了。我还是要从回心石那儿上,叫协同我采访的小李晚出发两小时,坐缆车在北峰等,我独走自古华山一条道。他们看着我花白的头发,摇了摇头说:那就这样吧!好在只有一条道,怎么走也不会错。这样的机会不多,我一路走一路记,心情非常舒畅,这是我多年的夙愿,一个人欣赏景致,这景致就是满的,是全的,没人争,也无人分,独自受用,自个儿品味。要问我此时的感受,讲真话吗?那就是"众乐乐不如独乐乐"也!

爬上北峰,一看表,用时三小时零十分。我抬头望天,天似乎很近,这才叫大气磅礴呢,这才叫无限风光在险峰呢,词牌里有叫"齐天乐"的,就忍不住填了一首:斜阳穿云照空阶,乳雾纷纷拥戴。气势如虹,谷若虚怀,真叫不吐不快。精卫何在?有绝顶如脊,担山填海。苍龙岭上,到处逢人说豪迈。莫道险道一条,勇士靠智取,气节千载。大音稀声,大象无形,大美自然天籁。华夏风骨,铁肩担日月,男儿襟怀。匆匆登临,就茅塞顿开。

第三天回到西安,白天上班,晚上赶稿,心中暗自思忖:只要把"华山"拿下来,其他的就不在话下!

俗话说,看树看皮,看报看题。有了题目,还得要一段好的导语。我是这样写的:华山的口号和宣传语都很响亮,有些已经深入人心,当我们带着景仰的神情站在冲A成功之后的名山之巅,不由得还要喊出一句新口号：5A华山，吾爱华山！口号就是主标题。见报时编辑改成"5A华山，华夏风骨"，比我的气魄，却没有我的情深。七个小标题，我也很用心，个别处连陕南方言都用上了。如：九牛爬坡个个出力，就没有过不去的坎；华山为我们长脸，我们要为华山争光；冷水泼不熄热情，背水也要一战成名；就是花掉血本，也要让景区上档升级；小事不小，一滴水能反映太阳的光辉。

万事开头难。最终定稿的开篇语是：时值寒冬，华山已没有往日的嘈杂，温暖的太阳照在皑皑积雪上，给人眼前一亮的感觉，此时此刻，华山真正成了一朵莲花——一朵盛开的雪莲花。但更吸引我们的，是她华丽转身的背后，鲜为人知的涅槃历程。带着惊异，我们走进了华山，走近了大手笔绘就大宏图的华山管理委员会，见证着华山5A创建工作的艰辛历程。

不到一周，稿子写成，发给华山管委会搞宣传的小李，请他提点儿修改意见。过了三天，未见反馈，就打电话去问，说是《渭南日报》1月17日已用，第二天的《陕西日报》将发一个通版。

叫板别人，吾辈没有胆量，挑战一下自己还是可以的。因为是发在陕西"两会"期间，不少文友看见了，纷纷发短信祝贺。我说，都老朽了，喜欢听好的，受表扬，这样不仅心里畅快，还可以延年益寿。多年来一直不离不弃的读者、文友、朋友，太让人感动了，想起来内心就有甜蜜之感，大冬天里也觉得温暖如春。有了他们的无形督促，才有挑战自我的勇气。

2011年3月12日

在西安走村串巷

在小县城一干就是四十年，头发花白之时才想起来出外闯荡，并非要有所作为，而是好奇，图个新鲜，证明一下自己，挑战一下自我。耍了一辈子笔杆子，小打小闹惯了，未见过大的世面，如同一个练拳脚的人，最终只会在自家后院打，窝里斗，算不上好汉。

当大街上的车逐渐多了起来，我就背着挎包上路了。出门第一站叫草阳村，一个"草"字让我亲切，因为我老家叫草鞋垭。穿过南小巷，就是丰庆路，这就像老家的农耕文明，稻麦丰收了，应该好好欢庆一番。从太白北路出去，就到了边家村，忍不住时就哼一句"边疆的泉水清又纯"。拐一个弯就是友谊西路，街宽路阔，四排法国梧桐站成仪仗，每天清晨准时接受我的检阅。粗壮的躯干老皮脱落，像是画家涂了油彩，又像是着了迷彩服的武士，威风凛凛，气度不凡。我还是喜欢土名儿，悬铃木，一个或一串黑色的铃铛，虽然不能发出音响，却让人要想到大音稀声、大隐于市这些经典之言。

朝右一拐，就到了黄雁村，算是我的本家，都姓黄。村头矗立着省人民医院，救死扶伤，看病施药，可算作首善之地。过何家村，不由自主地要想起老家医院旁的何家秀儿，两条长辫子，一双大眼睛，杨柳细腰，走路就像春风摆柳。有阳光的时候，含光路上总是温暖如春，就像这名儿，你含光，我就沾光，你施舍，我就受用，就像老家县城对面的太阳梁，一年四季，天长日久，有多少热就发多少热，有多少光就发多少光。

前面就是吉祥村，默默地拱手道声"吉祥"，就得左拐，因为我上班的崇业东路马上就要到了。

年近花甲，腰硬腿软，在西安的大街上早出晚归，走村串巷，说起来许多人不信。开始也坐公交，除了拥挤就是误事，熟悉了路线之后我就决定步行，一小时加一刻，不过五六公里路程。我不服老，学年轻人把直路走弯，专门找曲里拐弯的地方走。有句话说得对，改变不了别人，就改变自己。看见高楼，只当是遇到陡峭的山峰。长街车龙，以为是家乡的河流。报刊亭、垃圾箱，算是河边的石头。两边的护栏，视同老家菜园四周的篱笆。过街天桥，差不多可比作故乡的吊桥。有时遇到经常乘坐过的24路公交车，心情好时还向它挥挥手，像是碰见了老朋友，得打声招呼。

听说了"甜水井"，就想到老家的凉水井，没在我上班的路上，就专门抽了时间找。未觅着水井，却蹚到同名的大街，走出头就是含光门。折回来，在半路上当头一盆冷水遇上了冰窖巷，这真叫甜水未喝着，差点儿掉进冰窖里。还有"粉巷"，就想到六宫粉黛，没出息地想遭遇一次艳遇。心情好，一切都顺眼，看车看树看铺面，骨子里是想多看些美女。大冬天里，美女们都耐寒，长筒靴上面露出一截美腿，有的干脆就穿着裤袜，算是开了眼界。就想起陕南姐儿歌中的几句唱词：我爱姐，生得嫩，腿杆就像剥壳笋。我爱姐，好白手，十指尖尖像莲藕。筒靴能把腿拉长，裤袜能把时空拉长，真像《北国之春》里的那句歌词，"城里不知季节变换"，不是不知，而是不想知道。又像反季节蔬菜，味道虽然差一点儿，总叫一个新鲜。

在大街上行走，是在老家爬山的一种延续，不可能天长日久，朝朝暮暮，活动筋骨，锻炼体魄，时髦语叫低碳生活才是最重要的。别人都是风风火火，只有我的步伐适中，骑摩托的人丢了一串钥匙，我从容地捡起来递给他，大清早地收获一声"谢谢"，心情会好一整天。大城市人多，认识的很少，可以旁若无人，快慢自如，边走边想一些事情，一路畅行，思路活跃，为手头的小文琢磨几句精彩的警句，为想写的文章打打腹稿，起承转合，伏笔照应，细节传神，关关节节全

打通，坐到电脑旁，哗哗啦啦就敲打完毕，仔细默读，气韵生动，几乎可以不易一字，一篇千字小文成矣。

（原载西安市群众艺术馆《群众艺术》2011年夏季卷）

在西安过年

第一次在离家两百多公里以外的地方过年,是撵了女儿的路,她在哪儿我们就跟到哪儿,小时候我们是她的依靠,成人了她是我们的依靠,这就如同"人"字构造,不互相搀扶支撑,就站不稳,靠不住。

亲家老两口儿也不例外,从黑龙江撵了来,比我们走得还远,费的劲更大。两个不同地域不同习俗的家庭在一起,口味不同,喜好各异,难免有分歧。国家地区之间都能达成共识,何况区区一顿年夜饭,于是乎,就各尽所能,自取所长,一家多制。我们卤了猪头肉、猪肚、鸡,还有豆腐干、魔芋豆腐、猪血粑粑,蘸了醋辣椒水,是下酒的美味。吃饭时,还蒸了粉蒸肉、豆腐乳蒸腊肉。亲家他们做了红焖鱼头、红烧五花肉、扒肘子、酱茄子、拔丝地瓜、腰果拌芹菜。

两家做的,摆放在一起,算不得丰盛,却各呈其姿,特色鲜明。这样的拼桌,求同存异,包容互补,和睦相处,其乐融融。看得出,他们做的尽量考虑我们的口味,比如少放大酱,盐要淡,适当放点儿辣椒,最喜欢的酸菜锅子并没拿上桌。一个东北风,一个西北味儿,硬是搅和在了一起,成为一种谈资,一种文化,一种永久的记忆。

刚出生十八天的小外孙,在我们刚把饭菜端上桌时睡着了,在梦中听我们吃吃喝喝,一片嘴响。他外婆比"月嫂"还精心,一哭只要听到她说话,马上就安静下来。特意包了六张红票子,让我拿出来放在枕边:祝小外孙吉祥平安,顺顺当当长大成人!我知道,压岁钱有

祛邪、祈福的成分，是长辈对晚辈的美好祝愿。清代曾有人写诗描绘儿童得到压岁钱时的喜悦心情："百十钱穿彩线长，分来角枕自收藏。商量爆竹锡萧价，添得娇儿一夜忙。"仅从字面上理解，孩子的"岁"可以不压，让他快长，倒是我们这些上了年纪的人，"岁"不要跑得太快，越慢越好，因为我们过一年就少一年，压一压很有必要。

饭后一看表，才六点半，独自一人上街散步。商铺多已打烊，只有小区内的小门店开着，我就想到老家的方言"勤快"，只有勤劳才快活，只有人勤才发得快。草场坡早已没了草色，坡还在，无论走东走西，都得下一段坡，如同我这年岁的人，不走下坡路不行。长安壹号门前停满了豪华车，除了三两工作人员，几乎空无一人。朝对面的省图书馆望过去，马路中间拉起一道光的幕帘，像银河泻地，璀璨一片，如光的瀑布，缤纷一路，仿毛体"美丽西安"四个红字，熠熠生辉，格外醒目。行道树上的半截小灯泡明晃晃地亮着，远远看过去，像极了老家田野里的稻草人，可惜闻不到稻草气息。上面的小红灯笼，又像是柿子树专门没有摘尽，特意留几个给鸟儿过冬。

我在地铁体育场站足足站了五分钟，没见一个人出入。平时人声鼎沸的大街，安静得让我一时难以适应，不时有公交车开来，里面空空荡荡，我决定坐一站，以表示对大年夜仍在辛勤劳动的司机们的敬重。从南梢门下车，街面好干净，像刚扫过一样，扫视了一下两边的高楼，心想那个叫"家"的家伙真是厉害，没下文件，不用动员，甚至不动声色，一下子把成千上万的人收入囊中。当然也得感谢"年"，能有那么大的魔法，真叫不令而行，不怒自威，比法还大。

继续往前走，一直到了南门，仿佛没见到城墙，就不算到了西安。周正的古城墙照旧灯火通明，气度不凡，见得世面比我大，过得年比我多，摸了一把，算是心灵一握，我不在意它的冷峻，老的东西都这样，淡定自若，沉稳内敛。

从永宁路返回，有人在地上画了圈儿，似在搞临时圈地运动，又像古人的指手为界，总算慷慨了一回，在圈子里烧着大面额的冥币，就这么光宗耀祖。还是有私心，画圈子是怕圈子外的人来抢。殊不知，几分钟过后，这打了号的地儿，仍然该谁是谁的了。这些蹲在地上的人，找不着祖坟了，或是路途遥远，这样做图个心理安慰。

回到住地，离春节联欢晚会还有半小时，女婿就泡了上等的普洱，汤色红亮，香气独特，小杯慢品，醇厚回甘，喝着这样的黑茶守岁，随着续水次数的增多，茶味越来越淡，年味越品越浓矣！

2013年2月9日夜于西安草场坡荣城小区

久友谭宗林

　　有人看了这个题目说：老黄写错了吧，应该是酒友。我说没错，我写的是就是久友，长久的朋友。

　　每一个人，在某一时刻、某一阶段，总是会要与生命中的某一个人、某一些人有着千丝万缕的联系。冥冥之中，这种联系和磁场，不仅仅是一种巧合、一种磨合，更是一种缘分。茫茫人海，相遇的人不会太多，相识的人为数有限，相知的人就更少了。随着交往的增多，内在的许多品格和优点在不经意中逐渐显现出来，使我们不得不对他刮目相看。也有一些人，初次见面，第一印象很好，可时间一长，就感到缺点很多，有些行为简直让人无法容忍。遇上一个人，而偏偏这个人并不让你生厌，慢慢还有了好感，最后觉得，离了谁都似乎少了点儿什么，这个人就是至交了，就是久友了。

　　宗林和我都有一个"林"字，我还有一个"开"，他还有一个"宗"，就想起一个词：开宗明义。仁者寿，义者诚。宗林是义士，待人特诚，不说舍生取义，也是深明大义。宗林热心快肠，侠肝义胆，总是不声不响地给别人以帮助，反客为主，义无反顾。宗林为人宽厚，快人快语，豪侠慷慨，仗义疏财。总是率真着本性，淡定着心性，平和着心态。说话语速快，声音亮，似乎总是振振有词，口里像在爆苞谷花，其实是怕多占用了别人倾听的时间，在逗号处不时有"开林你说？"的诚恳语。当别人要发言时，他会很绅士地戛然而止，眼神友善地把你望着，一副洗耳恭听的样子。

心里头有这个人，好几年不见，如同电脑存盘，一点就会激活。某一天隔着街撞见，一声"老黄"，不用目光寻找，透过顺耳的音色就知道是他。妻子问：那是谁，这么亲切？我说是宗林，我们有三四年没见面了！妻很诧异，我说他就是那样的人，不设防，见人熟，一面之交就会记住你，而且态度诚恳，绝不敷衍。有他在身边，总是让人觉得很有趣，激情横溢，活力四射。宗林交际是宽泛的，思考是机敏的，目光是柔和的，笑声和热情感染着周围所有人，就连绘画的手法也是传统和富有教养的，书卷气重，豪放而又婉丽，像陕南的山水。虔诚地向大自然学习，于苍劲中现秀逸，结构严谨却多有空灵，气韵生动而不乏清新，多变和不着边际地探索，不俗和才华横溢常常令我们击掌叫绝。

有什么难事，找他，事就不难；陌生之地，有了他的脚印，就有了人气。我们相识在十五年前，他陪贾平凹老师上南宫山（当时叫笔架山），第一次见面就感到亲切，就像一位非常称职的知客先生，遇事应付自如，沉着镇定，跑前跑后地张罗，有条不紊地打理，就是一团乱麻，也会梳理得展展扬扬，平平顺顺。宾主都认同：有了他，没问题。贾老师高兴，我们更开心。没有宗林的引见，我们认识不了像贾老师这样的大师；没有贾老师的美文《游笔架山》，南宫山不会这么快就声名大震。

有一次，我同他一块儿陪陕北作家高建群冒雨上南宫山，他把仅有的一把伞让给客人。高老师腿脚不便，就叫上滑竿，我们在后面亦步亦趋地跟着，脚步声、喘气声连同沙沙的落雨声成了伴奏，一路走一路倾心交谈，非常投机，树木藤蔓似乎都投来羡慕的眼神。好雨知时节，好语润脏腑，心灵的浇灌不仅仅是慰藉，还有信任，教诲，指点，志同道合。事后好像他欠了我的，高老师给他留字时硬要叫写一幅送我。

我们彼此都不是名人，也非高官，更非大款，之间的君子之交，没有半点儿功利，如淡淡长流水，浇灌着各自的精神领地。就是说，我们并不在意形式上的你来我往，物质上的相互馈赠，看重的是在思

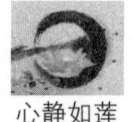

想上的沟通、心灵上的慰勉与精神上的滋养。有时简单的只是一声问候，一个眼神，一次握手。宗林虽然是外地人，一点儿也不择嫌，比有些本地人还本地人，无数次地到岚皋，不厌其烦，乐此不疲。他对岚皋的小地名很感兴趣，在画作的显眼位置标着，光"花里"就出现了多次，像听到乳名一样，我们之间又亲近了几分。他知道我很爱岚皋，一辈子只写岚皋，当着客人的面说：一个地方有了像开林这样的人自然就有了灵气和雅致。不知他是先喜欢岚皋而喜欢上了我，还是先喜欢我才喜欢上了岚皋，分不出先后，也没有必要分出先后，我和宗林已经与岚皋融为一体，是自己人，一家子。在宗林数十年不间断的推介下，贾平凹、赵振川、崔振宽、苗重安、费秉勋、邢庆仁、方鄂秦这些大家都熟知了岚皋。认识了一位好人，通过他又熟悉了更多的好人，这笔交情账划算，用岚皋话说：长钱。宗林是扶风人，岚皋的"岚"字下面有风，活该宗林要扶一把岚皋的"风"了！扶一把像我这样的岚皋人了！宗林是性情中人，骨子里有着太多的情和义，宗林的情是一种真情，宗林的义是一种大义。

　　宗林无疑是坚强的，是聪慧的，是多面手的。有他，就有生气，就和颜悦色。说话，三句两句满堂露笑；画画，三笔两笔满纸鲜活；写文章，三下两下满篇出彩。他似乎对什么都感兴趣，对什么都有耐心，一根朽木在他面前有可能发芽，就是一块顽石也能被他焐热。自己的事再重要都可以撂下，别人的事一分一秒都不能耽搁，不说先人后己，简直就没有自己。当人问起重病的妻子，刚才还在眉飞色舞，顿时一脸地愧疚，泪花儿暗结，内心深处的酸涩谁人知晓？一肚子的苦水向谁倾吐？我相信一句老话：好人一定会有好报！我相信在下的自语：久友必有久福！

2008年12月1日

相送清梦里

前天晚做一清梦，没听到脚步声，李发林老师一阵风似的进了办公室，铁青着脸质问我：到安康领奖为啥不把我叫上？说完拂袖而去，我起身就追，出一身老汗也没追上。老师平时走路就快，我俩散步时说着说着就拉开了距离，他不得不停下来等我。这次更是风快，简直就是健步如飞，我怎么喊就是不停，最后拐了一个弯就不见了。

醒了之后，心里怅然若失，半天缓不过劲儿来。想起来了，安康市第二届文艺精品奖名单已经公布，我们师生双双榜上有名，举办方曾经书面和电话通知过，后来不知何故再无下文。在我来西安不久，老师给我打过一个电话，叫我领奖时一定把他叫上，我说没问题。他大女儿苗苗也打来电话，说我们不让爸外出，是基于健康考虑，他刚做过心脏搭桥手术。但爸说，这恐怕是他最后一次领奖了，加上有开林一路，不会有啥的。爸这么说，我们只好同意。

在去公司上班的路上，突然接到文涛电话，说李老师昨天晚上去世了。我许久都没有反应过来，靠在一棵悬铃木上望着手机屏幕发呆，口中喃喃自语：不可能吧？从岚皋走时，我们还站在河堤上说了一阵子话的，问他的病情，很有自信，语气也还刚强，叫我出了新书务必寄一本，我说，等八十大寿把您培养的作家作者集合起来，好好热闹三天。我把电话打给苗苗，证实老师真的走了。苗苗说，她爸喜欢独居，这也是多年看书写作养成的习惯，昨天下午饭吃得挺好，还添了碗，加了两次鸡汤。半夜妈妈起来看了一道，屋里灯亮着，以为

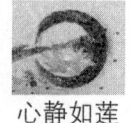

在看书呢,今早推门,爸爸面朝里侧身而卧,就掩了门下楼买菜,回来把早点做好,喊了几声未见答应,进去一看,不知啥时"走"的,身子都凉了。老师一生耿介不阿,说一不二,想要做啥,主意若下九头牛都拉不回头,倔强的脾气成就了他的文运也要了他的性命,如果身边有人陪伴,再活十年八年没啥问题。

也就在昨天,政协搞文史的明朗弟,叫我把有关岚皋大学的文章发给他,在电话里他高兴地告诉我,许久没有写文章的李老师刚写了一篇很有分量的重头稿,题目叫《岚皋的齐二寡妇王三凤》,不顾七十多岁的高龄和虚弱的身体,亲自送到我的手中。我说,这是老师的一贯作风,如果在岚皋,他一定要先送给我看,师生共同分享。你真幸运,拿到老师的绝笔。我有事不能回来,不能吊唁,参加不了追悼会,你一定要替我送送老师。他说,李老师是你的老师,也是我的老师,更是岚皋人的老师,我一定代表你多送一程。

第二天上午,明朗发来短信,说他此时正在参加追悼会。我丢下手头正在赶写的材料,跑下楼面南而立,足足默哀了三分钟。朝小的说,一个人去世了,朝大的说,一个时代结束了。就一个县域而言,李老师的文学创作,影响了一代甚至几代人,我们这些受益者,应该感谢他对岚皋所做的贡献,他的文字以及他的风范,理当载入岚皋的史册。

老师是岚河口人,十几岁时沿岚河而上,来到岚河上游的化鲤墟,在那里工作并安了家。这是饮水思源呢,这是寻访岚河文化呢!业余时间拼命写作,不是岚皋人把岚皋写得山长水远。由于成果丰硕,调文化馆编辑文学刊物,担任创作辅导干部,奉命写了大量的故事和剧本。我1974年从乡下进城与老师相识,便成了忘年交,用岚皋土话:门槛都踢烂了。一篇一篇地讨论,一段一段地修改,可以这样说,是老师引我走上了写作之路。

我与老师近四十年的交往,并非过从甚密,却是推心置腹。不想跟亲戚讲的,愿意跟我交流。遇到什么纠结不清的难事,就到我办公室商量。即便是经历的一些难堪,也毫无保留地说给我听。尤其到了晚年，说起儿女，眼神就多了几分柔情。提起老伴，语气中透出许多愧疚。但对于文字，一笔一画写出来的作品，仍然那样的强硬，那样的宁折不弯，文人的骨气力透纸背，私人的"菜园子"谁敢糟践！没有留下多少家产，一大堆文字够我们受用不尽。老师您一路走好，我们和我们的子孙分享您的精神之羹。

人活一世，草木一秋。一秋不短，一世不长。再有用的人，再会妙笔生花，在时光面前都会昙花一现。人说世事无常，生命在这难以料想的行进中又是如此的脆弱，而病痛又总是渗透着冷峻和无情。老师曾经动过几次大手术，每次都是命悬一线，却奇迹般地活了过来。有说他是好人，有说他命大，我说这是他的修积。我以前对"视死如归"的理解总与英雄挂钩，平民的老师把死当归，回归自然，荣归故里。祖坟也应算作亡灵的家园吧，李老师这是"回家"了啊！

往事如烟，人生若梦。我也算经历过一些事情，不敢肯定真的发生过，仿佛是在做梦。人的终年，都应该是梦。当下再怎么精彩纷呈，也抵不上梦醒十分的一声叹息。生和死，是每个人最大的两桩事情。记不得谁说过这样一句话：行走在生死的旷野，每个人都在路上。

生者走好，老师安息。

2011 年 5 月 4 日上午急就于西安
（原载 2012 年 3 月 14 日《安康日报》）

老乡树

　　我的办公室在一座楼房的最底层，正宗角落，阴暗潮湿，土气很重，好在有一扇比门还要高大的窗，占了一面墙四分之三的面积。进门第一件事是憋着一口气把窗户打开，阳光和新鲜空气一拥而入，翻动着案几上的书页和灰尘。

　　开窗时总要看见一棵桂花树，四季常青，枝繁叶茂，离窗户很近，似乎触手可及，像绿色窗帘挂在那儿，只要你鼻孔用劲儿一吸，就有一股植物的清新气息扑面而来，绿绿的味道很浓烈。以前怎么没注意啊！不可能一夜间就长出来了吧？一打听，是我外出时栽上的，还是从我老家草鞋垭挖来的呢。草垭小学与中坝小学合并，操场变成鸡场，这棵树就成了可有可无的东西，有人要买，有人要卖，于是就顺理成章地到了我的窗外。这棵树看起来年岁并不大，身材高挑，身板细瘦，算是我的小兄弟吧！既然是从草鞋垭来的，那就不是外人，是我的老乡。

　　老乡树四周是一块草坪，虽然不是很大，但也是草坪。因了这棵树，窗就显得尤为重要，一扇窗，总会相伴很久，无论是坐，是站，习惯了顺窗而望。望去的时候，总希望那窗前的树影一片清明，发散着养眼的元素。树冠像绿色的云朵，在阳光下闪着凝翠的祥和，绿荫随着光照折射着美丽的斑驳，我所在的室内不断地变换着壁画图案。

　　飞蛾和壁虎要是树就好了，每当我在灯下写作时，就要贴在窗玻璃上张望，听我钢笔和键盘的声音。树远远地站着，连头都不抬一下，冷静得有些无动于衷。老乡树是真君子，目空一切，坐怀不乱，没有窥视欲。

人与人比，比的是虚荣欲望。人与树比，比的是淡定从容。树守静，稳重，与土地不离不弃。树永远都在进步，到老都有所修为。人如果活得像树那样，人人都会高寿，身上都有清香。站在老乡树下，我感到人的渺小和脆弱。人生不过百年，可是这棵树却能活过百年千载。毫无疑问，当我们死去后，这棵树还会庄严地活下去，见证着尘世的沉浮消长。我走到跟前打声招呼：嗨，老乡，您好！它没有回答，只有树叶摇晃着巴掌。也许它有怨言，好端端地长在乡下，硬是生拉活拽搬到城里。人喜欢进城，树不一定乐意。

尽管一百个不愿意，该送爽时送爽，该开花时开花，该喷香时喷香。一阵微风轻拂，鼻尖就有馥馥清香沁来，再瞧那份碎细素雅，就像女孩鼻根上的雀儿斑，怕羞似的躲在叶后，始信黄山谷诗"披拂不盈怀，时有暗香度"之妙了。

就像择铺一样，我换个新地方睡觉，第一宿总是失眠。据说，有些树散发香味也择地，换个地方就变味，就不那么香了。眼前的这棵桂树，是否因为处于高楼大厦及汹汹人群的包围之中，处境局促狭迫，从而不能舒徐悠悠地散发清香呢？当别人还不在意，我就闻到了浓浓的奇香，这是给老乡长脸呢，这是给草鞋垭争气呢！

就在发现那棵老乡树不久，办公室真的就来了一位老乡，正宗草鞋垭人，是我同学胡发贵的儿子胡祥志，吃一河水，烧一山柴，看一村景，说一样口音，人不亲喊都喊亲了，听说是过五关斩六将硬考上来的，我就对他刮目相看了。这真是一件让人高兴的事，芳流这条河真要流芳了。小伙子长得壮实，浓眉大眼，对人又非常谦和，论辈分应该是老表，论年纪该叫我黄叔。我们早不见晚见，不过从甚密，也不冷淡嫌隙，彼此心里都有对方。没过多久，他就担任了秘书股长，兼着县长的秘书。领导赏识，同事喜欢，一切都顺风顺水，照这个势头，要不了一些时日，就会提拔为副主任。我比胡家的人都高兴，比胡发贵还得意，草鞋垭太需要出几个人才了！

有一次胡祥志到我办公室，俩老乡就畅所欲言，我说，你看到窗外那棵桂花树了吗？那是从你家门前的草垭小学操场挖来的，是我们的真老乡呢！他脸上露出惊喜的神情。我又说，你看它与伙伴们处得多有分寸，彼此守望，相安无事。他朝窗外望了许久，欲言又止。我说，人与人之间的差别，往往还没有两棵树之间来得大，毕竟人家还可能不同科不同纲不同属，而我们，都是人科人属呢，更应彼此帮衬。我老了，不中用了，以后还望你们年轻人多关照呢。他使劲儿点了点头。

一个老乡是活灵活现的人，一个老乡是四季常青的树，加上老朽，三人为众，众擎易举，还有什么能比这样的知遇倍感欣慰呢？心情一好，阳光普照，说话的底气足，见人一脸笑，连梦中都有了"指望"。

有一次加班到深夜，屋内灯火通明，窗外月华似水。实在写不下去了，就端着茶杯来到老乡树下，桂花欲开未开，有一股处子的异香直入肺腑，比手中的铁观音还要提神醒脑。就想，等闲一点儿了，就约祥志到这里月下小酌，把盏对盅，品茶吟诗，一醉方休，酩酊之时兴许会把李白的诗改成"树下一壶酒，独酌有乡亲。举杯邀明月，对影成数人"。

在我外出几个月里，听说胡祥志病了，而且病得很重，倒下就没有起来。我一会儿担心，一会儿释然，谁没病过，吃点儿药打几针就会好的。几次想给他发短信，让他坚强，让他挺住，草鞋垭人还指望他步步高升建树一番伟业呢。害怕影响治疗，害怕他压力过重，这样的信始终未发。我最后见他是在篮球场上，生龙活虎，红光满面，体健如牛，嗷嗷叫着前后奔跑。这样的汉子，怎么说倒就倒了，说殁就殁了呢。用我婆早先年说的话，就是跑的鱼儿大，死的娃娃乖。意思就是捉不住的都是大鱼，夭折的孩子都是聪明听话的。还有一句就是祸害一千年，好人命不长。意思是，想叫坏人早点儿死却是老不死，好人应该长命百岁却不幸离世。

不知是本人的遗嘱，还是父母的要求，胡祥志的骨灰回到故里，埋在了草鞋垭的泥土中。就像那些树，不会写作，不再说话，给乡亲们守着土，守着家，守着历史。人在这方面真不如树，老乡树健在，老乡却阴阳两隔。人死后又比树强，灵魂可以还乡，树却不能，即使树能回到故地，又有谁知道呢？

老乡"走"了，正值年富力强，风华正茂，让人扼腕。更遗憾的是，我们没有一次合影，没有留下值得珍藏的物件，但只要想起他，眼前就会出现带着笑意的面容。我这一生失去的太多，失去了婆，失去了娘，失去了胡祥志，再不能失去老乡树了。只要我还能动，还有意识，就会去呵护，去守望。百年归世，火化成一把骨灰，一定要让后人撒一些在老乡树下，作恒久的相依相伴。

回到办公室，第一件事就去后院看"老乡"，让我欣慰的是，它仍然枝繁叶茂，郁郁葱葱，而且并不孤单，旁边几棵显然是"长者"的大树陪伴着呢，这下我就放心了。只是心里仍是怅然，要是胡祥志还在就好了，三棵树总比两棵树有力。

2011 年 4 月 11 日

一篇旧作的经历

　　有一篇旧作，普通得不能再普通了，但对当事人来讲，却显得意义非凡，弥足珍贵。事情虽然过去了十八年，我还是记忆犹新，历历在目。

　　1995年夏天，我从政府办的秘书股长提拔到县委宣传部任文明办主任，转眼到了年底，领导安排我写工作总结，坐在我对面的陈光浩这时正张罗着结婚，我心里盘算：陈光浩对宣传部的工作很熟，他如果写总结肯定比我写得好，就与他商量，他替我写总结，我给他写一篇婚礼祝词，用岚皋话说，这叫换手抠背。那时年轻气盛，胆子不小，夸下海口，保证当时非常火爆的《演讲与口才》能用。陈光浩没有怀疑我的能力，倒是我自己心里没谱，因为那刊物不是我办的，编辑部也没得熟人，唯一自信的是好好写，用心写，写精彩。稿子投出去不久，也就是陈光浩刚交了总结之时，采用通知就来了，我比陈光浩本人还高兴，一个不吹牛的人吹了牛，并且把吹牛变为现实，那一种得意比加上"春风"还骀荡几分。

　　那篇《普通的祝福》，发表在1996年第5期《演讲与口才》上，样刊一寄来，我就通知陈光浩，他把邮局报刊亭的那一期全买了下来，分送给至交亲戚，寄给远方的朋友。用他朋友和他本人的话说，这是多贵重的结婚礼物啊，花多少钱都买不来的！记得他当了漳河乡的书记后，一次碰见我，说那篇祝词有人做了范文，网上到处都能看见，当时我不上网，就没太在意。前不久在网上查到，给女婿刘欣说了，很快就网购了一本，虽然是二手货，我还是很高兴。书名叫《演讲词分类评析》，李嗣水主编，专利文献出版社1998年6月出版。除了全文选登那篇祝词外，还署了我的名字，评析文字写得精致到位，比原文多出一百来字。

一个普通的婚礼，叫全国的几百万读者知晓，随后又作为大学教材，收入专著加上评析文字，又无端地多出好些读者来，这就要令人羡慕了，在芸芸众生里面，在凡夫俗子看来，没有几人能做到。我把这件逸闻趣事写出来，附上旧作和专家的评析，并不是王婆卖瓜，而是要记取某种旧谊和交情，让年轻的作者了解写作之外的一些东西，就像唱戏，前台和幕后虽然不会一样，但都有精彩的地方，都有过人之处。

附：普通的祝福

——在朋友婚礼上的致辞

各位来宾：

今天的日子很普通，普通的日子里有一对普通人要结为夫妻。正是为了这普通，一个普通的朋友要来道一声普通的祝福。

一祝福小夫妻今后的日子过得美美满满红红火火。陈光浩先生是一名党的宣传干部，熊玉琴小姐是一名教师。党是阳光，教师是太阳底下最光荣的职业，有了太阳和阳光，婚后的生活一定会很温馨，火红的青春一定会很炽烈，生命之花一定会常开不败，绚烂多彩。

二祝福小夫妻今后要以心换心心心相印。今天是星期三，心字正好有三点，这就是说，一个人的心并不完全属于自己，他可以一分为三。三分之一给父母，三分之一给朋友，三分之一给爱人。一心三点，两人六心，因此，我还要以"六心"相赠，忠心献给祖国，孝心献给父母，爱心献给社会，痴心献给事业，诚心献给朋友，信心留给自己。

三祝福小夫妻永远恩恩爱爱地久天长。玉琴盼知音，光浩赏玉琴，这普通的婚礼进行曲就是翻新的《高山流水》。岚河水此刻正在

低吟浅唱,似在悄悄祝愿小夫妻一生平顺,万事遂心。大巴山早已是银装素裹,就像新嫁娘披上了洁白的婚纱,象征玉琴、光浩的婚姻天长地久,白头偕老。

谢谢大家!

【评析】

《普通的祝福》是黄开林先生在朋友婚礼上发表的祝婚词。

这篇祝婚词非常精彩,特点明显:

1. 开场白别具一格。紧扣"普通"二字,引出"祝福"这一主题。"普通的日子""普通的新人""普通的朋友""普通的祝福"连在一起,说普通,其实并不普通。以普通开始,以不普通结束,别有一番风味。

2. 内容丰富多彩。以三个祝福相贯连,三个祝福,三个角度。在第一个祝福中,从一对新人的职业入手,巧妙地表达了自己的祝福。新郎是党的干部,新娘是教师,由此引出"党是阳光,教师是太阳底下最光荣的职业,有了太阳和阳光,婚后的生活一定会很温馨"非常自然、贴切,富有意义。在第二个祝福中,以"心"字为切入点,把一心分为三,把二心合为六,然后"六心"相赠,表达了对一对新人的殷切希望。在第三个祝福中,以新郎新娘的名字为切入点,铺陈以"高山流水""岚河水""大巴山",巧妙自然地又表达了自己的祝福之情。三个祝福,三个切入点,生动活泼,丰富多彩。

3. 行文如行云流水。语言行动,用语贴切,切入点间的引申自然,天衣无缝。行文流畅,丝毫没有生硬之感,似一首优美的散文诗,显示了致辞者良好的语言功底和文学修养。特别是最后的祝福:"光浩赏玉琴,这普通的婚礼进行曲就是翻新的《高山流水》。岚河水此刻正在低吟浅唱……大巴山早已是银装素裹。"在这里分明能体会到一种意境,我们不能不为致辞者开阔的视野、丰富的想象力所折服,给人以美的享受。

4. 短小精悍。全文只有五百字,篇幅短小,但在简短的文字中,表现出了丰富多彩的内容。

花甲者言

　　过了今天，就满五十九进六十岁了，十二生肖轮回，就算进入五个轮次了，在感叹时间飞逝的同时，对"花甲"二字突然敏感起来。查百度，知花甲一词出自中国古代历法，以六十年为一循环，一循环称为一甲子，又因干支名号繁多且相互交错，又称花甲。我不这样理解，人到六十一朵花，六十开花甲天下。花总是美好的，甲是最好的。我这样说，并非看自己一朵花，看别人豆腐渣，而是人老了，除了稳当，更要自信。乡里人骂笑：老是自己老的，又不是苞谷壳喂老的。既然是自己老的，就要老而有德，老要服老，老不讨人嫌。

　　人到世上有什么好，说是老了就老了。老了，就应该反思，思过，检点。小时听大人讲，人都是猴儿财神，意思是说，人都有贪欲之心，总想往自己怀里搂。到了我这个年龄，算懂了点儿事，明白了一些事理，该舍弃得舍弃，该服输得服输，过不了的坎就不过，争不了饿肚子气就不争。如果风光过，得意过，风流倜傥过，锦衣玉食过，就更应该示弱，看淡，粗茶淡饭，一切从简，量力而行，顺其自然。

　　年届花甲，圈子越来越小，熟人越来越少，朋友有减无增，眼睁睁地看到儿时伙伴不时地去了另一个世界，自己却无力回天。过去是三步并作两步走，现在是五步扯成十步行。上楼梯一步要上两级，现在一步一级都有些吃力。说话不再慷慨激昂，语调不再抑扬顿挫，饭量减少，忘性增大。胆子变小，脾气变大。血脂增加，听力锐减。喜

欢听好的，不喜欢吃好的。

老之将至，意味着人生即将谢幕，珍惜一路走来的人生风景。走到路上，有人说，想不到你还这么年轻，明明知道人家会说话，也要高兴老半天。即使这样，也大可不必沮丧，不懂不去装懂，不如人承认不如人。人敬人高，人尊人爱，千万不能倚老卖老，捡根灯草就当拐棍。一个人纵使再有才华，也是山水栽培，五谷饲养，得懂得感恩。纵使爱好雅致，也是恩师指教，朋友勉励，切不可妄自尊大，不得了了。

文友、同事和弟子早早地打招呼，满五十九岁，一定要像样儿地办一下。我一一谢绝，并说服老伴，坚持不办。花甲不搞花架子！办也过五十九，不办也过五十九，还能办年轻不成？我怕麻烦，爱清静，加上确实太忙，精力不济，还是不办为好。幺妹开莲在杨家院子备了两席，说是没有外人，就姊妹伙的加上侄子辈，在一起坐一坐，做个寿。言行在理，不好推辞，没想到老伴张琴的大哥大嫂张岚夫妇，提前两天从安康上来了，还有八十二岁的老父亲，提前月余，就开始操心张罗，当天赶赴宴会现场。小舅早早地打电话询问，我说你是长辈，操了心我就要叫劳为了。他虽未读过书，却出口成章：贴皮连着肉，人亲骨头香，我们不来谁来？一大早从芳流下来，后面还跟着小舅娘。张琴的表哥赖邦海夫妇，提前几天就封了红包。大妹开玉原本在安康照护即将临产的儿媳，不仅专程回来，还领了儿子德意、女儿罗双、女婿少虎。远在外地的双胞胎妹妹，特意带来贺寿礼金。女婿刘欣，请了两天假从西安回来，特意带来酒中之王——茅台，让我嘴里有福，脸上有光。幺弟开平和后母的大儿子何先进，事先没有通知，临开饭前骑摩托赶了来。还有的发来短信，打了祝贺电话。这一切都让人感动，让人铭记，让人想说几句话的冲动。

易中天先生六十六岁时曾言：六十六，非不寿。祸与福，都曾受。从今后，皆天佑。人生事，思量透。病要医，心照旧。多读书，少作秀。高也成，低也就。学到老，活个够。

我也续貂几句：花甲年，猛回首。感苍生，念故旧。享亲情，谢朋友。文章事,难不朽。只当玩,不强求。笔不辍,书不丢。勤动脑,多动手。善者康,仁者寿。

2014 年 4 月 15 日

(原载 2014 年 4 月 24 日《安康日报》)

散文就是散心

　　写字让手脑灵便，写作让心灵安静。

　　我之所以学习写散文，是想让心静下来，让心态平和起来。因为散文可以朝美的写，可以朝无声的写。散文就是散霞成绮，散文就是散淡，散文就是散心。

　　"散"字一分为三，左上部与我有关，因为那是"黄"字之首。剩下来的"月"下为"文"，真叫诗意的氛围。你想想，月光之下写成的文章，该是寂寥的心语、悄迷哑静的文字了。

　　我从小自由自在惯了，就像没有圈养的羊，不用请假，也不需要打招呼，头脑一热，撒着脚丫子满地胡跑，张着臂膀四处狂奔，哪儿黑了哪儿歇，不撞南墙不回头。有时也挨打，打也有打的道理：黄荆条子出好人！家鸡打得团团转，野鸡打得满天飞。父母相信：山里的伢儿丢不了，黑了饿了是要回来的。久积成习，承袭家风，这就直接影响了我的习惯定式，写起来就不拘礼数，信笔涂鸦，不讲章法。

　　我毕竟是山区小县的一名业余作者，受地域和阅历的限制，写出来的东西不可能红梅映雪，浩气冲霄。但我是一个倔强的巴山汉子，有坚忍的毅力和过剩的吃苦精神。别人使一分力，我就得做出十二分的努力。山里人缺钱，缺文化，缺高楼，缺喧哗，就是不缺力气。父亲说，力气是个怪，使了它还在。父亲还说，庄稼不靠种，靠"悟"。我赞同父亲的说法，写文章如同盘庄稼，攒蛮力不行，得有悟性。父亲补一句：悟性人人都有，要开才行。开悟！这不是佛教用语吗？不起眼的父亲，让我刮目相看。

散文是生活常青树上长出来的红苹果，带着阳光的色泽，泥土的芳香，露珠的湿润，是一种包容而又极富情调的文学样式。开始写作，总有些莽撞，有些不知天高地厚，久而久之，就成了一种习惯，一种需要，一种与烟酒茶类似的嗜好。稚嫩和浅薄只是事物的一个过程，好在我还可以写，好在写作不要大的本钱，一张纸一支笔即可，犹如乡间农夫手中的犁和脚下的土地，可以日复一日，年复一年，不断地躬耕耘作。不同的是，农民的收获养育着我，我的播种大都是错过了季节的禾苗，常常有悖于乡亲们那双期待的眼睛。

我不懂养生之道，也不屑于健身强体的那些秘术，只想每天有个好心情。写出一篇较满意的文章，情不自禁在斗室里踱着方步，若是被报刊采用，或是公开出版，那一番甜蜜总要持续许多时日。有时又犯迷糊，说是写散文，却想到了散步。散步的妙处全在那个"散"字上，散是一切放得下，散是想得开，就像敞开的窗户，花香、鸟鸣和新鲜空气都能自由自在地飘进来。散文的妙处也在这个"散"字上，散是随心所欲，散是自在逍遥，散是闲庭信步，散是淡淡长流水。只要你愿意，许多优美的词语就会撵来聚会，让你乱花迷眼，坐怀大乱。

人一生是一天天散掉的，日子是一天天散失的，美好的东西是从零散中积聚的，因而我就选择了散文。

2008 年 9 月 22 日

第三辑 游历小品

喜出望外,游手好闲,是我这样的人的天性。虽与两句成语本意相悖,仅就字面,很能说明问题。到一个地方,特别是心仪已久的名山大川,不敢勒石留念,就在笔记本上留点儿痕迹。我不满导游的说道,更不喜欢导游词上的先入为主,多是一个人行走,孤单而独乐,寡言而善思,虽不是美文,却是独家之言,个人体悟。

宁陕行走笔记

我喜欢"宁"字，安宁，宁静，都是人生高境。从小的说，家中添丁就兴旺。往大的说，关乎江山社稷、一方稳固。宁陕，从字面理解，就是秦地咽喉要冲，这个地方守住了，陕西就安定了。

两百多年前的老先人，不号召人进城，也不把山上的人户搬到河边，一城一池我大清郡邑，一山一水我大清疆域，越险峻的地方越想人去镇守，越偏僻的地方越想人去居住。动议建置手笔就不小，一口气把长安、周至、镇安、石泉、洋县五县接壤之地划拨到一起，设五郎厅，官话说是集秦岭精华于一处，土话说是割了些肉垴垴。十七年之后设镇，筑新城，建衙署，干脆就叫宁陕镇，厅也改成宁陕厅，意为"镇守五郎关口，确保陕西安宁"，期望值之高可窥一斑。

一个炎热的夏季，我来到凉爽舒适的宁陕。当我一踏上这块土地，感受到的不仅仅是历史的厚重，文化的深邃，还有当政者的大气，民风的清淳，百姓的怡然。

宁陕之大，让我有些无可奈何，不知所措。始信古人的一句话：宁陕是秦岭之大聚。可贵的是，宁陕大而得体，大而有度，大不称大，大智若愚，大处着眼，小处入手。不由得让人想起道家鼻祖老子的一句经典名言：治大国，若烹小鲜。

醍醐灌顶啊！于是我就准备从一架岭、一座庙、一条河、一个峡、一条路、一只鸟、一棵树入手，写点观感，也可叫作手记。

走上一架岭

我老家的西边,有一山冈,人称仙人脚,"脚背"上凿有一条路,那有了几家望族的人户和后来的白房子供销社,我们就叫岭子上。在物资匮乏的年代,总想多瞅几眼岭子上,那是我们非常向往的地方。自那以后,以为岭就是一个小山冈,遮不了风,也挡不着雨。

这次要走的岭,姓秦,那个大,无法丈量,无器可衡,简直大得没边边。这座姓秦的岭不是一般的大,我曾经想从周边看个完完整整,无论从哪个方向去,都只能看点儿皮毛。秦岭宽厚,容忍着我的无理,溺爱着我的冒犯。有时坐着车从肚子里钻过去,也只是穿肠而过,两眼一墨黑,什么也没看到。就像一坨美味,还没尝到味儿就囫囵咽下。我就羡慕宁陕人,他们就在汗毛里劳作,皮肤上耕种,骨骼上安家。那种亲近,是指望,是依存,是血缘。实而虚襟,宽而有容,不怒而威,无欲而刚,不言重而自重,实足大而不自大,这就是秦岭的胸怀。

秦岭铺得摊子太大,处处是秦岭,处处又不是。丈二和尚都摸不着头脑,何况横贯三省绵延一千六百公里的大秦岭。才落过雨,扑裳的翠色隐在灰白的雾气里,在文友阮杰、钟帆的陪同下,专程去看黄河、长江水系分水岭,也就是秦岭之冠顶。

从县城出发,先上的山不叫山,叫平河梁。梁好哇,不屈的脊梁,扛起一轮火红的朝阳。风儿掠过,放诸碧野,树木涌成另一种波涛。平河也不错,让人想起平和,再急性的人,上得梁来,心态就会放缓一些。雾气浮来,远远地飘荡,峰谷犹如含烟。一会儿来,一会儿去,逗你玩儿呢!以林为伴,以天为家,聚散无定,逍遥无所羁也。下了坡又上,叫月河梁。月亮之河,多么浪漫,多么富有诗意,不想写几句也会手痒心动。明明是山,却拿两条河说事,可见古人的用心,水柔,山硬,柔能克刚,刚柔并济。不怕写不出诗来,就怕你不在乎。

穿行在这绵延不断的秦岭山脉里,始知何谓林海,千山一色,一色绿蓝。不仔细辨认，很难区别。专拍宁陕动植物的田宁朝说过，叶片大的长得快，木质松软。叶子小的长得慢，木质坚硬。不用号召，也无须开会，各依季节而茂，各有各的活法，各有各的意思。

山高了，树木越来越小。矮树不挡视线，乱枝轻抚慢慰，飒爽而尽兴舞着长天之风。有树皆腴，无木皆瘦，是树木都是秦岭的皮肉。燕瘦环肥，皆为美人坯子，各领风骚，均擅其艳。

过肠子峡，七弯八拐，有界碑路边而立，抬头望，西安界也，背面看，宁陕界也。没有到顶，心有所不甘，只好越界行动。刚才还是晴朗一片，转眼竟大雾弥漫，真不知在哪儿生根，从何而来？到了南北分水岭，也不管看得清看不清，慌忙拍了几张，我们穿的短袖，难以招架这透骨的幽寒，露在外面的胳膊起了一层鸡皮疙瘩。我朝长安方向跑了几步，说是分水岭，两边植物的模样差不多，你分了系，它们不分；你分了水，它们不分；你分了家，它们还是不分。不管怎么说，这儿无疑还是秦岭的分界，还是秦岭的过渡，还是秦岭的转折，手可触古木今枝，袖能拂浮云流霞，耳能辨松风叶韵。我从巴山来，巴山没有秦岭高，自然要有敬畏之心，不可能大喊大叫。人在高处，心境常常归入平淡。这样的岭，是需要仰对的，是需要默然致敬的。

下山时，雾又退了，就想：秦岭不是叫人看的，是叫人念的。

若说宁陕是诗意的，秦岭就是散文的，看起来散，其实不散，形散而神不散。就想起在宁陕工作了九年的刘云弟，原来在巴山写诗，一到宁陕就改弦更张，写起了散文，仿佛前世今生的约定，胸襟别具，所有的叶汁露珠都成笔下的墨水，把宁陕的秦岭写得汪洋恣肆，把秦岭的宁陕写得风生水起。古人要人过留名，刘云是人过留文啦。

秦岭是一部大书，《风吹过秦岭》是写大书的书，在这两本书里，我读出一山精神，满岭气节。

拜谒一座庙

宁陕老城的城隍庙，声名日盛，早有耳闻，既然来了，岂有不拜之理！

山不在高，有仙则名。庙不在大，有名则灵。灵不为显，有缘则欣。欣不在极，有朋则亲。铭轩兄是宁陕通，正在校注《宁陕厅志》，我说我们走路去，刚到路口，就有车徐来而停，问明去向，免费专程相送。

心里一高兴，话就多起来，不停地问这问那。正说到早年的一任同知姓杨，周边山上有五个大石头像狼，还有一个大的像狮子，五狼吃羊，岂能安宁，后来拆毁石头，才稍平息一些时。

过一小桥，向左稍一侧脸，"城隍庙"三个镀金大字赫然在目。山门有人值守，无人阻拦，任我们自由出入，像是自家门扉。我想施礼，左手有伞碍之，只好单手而敬，又像举手，又像致意，手忙脚虽未乱，心里却怕神灵见责。刚才还是浓云密布，一下子就豁然开朗。迎面一通石碑，年代久远，是"建修城隍庙碑记"，轻抚之后，认出一句话来：国家郡县之制，必筑土为城，浚池为隍，以保民为民而设城隍之神，以主之礼也。铭轩兄告诉我：城隍本指城墙与护城河，由古代祭祀而经道教演衍成地方守护神，也就是冥界的地方官。

迈进门槛，进入正殿，室内一片森然，两边的大汉凶神恶煞，一个手拿令符和大棒在左，只待对面的判官大笔一挥，当即拿下扭送阴曹地府，立马就得下地狱。阴沉、瘆人、寂灭，心里想，得谢这大半辈子没做啥亏心事，要不今晚上得做噩梦。铭轩兄说，早先判官手执绶带上留一句话，叫"你也来了！"看似在打招呼，其实意味深长。若照原样恢复，那该多耐人寻味哟。是啊！无论你地位显赫，还是一介平民，最终总要到这儿报到，给阎王爷打声招呼。

我问：经受过磨难，遭遇过浩劫，咋还保存得这么完好？

得益于做过人民公社和乡政府的驻地，戏楼成了炸药库，禅房做了办公室，才幸免于难，侥幸保存下来。

庙宇建在沙洲上，四周环水，独居中央，数百年来历经洪水袭击而安然无恙，何故？

这正是宁陕城隍庙的神奇之处，在全省乃至全国古建筑群中也算一绝。究其原因，主要是特殊的地理位置所致，民间还由此引出"金鸭浮舟""神灵庇护"的历史传说。如果有月光的晚上来，灰白色的轿顶山、狮子岩有如宝镜熠熠生辉，更是一种韵致。

我从铭轩兄的口中得知，庙会正日子是四月初八，会期为初七至初九三天。六日一切准备就绪，摆摊做生意的开张，唱大戏的练台，十里八乡的人像过节一样，除了烧香敬神，还有物资交流，商品贸易。当然，最引人入胜的还是三天半到四天的大戏，城隍爷只是一个幌子，实际上还是给参会的活人看的。宁陕城隍出巡不比别处，因为地理位置的原因，更有特点，新老两个县城相距五公里，老城有城隍庙，新城（即关口，现在的县城）有关帝庙，都建在长安河的沙洲上，外形都像一艘船。出巡时，备八抬大轿，大小如同真人的城隍神像坐于轿中，前面有锣引导，后面数十名执事手举"肃静、回避"牌，以及大刀、长矛、方天戟、金瓜、钺斧、朝天镫等诸般兵器，浩浩荡荡，热闹非凡。家家门前摆设香案，焚香烧纸，燃放鞭炮，迎敬神灵。到了新县城关口，将城隍像置于关帝庙牌楼之内，设案几，摆茶果，好让城隍与关帝品茗把盏，一晤为快。

我既不合十念佛，也不闭目诵经，只管闲怀清心去赏宗庙之美，关注趣闻，兼嗅妙香。

正说着，有人打招呼，铭轩兄说那是岚皋人，来这儿修行十几年了。一听是老乡，忙上前握手。只见那长者，头戴方巾，身着白袍，笑意满脸。他叫张诗晏，岚皋石门镇月星村人，今年七十有二。听佛乐，品素茶，汲月华，沐清风，脸上别有一种沧桑。

忙啥呢？

修瓦盆哩。

世事如棋局，不著的才是高手。

人生似瓦盆，打破了方见真空。

能休尘境为真境。

未了僧家是俗家。

一应一对，一问一答，我们像在说对口词。

铭轩兄插话：你这位老乡文墨不浅哩，喜欢看书，前些年，我在

这里主持修缮时，问了我好多问题。

这我相信，至少熟读过《菜根谭》。我说。

张诗晏说：庭深松老，莫嫌老僧半路出家。

我对一句：地宽天阔，自有高士大器晚成。

道罢，便去赏松。看树牌，上写三百二十七岁，要是人，那就是高寿，看个儿头，也是高人。枝丫低垂，礼贤下士，似随时与香客一握。树冠紧挨，手足之情，显现着王者之气。

我们退出山门，沿堤而上，去看前面能把洪水分流的几块巨石。用现代人的说法，长安河流到这里，神奇的"船尾"将直流抵弯，再大的洪水经过弯道就会产生离心力，把水朝两边分，以缓解过多的压力。城隍庙经历水患而不毁，并不是传说中的有如神助，完全是建造者的胆识和学识过人。

隔岸相望，啄檐飞甍，有金碧之气。退而思之，像巨型犁铧，水洗走泥，尘埃落定，能留存下来的就是奇迹，就该不朽。

穿越一个峡

说是峡，其实是沟。沟不长，一个多小时便可穷尽。问题是宁陕这样的沟太多，沟一多，就成峡，峡一多，就成精。

阮杰弟问我游哪个峡，我说随便，于是就到了苍龙峡。苍与老密不可分，吾已老矣，游此峡正当匹配。

过阡陌，遇稼穑，农舍俨然，炊烟袅袅，有壮汉在地里劳作，独享灌园莳蔬之乐呢。仰看山，平观地，俯听泉，侧目竹木云石，醉意碧翠，目不能歇。山阶在草丛中弯曲，似可通达无限，行走，踏实，脚下自有高低。

刚下过雨，雨不算小，水有些浑，名副其实苍龙也。有老乡一再叮嘱，雨过路湿，苔藓更滑，千万过细。进得沟内，暗淡无光，正应了曾任五郎厅通判左观澜的两句诗：雾合晴还雨，山深昼亦暝。千奇百怪的树木藤萝，拉起幕帘，顿感清凉。密麻麻一大片菖蒲，在溪流边葱郁，像谁荐的一畦韭菜，又像青龙之须。

圆竹作桥，走在上面，似在用脚读着竹简。饮马槽最为暗淡，没有马，却有光柱如瀑，从山头倾泻而下，比舞台上的追光灯更有生气。游人是主角，只要来了，都可以在这里露露脸，亮亮相。沟中巨石堆垒，一藤伸出臂膀相挽，不知是相邀共舞，还是怕大水冲走奋臂相救？青苔发旺，竟把石头上的红色字迹掩没，不知是想狗尾续貂，还是惯坏了手脚，见了别人的文章总想斧正一二？

化香树上有草绳缠绕，正端详呢，扛了大炮筒（相机镜头）拍鸟的田宁朝扭过脸纠正：那不是绳，是藤。一摸，像龙须草的短茎原来是细细的气根，这藤真会伪装，足可以假乱真。枯木倒下为桥，上面长满了青苔和野菌，看上去不朽。路边一株青冈木，离地尺许又生出一根，大的以臂搂抱，很像一对情侣。有藤并不缠树，而是贴着生长，亲密无间，巴皮巴肉，细须如足，很像攀爬的蜈蚣或是千脚虫。朝上仰望，崖壁似铁，根如利爪，树蔸如瓮，并无寸土，全是水雾养活着的，适地而生，不计得失，我真想把自己的想象紧附着苍岩生根。

丛林阴翳，蝉声不绝，缝罅聚光，斑驳有色。草庐，板桥，悬索，跳石，细流集纳，暗泉奔汇，滋润一峡空翠。沟对岸有一只小燕尾，摆好了姿势，专等摄影师拍照，老田挽裤下水，小心翼翼，步步为营，拍了许多特写。远处石头上的一只，边晒暖暖边等，只观望，不作声，耐心而具绅士风度。

山容苍苍，水光粼粼。泉若疏雨，自湿苔滤出，虽是点滴，久积也能成瀑。满谷满峡的锦绣，离了清泉滋养，恐怕不会成其模样。走在这阴湿的山径上，如徜徉于历史斑驳的甲骨中。幽峡鸟语，溪细苔深，这美妙的山水清音，让我欲罢不能，真想找一茅庵，坐下来烧壶茶，边啜边洗耳恭听。

一路数瀑，此处为最，烟雾蒸腾，细雨蒙蒙，斜飞而下，路漫大半，不得不脱了鞋袜，当一回赤脚大仙，擦壁而过，衣襟半湿。看到垭口亮光，以为山穷水尽，拐个弯儿又是一重天地。

峡不过二里，水不过一溪。峡小，小家碧玉；水细，细水长流；

袖珍，袖而珍之。

返程出门，方见路里石碑上的文字，读了一句，还想再读，再读一句，就想据为己有。若来时读到这篇《苍龙峡记》，就不会信笔乱写，有古人"眼前有景道不得，崔颢题诗在上头"之感慨。舍不得，就偷。不敢偷，就拿。拿来附在文末，算是为小文点一次龙睛。全文如次：

宁陕城西去二十里有镇曰筒车湾，镇南二里有峡如老龙，故曰苍龙峡。辄入峡口，冷气逼面，溪影斑斓，跌水成花，游走不前者，即成龙潭，或浓重不知其深，或清浅频见游鱼，或枯木老根过水如龙之潜饮，或彩石苔藓摇曳如龙之宴欢。有感佩者叹曰：此神化之状，南山无出其右也！龙潜于渊，其志在天，林木森然，龙之居也。斯峡婉转不过千步，其深幽、郁闭、神幻、谐趣，尽为天造；如奇石，如怪木，如古藤，如瀑影，尽显灵异。吾游之再三，归后不知肉味。是谓人行于世，但有一日忘我足也；狡竞于群，唯求一木与朋释也。故为记，勒之石上，证于同好。戊子年夏月南山氏刘云。

看望一只鸟

来宁陕的第一顿饭，是在湘村馆，有宣传部、史志局和县作协的领导参加，我破天荒地提了要求：把田宁朝叫来。

野生动植物资源管理站站长，你们认识？

从未见面，只在政府网站和《秦岭笔会》上看到过他拍的朱鹮、苍鹰、血雉、鸳鸯、寿带、黑领噪鹛、棕背伯劳、酒红朱雀、灰头灰雀、白眶鸦雀、发冠卷尾、极北柳莺、蓝喉太阳鸟。

一个县城共事，电话一打，很快就到，脚未进门，笑声先闻。我们握手，似乎并不陌生，我说，你拍的鸟可爱，你也可爱。

他笑，大家跟着笑。人到中年，个子中等，人很精神，外貌要比实际年龄年轻。问其故，说是经常爬山，每次都要负重四五十斤，只要天气好，在秦岭梁上一待就是一天。大到兽类，小到昆虫，从不放弃任何一个机会。

宁陕有多少种鸟？

除了大熊猫、金丝猴、羚牛、朱鹮四大国宝，还有十一目三十二科九十七属一百五十八种。

鸟好拍吗？

不好拍，一般人没有那个耐性。就在你来的前几天，我到秦岭大梁亲身经历了夏季的风云变幻，一会儿晴空万里，一会儿乌云密布，一会儿倾盆大雨，衣服湿了干，干了又湿，既要经受强烈的紫外线照射和高山缺氧的考验，又要防止毒蛇猛兽的突然袭击。

最危险的一次是啥时候的事？

不是拍鸟。我记得清楚，那是十年前的4月10日，接到皇冠镇打来的电话，说张家沟口有一头生病的羚牛，四处游荡，直接威胁过往群众的安全。中午12点赶到现场，很想近距离地拍摄，没想到羚牛突然发起攻击，还不知道咋回事时，已经到了面前，本能地朝后一翻，滚下高坎，照相机和摄像机甩出去十多米，头部磕在石头上，连夜送到西安，缝了六针。

正是有了田宁朝这样敬业的硬汉子，宁陕才成了动物的王国，鸟的天堂。我敬了他一杯。

我在网上看到你拍的朱鹮喂雏鸟的画面，很温馨，也很震撼。

那是我在寨沟朱鹮驯化基地守了三四天才拍到的。

寨沟离县城不远，我对阮杰说，明天去看有着"东方宝石"之称的圣鸟朱鹮。

寨沟没有寨子，却有一塝塝稻田，溯小溪而上，远远看到石头上有"中国朱鹮"四个黑字，是张铭轩的手笔。我对书艺，谈不上什么，却似乎能够感触到题撰者的一缕胸襟。

到了一个破败的院落，白墙黑瓦，住了三家，有两家是从紫阳移民过来的，忙端了凳子让我们坐。说起朱鹮，心就软了：那鸟又不讨人嫌，只吃虫子，捉泥鳅。

对你们种庄稼没有影响？

没得事。它个子大，顶多栽秧时把秧苗挤倒一些，它走了，我们

再补上。再说，损失点把子也不怕，政府有补贴。

赤裸着上身的小伙子挤到面前，很得意地说：去年我发现一只受伤的朱鹮，怎么也飞不起来，轻脚悄手捉到后，马上送到对门的保护站。

我给他竖了大拇指，还拍了照。

这儿的生态，这里的人文环境，很适宜朱鹮成长。

我们来到保护站，非常寂静，一位叫马兰的姑娘出来接待，大学毕业不久的她，刚踏入社会就到了这儿，成为朱鹮保护站的一员。她说：虽然我是土生土长的宁陕人，以前竟忽略了这么美丽的地方。当我拿着行李走进寨沟时，内心充满了好奇与忐忑，但是，这安静祥和的地方，又使我对未来有了美好的憧憬。转眼两年时间过去了，因为朱鹮，我爱上了这片土地。因为这片土地，朱鹮成了我生命中的一部分。我与朱鹮朝夕相处，它懂我，我懂它，彼此成了知己。当我提着小桶走到藕田旁，哼着小曲儿，晃动钥匙，发出响声，朱鹮就像通了人性似的，从野外很远的角落飞来，那时，我心里好美好，好欣慰。现在，身边的朋友给我起了一个亲切的外号——"朱鹮姐"。我很自豪，因为这是对我的认可，也是至高无上的褒奖。

瓜子脸，披肩发的马兰，未施粉黛，自然大方，文文静静的样子，说起朱鹮，滔滔不绝。

马兰旁边坐着一位中年汉子，一直倾听，没有插话。

我问：你是当地人吗？

不是。我是洋县人，朱鹮过来了，我就跟了来。

不放心？

也不是。我从小就喜欢鸟，连家养的鸡都喜欢，老婆孩子都在深圳，我一个人在这儿。不为啥，就为喜欢。

他叫唐仕兴，五十四岁，是马兰的师傅，肯定知道得多。就问：朱鹮最怕什么？

除了鹰和蛇，就是人。朱鹮喜欢在大树上栖息筑巢，晚上在树上过夜，白天到稻田、泥地或清洁的溪流觅食。休息时会把长嘴插入背上的羽毛中,任由头上的羽冠在微风中飘动,很潇洒,很有范儿。飞行时头向前伸,脚向后伸,鼓翼缓慢而有力。在地上行走时,步态轻盈,娴雅而矜持。

听说最近从洋县飞来一对?

一雌一雄,我的老乡。朱鹮比人还忠诚,一夫一妻,终生不离不弃。

马兰心细,连朱鹮如何筑巢、哺育都一清二楚。她说:朱鹮的巢平平的,中间稍凹,像一个平端着的盘子。巢由树枝架成,里面垫有玉米秆、蕨叶、细藤和软草。在春季繁殖季节,它们会用嘴不断地啄取从颈部的肌肉中分泌出来的一种色素,涂抹到羽毛上,使头部、颈部、上背和两翅都变成灰黑色。到了九月,灰黑褪去,通体雪白,美若天仙。

刘云弟曾经写过一篇散文,叫《朱鹮态》,文好,题目也好。一个"态"字写活了朱鹮的优雅,朱鹮的神韵。

我们来的不是时候,没有看到野外飞翔的朱鹮,只在大棚外面饱了眼福。有的在地上散步,有的蹲在木杆上养神,长喙,长腿,珠光宝气,雍容华贵,面颊像抹了胭脂,羽毛有如贝壳般饱满。

爱护自己的家园,不要唱高调,无须喊口号,就从尊重一只鸟做起。

踏访一条路

我要走的路早已闻名遐迩,古代的国家级"高速路"子午道。这条古道,首尾都不在宁陕,中间连接地带也就是最重要的一段,绕不过这儿。

出于对古人的景仰,出于对宁陕历史的尊重,我不得不走,哪怕只是一小段儿。

宁陕弯多,弯多就得走弯路。路弯山也弯,河弯水也弯,池河在这里急匆匆绕了大半个弯儿,留下许多耐看的袖珍小品,过一弯就会出现一处美景。

去的地方叫龙王镇，躲在一个弯子里。那儿有庙曰太山，愈加体味到幽邃的古意。下面胭脂坝村的河心有古代留下的桥墩，全长大约七八十米，五墩四跨，是子午道上最大规模的桥梁。年年洪水涨落，岁岁泥石冲刷，岸边的古道早已坍塌，只有人迹罕至的崖壁上，不时可以看到栈道孔洞。仿佛听见石径裂隙间橐橐的武步，残留的征尘。道可以改，路可以断，思想绝不颓圮，总以醒着的眼睛撑起过人的意志。那方方的石孔，圆圆的榫眼，随山势而延伸，有的上面还插着石桩，顽强地舒展，蓄积着远古的足音，是先民刻下的图腾。

见到子午道，就想起古道热肠这个词，热心肠，不虚伪，不张扬。这些羊肠小道，给我的感觉虽是身临荒芜，脚下却自有一片生动。触摸这些千古不朽的省略号，就像王晓群说得那样，有一种与古人对话和握手的感觉。

路上遇一老翁，鹤发童颜，行色匆匆，冒昧上前打问：老人家，要去哪里？

下山打酒。声如洪钟，盖过了谷底的水响。

就想起《宁陕厅志》上的一段记述：予行役关西，尝由汉阴入子午谷，山行崖壁巖巢，林木蓊郁，见水滋二叟，策杖行歌，意似逍遥者，乃揖而问之曰：叟何许人？对曰：山中深究。又问：何能自适如此？一叟对曰：犁田收谷，可供饘粥。酿泉为酒，可留亲友。临野水，看浮云，世事百无闻。一叟对曰：濬池养鱼，灌园艺蔬，教子读书，不识催租吏，不见县大夫，予乃作而谢曰：真太古之民哉！

羡慕古人和沽酒的老翁，我等凡尘俗子，真要弃朝市而隐山林，独享供施，难得做到。

厅志上说：汉魏旧道，通名子午谷，唐杨贵妃嗜生荔枝，缘道置驿，自涪陵至达州趋西乡，路入子午谷，七日至长安，香色不变。

这要牵出一个新名称，荔枝道。又要扯出一个美人，杨贵妃。荔枝道，又叫间道，杨玉环嗜食荔枝，朝廷遂在四川涪陵建优质荔枝园，并修整涪陵至长安的道路，取道达州，从汉中西乡快马入子午谷，至长安不过三日，进呈贵妃的荔枝犹新鲜如初。于是便有了杜牧

"长安回望绣成堆,山顶千门次第开。一骑红尘妃子笑,无人知是荔枝来"的诗句。

翻阅古籍,知庾信、柳宗元、祖咏、孟浩然、王维、岑参、孟郊、杜审言、杜甫、杜牧这些如雷贯耳的人,都在这条道上留下千古不朽的诗文,值得一提的是杜甫的《玄都坛歌寄元逸人》:"故人昔隐东蒙峰,已佩含景苍精龙。故人今居子午谷,独在阴崖结茅屋。屋前太古玄都坛,青石漠漠常风寒。子规夜啼山竹裂,王母昼下云旗翻。知君此计成长往,芝草琅玕日应长。铁锁高垂不可攀,致身福地何萧爽。"诗中所说子午谷、玄都坛,最早都是宁陕境内的古迹。可见这儿的文墨之厚重,底蕴之深邃。可以这样说,子午道是宁陕的一笔宝贵文化遗产,不仅存在过,而且辉煌过,它既是掌故之道,也是诗歌之道,更是一首很长很长的英雄史诗。

风云人物今不在,只留古道唱大风。晚霞里,蜿蜒的子午道一片灿烂,那是历史的微笑。我走的这一段,虽然断断续续,有一截没一截的,却是真迹,具古野气重之感。

在某种时刻,人是需要与现实拉开距离的,我们今天看到的子午道远没有想象的丰富,它的确不是路了,而是一种文化,一种文明,一种精神。

亲近一条河

搭了便车去宁陕县城,稀里糊涂地到了柞水,爬了一座叫黄花岭的大山,还有营盘梁,人就像掉进密林中,入眼的葱翠是鲜湿的,柔润的,没见房舍,也没遇见路人,全是一色的绿,偶有乳白云雾飘过,我们的车和我自己也飘飘欲仙起来。耳边无杂语,山外的纷扰撵不到这儿,浑身似涨满了奇异风致。

有人说我舍近求远,我说只要是宁陕地界就没出格,远虽远矣,远走能高飞,极目可远望。

丝雨微音,林鸟婉转,只消听上两三声,心就静了。下山听到水响,沟怎么盘,路就怎么拐。有人说,到了。前面有一平坝,停满了

车，着橙色救生衣的人跑来跑去。肚子一阵响，饥饿突然来袭，宁陕的空气也能助消化？我命相里缺水，见了水，就像见了命，有人问漂不漂，我说漂，就漂了出去。

蓄了几个小时的水，突然开闸，一泻数米。我这人固执，不爱随大流，只有这次例外。不止是浪起涛涌，简直就是惊天动地，眼看到了波谷浪尖，一下子又一落千丈，人生的大起大落，在这里得到验证。身上几乎被水浇透，是真正的酣畅淋漓。经过这样的惊险刺激，什么样的风浪都不足为奇了。但又有一些遗憾，如果把那样的高潮放在最后，就更让人余兴未尽了。

下雨了，有太阳，就叫太阳雨。天上云，却不厚，坐在船上，我在想，这云不是天上的河吗？这河不是地上的云吗？

宁陕的河不大，却有个性。水小，却从不断流。河多不叫河，叫沟。沟不宽，却让水有力，有了气势。正如厅志所云：诸水虽派小支繁，难通舟楫，比之大江黄河不无差等。而从高而下，瀑布千条，破险而行，奔雷百里，又无殊龙门、禹穴之飞湍、夔峡、瞿塘之怒浪也。

水能载舟，也能覆舟，这里的人绝顶聪明，知道积少成多、聚沙成塔的道理，修一个坝，蓄势待发，顺水推舟，船在水上漂，人在船上漂，人和船都漂而亮之了。这叫变通，变则通，通则活，如果宁陕人是死脑筋，墨守成规，就不可能把沟堵起来，然后一瓢泼出去。虽说是覆水难收，收到的却是大把大把的票子，只要沟不断流，就会不断地泼出去，又不断地收进来。

流泉涤心，晴岚湿衣，杂树遍绿，多旷野意。坐在船上看两岸青山，对水木清华这个词，有了更深的认知。想笔绕云烟，一时无词，只好连用四个"真"字：水真多，草真繁，树真绿，天真蓝。

旁边的船超过了我们，一瓢冷水泼来，正好灌进嘴里，并没消减意志，反倒觉得这带着翠微之气的山溪，是可以清心的啊！我踏入这一溪鲜碧中，怀的就是这种心情，追寻的也是这样的需求。

还没到水的尽头，就叫我们上岸，陌生的面孔觑着坏笑，在前面等着，手中拿着水盆、水枪，只喊快些，等不及的样子。这就像古代人打仗，击鼓叫阵，明枪明箭，有本事的就拢来。明枪也不容易躲啊，我们真不想靠近，不去又上不了岸，只好让口音驳杂的人尽兴，一阵混乱过后，满身满耳都灌了水。这就叫亲水之旅吧，碧水留痕，深深浅浅，清清凉凉，然而却很轻柔，像丝绸一般从臂弯里脸颊上一跃而过了，我还是我，水还原于水，谁也没有得到，谁好像都有收获。

看过资料，才知道这是陕西境内首家采用的蓄水漂流项目，也是我国目前海拔最高的漂流点。就凭这两"最"，就该叫不虚此行了。

我要去县城，说是得走蒿沟。《尔雅》上说，水注谷曰沟。白蒿，米儿蒿，都是童年果腹的好东西。蒿字拆开，就是高草，人有高人，草有高草，人和草不离不弃。草边有沟，沟里有水，水上能漂，漂出一条真正的河流，不仅仅在我们的视野之内，也日夜奔腾在我们体内成为一种能量和精神。

漂流船虽然上了岸，心却不肯歇泊。坐在车上，我在想，现在有许多人都在写怀念河流的文章，写流淌着记忆的河流，那是一种无奈。宁陕的河是真实的，是摸得着看得见的，是能找到儿时情趣的，是能返老还童的。心之净，境之清，水之湄，潭之鉴。这些从秦岭里流淌出来的河，不仅逗人喜欢，还可作终身托付。

参悟一棵树

同行的阮杰弟见我在火镰砭街上瞻前顾后，问这问那，不停地拍照，叫我不要急，等到龙王镇吃中午饭时，给我讲火镰砭的来历。

进得一家面馆，非常凉爽，以为是空调呢，原来是自然风。阮杰喝了一口茶，说：还记得我们刚才下来，过吊桥去看虽然残破却古风犹存的柳家铺子吧，那儿从前有一位与你同姓的端公，人称黄老先生。据说，这人神通广大，尤其能降妖捉怪，哪家闹鬼，只要他到场，就会捉住封进罐子，埋在对面的古栎树下。

火镰砭上有个火镰洞，洞有九门七十二拐，藏着一伙儿老鼠精，每天天黑，就要出来兴妖作怪。最近一段时间，五更点卯时，总要少几个，这可急坏了老妖精，一打听，才晓得被黄老先生一个个封进了禁罐。老妖精气得咬牙切齿，发誓要报这个仇。一天，听说黄老先生在胭脂坝替人降妖镇怪，便差一个精明的小鼠精，变成年轻后生，前去请老先生"入瓮"。变成人的小鼠精参见黄老先生：我家大人着魔病重，万望老先生高抬贵步，到舍下救治。正要收拾前行，小鼠精又补一句：我家大人遇魔后奄奄一息，最怕惊吓，就不必带令牌了。黄老先生眉头一皱，趁其不备，将令牌拢在袖子里，翻过几座大山，过了几条大河，来到一座庄园前。"沙河黄老先生到！"两扇大门呼啦一声开了，四个尖嘴长须矮汉侍立两旁。九道石门，每道门前都有尖嘴矮汉把守。每进一道门，身后就传来嘭的一声响，老先生心里暗想：今天怕是碰到对头了！当他走完九重门，前面出现一座大堂，上坐一位尖嘴长牙、须发全白的老头，左右排列的都跟把门的差不多。白发老者开口道：来人可是沙河黄老先生？在下正是。老妖嘿嘿几声冷笑：好个黄老先生，没想到，你也有今日呢，你害死了我多少孩子？老先生头都未抬：我记到的，才九十九只，差一只才能满百！气得老妖大叫一声：左右，快给我拿下，剥皮挖肉，解我心头之恨！两边吱的一声，全扑了上来。黄老先生将手一挡：且慢，死之前想讨碗凉水解渴。老妖一挥手：小的们，就给他一碗，看他还能怎的？老先生接过来一饮而尽，抹了把嘴，右手取出令牌，喷出一道五昧真火，烧开九重门，一溜烟似的跑了出去。回头一看，哪里有庄园？只见洞内烈火熊熊，腾起冲天烟柱，随着轰的一声巨响，石洞顿时夷为平地。

从那以后，人们就把这块地方叫火镰砭，也真邪门，这里的土地就比别处颜色红些，当地百姓说，是黄老先生的五昧真火烧的。

火镰砭街上的老房子还在，有些已无人居住，显得斑驳破败，裸露的土坯还真带红色，心里暗暗称奇。我在墙垛上拍到一幅垂钓图，鱼已上钩，正用鱼篓去接，钓者头戴斗笠，美髯长须，身靠一棵大树，悠然自得的样子。

过桥，指示牌上说是绿烟沟，古树调查表上说的是中华村。路里有上坡小道，沿路挂满了红布，像新店开张的贺幛。山道泥阶，绿肥红瘦，有一种说不出的静。进一小屋，便是简易山门，一男一女两位长者，以为我们是香客，忙不迭地出门相迎，两家都供奉的铁大仙，让我们有些不知所措。我们说不敬神，只敬树，汉子忙上树搭红，以证明此处的香火旺盛。女的却说她是正宗，曾拜过老姆台，有了一个"妙青"的法号，并说丈夫是道师，会绘画，可惜眼睛看不见了。

汉子叫陈开地，六十七岁，我问可知道火镰砭的来历，他说那砭是弯月形，很像过去抽烟用的火镰片子，加上附近的火镰沟、火镰寨，这名就传开了。

绕树三圈，没见一个禁罐，树上却挂满了祈福的红布条。我折了一枝细看，上面结了果实，像我家乡栓皮树上的橡子果儿。看叶和树干，又像南宫山上的铁坚杉，只是叶边没有长刺。小小叶片在阳光下更显得油绿，美如鸟羽，虽然躯干不高，四肢却很发达，一枝一叶，皆为不俗。

陪同的田宁朝告诉我：此树叫尖叶栎，别名铁甲树，壳斗科，栎属，树高十七米，树冠直径东西宽二十二米，南北宽二十一米，在宁陕的编号为348号，树龄估测为一千岁。

仰望古树，冠顶葱茏茂密，觉得头顶那些枝叶之上，可否就是一片历史的天空？古树作为一个地域富有生命力的"纪念碑"，与当地风土人情、乡土文化融为一体。一千多年了，看不出一点儿沧桑之感、龙钟之态。树绿，坡绿，空气也绿，就连小地名也叫绿烟呢。绿得霸道，绿得慷慨，绿得太不给别的色彩留些面子。

千载难相逢，一身浩然气。我虽然不再年轻，但对这样高大的古树，仰止却不惊畏。我可以从山坡上去，与其比肩。人和树比，永远是小子辈。一树越千载，仍然顽健。人不过百年，犹如一瞬，真正是不堪一想的哟！不愿意让心灵朽去的人，多来参悟这样的老树才对。

都知道的，经过大炼钢铁，小民尚自危，山木何以堪？这棵树能存世，算是奇迹。

餐霞饮露，气度不凡，静沐万古的清气。想起两句五言：乱峰临宿霭，古木认前朝。这棵树一定见证过子午道上的繁忙，还有快马送达荔枝的马蹄嘚嘚。大老远地跑来参拜，也算是一种缘分，更是一种敬重。树是最好的朋友，一年四季，春夏秋冬，始终在那儿，等你来，也送你去。我算到过一些地方，但从未见过如此古老挺拔的大树，世上能和时间抗衡的生命，唯有千年古树。古树是文物，是瑰宝，是古董，是活着的档案，是苍天的杰作，是有生命的地方志，是不可再生的资源，更是旅游胜地独特的风景。

我对古木向来怀着一种敬重感，总觉得它沉默在这世上，经过大自然千百年的风霜雨雪的洗礼，顽强的生命里便被赋予了神圣的旨意。它静观着世间的更迭，守望着人类的变迁。它不言语，所有的故事都装在树干的年轮里。

古树与其说是树，还不如说是一部史书，其枝干和树皮都遗存着历史的印记。

古树与其说是树，还不如说是一段故事，一部传说，有着道不完的精彩和受用不尽的文化。

这才是铁骨铮铮伟男儿呢！

这才够得上是山林之尊呢！

2012年8月14~21日记于宁陕，8月27日草成于岚皋。本文获"皇冠朝阳杯"有奖征集大赛小说散文类一等奖，部分章节曾被《安康日报》选用。

香溪溢香

清明节后不久，得半日之闲，在安康文友周邦基、张胜利的撺掇下，信步游了一回香溪洞。

周先生是探究地方文化的雅士，他告诉我，此地离市区七里许，清幽闲逸，传为吕祖参禅修道之所。初在苍崖峭壁之上凿有一洞，洞前有溪长而狭。两岸芸藤枝条交错，花朵洁白，奇香无比，里人俗称七里香。故溪曰香溪，洞曰香溪洞。

张先生也不示弱，如数家珍：前面就是三道门，第一座旧有石匾为"渐入佳境"，两旁各有小庙，供奉着王、赵二灵官，是山门的护法神，专司人间天上纠察之职；第二座为"洞天福地"，旁有供奉本方山神的山神庙，是此山的守山神；第三座为"去天尺五"，旁亦有庙，供奉庙神土地，是圣地的值守。周先生补一句：走入山门，便是跳出"三界"之外。我想：跳出"三界"又如何？最终还得回到原地。

我们沿着蜿蜒曲折的山间小径在树林中穿行，一抹抹，一处处，一片片，山岚处碧绿的朦胧，向阳处翠绿的明艳，背阴处青绿的深邃，都从门洞内自由溢出，只觉满目鲜碧，奇香无比。一步步，一程程，都是含香的诗，有声的画，带韵的歌。氤氲中，连鸟儿的应和，蝉的鸣叫，都是一点一滴的，涂满暮春的绿意。

最精彩的地方有人护着，把门的有眼水，把我们真当本土文人了，摆摆手让免费进去。我始终认为，游也好，玩也罢，取决的不在

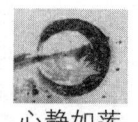

风景多么著名,而是心情。心情一好,步步是景,见什么都入心,看什么都顺眼。

香溪洞,这名儿多精致啊!三个中国汉字字字珠玑,个个不凡,搭配在一块儿就是真正的大雅大俗。溪入画,更入诗,在这方面,古人比我们会玩儿的多,最有名的应该是辛弃疾的"春在溪头荠菜花"了。尽管现在溪流已是"当年明月",毕竟它流淌过,甘美过,润泽过,在当地百姓梦中永远是一挂碧泉啊!洞就更玄妙了,隐居,修炼,吞云吐雾,进退自如,可以洞鉴凡情,也可以别有洞天,这也难怪,神仙住的地方嘛!尤其是这香字,可算是龙之睛文之眼了,溪已断流,洞不是谁都可以进的,只有这香是布衣的,大众的,普通百姓的,谁都可以嗅,谁都能闻到,拦都拦不住,扑也扑不灭。

一阵清风拂来,我闻到了一种异香。那是一种特殊的香味儿,一种带有野性的气体,铺天盖地,浓而不艳,馥而不腻,卷走疲惫,温暖倦怠,熏亮阴沉,明目醒脑,精神大振。

有香就有花。我最熟悉的是桐籽花,暗白,素朴,不艳乍,不疯张,就像家教很严的乡下女子。桐籽树对我有恩,穷困潦倒时捡果实换钱度过饥荒,上学路上吃过用阔叶包裹的浆粑馍,郁闷的日子里曾靠在树身上偷看过花开花谢。难忘的是我的第一封写给女同学的信,邮递员等在屋里,怎么也找不到用啥封口,情急之下想到青桐籽,摘下一枚用刀割开,借清油似的汁液用来封口。到现在我也没好问,到底粘住没有,开口也不怕,那个年月,写的都是革命化语言,别人看不出名堂。

更多的是雪白的刺花,花朵繁密,阵容豪华,香味儿挺大,老远就能闻到。听同行的文友讲,这花属蔷薇科植物,生命力极强,早些年政府动员铲除,费了很大的劲儿也没断种,反而越铲越繁密,"罚"不责众,只好放任自流。现在气势正盛,不说花海,也算花瀑,当地人给它起了一个好听的名字——七里香。七里花香,香飘七里,算不上安康市的市花,也能算是香溪洞的洞花。

话一投机,脚步轻松,三道门、七仙树、八洞天、九同根转瞬即过，脑子里盘踞的全是那些知名的和不知名的白色山花。突然眼前一亮，有紫气东来之感，万白丛中一点紫，张先生说是紫藤开花。走近仔细辨认，好熟悉啊！我脱口而出：紫香槐！原来这花曾印制在《家在岚皋》的封面上，我的这本书是作为紫香槐散文丛书出版的，真有他乡遇故知之感。紫香槐是西北大学现代学院的院花，七里香是香溪洞的洞花（我封的），强强联手，花花世界，洞天福地，香远益清。

闻已毕而香愈浓，观犹尽而意未穷。湿湿的泥香，淡淡的花香，幽幽的草木香，晕晕的游人体香……一切都让人只想静下来，慢下来，消停下来，除了享受，还是享受，享受这难得的好时光啊！

2009 年 4 月 18 日

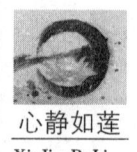

石泉出幽峡

游完石泉县中坝大峡谷之后我就想，小地方，小景致，小家碧玉，多好，何必称大。大宁河的峡谷比我们大吧，却叫小三峡。小三峡的支峡比我们狭吧，却叫小小三峡。就像做人，你越小心，走得越稳；你越低调，别人反要高看。我问过一位披蓑戴笠的老农，他说么子峡谷，就是鱼洞沟呗！

鱼洞沟，这名儿多实在，多纯朴，就像爹妈起的小名，充盈着浓浓的奶香味儿。我曾在张家界的金鞭溪和重庆的黑山谷游览，不是太长，就是太宽，你不能拢身，无法亲近。鱼洞峡水不深，石不大，峡不宽，天际一线，平平仄仄，曲曲弯弯，适合我的口味和脚力。与河水同路，与峡谷同行，不见外，不生分，赏之，叹之，甚或是抚摸之，动手动脚之，物我一体，相携相伴，风雨兼程，这就是人与自然的和谐相处，就是彼此看重的礼敬尊崇。

几乎听不见别的声音，只有淙淙流水声和鸟儿的啼鸣声。潭不多，颜色却特别，像我小时候穿过的阴丹士林汗褂，又像妈妈回娘家爱提的印花布包袱。水中的黑色小鱼儿和小蝌蚪，自由自在地窜来窜去，悠闲而紧张。还有一些不知名的小水鸟，冷不丁地从水面划过，速度快极，射箭一般。

好大一挂流泉，像排箫，似竖琴，如同倒了个儿的音乐喷泉，溅起的水雾直朝脸上扑，顿时就有了洗心革面的感觉。在儿童眼中，这就是花果山的洞中水帘。在年轻人眼中，这就是琼瑶笔下的一帘幽梦。在我的眼中,能与慈禧老佛爷比个高下,她能垂帘听政,我们就不能垂帘听泉?

  峡谷两边的植物很可爱,在没有土壤、没有生存空间的情况下,仍然枝繁叶茂,把根须紧紧地抠进岩缝中,即便不能站直身子,斜着也要生,倒着也能长。我钦佩建设者们的细心,修凿台阶或栈道,一棵树一根藤一棵草尽可能地不去打扰,不去伤害,他们知道,那可是我们的长辈,比老先人还老先人。

  崖壁黑黑的,树草青青的,小雨细细的,空气湿湿的,微风爽爽的,会上发的伞都不使用,挂在腰间,晃来晃去,像一根防身警棍。雨儿轻言细语,润物无声,在我们发际脸上轻轻点染,免费做人体彩绘。不时有雾飘来,将我们一网打尽,或是不紧不慢地尾随,你走它也走,你停它也停,就是吼上一嗓子,它也毫不退让,这像一个顽皮的孩子。云是天上的花,雾是峡吹的气。这才是神仙待的地方,飘飘忽忽的烟雨,曲曲折折的小径,摇摇摆摆的绳桥,这种幽静超乎寻常,是一种自然的天籁,心身不由得要为之一洗。不知不觉中,我们一行长长的队伍,就被雨雾和翠色包裹住了,耳畔淙淙溪流之声不绝于耳,时有涌泉从路边的石隙中溢出,真想遇到一位大仙,那时我会问:在这样一个美丽的所在,我等凡夫俗子究竟与你差别多大?把心放下,把世俗放下,便可达到天人合一的妙境,这时候,就有点儿看山不是山、看水不是水、看峡不是峡的样子。

  眼前的天地虽然狭隘,心态是平和宽慰的,心志是超然物外的,心胸是坦然自若的。回程中等橡皮筏子,有躲雨的地方也不躲,有休息的凳子也不坐,站着,蹲着,靠着,镇定自若,不急不躁,一种"不知有汉,无论魏晋"的闲散。走了一个多小时,满眼满心都是熟悉的物事,仿佛一下子回到了童年,我老家草鞋垭也有一个叫鱼洞沟的地方,沿着学堂外面的小溪而上,就会找到那个神秘之所。洞中的泉鱼很多,随便拿一物都会舀几条。涨水时,大人就会用筛子、竹篮、箩筐、撮箕、柳簸捕捞,多少都会有所收获。心灵深处突然洞开一条通往从前的沟谷或是小径,找回故乡是不容易的,捡拾童年就更

难了，需要缘分，得有修养，还要有一个特定的场合轻轻开启。这里完全可作精神短暂停留处，憩息地，重要的是可以叫被尘嚣搞累了的心真正安静下来。浊气出，清气生，能将心安妥，这地方就不俗，就不枉到此一游。

嘻嘻！游兴未尽，凑五言数句：石泉出幽峡，幽峡美似画，画中人影动，人动锦添花。出得幽谷后，拾得柴一把，煮沸壶中泉，品茗话桑麻。

独步华山

路途迢迢，行者寂寂，追寻雪一样清纯的境地，仿佛世上所有的喧嚣和浮躁便了去无踪。一个人行走在严冬的华山，且走的又是"自古华山一条路"，令许多人惊讶。独步游踪，当今能下此决心的不多，不是老夫要发少年狂，而是让自己的心安静一会儿。我这个人固执，一条道走到黑的主儿，不过，只要你铁了心要走，就没有人挡住你的脚步。

进得沟来，小溪若丝，在石隙里织来织去，一条古老的"石鱼"卧在那儿，连肚皮都没打湿，定睛一看，真够古的，上面竟有"光绪十六年六月六日"字样。复前行，岩壁上有陈抟手书"寿"字，像老翁拄杖而行，神采奕奕，活灵活现。华山的石头，哪一个都很安静，哪一个都在不朽，真叫不寿而寿。风声，鸟鸣，水响，自己的脚步声，声声入耳。后面有游客追上来，手机播放着音乐，见我不时停下来记点儿什么，就把手机关了。聆听大自然的天籁之音，比什么音乐都纯，都美。

前面是灵官殿，不知卦灵不灵？说得不错，这官却是要灵醒人当的。大门紧锁，只有门前的旗幡在招手致意。墙皮脱落，色古拙朴，瓦缝积雪循规蹈矩，井井有条。紧走几步，"五里关"三个大字赫然在目，心情放松，脚步轻松，不知不觉走了五里。没人把关，破门而入，如入无人之境，这样的关谁都能闯。

"青云洞天"有人伐薪，想进去围炉取暖，刚到门边又退了出来，听说前面还有慈航殿、药王洞、毛女洞、通仙观、九天宫、群仙观，

庙太多,不知道该拜哪路神仙。华山的博大,华山的包容,让人由衷地敬佩。门洞一扇扇闭合,心扉一扇扇打开。

匆匆而行,裂石为峡,瀑止冰凝,望之生寒。谷中卧一巨石,上凿"飞驾莲峰"四字,没有门孔,却有方窗,这决非一孔之见,而是慧眼独具。过石门便是"英雄回首处",我不是英雄,自然就没有回头再多看一眼。溪泉边有老妪在石头上搓衣,旁边放着木槌,就想起婆在我们小的时候捣衣的情景。我喊一声:老人家,冷不?她抬起沧桑却又红扑扑冒着热气的脸:心装善念,手上不冷。了不得,真叫不凡,华山的一介布衣出口就是哲思妙语。正惊愕间,她又补一句:顺风顺水,施主走好!谢过之后就想,她才是真正的施主,一句话的施舍,会让我受用半生。环顾四周,没见庙堂,要不真要烧一炷高香了。

气以景爽,心由境悦。拾级而上,步态轻盈。时走时停,举足信步,在响水石下听了一会儿水响,哗啦哗啦,叮咚叮咚,泉声水韵,曲乐贯耳。仔细辨识,原来是水的回声,真正叫洗耳恭听着呢。儿时在山上放牧,牛哞一声,山应一声;我喊一声,山答一句,有趣至极。见四下无人,便大喊大叫了几声,以壮行色,奇的是并无自己的回声,听到的仍然是水的回声。听水响是一回事,听水的回声又是一回事。山有水则活,无水则枯。在华山能听到水的回声,不是滴水观音,也是梵音入耳,真叫耳福不浅也!

到了青柯坪,青松挺拔,非常提神。残垣内的方形高柱,砌工考究,与松比肩,不知做过何种用途?九天宫华彩毕现,可惜是现代建筑,侧边有一唐槐,树龄一千有三,真够高寿的,是树中长老,是树们的老先人呢。

终于看到回心石了,我就是冲着这石来的,因为我是犟人,认准了就一往无前,决不回心转意。这石太普通了,也不怎么顺眼,跟其他华山石并无区别,倒是"心平路平"四字,够人回味好一阵子的。不慎将钢笔掉进雪地,说时迟那时快,一只白猫蹿上来一口衔走,以为是一根袖珍火腿肠呢!路边有一佛龛,里面空无一物,趁歇息时捏了一座雪佛,小心翼翼请进洞观,双手合十,毕恭毕敬。雪迟早要化，不怕，佛本来就来无踪，去无影，只当雪佛云游去了。

继续上山，路越来越窄，越来越陡，天空也越高越明，怪不得叫我们"回心"呢。千尺幢像一堵墙，竖在鼻子尖上，出气都能打回到自己脸上。石阶不足巴掌宽，只能踮一下脚掌，迅速上步，随即发出金属的响声，如踩在音阶上，踏在琴键上。千尺幢好静好静，我的胆子好小好小！往下一望，两腿发软，心怦怦直跳，紧拽冰冷的铁索不放，人本能地上移，似乎是从石缝挤出。

上了平台，气未缓过，眼前又是百尺峡。百尺竿头，更进一步，话好说，行动起来谈何容易！好在有阳光从山头斜射下来，被积雪反衬，景物顿时阳刚健朗，暖意盈怀，背靠岩石边晒太阳边读"向善心自稳，无恶道行宽"。人之初，性本善，人活一世，无论干什么，你的那颗善良的心，不仅能使别人受益，也会使自己受益。就像这道行很深的华山，善良必须是出自本然，发自内心，装是装不出来的。面临危崖，凝神远眺，美哉华山，善哉华山，渺小如草芥的我，此时自有一番胸襟，就问：我这算不算独善其身呢？

千尺为势，百尺为形，人的眼界还是高点儿好。前面是老君犁沟，感谢太上老君，驾驭青牛，在这里犁出一条沟来，要不只能打道回府了。有人说，风光的背后，不是沧桑就是肮脏。华山不是这样，华山很干净。游人换了一茬又一茬，可积雪不老，阳光不老，脚下的台阶也不太老。华山虽然只有一条路，但这条路曲折，艰险，重要的是走不错，误入不了歧途。我想，一个人的一生终将会记住一条路，但不能使一条路记住一个人的一生，也许对我来说，走一回险路可以，走熟一条路并且走到路的尽头，是件很不容易的事。

人不是自然之灵，也不是万物之主，要学会敬畏自然，礼敬苍山。陡然听到一阵喧哗，转过峰峦，北峰就在眼前。不想再往前走了，好歹算是站在华山肩头，不敢与其比肩，就想感受一下名山肩头的分量，自己也学会多一点儿责任和担当吧。朗朗乾坤下，真正视野独到者，只巍然北峰也！此时此刻，我心如旷野，无限大，并且辽阔。

2011年1月18日

心静如莲
XinJingRuLian

哈尔滨看云

在哈尔滨,别人多是低头疾步,我却是款款望天,并不是眼高手低,目空一切,而是因为这儿最吸引我的,除了某些俄罗斯情调,就是天上的白云。

哈尔滨的云,色彩出奇地单调,雪白雪白的,没有丁点儿杂质,蓬蓬松松的云团、云朵、云块、云絮子,美得那么单纯,那么目明眼亮。我们的运气好,随便选个日子,并且是一大家人,就碰上了一天的晴朗,衬着蔚蓝的天空和明媚的阳光,光景异常动人,就像一位绝色美人,目光所及都是饱满的明亮。白色底子透着丝丝缕缕深深浅浅的灰蓝,漫天遍地逼过来,给人的感觉竟是轻飘飘的,软绵绵的,丝毫不觉压抑。

中央大街的每一块砖,古朴厚重,沧桑满脸,真不忍心再踏几脚。据说,自建成以后一百多年从未翻修过,这让爱折腾的人汗颜,也让我肃然起敬。脚踏实地,就会眼界高远,我的目光不由得被大捧大捧的白云吸引,那是层层叠叠累累堆堆的云朵,夹杂在一起,拥挤在一起,飘移有序,并不凌乱,依旧是简洁的白,素朴的白,得体的白。云堆上方的缺口,金色阳光点燃一只角,灼灼地,高高地,在某一瞬间真的让人相信有天堂。

天蓝得有些不像话,也没有来由,总之是无法形容,让我语屈词穷。脖子望酸之时,想到一句话:像一幅巨型俄罗斯油画。天地都很干净,也很平静,就像游人的步态,行色并不匆匆,悠闲自在,从容不迫。

　　对面就是太阳岛,太阳正大,懒得走近,就坐在松花江堤上看水,看风,看云,看人,享受难得的宁静。好大的一片白云,编着队呢,头朝着一个方向飞翔,像极了白天鹅,不由得要想到那个著名的舞蹈《天鹅湖》。

　　我不想知道教堂的历史,也不问圣·索菲亚是谁,只对这巍峨壮观、精妙绝伦的建筑肃然起敬。成群结队的鸽子,在我们身边飞来飞去,画出一道道炫目的弧,措手不及的同时有些眼花缭乱。妻子女儿买了鸽食,随意抛撒,就会引来活蹦乱跳的"白云",或落肩头,或停臂膀,或在巴掌上盘旋,或在胸前抖翅。就在此时,一群妙龄女子走来,步履款款,仪表婷婷,用惊艳形容似还不足。在哈尔滨,我才真正理解美女如云这个词,不仅仅是美女众多,而且纯净优雅,鲜亮无比。胡乱拍了几张照片,美女们再美,在我们眼中,也只是一种背景,一种衬托。

　　我们在马迭尔餐馆吃了著名的冰棍,喝了可口的酸奶。又到华梅西餐厅吃了牛排、面包、沙拉、奶酪。凉爽的同时,念念不忘的还是天上奇特的云。我似乎着了迷,一看到白颜色,就以为是云,吃到嘴里了,还在想哈尔滨的云是不是甜的?

　　云彩再夺目,也乱不了我的方寸,迷惑不了我的清醒,我只不过是一位懂得欣赏的匆匆过客,晓得尊重文化的小小书生。不得不道别,不得不离开。此时的心情,如同徐志摩的诗:轻轻地你走了,正如你轻轻地来。我挥一挥衣袖,不带走一片云彩。

2013 年 4 月 29 日

牡丹是条江

女儿牵线，我们搭了牡丹江的亲家，于是就有了这次北国之行。

一条江，取个牡丹的名字，总觉得有点儿香艳。女婿说，牡丹江是松花江上最大支流之一，牡丹在满语中称为"穆丹乌拉"，"穆丹"为曲曲弯弯之意，"乌拉"为江之意。就是说，牡丹江即弯弯曲曲的江。江不曲折就不叫江，江不弯弯就没有诗意。这条江上的某个支流曾经上演了一曲抗日史诗"八女投江"的故事。因此，这条江应该叫英雄的江，这朵"牡丹"就是英雄花。

我不可能游览全程，只在有"八女投江"塑像附近的江边走了几次，江水并不清亮，没有波涛，也不喧哗，就像这里晨练的市民，不急躁，很平静，气定神闲，悠然自得。附近的菜市场很红火，摊子铺得老长老长，曲曲折折，弯弯拐拐，像身后的那条江。人声鼎沸，"江河"泛滥，一派繁盛景象。松茸、蘑菇随处可见，灵芝、人参屡见不鲜。有一种水果很稀奇，名字也特别，叫"姑妞儿"，我们干脆叫成姑娘，自带了包装，害羞似的躲在"灯笼"里。果实不大，拇指蛋蛋似的，丢进嘴里，板牙轻叩，扑哧作声，那滋味儿真叫清爽，微甜，有乳香扑鼻。不时还有小吃摊点，就要了玉米面发酵后做的酸汤子，有点儿像陕南的浆水面鱼，轧饸饹似的直往开水锅里摇。一会儿就飘了起来，舀到碗里，金光灿灿，调上韭菜芫荽，滑溜爽口，肺腑熨帖。

亲家住的小区叫月牙湖，我曾在有月亮的晚上沿湖散过步，天上一个月牙，地上一个月牙，我在月牙之间享用着辉煌的灯火。月牙又像是一个括弧，我是中间的注解。我是一个简单的人，因而注解自然简洁。月牙又像是一只瞳孔，我是里面的瞳仁，只是不会点睛之笔，多为一孔之见。

想看山，在远处横陈着，像一堵矮墙，或是篱笆。那就不叫山，充其量是丘。当地人还是叫北山，节假日会有许多兴致勃勃的人去攀爬。山不在高，有故事就好，那里有许多可歌可泣的惨烈，日本鬼子的炮楼狰狞着，暗道张着血盆大口，地堡仍在气势汹汹。牡丹江抗日战争暨爱国自卫战争殉难烈士纪念碑，在英雄的土地上巍然屹立着，谁都不敢轻视，要看也得仰视，也得肃然起敬。北山矮得可爱，矮得恰到好处。矮是一种低调，矮是让别人高大，矮能衬托有纪念意义的东西崇高。

最早知道牡丹江，是从《林海雪原》的小说里，那些故事就发生在海林市。火车路过天已黑尽，眼睛睁得老大也没看清，听说还有神河庙、杨子荣纪念馆、威虎山影视城，这些耳熟能详的名字太让人向往了。当然，现如今最最有名的还数镜泊湖了，听说是枯水季节，面容憔悴，就不打算看这迟暮的美人了。

这儿的大米很好吃，最金贵的是从火山玄武岩石板地上生长出来的，叫响水大米，不说吃，光听这名儿，脆崩崩，响当当。我很想到田野去看看，亲家乡下已没有亲戚，只能在归途的火车上看正在收割的稻田。火车上看，匆匆一瞥，一目十行，跑马观花，白桦林、黄金稻、绿松柏、红野果、青豆角，是这个季节的主色调。这才叫大地呢，地大，人稀，土厚，水旺，疯长着养人的五谷，传承着民以食为天的国风。山矮，房屋也不高，多是一层小院，不显山，不露水，殷实着和颜悦色的日子。烟囱比门多，这些家的鼻孔，多些好透气。太阳刚落山，一层层雾纱就笼而罩之，村屯顿时柔软起来，以为是江南水乡呢。揉揉劳累多时的双眼，才回过神儿来，车轮下还是东北大地。

牡丹不是花，而是一条江。江山如此多娇，牡丹无比艳丽。江山如画，牡丹如诗，加上还有扯不断的亲情，就该叫作天伦之乐、赏心之旅了。

壶口势若虹

　　一个平凡的日子，一个平凡的汉子，从陕南来到陕北，专程要看一眼不凡的黄河壶口。

　　像一壶刚沏出的热茶，浓酽得有些黏稠，老远就闻到一股浓烈的泥土气息，雪白的衬衫上一会儿就印证了斑斑点点的记忆。古人折腰不为五斗米，我却要为这痛快淋漓的一"口"而鞠躬。

　　四百米的河床打着绑腿，一层层地裸露，一层层地束紧，一下子就收为四十米，成了花束的扎带，成了美人的细腰。黄河水此时不时地一声吼唱，鼓荡着一种雄健，这流线型不是柔弱，不是细软，而是粗犷的张力，处处挥洒着泱泱大气的君子之风。

　　咆哮着，吼唱着，狰狞着，仿佛男子汉的喉结在一起一伏，是要酝酿出更大的壮喝吗？是要吼一声高八度的信天游吗？排山倒海，挟雷携电，滔天接地，似敲响了黄钟大吕，不由得要想起岳飞的"怒发冲冠，凭栏处，潇潇雨歇"。这才叫：黄河水流长，壶中乾坤大。

　　高声大气，有一种磁力，有一种穿透力，令女孩儿想入非非心动不已，令男孩儿热血沸腾精神为之大振。壶口不大，口气却不小，气势如虹，膂力如山，百吨万斤只在吞吐之间。是谁推倒了这壶，一泻千里，发而难收，成为一条不见首尾的金色巨蟒。

　　哪壶不开偏提哪壶，一片冰心不在玉壶却放进了铜质的壶口，悬壶济世更多的是警世医治疲惫软骨之症，雅歌投壶无酒也乐，才是达观处世之态。

脚下是陕西宜川，对面是山西吉县，一宜一吉，大吉大利，永结秦晋之好。过去行船至此都要拖船上岸，怕烫似的抬着绕"壶"而行，船载了人，人又负载着船，物人颠倒思维，主仆换位思考，古书所载"河里冒烟，旱地行船"便是生动写照。

裂坚石而凿窝，飞劲雾而运气，从容，大度，勇猛，虎啸龙吟搅得周天寒彻，铁流千里威震莽原长天。吞吐自如，收放得体，威武不屈，羁绊难挡，"武死战，文死谏"，堂堂我中华儿男！遒劲如风，犀利似剑，蔑视屈膝媚俗，鄙视道貌岸然，有一种无畏的大气，一种前所未有的感召。宽而不泛，窄而不吝，宽有宽的恢宏，窄有窄的气度，散兵游勇收编成猛浪先锋，匹夫之勇一跃而成冲锋陷阵的钢铁战士，仿佛是如来的魔掌，将万斛激流捧玩于股掌之中。何须一掌？只要两指之间的缝隙便能游刃有余。而黄河之水从天而降，发声怒吼，如齐天大圣一跃而跳出佛掌，挟一川豪迈之情，裹两岸清纯之风，豁达从容，潇洒大度，扬长而去，义无反顾。面对厚重的黄土，面对坚硬的岩石，表情是一往无前的执拗，在无路可走的地方，生生地用自己的牙齿咬出一条路来。乱石穿穿，怒涛跌宕，蛰雷盈耳，绝路夺生，令人如观浩浩战阵，如奇兵左冲右突，于重重围困中撕开一条缺口，杀出一条血路。两岸青山欣赏着这难忘的一幕，左右垿石高唱着这传世的经典。这是英雄史诗，这是英雄交响曲，这是与炎黄子孙同宗同源同一肤色的黄色质地。大浪淘沙，泥沙俱下，淘不尽的是千古雄风万世师表。天下黄河一壶收，天下所有男子汉的阳刚之气亦被一壶尽收。

险峰深壑，挡不住历史演进的訇然脚步，栅栏藩篱不堪一击，顷刻瓦解。以前仆后继的悲壮铺垫出人间独有的辉煌，是理念和意志，智慧和力量的大集结、大冲撞、大突围，成为凝聚磅礴高迈的不朽灵魂，成为与旗帜和国歌等值的顶天脊梁。

呜呼，千里黄河一壶收尽，收不尽的是这拔地擎天的浩然正气！

不是所有的人都能成为英雄，而是人人都可以在大是大非上尽显力贯长虹的英雄气概。

（原载 2012 年 4 月 20 日《西安石油大学报》）

闲走九江堤

来九江数日,没去庐山,也没看长江,得半日之闲,坐公交到水厂下车,信步江堤,左顾右盼,东张西望,有一种朗阔释怀的感觉。

有水滋养真好哇!植物一到这儿就长得兴旺,茂盛得叫我有些不知所措。棕榈我老家有,这里的叶片宽大,有如古人能装清风的衣袖,静若处子,无一刀割痕迹,反倒不美,下半截像杵,更像一段枯木。铁树大如蓬荜,能藏匿数人,花开先黄后白,如帚似刷,稍一动弹就纷纷扬扬,如我母亲在筛苞谷糁儿。难得的是人少,见石阶干净,就坐下来小憩,太阳正烈,心却冷静,原来有铁树摇风打扇。我就想到铁扇公主,其实,传说中的有些妖怪丽狐,不仅媚人,还很可爱。

堤壁上有人刻字,读了一段,觉得尚可,就记了几句:万里长江,千古奔流,及至浔阳江头,波澜壮阔,流分九派。匡山如柱,浔水似练,烟云若画。纳九川以成其大,经百炼而达其昌。我抄了两句有"九"的句子,目的很明显,想是与九江这个名称有些瓜葛。

江边有一钓者,把黑衣顶到头上,一动不动,修行般静守,像黑衣教主。我想问问九江的来历,问一路过的年轻人,摇头不知。钓者从黑衣里钻出来:咋不问我?我是市志办退休的呀!我说想问,怕惊动了您的钓兴。他说,九江称谓的来历有两种,一是"九"为古人认为的最大数字,九江之意是"众水汇集的地方","九"是虚指;二是"以为湖汉九水,即赣江水、鄱水、余水、修水、淦水、盱水、蜀水、南水、彭水入彭蠡泽也",即九条江河汇集的地方,"九"是实指。我一边称谢，一边竖起拇指：一个地名都做到了虚实结合，厉害！一条江就够大的了，九条江水汇聚，这是多大的气势啊！他显得很得意，像钓了条大鱼似的。

前行不远，有楼名浔阳。这不是宋江题反诗的地方吗？谁都知道，《水浒传》第三十九回里说了这事儿。我绕楼转了一圈，没有上去，心里话：宋江真英雄也！发配途中敢题反诗，我连正诗都不敢题。隔壁是仿宫廷四合院酒楼，大门屏风上大写一个"膳"字，两旁有联曰：把酒临风动观名楼英雄客，烹鲜邀月静听浔阳琵琶吟。可惜啊！我未当成英雄，也没听到琵琶弹奏，只有堤外的船响，堤内的市声不绝于耳。

江边高耸一塔，阁楼匾额上有"塔影锁江"金字招牌，在阳光下神采奕奕。看介绍，知是四百多年前九江知府所建，我脚下叫回龙矶，可能屡遭水患，故名锁江楼。楼低塔高，错落有致，什么"楼锁江天阔，塔影庐峰高"，早已今不如昔也。没看到塔影，也没望见庐峰，想那四百多年前的长江，一定清澈见底，江面更不会是灰蒙蒙一片。只是堤坝要比那时高大，楼房要比那时繁密，人心要比那时浮动。

九江的湖多，鄱阳湖自不说，随便走了几处，就有柘林湖、甘棠湖、南门湖、八里湖、赛湖，加上长江就有江有湖了，我就想起一句俗语：人在江湖，身不由己。还有：人在江湖漂，做人要低调。在大江边长大的人，心胸开阔，懂得张弛有度，伸缩自如。前面有一对铁铸犍牛镇守，双目圆睁，四蹄用力，昂首向天，笑傲江湖。

返回时，就在浔阳楼头坐了下来，观江水拍岸，看船来船往。一会儿三三两两，一会儿编队航行，上上下下，不绝如缕。花丛中有甜甜的童音传来：妈妈快看，船屙尿了！我一看，还真像，憋得不行的样子，一直屙出了我们的视线。

我不想说活，不想看表，不想那些烦心的事情，更不想马上离开。大老远地来，能把一切都放下，一个人静静地在长江边脱了鞋袜坐着，没有目的，没有功利，这样的时机不多，这样的机会难得。

2012 年 10 月 26 日于九江

亲情的瑞昌

　　早上从九江出发,四周浓雾密布,天上下着不大不小的雨。出城不远,雾时聚时散,沿途风景如画,一幅接一幅徐徐展开,令人神清气爽,逸兴遄飞。几十分钟过后抵达瑞昌,雨就停了,天开始放晴,露出微笑,显得很亲和的样子。

　　来接我们的黄河,按辈分应该叫公。他个头不高,口音厚实,干练精神,满脸笑意,一边慢悠悠地开车一边联络,不时介绍着当地的一些得意之作。比如柳湖,比如市府广场,还有文化中心、中学、公园、纪念馆。游柳湖时,虽是匆匆,惊异着能想起左宗棠老家的一副对联:"士运穷时弥见节,柳枝到处可成荫。"黄河是全国司法十佳先进工作者,很有人缘,不张不扬,随和低调,一点儿没有英模的范儿。一会儿工夫,他就把我们要见的长辈找到一堆,一盘散沙顿时就凝聚起来。就在我们有说有笑之时,他又默默无闻地接人去了。这样的人受人敬重,像夏日的风,冬天的火,黑地里的灯,雨中的伞,总会恰到好处地出现在你最需要的地方。

　　黄氏宗亲研究会会长黄治洋,高个子,大眼睛,英俊洒脱,一表人才,年龄虽比我小,却是正儿八经的长辈。女儿女婿礼拜天回家团聚,早上刚买了鸡鱼,听说我们要来,放弃天伦之乐等着,真叫人感动。

　　他把我们带到对面的酒楼,亲自点菜,特别是那锅油面,冒着热气,只觉暖意上身,春风拂面。幼时听婆说,在我出生前半年,公就盘了两撮盐挂面，吊在屋梁上，谁都不能动。这种面加上鸡蛋，特别是鸡汤，是给月母子发奶的上品。公没能等到我出生，一场大病夺去了生命，临终也未能见到孙子一面。母亲吃了油面，奶水充足，我一个人吃不赢，左邻右舍的孩子就来分享。

会长硬要叫我这个来自陕西的寻亲问祖者，与年长的伯黄朝贞坐上席，并说这是家规，开始还有些坐立不安，一杯酒下肚，两句肺腑之言攀谈，拘谨没了，生分没了，真像进了自家餐厅，只找合口味的朝碗里搛。把盏对盅时我说了一句"谢谢"，他说既然姓黄，就不能见外，以后再不能这样讲。一桌子黄家人，一桌子热腾腾的菜，一桌子听不懂的老家话，让我眼眶湿润，乱了方寸。

开福听说会长下午要到他的老家肇陈去，决定同行，在路边店买了香表鞭炮，路过水陆村时，就去拜祭鉴公堂。新修的祠堂是这个村子最漂亮的建筑，有戏楼，有厅堂，门前一对威武的大石狮，黄氏家族的红白喜会都在这儿操办。许多我知道或不知的先祖神像供奉在上，享受后辈子嗣的绵延香火。会长点燃三炷高香，分我们一人一根，合十叩头，顶礼膜拜。管理祠堂的黄隆翱说，当地有句话，叫"离开水陆不姓黄"，他们之所以在这儿坚守，一是风水好，二是遵古训。我在惭愧的同时，对这些朴实如泥土的长辈敬意有加，忙叫过来合影留念，永远珍藏。

走一截堰渠，黄隆翱指着前面的旧屋说，他家就住那儿。屋后橘树下伛偻着腰的是他八十三岁老母亲，他上前扯下一抱橘子塞给我们，剥开细细品咂，感觉到里面有亲情的味道。紧挨着的大坟林，也就是祖坟山，开福说这儿葬的先祖，最早的是绣球公，也叫鉴公，字大行，原籍修水，黄庭坚的曾孙，宦学士，同子满任溢浦令，遂卜居水陆畈，为瑞昌黄氏始祖。仔细辨认，墓碑刻有"宋端明殿学士祖黄绣球墓"十一字。叩拜毕，抬头仰望，浓荫蔽日，林木森森，虽不古老，却很挺拔，有枫、檀、栗、樟、杉，树是人类的朋友，也是老先人的邻居。不认识坟的主人，却认识这些树。不知这些树咋保护下来的？黄隆翱面带愧色：说来不好意思，前些年修桥，老板把坟山的树全买了，先砍了杉树，过一段时间要砍杂木时，上头来了政策，不允许砍，才留了下来。我们两人同时发出感慨：树比人还不容易啊！

离开的时候，我回头望了几眼这"金盆养鲤"的地方。有山，不高，铺青叠翠，枕头似的窝在村后。公路边上是一条清澈的溪流，不大，窄细，名叫长河，真正的细水长流，宁静致远，滋润着庄稼、歌谣与炊烟，还有沉甸甸的民俗与传奇。中间是一望无际的稻田，有的割了，有的还金光灿灿，仿佛是一幅梵高的画，那种颜色，与我们的姓氏相同，不仅尊贵，还很吉祥，有如县名"瑞昌"。

前面是一处村庄，车停了下来，说路里的墓碑是实万公的夫人张氏，有一段传奇：张氏病故，回老家安葬，抬到此地，电闪雷鸣，暴雨如注，抬的人跑进村里躲避。雨停回来，遍寻尸体不得，连木棒绳索也无影无踪，眼前却骤增一个土堆，便说这是天意，吉人自有天葬，干脆就在这儿立碑祭奠。

坟前长满了野草，会长上前脚踏手扯，辟开一块祭拜之地，也许太投入，扑下身子不管不顾，衣服上沾满了草籽全然不知，只好脱下来，赤裸着上身在路边一边显摆肌肉，一边小心翼翼地摘取。三个人一齐动手，撿芝麻一般，差不多花了半个小时，临了打趣说：这是老先人想多留我们一些时辰呢！

离建坪不远，会长为修复祠堂事要去茶燎村开会，我和开福下车步行，双脚踩在潮湿的泥土上，舒坦，亲切，有稻草和瓜果的香气，还有那种混杂牛粪青草的异常气息扑鼻而来。开福说，祖坟多，时间来不及，今天只给拓土开疆的实万公烧纸敬香。黄实万是鉴公五世孙，路过这儿，被眼前美景所动，将挂路的半截树枝插于泥中，声称二年若长新枝，定在此地落户安家。开福一边介绍，一边递我一份资料，借着黄昏的余光，看清上面有这样一段记载：

公讳实万，字秀夫，号静菴。乃博览公长子，鉴公五世孙，宗万、元万之兄也。学贯经史，德迈群伦，潜居于崖谷，尚其志操，世居江西瑞昌之水陆，因过建坪，悦其山水明秀，乃徙居之。其时原有社饮，公数赴不及，彼众已散，乃持社中烬余柘枝，插于石梯岭下，而誓曰：斯柘复生，吾即居此，不复赴水陆矣。明年视之，柘果森然。遂偕弟元万共徙建坪，为建坪始祖。后人称为柘椿黄焉。至今社坛前手泽犹存，载诸县志。殁葬梅家泉背，地名金钗股。

拜罢，沿着田埂寻找大路，地里有一老妪在摘菜，脸上堆着笑意，口中说着"好人有福"，看得出，她对我们的举动持赞赏之态。也许是多年未走这小径，也许想多寻些童年梦境，开福几次迷路，以致即将黑尽才找到自家门扉。父亲母亲早已摆好了酒盅，坐在门外眼巴巴地盼着。

依然是一桌子热腾腾的菜，依然是一大家子姓黄的人，依然要让我坐了上席。开福的父亲泥土般宽厚纯朴，望着我，不说话，不断地碰杯。坐在身边的黄泰活边碰杯边介绍：这是炒薯粉，那是爬山豆汤，还有用米发酵后做成的折粉，特别是石膏水现磨出来的豆腐，柔软筋道，香嫩爽口，让我吃出了乡亲、乡音、乡情、乡思和乡土气息。听说要修复建坪黄家祠堂，我把身上仅剩的几百块钱全掏了出来，多少表示一点儿心意。正在厨房忙活的开福母亲，端一碗腊肉出来，贴着我的耳边说：老家的饭香吧，水甜吧！我连连点头：香！甜！

也许多喝了几杯自酿的稻谷酒，在返回九江的路上，嘴里不停地重复一句话：世态炎凉，亲情瑞昌。我是一个不爱喊口号说大话的人，能这样喃喃自语，那是对故里一词淡淡而又绵绵的情怀，是对亲人团聚的一种独特体味，是没有太多理由的对手足之情的微醺感觉，是底气十足者对家族兴盛的一种殷殷期盼。

2012年10月23日记于九江

静静的修水

没来修水，我就对这两个字充满了好感。查阅志书，知修河发源于黄龙山，自西向东贯通县境，出武宁，经永修，汇赣江，注入鄱阳湖，全长三百五十四公里。

水是好东西啊！水是上善，水是生命之源。水加上"修"，就让我想到身材修长的美女，很有修行的高人，修养得体的绅士，有修改价值的文章，还有义之修而礼之藏也，路漫漫其修远兮。最至高无上的当是心正而后身修，身修而后家齐，家齐而后国治，国治而后天下平了。

出修水县城不远，开着私家车在党史办工作的张超，猛扭几下方向盘，来了一个急拐弯，一路逶迤，驶入窄窄的村道，徐徐下了缓坡，过一树林，豁然开朗。黄庭坚纪念馆的黄本修说，路里有摩崖石刻，遂下车近观，繁体"双井"二字，秀逸遒劲，清晰可辨。县志办的李四军指着前方一片水域说，那是明月湾。好地方！碧水一湾，蓝天如洗，青山凝黛，蒹葭葳蕤。修河曲折多弯，水流湍急，流到此处，顿时恬静平缓，环山轻流，水平如镜。两岸翠柳修竹，绿影扶疏，不愧十里秀水之誉。若泛舟其上，天朗地阔，怡然自得。再明月当空，波光粼粼，安详幽婉。

明月湾，明月一弯，清流一脉，多有诗意，多富情调哇！我就想到镜花水月，镜子里的花，水中的月亮，虽是虚幻缥缈，却是意境空灵，让人浮想联翩。若夜宿双井，有风吹来，就能独享这无边的风月。只有这般清亮的水,才配得上这样皎洁的名字;只有这有风有水的地方,才会出这样伟大的才俊。

黄庭坚的墓就在杭口的双井村,除了地势开阔,并无奇特异象。双井无井,却有一条源远流长的修河。井比河深,河比井大,用一句说滥了的老话:钟灵毓秀,人杰地灵。黄庭坚擅文章诗词,尤工书法,其《砥柱铭》能拍出三亿九千万元天价,足以证明其过人之处。其诗风奇崛瘦硬,力挽轻俗之习,开了一代先河。

墓不高,也不大,甚至有些寒酸,游人寥寥,四野寂寂,几株松柏也不古老,更不挺拔,却极负责任地肃立着,常青着,守护着。墓道回环,石垒弧形护墙,踩在地上的白杨树叶上,"嚓嚓"之声盈耳,像是在叮嘱絮语,远处的河水悄然无声,仿佛在仔细聆听。加上陪同的开福弟,三个姓黄的人,在墓前燃香焚表,虔诚祭拜,祈求平安福旺。我本一介小小文人,知道再拜也不会把小拜大,像山谷公这样的宗师,高山仰止,一族中能有几人?诗书兼善,江西诗派开山之祖,与苏轼并称为"苏黄"。书法与苏轼、米芾、蔡襄并称为"宋代四大家"。亦是精神,更是风范,这样的大树,后辈岂不荫及?这样的高山,子孙能不受用?

我是来拜谒先祖的,而且是专程,却以为宗族文化应该大气磅礴,兼收并蓄,高屋建瓴,不能故步自封,更不能小家子气。黄庭坚固然是黄家的,也是国人的,甚至是世界的。是不是黄庭坚的后裔,并不重要,重要的是承其文脉,步其节操,仰其高风。我们可以引以为荣,切不可沾沾自喜。我们可以受益终身,万万不能借势唬人。在先贤的墓前,低头沉思,荣耀的是宗族,恒久的是历史,不管是多少代的子嗣,来看一眼,叩一头,扫扫墓,添添土,找寻一点儿精神寄托。当然,要紧的是应该做好手头的事情,一笔一画写好自己的人生笔记,不辱没,不抹黑,让黄氏宗亲阴阳两界都能挺胸抬头,扬眉吐气。

我把眼光放远,有水雾弥漫而来。修河之所以碧波盈盈,是因为有纳百川的虚怀。修河之所以世代流芳,是因为有宠辱不惊的平静。

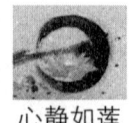

平顺是福,平淡是真,杭山颔首,修河不语。有人说,沉默的人跑得更远,我说,寂静的河流功劳最大。是啊!静静的祖墓,静静的土地,静静的修水是一条默默养育圣贤的河流,是不事张扬却极富修养的河流。

2012年10月18日记于修水县珠江宾馆

石钟山小记

我知道石钟山,却不知道湖口。明明大一些的东西,反倒知之甚少,相对高度只不过五六十米的一座小山丘,却声名远播,如雷贯耳,这就是文人的力量,也是文化的价值。

步入山门,左侧有石钟亭耸立,内置一方青灰色石块,这莫不是唐代江州刺史李勃所要"叩而聆之"的物品?我没有随俗,在山似的石钟上面行走,若去亭内敲击,就显得幼稚。

拾级而上,有茂林修篁遮蔽,举目一望,怀苏亭立在前面,中有一碑,正面是苏轼像,另一面则是那篇不长却不朽的《石钟山记》。我静静地站着,肃立着,不仅仅是服膺,而是崇敬,忍不住又默诵了一遍。

山,何以钟名,历来持见不一:郦道元有"下临深潭,微风鼓浪,水石相搏,响若洪钟";胡传钊有"中空如钟,其形奇";苏轼有"空中而多窍,与风水相吞吐,有窾坎镗鞳之声";俞樾有"凡有罅隙,风水相遭,皆有噌吰镗鞳之声,何独兹山为然乎?"曾国藩有"石钟山者,山中空,形如钟";彭玉麟有"石钟山盖全山内空,如钟覆地"。正因为有这么多杰出人物的考证、争论,并见诸文字,想不出名都难。

山不大,名气却大;山不高,兴致却高。玲珑,小巧,弹丸之地,省着走,收着步,还是很快就到了尽头。圆形黄亭下有联句:江湖两色,石钟千年。在这儿看长江浩荡,船来艇往,鄱阳湖水,波涛

万顷,仿佛自己就君临天下,能指点江山。也许我的视力不济,望酸了脖子,也未能辨出清浊,分出两色。有人说我看错了地方,应该到上谕亭才对。

水乳都能交融,何况水与水了,我趿转身,从右手方向下行,有台阶顺岩壁而凿,直达江边。没走几步,有砖墙壁立,好在不高,抬腿一跃而过,好不快哉。我想,这也许是为了安全起见,不得已而为之,管理者睁只眼闭只眼,让有缘人与东坡文意作近距离交流。石洞如门,只容一人,不得不低头而过。我在一大堆巨石中坐了下来,扭头回望,壁立千仞,刀削斧劈,一些树木在石缝里生根,几乎没有寸土,也没有水的滋润,长得不直,却都鲜活,莫不是听钟也能活命?右上方石壁生一片茂草,青悠悠,水灵灵,如同农家种的蔬菜,这样的生命力,人不如也。

我不敢摸着石头过河,就摸着石头前行,走不通了才停下来,石壁上有窟窿,或圆,或方,或长,或短,或洞,或缝,没有规则,像自由诗。有一个像耳朵,我就贴上去倾听,若硬要说钟声,那也只能算是余音。水的舌头是那样有力,舔得这口石钟锈渍斑斑,千疮百孔。浪的手臂是那么劲儿大,敲得石钟声音嘶哑,不再悦耳。千载悠悠,物是人非,山虽是原来的山,水已不再是原来的水了,没有漩涡,没有激浪,声岂不变乎!借几个胆子,也没人敢夜里驾一只小木船来了。我唯愿脚下就是苏轼父子听"钟"的地方,就是文采飞扬的地方,有旅游船在导游的解说下远远观望,快马加鞭,一闪而过,何趣之有?充其量让船划一半弧,游人只能看一座石丘,半壁江山。

我佩服古人的慧眼,还有慧耳。慧眼是慧于心而明于目,慧耳是灵于脑而喜于闻,二者都是内涵的外延,学养的折射,思考的善果。智者其乐无穷,慧者洞悉天机。

我坐在江边,准确说,应该是在鄱阳湖边,看水,听涛,水不大,声音很弱,不断被机动船的突突声掩盖。江湖浩瀚,一展平洋,久了就会视觉疲劳,船行此处,陡现一座石峰,肯定要眼前一亮,大呼小叫。远处有一片绿洲,若在那儿静静地观望,石钟山或许像盆景，一枚碧螺。一口天然石钟，加上苏轼的文章，风云人物的叱咤，石钟山应是本土的福地，游人的深度记忆，国人心中不可缺少的一记清响。

山不在高，有文则名；钟不在声，有记则灵。大文豪写出千古名记，小文人只能写一篇小记。

2012 年 10 月 27 日记于湖口
（获全国首届鄱阳湖文学"陶渊明杯"散文奖）

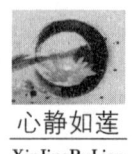

爬庐山好汉坡

庐山名气太大,大得我望而却步,听说北面有好汉坡能通牯岭,就想去爬一爬这平民的陡坡。

正值周末,爬山的人多,会随大流,就不会迷路。路边有一石碑,是此坡的简况,便停下来看:山道位于庐山之北,曾名莲牯路、濂溪路,因中段一处名"好汉坡"而名。

石阶不古,却朴拙,实用。并非刻意,也未雕琢打磨,随地势铺排,像一首长长的原生态民歌。路边不时有当地老乡在卖竹杖、扫帚、丝瓜瓤子,更多的是自种的新鲜蔬菜,也不望人,并不吆喝,安详地坐在那儿,姜太公钓鱼似的。我显然来迟了,上山的人少,下山的人多,人流似水,轻重缓急,杂乱无章。就想:我这不成了河心的顽石,中流的砥柱,不仅冲不走,还要逆流而上,是真正的走石。

牌子上写着"莫回头",我没有回头。

牌子上写着"二里半",我没有半推半就。

有稚童在路里吹肥皂泡儿,树隙的阳光一照,五彩斑斓,如虹似霓。爷爷拉着孙子,妈妈牵着儿子,推心置腹,循循善诱,讲一些半懂不懂的大道理,也许眼前不懂,若干年之后,回忆起来会心领神会,大彻大悟。

路外谷底是金碧辉煌的铁佛寺,虽不能窥其全貌,却能感觉到无边的玄机,金黄的琉璃瓦,在太阳光下显示着不凡气象。我不由得停了下来,背靠大树,老僧坐禅一般。谷底有溪如奏,顿觉凉风习习,隐隐约约有钟磬之音传来。

竹林窠到了,红色小亭名曰"滴翠",滴翠亭没有滴翠,我却在滴汗,就想起文天祥的"留取丹心照汗青"。路里有泉像是从竹根里滤出,水清且亮,半边竹管接引,伸脖就可入口。我迫不及待,张嘴如瓢,痛快淋漓,肺腑滋润,疲惫顿消。旁边有陋室,极为破败,没有门窗,穿堂风如入无人之境,墙壁上悬一大型喷绘,以为是宣传广告,细看才知是写好汉坡的文章,一口气读完,临去想起一句话来:破窑出好瓦,陋室留美文。

半山亭处,多数人已打了转身,我不知道为啥一路上要留那么多提示,爬山本已艰难,最怕摧毁意志,这是要人义无反顾勇往直前呢,还是要人回心转意打道回府?当然,有毅力的人,宠辱不惊,开弓没有回头箭,不会被一些闲言所左右。路牌上的一段文字,说是《庐山续志稿》中的话,觉得有意思,就抄了下来:庐山气候,亦以此为分界线。好汉坡以上,冬日雪深迷途,夏日凉气森森。好汉坡以下,冬日雪降即融,夏日汗流浃背。由好汉坡至牯岭,实为三里半。

一拾荒妇女,以为我是当地干部,一路上絮叨着家里盖房的事。待我听明白了原委,最陡的一段不知不觉就走完了。好汉也真容易当啊,只要能说会道就行,只要乐意倾听也行。

过一山垭,路变得平缓,一处松林,并不苍劲,根系却发达,路面已没有石块,替代的全是网状似的树根,走在上面,像在与老人握手,脚步放轻了再放轻,生怕踩痛了它们。这一段路,不像是路,是筋络交织,是骨骼铺就,是好汉们"力拔山兮气盖世"壮喝出来的腱子肉。

斜上着拐了一阵子弯,人高,山矮,天低,路险,石峻,高高在上的望江亭,有雾飘过,像是画出来的一般。看到牯岭的房顶了,闻到饭菜香了,却近前不得,一道铁门拦着,我不是不愿意买票,弟在山下等着,到此也可算尽力而为了。有人见我马上返程,要借一步说话:我能指出一条路来,二十元即可。我堂堂正正一条汉子,好不容易从好汉坡上来,岂能为逃一张门票钱而走险,损半世名声!言罢拂袖而去，快步如风。

其实，上一次山，爬一次坡，再普通不过，并没有必要大书特书。中途折返，无须指责。上了顶峰，不必喝彩。我是外地人，能挤进九江市民中间，是一种主动，也是为了分享那份儿独有的优越。

庐山的山阴道上，水潺潺，山静静。庐山的好汉坡上，竹亭亭，松青青。世俗的一切都远我而去，只有自然，只有本真，还有天下名山带给我的前所未有的胸襟和气度。

2012 年 10 月 28 日记于九江

湖边莲影

平湖的湖多,最有名的是东湖。湖是静守,是接纳,是宽宏大量。我沿着湖边独自走着,看着,湖并没把我当匆匆过客,不以我是外乡人而给冷眼,反而要倾其所有,和盘托出。一个花瓣似的建筑引起了我的注意,好几回想走近,又悄然离去。

一个雨后初晴的早晨,我不仅净手还净了身,穿了新买的衣服,恭而敬之地前往拜访。东湖虽说是国家4A景区,却对公众免费开放,少了门户之见,就少了生分感。这是一朵白莲,盛开在大瀛洲边,当地人叫大湖墩。我把脚步放轻了再放轻,生怕惊扰了莲瓣上的露珠,还有树上的鸟鸣。

前面是一组铜像,从左至右是丰子恺、刘质平、李叔同和潘天寿,哪一位都是大名鼎鼎,声名响亮。原来这白色建筑是李叔同纪念馆(弘一大师原名李叔同),门敞着,心敞亮,迎面"悲欣交集"四个大字颤颤巍巍,意味深长,独出高格,颇具功力。这是弘一大师临终前一天所书,可算是人生一世的归结,悲是大慈悲,欣是成正果,交是结善缘,集是积功德。我乃凡夫俗子,才疏学浅,这样揣度,全是个人心得,冒犯之处,还望海涵。阿弥陀佛。

上得二楼,一个展室就是一个莲花瓣儿,八片花瓣,围成一圈。我仔细阅读大师的生平介绍,足足用了二十分钟,除了我,没有其他人,仿佛是个人专场,享此殊荣,人生幸事也。音乐很轻,有韵无词,像习习清风掠过湖面,太熟悉了,是大师作词的《送别歌》:"长亭外,古道边,芳草碧连天。晚风吹拂笛声残,夕阳山外山。"一遍

又一遍，并不感到倦怠，反觉是梵音绕梁，百听不厌。

在晚年的条幅前，我停下了脚步：对失意人莫谈得意事，处得意日莫忘失意时。语重心长，点石成金，这样的大师就是恩师，这样的老人就是高人。还有为夏丏尊、刘质平留下的遗嘱中的头两句话：君子之交，其淡如水。是啊！人的一生，再怎么折腾，最好淡淡地来，淡淡地去，淡淡地处，淡淡地活。杂念太多，做不到淡然，但我可以把有些东西看淡。说话简明扼要，交际淡然如菊，饮食素淡为主，生活平淡如水。

由三藏法师翻译、大师手书的《佛说阿弥陀经》，十五个整张，占一个展室。肃立，默诵，一字不落，以前读过，这次感觉不一样，真经加真迹，灵魂不出窍，也要省悟一二。我不懂书法，借现成话，就是"一笔一画一点无不蕴涵着文化的深韵，满幅皆显露出高洁脱尘之气"。大师一生普世育人，写了许多校歌，我最喜欢的是为浙江省立第一师范学校写的几句："叶蓁蓁，木欣欣，碧梧万枝新。之江西，西湖滨，桃李一堂春。"句短，上口，境阔，易懂。

我问工作人员，李叔同不是平湖人，出家、圆寂也没在这儿，为啥在这儿建造如此别具一格的纪念馆？回答得底气十足：祖籍在平湖啊！人伦始祖，无可厚非。水有源，山有基，树有根，人有祖哇！他越说越来劲儿，像在背诵：本馆为目前中国规模最大、造型最别致、设施最先进、内容最丰富的弘一大师纪念馆，拥有大量的实物与真迹。

窗外静水深流，远处塔影寂寥，有人在柳堤长椅上闭目沉思，晒暖暖的同时，受用着这无边的恩泽。我在莲花瓣上来回走着，瞧着，思索着，仿佛自己就是花瓣上的一滴晨露，是花蕊上的一粒花粉，是莲叶的一颗尘埃，我真想把精神寄托在这里，安妥灵魂，不再浪迹江湖。而对于平湖市民来说，不一定要远离红尘，问道向佛，只要有这样深厚的大师级文化熏陶，就是日日是好日、掉进福窝窝里了。

心静如莲，莲影润心。步步生莲，莲处高境。

2012年11月4日于平湖市东升南区

（原载2012年12月6日《嘉兴日报》（平湖版））

报本之塔

说宝塔报本，不是说的佛，也不是塔，而是人。是啊！做人的基本准则是不要忘本，知恩图报，如寺庙大门上的联语说得那样：知本返本见本报根本自然本来彻参面目。碑记上也说：名曰报本，盖天地者，万物之本也。君王者，万民之本也。父母者，身之本也。师者阐教，做人之本也。统宇宙所有，莫不有本。

湖和水分不开，塔和寺分不开，报和本分不开。刘罗锅上朝说的口头禅：臣有本。我也有本。我的本是看到美景就要本能地赞美，遇到高兴的事就想本能地分享，有感触了就想写几句出自本意的话。见庙烧香，见佛就敬，人之常情。我一不求财，二不祛病，三不为延年益寿，就是说，无功利，没目的，把所有的寺庙都当文化和风景看了。

去买票，听不懂口音，只好双手食指交叉对我叩击，看明白了，十元。收门票的老头见我两手空空，问我咋不拿香，卖票处有送。折回去，说明来意，遂递我一捆香和一对红烛，一再解释不怪他，喊我未停。

三扇门，只开着净土门。门外有俩汉子，一老一中年，地上放着摔不碎的搪瓷缸子，色白，显眼，凡进门者，不可能熟视无睹。两人还很友好，一边晒太阳，一边唠嗑。身上正好有两枚硬币，一人丢一个，钱不多，声却响，长者点了一下头，年轻些的说了声"谢谢"。我想说不谢，或是莫嫌少，终于没能开口。

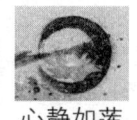

寺不大，门类却齐全，匾额和楹联金光灿灿，十分醒目，光读这些联语，就用了我一个时辰。值场的僧人见我恭而敬之地在抄写对联，忙放下手中习书法的毛笔，起身焚香。到了尽头，联还未完，找有趣的抄在小本上：境由心造休言万般都是命，忍从德来退后一步自然宽。天王殿内有一联，我记住了半句：行也布袋坐也布袋放下布袋何等自在。这好像是写布袋和尚的，或是布袋和尚对我们这些俗人的点化。有道理，活得沉重，抑郁，或是贪婪，攀比，都是放不下，不愿舍弃。若都有佛祖那样的开悟，何愁不轻松，不可能不快乐。

报本寺建在东湖边上，黄墙青瓦，古朴雅致，地表上有仪态，水里头有倒影，远处看有雄姿。水色塔影，佛门净土，无论你从哪个方向眺望，都能找到塔尖，就像西安的钟楼，是一座城市的名片，是市民心中的标志。找不到路了，只要看到一角一尖，马上心里坦然。塔分五层，威风八面，其柱用弧形青砖砌成，十分奇特。每层凸出部分，全用砖的斜角浆砌，很像莲花瓣儿。介绍文字中说，塔属砖木结构楼阁式建筑，内为八边形空室，有螺旋式台梯至顶，最上面的宝塔尖为铁质禅杖形塔刹。我去的时候，塔门紧闭，久叩不开，只好朝天仰望，在第一层方砖上踱着步。

无意中找到高士奇三百多年前写的《重修报本塔记》，有一段文字，十分精彩：踏着石梯，拾级盘旋而上，陡于绝顶，阑楣环匝，窗牖虚明，东望海上旭日之所升，西瞰邑城烟火之所聚，自南暨北，湖流潋滟，琳宫梵宇，稻田蟹舍，远近布列履下，其雄杰足以披幽襟，其宏旷足以纳众美，诚一邑之胜也。真好，我想上的塔，古人已替我上了，要写的文，古人已替我写了，想抒发的情感，古人已替我抒发了。

大雄宝殿内钟磬鼓点加上木鱼的敲击，还有节奏感强的诵经声，非常悦耳。这不是诵，是唱，全是男声，中音，很有磁性，循声而去，脚就不愿挪了，立于门旁分享。僧人着黄袍在前引领，跪下，合十，叩头，后面十几位信众，全是女性，照猫画虎，一起一伏，如湖中波浪。有人送来开水和一次性纸杯，边唱边喝，动作连贯，一点儿也不误事。送膳的人过来，我问这念的啥经，答曰：观音财。我不懂经，也未听到有这样的经，可能是简称，或是别称，意思谁都明白，是向观世音菩萨求财的经。难怪江南多富庶之地，发财的人多，佛祖保佑着呢。

出门时见钟亭书多，全是善男信女助印的经书，就随手"请"了一本，书也是财富，报本是本分，不忘本是常识。想报本本自来，想作文文自有，不求财"财"自到，不亦乐乎。

何谓本？许多人搞不清楚，或是没有去认真细想。"本"者，草木之根也。没有根，花草树木就不能生存。同理，一个人缺了根本，不可信，不能交，更别说健康地生活。

如果你是一个不忘本的人，心中不仅能存善心，还存着七级浮屠呢。

2012 年 11 月 5 日

（原载 2012 年 12 月 6 日《嘉兴日报》（平湖版））

书香秀成堆

我寄居的地方，右边有一座桥，仔细找寻，没有留片言只语，见两头的商铺和楼盘有"龙湫湾"字样，就自以为是地把这桥叫龙湫湾大桥。

从这座桥对直出去，有一片水域叫当湖，前面不远的墙壁上有斗大一个繁体"当"字，门面很大的一家典当行。我就佩服平湖人聪明，懂地利，会借势，响当当的湖，响当当的铺，提名叫响，当仁不让。

走着，看着，品味着，不知不觉来到新华书店。上得二楼，宽敞明亮，井井有条，分类合理，书香扑鼻，一下就找到了我想要的感觉，还有我喜欢的书。随手抽一本，是浙江文艺出版社新出的《草木山河》，作者鲍尔吉·原野，封面素雅，书名的每一个字我都上心，当即买下。

有了书，就想找一个安静的地方，慢慢品味，用一句陕南方言：吃独食。不想从原路返回，学了唐僧，一路向西。问清洁工，东升南区咋走？朝南拐，过宝塔桥向东不远就是。宝塔就是报本塔，老远都能瞧见，左手边有曲径回廊，亭台楼阁，好幽静的一块所在，指示牌上写着"南村书堆"，就改了主意，到书堆上看书，实至名归，一定别有一番情趣。

不是附庸风雅，亭内还真有人看书，显眼的不是书，是那一袭红衣，如瀑的黑发，倾泻而下，看不清面目。目不斜视，神情专注，让人好生叹服。我就想到红颜知己，红袖添香，书中自有颜如玉，似乎都不准确。这地儿人少，干净，似是为读书人专设。几分钟过后，身子并未动，只抬起纤纤玉指，将秀发朝后一撩，看清了，她在读一本杂志，是西安出版的《美文》，我从陕西来，自然就有了某种亲近。美景有美人，美人读美文，真个叫美不胜收。我真想上前无话找话闲聊几句，思忖再三，总感唐突，终于没有勇气，只好轻轻从身边走过，哪怕嗅点淡淡书香，还有淡淡发香，就算收获。

随便找个地方坐下来，看天，看水，看人，看手中的书。我有个毛病，新书到手，一次只读一篇，读一篇合上再想想，想想自己遇上这样的题材该怎样下笔，想想别人比我技高一筹的地方在哪儿。今天不知怎的，一口气多读了几篇，收不住，停不下，可能这儿适宜阅读吧，平水静流，杨柳依依，阳光温婉，惠风和畅，仿佛有某种气场，水土服人也服读书。

不想坐了，起身踱步，见有游客接待室，便走了进去，一穿制服的女子正在看书，听到脚步声，抬起头来，我问那架上的资料是不是免费赠阅，她嫣然一笑，点了点头。资料上说，这里是东湖八景之一，元代至正年间，有个叫张纮号南村的平湖人，喜欢读书，藏书达万卷之巨，在县南百步积土成丘，上建楼阁亭台，作读书、讲学、交友、赏景之用，远近名士慕名而来，一时声名大震，积书没有成塔却能成堆，加上土丘也可叫作土堆，南村书堆就顺理成章了。

不说书屋，也不叫书社，更不叫书斋，偏偏用一"堆"字，别出心裁，大俗大雅。就像农家积攒肥料，可以成堆。如同农民打的粮食，也可以成堆。再说，把书堆列为一景，襟抱宽于湖海，胆识真叫过人。

与书香斋的工作人员交谈，知平湖这地方，明清以来士子好读书，喜藏书，光藏书楼就有二十多家。书秀成堆，自然门第籍盈，学富五车，秀才举人科科及第。这我相信，自古江南多才俊嘛！

胜地自多名俊彦，他乡无此好湖山。这是南村书堆牌坊上的对联，很有几分自信，我却觉得没有突出主题。遂想起汪国真的一句

话，冒昧借来，只需改动一字，就很贴切：闭门即是湖山，读书随处净土。

回来的路上，我在想，这儿的每一座建筑，每一处设施，每一项惠民工程，都是可圈可点的锦绣文章。脚下这片土地，东湖，甚至整个平湖，都是常读常新的山水长卷，一堆善本。

2012 年 11 月 10 日

放得下的庄园

在平湖的街巷里弄里随意闲逛,有一家门扉敞着,探半个头打望,空无一人,就大着胆子走了进去。私闯民宅,该当何罪,我心里明白,正要全身而退,见窗边一小牌上写着"票价20元",就掏钱买了一张。有了票,就有了通行证,自可以登堂入室,尽情窥探。

没走几步,就到了后花园,虽然不是开花的季节,仍觉得花木扶疏,翠色扑人。贵有木樨,雅有幽篁,翠有芭蕉,素有腊梅。有一树无叶无花,很有姿色,蓝黑纹理,斑点匀称,似是认得我,我却不认识它。问一游人,也说不识,戴着工牌的中年妇女过来说是黄杨,一年长一寸,四年退一寸,永远长不大。我说真的吗?她点点头,说是亲眼所见,观察所得。我抚摸着与我同姓的奇树,嘴里说着:能屈能伸,进退自如,真丈夫也!进一步厚土高天,退一步海阔天空。

一木一石,总关乎情。一情一意,总关乎人。我在这座古老的庄园里穿行,走动,如入无人之境,感到少了点儿啥,还有些歉疚感,应该是少了房主,如果主人在家,我应该是客人,不说置酒把盏,定会以礼相待。我来时正值午后,不足十个游客,且还有一对母子,好像是儿子要写作文,妈妈特意带来参观,不时地指点启发。人少,就少了人气,多了文气和植物气息。建筑风格,自有专家论证,我的目光停在两方阳文砖刻匾上,一时半会儿不愿离开,拈花、度月四字让人多有想头。你"拈花",我微笑;你微笑,我入佛境。你"度月",我度日。月迷津度,何以妄言?莫不是"静里风怀玄度月,愁边心血

子胥潮",心静时,就同许玄度一样,淡泊名利;但又有时,心情澎湃又想与伍子胥一样,为国效劳,辅佐君王,成就一番功名。瞧这"月"度的,仁智两得,忠孝互为,圆通得不同凡响。

嘉禾寄情,花木遣兴。情由感而发,景由悟而得。景有情则显,情之源在人。我在楼上楼下穿行,行色匆匆,生怕有人出来说我冒昧。怕人其实是想有人,想与房屋的主人说几句话,哪怕打声招呼也行。特别是卧室,那是多么私密的所在,不是闺密至亲,谁愿意向外人展示呢?还有书房,那是一块私人净土,最怕有人打搅。账房就更不用说了,财不外露,账不示人,秘而不宣,人之常情。

我这个人好吃,管得住手,管不住嘴,走到哪儿先要打听有啥好吃的。稀里糊涂摸进莫家的灶屋,就不想走了,可惜少了烟火气,饭菜香。这是典型的江南大户人家的厨房,炉灶是"七星三眼灶",灶上中间三口大锅烧饭,两口中锅炒菜,外面两个锅用来洗碗,灶后有三个烧火的炉膛。明知道冷锅冰灶,无人理炊,还是要把锅盖揭开。民以食为天,没吃喝,留不住人,不想走也得走了。

过了仪门就到了出口,哈哈!原来我走反了,买票进来的地方是后门,不经意的一次错,成了真正的"走后门",唱了一曲"倒卷帘"。出大门见一老人坐在靠背椅上晒太阳,就问这河叫啥名儿?口音听不懂,就掏出纸笔,他写了"南河头,过去叫鸣珂里"九个字。

庭院虽深深,门槛却不高,谁都可以自由出入。门楼虽高高,却很少关门闭户,时常都在对外开放。不远处有一小亭,长椅空着,坐下来休息的同时,忍不住要扭头回望,整座庄园坐北朝南,沿街靠河,水陆通行,高高的风火墙如绅士脖子上的围巾,围出了气质,围出了风度,围出了一个有想头有看头的江南名园。

之前听说莫氏后裔前来参拜,并不张扬,毫不犹豫地上前买了票。要是我,肯定想不通,钱多钱少且不论,这于情于理都说不过去。自己祖上的基业不由分说成了公众之物,成了国宝,莫氏家族没有怨气,反要感谢政府,感谢家乡,这就是胸怀,就是襟抱。莫放梅这个名字我算是记住了,尤其是这"放",不光有绽放之意,更重要的是放开，放送，放得下呀！

　　除了自己的躯体，一切皆是身外之物，生可以带来，死不能带去。人到了一定的年龄，就要看淡些，少计较，放得下。西安一位作家说：有一天，一位朋友大概是看了我的《五十一岁感怀》，与我交流人生体会。朋友说："人近五十，突然有种感觉——和自己讲和，和他人讲和，和世界讲和。"又讲："惜缘，感恩。来过，爱过，走过；放手，放心，放下。"朋友所讲的天命之年的人生体会，包括对自己的要求，我都深为赞同。我说："有同感。只是对我来说，这个'放手'说到容易做到难。""放手""放心""放下"，乍一看意思相近，其实其意义的逻辑关系是有递进的。"放手"之后才能"放心"，"放心"之后才能"放下"。

　　莫氏后裔能放下，莫氏庄园能放下，就连南河头的水也放下了。我早过了五十，离六十也不远了，常思忖着放手容易，放心不难，就是有些事情老是放不下。游了莫氏庄园，就应该向莫放梅看齐，向莫氏子嗣学习，再放不下也得放了。

2012年12月12日记于平湖市东升南区

平和之湖

因了共同的爱好,去看一位素未谋面的人,一个比我年轻了许多的老乡,就唐突而又迫不及待地来到平湖。

平湖地处杭州湾,属江南古陆外缘的冲积平原,境内地势平坦,平均海拔二米八。那不是一般的平,而是有"水"平,平心静气,平畴千里,目力所及,一展平洋,无边无沿。相对我们陕南平均近千米的海拔,平湖就没有海拔。没有海拔,并不是没有容人的海量,没有施展才能的海阔天空。相反,这儿的文化厚重如山,这里的文明海纳百川,这里的世风清澈如水。

那天从"九龙戏珠"出来,沿着一条大路毫无来由地胡走,走着走着步入了水巷,平湖这样的水巷太多,并不为奇,前面一座拱起的小桥,古朴雅致,吸引了我的目光。走拢一看,桥的高处雕刻有"当湖第一桥"。平湖人讲分寸,不冒失,要不就是"天下第一湖"了。我喜欢这个"当"字,是当仁不让,当之无愧,是敢于担当,更是当得上湖这个美称的。就像一条好汉,雄赳赳,气昂昂,亮堂堂,响当当。在当地政府网上得知,明宣德五年(1430)从海盐县分出大易、武原、齐景、华亭四乡,建平湖县,县治设当湖镇,属嘉兴府,隶浙江承宣布政使司,因其地汉时陷为当湖。"其后土脉纹起,陷者渐平,故名平湖。"这就是说,当湖早于平湖,前者应是后者的开山始祖。

平湖这篇大文章,不是我这个过客能读得懂的,更是无法把握得住的。大不行,可以小,就从我看到的湖写点儿心得,或者叫体会。

水是湖的生命线，湖是水的集大成，没有水就没有湖，没有湖水就没有归属。水的灵动，能给人以思想和情感上的开启。这样的形态，其实很像文化的走向。地产商们绞尽脑汁，想诗意，想文化，除了在巨型广告牌上画上森林，小溪，草地，得意之作就是湖泊，起一个让人想入非非的"水岸新城"，或"黄金水岸"。平湖人不需要做作，那水是真水，那湖是实湖，水边有我常走的路，岸上有我温馨的家。

不知不觉，我来平湖已近两月，坐卧起居都在东升南区，要在西安，属于城中村，这儿却是真正的水岸新村，门前有绿树，草坪，花圃，更多的是停车位。屋旁是曲径，石子小路，盈盈一池湖水。成了城里人，似乎还未转变角色，家中有自来水，清晨还要到湖边捣衣，洗拖把。当了市民，还未养成玩儿心，或在自家储藏室，或在太阳地里，不停地飞针走线，缝着裤边，钉着纽扣，那成山的衣物随意堆着，仿佛不是某种营生，而是一种踏实，一种成就感。失去了土地，并没有失去种粮荐菜的习惯，哪怕是一寸土，也要撒几颗菜籽，荐几根葱蒜苗，不图收获，只图混个心焦。不时有车来车往，就像人在走路，从不轻易摁动喇叭。男子汉们早出晚归，我见到的都是婆婆妈妈，从未见过她们红过脸，吵过嘴。

清早沿湖慢跑，发现水面起了细微的皱褶，丝绸一般柔软，那些萍就一跳一跳地好高兴，柔柔地旋着水漂儿，始信宋玉"夫风生于地，起于青萍之末"一说，很有见地。风是看不见的，是让人感知的，想让湖年轻老成，就千方百计地弄一些思考的皱纹。萍，是水生的，不要土也能活，风就是它的脚，风到哪儿它就漂泊到哪儿。湖是土生土长的，无风不起浪，纵是萍水相逢，也是它最要好的朋友。

有一句老话：人在江湖，身不由己。江是奔流着的，可以纵横交错，也可以一波三折。湖是静止的，风平浪就静，风生水就起，笼天地于形内，撮万物于怀中，我想到风骨这个词。风是湖的骨，湖是风的怀。身是自己的，对环境的适应，受地利的恩惠，耳濡目染，慧根深扎，风水益气，骨骼增钙。

我相信时势造英雄，更相信环境练性情。土生土长的岚皋堰门人

卢修宾,为人谦和,举止大度,不急不躁,凡事总往好处想。情怀高致,唯品行堪正;高情大义,其风华自雅。不算计人,也不怕别人算计。小伙子已在平湖定居,娶妻生子,事业有成。去平湖之前,我不知他的操行,更不知他的长相,那天在嘉兴火车站门口,彼此一下子就认了出来,像是早已相识的知己。身材,肤色,装扮,完全江南化了的他,开口没用普通话,而是我们习惯了的乡音,这让人感到亲切,语气里透着儒雅,笑意中含着真诚。生怕我不麻烦他似的,说开的是自己的车,单位发油票呢。在五星级酒店点菜,说是单位发的有就餐卡,不用就浪费了。把一套单元房的钥匙交给我的同时,送上已经缴过费的当地手机卡,说父母过来住了一段时间,生活不惯向(岚皋方言,不习惯),房子虽然空了一些日子,却很干净,想住多久就住多久。他很忙,又当女婿又当儿子,管了老的还要顾小的,挤时间陪我游览了南湖、乌镇、乍浦港、海宁盐官,还有徐志摩、王国维故居,一路的开销都是他大包大揽,还有些过意不去的样子:很可惜,没有去横店,还有绍兴。

时逢冬至,特意送来一袋糯米和红小豆,说是岳父家自种的,叫我煮着吃,这是平湖的风俗。从包里掏出两瓶醪糟,里面泡着两枚鸭蛋,说这是号称"天下第一蛋"的平湖糟蛋。又专门开车到嘉兴,去吃五芳斋的粽子。他说,平湖的吃货多,这两样只是刚起了个头,你多住些日子,以后慢慢品尝。语气和神情,有如平湖的地方风味,糍糯溢香,醇厚绵长,进嘴入心,颇堪玩味。

我不知道修宾的这种素养是与生俱来,还是后天修持,反正与平湖水土有关。刚有自理能力,就到平湖闯荡,很快站稳脚跟,如一茎芦苇,根扎得深,基打得牢,尤其在文学创作上颇有建树,开了专门的研讨会,得到当地文化部门的赏识,从一所中学调到文化馆。出于文友之间的交谊,我把《家在岚皋》寄去,不久收到专论《家的名字叫岚皋》,题好,文更专业,可见一个在外闯荡的成功人士,都是不忘根本的,都是记得住自己的家乡的。说实话,弃烂熟于胸的口味,去服别人的水土,这是需要胆识的,也是需要勇气的。立业,成家,成了平湖的上门女婿。我不喜欢入赘这个词，容易让人想到累赘，还是上门好，有了门，就有了家，就不是门外汉。这门上得大，上到了乍浦，上到了平湖。从另一个角度看，说明岚皋人好，平湖人喜欢。当然，还有平湖的胸襟，不排外，善接纳。

就在离开平湖的头一天下午，我在修宾的客厅里看到动人的一幕：偏西的太阳照进湖心，没有停顿就折射到墙面，追光灯似的打了一个金色的对号。修宾的路走对了，选择自己擅长的工作对路，平湖的风土人情对上了口味。温润的阳光让整个房间成了暖色调，越燃越红，直至余晖漫天也被映红染紫，渐渐淡去、散去、暗去，然后霞光尽敛，融入冥冥夜幕，绚烂至极，归于平淡。

平湖的水不深，文墨却厚，随便遇到一块石头，也许与某位才子有染，沾在脚上的尘土，或许从哪位文豪身上飘落。在这样的地方舞文弄墨，并且得到当地业界认可，这是多么的不易！

平湖归来，总结四言：人在江湖，身在自我。物竞天择，心平气和。

2012年11月记于平湖，2013年12月25日改毕

乌镇冷雨

没去乌镇,就想过这"乌"字,世界上有那么多的好字眼,咋就选了它?普通得不能再普通,平民得不能再平民,就像我婆给刚下地的孩子取小名,丑娃子黑娃子长命百岁之类,脱口而出,张口就来。

去了乌镇,名不虚传,船是乌的,瓦是乌的,墙头是乌的,就连天空也是灰扑扑乌蒙蒙一片。细细的冷雨打在脸上,一点儿感觉都没有,水面看不出痕迹,风中见不到雨丝,地面没留下雨脚,好像在说:对不起呀!到了这个季节,不下憋得慌,不冷为失职。冷雨不是冷语,跟着人家的导游,混不了吃混不到喝却能混听,那份敬业和热情洋溢,让我们短暂受益。这正是:寒风心不冷,细雨未沾衣。

我这人怕热,最怕热闹,专门挑了寒冷的冬季,旅游淡季,来看茅盾笔下的乌镇。没想到,人还是那么多,检票口一拨一拨地鱼贯而入,拿着伞也不打,仿佛下的不是冷雨,而是热乎乎的文字,哈出来的热流自然就是很盛的文气、悠长的古风了。

我们逐渐被大部队撇下,自个儿沿着窄窄的雨巷前行,脚下湿漉漉的,有几分凝重,不管不顾地把头扭来扭去,生怕遗漏了某条缝隙。遗憾的是多数门店关着,偶尔露着脸的,却庭院深深,有人影晃动,多是长者,不见灯火,无一声吆喝,也许年轻人嫌天地太小,在外面闯荡江湖,留下老人在这里怀旧,过着他们眼不见心不烦的俭省日子。

一路想着细雨霏霏,一尘不染,就到了宏源泰染房,一幅幅蓝印花布似从云天直挂而下，被雨浇湿，一朵朵别致的花儿仿佛呼之欲出。我见过蓝印花布，那是妈妈头上的包袱，回想起来，应该是我见到的最美画面。鼻子一酸，眼眶湿润，幸亏有冷雨，别人看不出。尽管这些布都很潮湿，我还是摸了又摸，嗅了又嗅，一股母性的光芒从眼前掠过，顿觉亲昵有加，暖意上身。

街道很窄，过街只够一大步，像一首长诗，印刷在江南的毛边纸上。陪同我的修宾说，每到冬天雪后出太阳时，人们进出不得不撑着雨伞，由于屋檐靠得太近，有太阳也晒不到，故有"东栅无日头"一说。他还说，第七届茅盾文学奖在这里举行时，平湖市文联听说贾平凹要到桐乡领奖，想叫我这个陕南老乡出面请他到平湖一游。贾老师听说我是岚皋人，已加入浙江省作协，非常高兴，拉着手连说对不起，省上领导正等着带回《秦腔》获奖喜讯呢。我说，陕西有三位作家得过茅奖，我们脸上都有光呢，在这里行走就没有陌生感。作为文学爱好者，走的是朝圣之路呢。

前面有一门面敞着，抬头可见"立志"二字，两旁的柱联"先立乎其大，有志者竟成"，是院名的最好注解。茅盾幼小之时，能在这样的隔壁读书，志向不大都不行，抱负不远都不行。进得门来，穿越过道，就是讲堂，上悬"有志竟成"匾额，两边对联为国学大师俞曲园撰写。联云：分水旧规模，但愿闻风皆立志；殳山钟秀杰，定知异日有成材。志者，气也。在这样的气场裹挟之下，能不产生不朽之作嘛！能不造就文学巨匠嘛！

茅盾故居并没有特别之处，普通的院落，平凡的天井，地上铺就的一块块砖石都是那么本色，与隔壁邻舍并无二致。不凡的是鸿篇巨制，珍贵的是它的影响力。没有乌镇，没有乌镇上的这几间房屋，就没有茅盾。没有茅盾，也没有乌镇的名声大震，我和这么多的游人就不可能大老远地冒着冷雨前来拜访。

不知不觉就到了东栅的尽头，戏楼之上有人粉墨登场，据说，茅盾小时候爱在这儿看戏，我就不由得要停下脚步，牌子上写着桐乡花鼓戏，虽然一句也听不懂，不少人跟我一样，不说津津有味，也是全神贯注，表情里带着三分享受七分尊重。

转过来有一高大牌楼，上面行书四个大字——乌青毓秀。再看两边联语：北去苕霅，三府七县，众流交会，五湖烟水见泽国；西来天目，四栅八隅，胜景稠叠，一路繁花到乌青。只听说钟灵毓秀，没听说过乌青也能毓秀。在石板路上走着，仿佛在家乡踏青。远处青黛如眉，近地古宅若洗。胸无块垒，地若墨浸，何等的大气磅礴，豪气干云。

游兴未尽，想沿河返回，守门的看了看用过的门票，挥手放行。我们在对面眺望，所有的民居都枕于水上，高枕虽无忧，脚踏要实地，这些并不起眼的"脚"，已经支撑了几百年了，我担心它还能承载多久？房舍多是下宽上窄，层层缩进，给河让出更多的空间。我就想到退避三舍，想到退而思过，想到退一步海阔天空。

修宾夫人小陆买来姑嫂饼和热气腾腾的菊花糕，气喘吁吁地送到我的面前，甜食能增加热量，也是江南人的最爱。那花色，那造型，艺术而又精致着呢，真不忍心下口。正迟疑间，小陆催我趁热，就几口吃了下去，便有了古道热肠的感觉。到了停车场，工作人员问我们还要去哪儿，不厌其烦地介绍返程捷径，人地两不生，春风能拂面，真叫一样的古镇，不一样的乌镇啊！乌镇遇冷雨，却未见到冷脸，也未遭到冷眼，更未感到冷漠。

冬日里乌镇的冷静与安宁，平和与淡定，永远留在我的记忆之中。

2012 年 12 月 22 日记于桐乡

踏雪寻迹

古人踏雪寻梅，踏的是浪漫，寻的是心情。我们今天不是不想踏雪寻梅，是找不见那种感觉。

冒着早春的严寒，我随西安的一家俱乐部，来到宝鸡千阳莲花山狩猎场。一路上都是满目的荒凉，并不是春联上写的那样大地回春，万物也还没有复苏的迹象。好在积雪很厚，走在上面，发出"咔嚓咔嚓"的声音，厚的地方，上面有一层硬壳，那声音就变成"扑嚓嚓扑嚓嚓"，很像在跳踢踏舞，人多了，步调再一致，就像小规模的阅兵。这雪虽不新鲜，却是大自然专门为我们积攒的，也可算作某种积蓄，一种原始积累，让远道而来的客人有雪可踏，有迹可寻。

寻找梅花虽是雅玩，如果少了雪，梅就没了神韵。正因为有了雪，我们此行就不虚，就有了雅趣。特别是一些动物在上面踩出来的足迹，自然本真，古朴洒脱，像一幅幅儿童画。野鸡写着"个"字，调皮而有个性，又像是在宣纸上用淡墨画着竹叶；野猪笨，只会写半边"引号"。还有不知是狗、是狼，或是什么猫科动物足迹，像模像样地在雪白无边的大纸上画着"梅花"，我们不想踏雪寻"梅"都不行了。有一种足迹我没认出，像是在画垂柳枝条，同伴觉得不像，跑来帮衬几笔，我就想到灞桥折柳，想到一种叫"聊赠一枝春"的友情。仔细一品味，猎皇徽章上的橄榄枝不也是这个样子吗？是啊！在自然环境里，谁都不能小瞧了谁，摆在我们面前的作品，哪一个都是至臻至善，魅力四射，浪漫主义和现实主义的完美结合。

说是寻迹，其实是在观看，在欣赏，因为我们不可能沿着足迹找到"作者"或者"画家"，它们恐怕也没想到要出名。它们的生活是平静的，是淡定的，我们不忍心打扰这些可敬的"隐士"，抑或是"艺术大师"。

我们的领队宋伟，眼力过人，在雪地里拾到一只死了的雌性野鸡。有的惋惜，有的感叹，有的唏嘘不已。不知是冻死的还是饿死的，因为这里早已封山育林，好多年都未种过庄稼，可以说是渺无人烟。这或许就是专家说的"老弱病残"，属于可捕猎范围吧。从另一个层面去想，说明这儿生态好，飞禽走兽多，难得一见的野生动物俯拾即是。

走过一段荒野小径，我在草丛之中拾到一根好看的雄性野鸡毛，显然是尾巴上的，长而整洁，丽而堂皇，炫目的图案加上流线造型，让人爱不释手，只想做案头清供。我在后面默默地走着，脑子里便不由自主地胡思乱想：对鸡毛蒜皮之类不屑一顾，本身就是一种自大，野生动物世界奥妙无穷，有些东西人类难以企及。

到狩猎场并不打猎，而是猎奇，是寻找，虽然累，心情却好。大家踏雪寻梅，小我踏雪寻迹，一字之别，境界各异，能找到自己需要的情趣，就是大幸了。

（原载 2012 年 2 月 24 日浙江《今日建德》报）

进了一个叫书院的门

知道"书院"这两个字,是因为家乡有个岚河书院,就是当时的学堂。书院这个词不知谁发明的,真应该给他挂个匾,学堂、学校哪有书院雅致,入味。后来写县志,经常有人寄来一些文史资料,厚厚的一叠,几乎要把信封撑破。字大而有些扭曲,常常超出格子,每张都用了复写纸,笔迹清晰,力透纸背。署名王子绍,地址是西安书院门,我们虽然从未晤面,却对这位文墨很深、经历不凡的老人打心眼里敬重。从这以后,我就知道西安有个书院门,书院门里有个岚皋人王子绍,王子绍在书院门有自己的一院房子。

我最喜欢书,只要有书看,还看得了书,就是大幸福。院门谁都见过,围墙留一出口,修个大门就成。书、院、门,三个字连在一块儿,就大气多了,就又是一重天了。

来西安有些日子了,从未去过名气很大的书院门,那儿文气厚重,才情比穿堂风厉害,随便踩死个蚂蚁,说不定就是从哪个大家家中跑出来的。画家潘慧从岚皋来,诗人益鹏一吆喝,我的胆子就壮了,三人为众,走进古色古香的街巷,身轻如燕,真有一些与"众"不同了。我的顾虑总是多余,这院门并不势利,没有狗眼看人低,反而很大度,虚怀若谷,海纳百川,谈笑不全是鸿儒,往来肯定无白丁。大胆出入没人盘问,随便拍照没人阻拦,更不用说登堂入室,装着内行品头论足,附庸风雅,不是文人也是文人了,不是才子也成才

子了。

书院门里不全是书和字画，文房四宝、市井百态一应俱全。有位老大妈，手推车上摆了好多鸡毛毽子，我小时候拔了公鸡毛自己做过，一看就亲切，掏出相机要拍，大妈赶紧起身把歪着的摆正，生怕影响了产品声誉和形象。

几个大汉扎了一堆儿，就像水中谁扔了食物，鱼儿们一哄而上，脑袋挤作一团，抢得到抢不到无所谓，只图那份热闹劲儿。踮起脚尖一看，原来是两位下棋的战之正酣，自己已乱了方寸，做主不得，旁观者吼声如雷，抓起棋子就"见义勇为"起来。

闻到红苕香了，不用找寻，那气味儿自会引人入巷。那位胖嫂真会做生意，见我拍了她的照，举着香气四溢的烤红薯要我买，欠了人情，不买也得买一个揣着。

一位小伙子看我们面善，硬要引我们到他的工作室，我佩服他的明人不做暗事，提名叫响说他卖的就是仿作、临摹，美其名曰极品高仿。进入一个小巷，上到三楼，门外破败不堪，室内却又是一番景象，悬挂的全是名人"作品"，惟妙惟肖，足可以假乱真。一问价码，刘文西的画六百元，贾平凹的字三百元。

快出头了，遇一店堂，名曰古槐轩，店后是槐，店前是槐，店左是槐，店右是槐，仿佛到了槐树庄了。躯干若骨，枝条似铁，透着古风气象。树可以千古，字画可以千古，书院也可以千古，唯独我们这些人不能。

书院门的门槛很低，想进就进，想出就出，并不以你是文人就高看几眼，也不会以你不是文人而轻视几分。来这里的人，无论高矮胖瘦老少男女，自觉不自觉地会斯文儒雅起来，走路脚步放轻，说话声音变细，连放个屁也要上演一出"这里的黎明静悄悄"。

书院门，文雅之门，文质彬彬之门，大众化的众妙之门。

进了一个叫书院的门，等于上了一堂课，没见冒烟却熏陶了一回。

2012年3月4日草于西安南梢门

让心安静下来的地方

记得一位旅游专家说过：就中国人来说，去旅游就是对幸福的一种直接追求，一定意义上旅游变成幸福的代名词。

幸福是一种感受，是一个过程，是超越日常生活的行程。幸福在路上。

金丝峡的名声已经很大了，就像一尊佛，朝拜的人一多，就神了，也灵了。一个地方的好，不能光靠道听途说，得去感受，去体验。我供职的公司知道我神经衰弱，经常睡不着觉，决定叫我到那里去住上一段时间，想住多久就住多久，想写就写，不想写就不写。这是做梦捡了金条的好事，令许多人羡慕。我这个人容易满足，洒点儿雨露就能破土，有了阳光就要开花，响起鼾声就做美梦。

看一看，听一听，问一问，想一想，那峡那人那事就挥之不去了，就刻骨铭心了。而我每次走在峡谷的小径上，都有一种想带走一些东西的冲动。那一滴水响，一声鸟啼，一句蝉鸣，真想带走；那一片白云，一丝柔风，一弯彩虹，很想带走；那一个背影，一脸笑意，一声赞叹，我都想带走。只可惜我没有那么大的行囊，也没有那么大的胃口，我只有一支笔，几滴墨水，也许只有它们能了却我的心愿，带走我想要的东西。

金丝峡真是一个好地方，是一个让人难忘而又能让心真正安静下来的好地方。

打开窗户听鸟声

　　秦岭在中国的山系里，不算高，却很阔。山有多高，树有多高，水有多高。有水就有山，有山就有树，三者注定要生死相依。正因为有了山的阔绰，山的错落，便有了沟壑，有了溪谷，有了涧溪泉瀑，有了金丝峡谷这样的极品。

　　金丝峡地处秦岭、伏牛、郧西大梁三山交会的陕西省商洛市的商南县，与陕豫鄂三省八县毗邻，不算深山老林，也是穷乡僻壤。正因为躲隐世外，知之甚少，才得以保存完好。

　　这是一处净土，也是一块福地，有一点温暖就能活命，一丝水汽就能青葱。

　　天蓝，蓝得透彻；水清，清得澄净；山青，青得纯粹。进门绕湖而行，过仙人石，前面有清泉从石隙中溢出，自叠三级，汪洋恣肆的样子，没见泉眼，听不见水响，明"人"做了一回暗事。

　　狭窄在这里成了褒意，缝隙在这里已是常态，金丝峡的水是挤出来的，是撞出来的，是冲出来的，因而就飞瀑，就开花，就明净，就柔而有力。

　　植被丰盛得让人手足无措，眼睛实在让人不知道看向哪里。岩壁上爬着一棵老藤，说是赤壁草，虎耳草科，木质藤本。我的胳肢窝里生着痒痒筋儿，谁若一搔动，就忍俊不禁。它的腋下长着吸盘，紧紧依附在光滑的岩壁上，把笑声延伸到人们看不到的地方。朝上打望，没见笑声，却有一面绿色的旗帜铺展着生动。都说藤缠树呢，金丝峡的藤缠岩，这种纠缠不清的情愫，把一个生硬冷清的石岩装点得生机盎然，秀色可餐。

　　我住的宾馆后墙靠着山坡，窗户与一棵并不高大的核桃树对视着，碧绿的阔叶被风一吹，像挥动着巴掌在招手呢，没看见鸟巢，却有两大两小四只喜鹊在树枝上散步。很少集体行动，多是两只一组或者单独出没，叫声并不动听，也不叫人讨厌，像竹竿在石头上敲击，一问一答，节奏分明，轻快简捷，自由自在。一会儿摇头，一会儿点头,不知道在研究什么,看表情,不像是心事重重,倒像是闲庭信步。尾长,显得身材匀称,脖项下有一圈白,老以为是一条围巾呢。有翅不飞,多是跳跃,不时地把那尖喙放在树上磨蹭,或是梳理羽毛。那动作,潇洒飘逸,俊朗有骨,像中国某位大家的书法。

每天,是鸟声把我的天给啼亮的。这种不做作的自然之美,就是金丝峡的性格,因为这性格,它才有魅力,才会令"居之者忘老,寓之者忘归,游之者忘倦"。

要说对峡谷山川的认识,人还真不如这些鸟儿们,它们知道哪儿的果子啥时该熟,哪儿的虫子最为活跃,资源分布烂熟于心,了如指掌。可惜我不解鸟语,若是有翻译也行,那样我会采访得更深刻,了解得更透彻,写得更鲜活。

友人来看我,见有炊烟从窗外飞入,忙要去关,被我阻止。我无论走多久,窗子总是敞着的,怕关住了鸟语,自己会寂寞,会若有所失,怕鸟儿们多心,笑话我们这么大的动物不近"鸟"情。人一生会错过许多美好,有些能弥补,有些找死也找不回来。自从入住以后,就从来没有关过窗户,没带啥值钱的东西,不怕失盗,就怕听不见蝉鸣鸟唱。

有一天太阳大,我没有外出,就在室内看书写作,一只胆大的鸟径直飞到窗台上,扭着脑袋朝里打量,见没有动静,就在玻璃上啄了几下。试探?想与我交谈?我读不懂它的眼神,它也读不懂我写的文字。

临近停车场的走廊外面一阵喧哗,来了几辆大巴,从上面下来不少组团的游客。我一点儿也不觉得烦躁,真是奇怪,有鸟声相伴,似乎这些嘈杂也变得纯净起来。

人就是贪得无厌,耳朵在倾听天籁,仍然奢求眼睛能够享受美色。鸟语是禽类对这个世界最美的表达方式,文字是我们对这个世界最好的倾诉方式。文字就是雀舌,就是笛膜,就是我们舞蹈的足尖。我自恋着自己的文字,尤其是有雀鸟相伴写出来的文字,每一个字之间,每个词语之间,每个段落之间,都散发着文字的体香。因为每个

汉字的缝隙里，不可避免地隐含着月光，炊烟，还有无数的虫吟和鸟语。

静下来的时候，我看到只有鸟儿才能注意的事情：一只昆虫裹着毛线衣，正悠然地睡在花瓣上，想等梦醒时分咬碎透明的露珠。一朵小花的瓣儿早已脱落，籽实却天天见长，说不定在无食可进的关口，会救它们一命。

静下来的时候，我会发现自己很轻，如同一片树叶，落地无声，无人知晓。甚至没有鸟儿们飞得高，走得远，见得多。它不需要问谁，就知道哪儿能安家，哪儿有饭吃，哪儿环境最好。更不需要做点儿事就先打招呼，安排生活，慢待了还要数落，发一些无名火。

静下来的时候，我能听到自己心灵深处的回声，那不是赞歌，是警钟在轻轻敲打我们要懂得感恩。在这方面还是没有鸟儿们自觉，只要无人伤害，有一个好的生存环境，就会在客人的镜头前飞来飞去，不是为了表现自我，而是证明这地儿空气多鲜，生态多美，我就是活广告。

打开金丝峡的窗户吧！那里有安妥心灵的偏方和秘籍。

石燕寨上的庙堂不低

早上一阵儿雨，一会儿就停了，空气那个鲜，无法用语言形容。伴随着鸟鸣和水声行走，身轻如燕，看什么都顺眼。遇到一拨一拨的人，上上下下，来来回回，并不说话，淡淡一笑，温暖流遍全身，我们并不陌生，我们拥有一个共同的名字叫游客。尽管最终他们会漠然地擦肩而过，这一整天，幽谷长峡都会春风扑面，充溢着温情。

白龙湖旁有一棵树倒了下来，路外有人用木杆撑着，高个子得俯首而过。木牌上有文字提醒：慢点儿，碰着你，我心疼！为什么非要宁折不弯呢，弯弯腰改变自己的姿势，躲过障碍和伤害，人生之路有时会走得更顺畅。这种提示不仅仅是温馨，而是亲切，幽默，启迪心智。

水中有一株柳，四周围了一圈漂亮的造型，看得出，不是敷衍，而是精心设计。就想：这树就这么金贵吗？金丝峡到处是树，多一棵不多，少一棵不少，这样做值吗？个性决定命运，细节决定成败，正因为注重了细微的小事，金丝峡才有如此大的名气。

上次去石燕寨，坐的缆车，可称跑马观花，今天去爬步道，就是走马观花。向上看去，绿树掩隐，不知底细，无知便无畏，埋着头就朝上攀登。有人说了，上山容易下山难，可以这样想，上台阶是步步高升，平步青云。下山就叫退一步海阔天空，或像苏州的退思园，叫退而思其过。我们这一生值得反思的东西不少，土改时分过别人的财产没有，大跃进时刮过浮夸风没有，大炼钢铁时砍过古树没有，"文化大革命"中整过人没有。自己想通了，一切都通了，走起来就轻松了。

山下播放的音响，我却听成了佛乐，似在给我的步伐伴奏着呢。有不知名的鸟儿在枝间跳跃，不时啁啾几声，无人会觉得聒噪。深林中的啄木鸟，看不见，听得着，急急地敲打着木琴，也许是心太急，节奏把握不住，没关系，重在参与嘛。一根老藤，胖胖地扭着腰身，好像随时都笑弯着腰，是树枝挠了痒痒筋吧，要不就有不少偷着乐的事。山里藤木，盛衰自持，俯仰有度，神态不凡，可以吐故纳新，拂尘扫垢，还能让我们气定神闲。

再向前，隔世于外，又是一重境界。

南天门有修复的痕迹，城墙似的基座爬满黑色胎衣，说明年代的久远。进得门里，不想闭关自守，垛口、瞭望孔齐全，恍惚间有了到八达岭长城的感觉。按理，进了南天门，就算步入天界。天界虽好，凡间不错。天高地阔，来去由我。

有人曾这样感叹：人啊！都说金钱是恶源，都想捞；都说高处不胜寒，都想爬；都说烟酒伤身体，都不舍；都说天堂最美好，都不去。人都很现实，我也不例外。

上面的玄武殿已经拜访，再远处的玉皇阁就不打算去了，要学贾平凹三游华山呢，留些念想下次好来。

我对大庙前的几棵大树发生了兴趣，粗壮的树干，光滑如肤，忍

不住要伸手摸一摸。由于树皮脱落的时间不一,颜色也是浓淡有别,远看像油画作品。诚明道长走过来:施主,你认识这树吗?我摇摇头。他说,这叫榔树,也有叫榆榔树的,饥荒年月,树皮能救人的命呢。想起来了,我听胡金鑫讲过,他说,石燕寨上有几棵古树,最大的一棵至少有六百多岁了。榔树又叫小叶树,脱皮榆,树皮呈不规则鳞片状脱落。喜光耐干旱,生长很慢,秋季开花,材质坚实。

道长见我一时半会儿还不想离开,就靠在石包上讲了一个传说:早年间这儿是一条不小的河,一条青龙经常在河里出没,岸边住着一户余姓人家,每天早上都会有一位少年牵着一大一小两条牛外出放牧,人称余郎,时间一长就与青龙混熟了,成了要好的朋友。有一天,突然电闪雷鸣,一阵狂风暴雨过后,飞来一条五大三粗的恶龙,想霸占这个地方。青龙年轻气盛,岂肯拱手让出生活多年的风水宝地,免不了一场恶仗。青龙且战且退,眼看性命难保,余郎赶来帮忙,一扁担下去,打掉两片鳞甲,到了最后,三败俱伤。恶龙伤势不轻,逃到几十里外一处山洞里,不久就死掉了。余郎被恶龙抓成重伤,流血不止,青龙从身上揭了几片鳞片给他敷上,伤口很快就长拢了。青龙终因伤势太重,余郎和当地百姓想了许多办法,也未治好,死后化成石燕寨上的一脉山峰,余郎寿终正寝时,嘱咐家人一定要埋在青龙的化身旁边,两个好长相守护,永不分开。再后来,这儿就长出几棵脱皮树,当地人叫余郎树,学者改成榆榔树。脱的皮很像龙身上的鳞片,能治皮肤病。山下有几个贪心的人,不停地揭掉树皮,积攒多了好挑到集市上去卖,以致把树揭个精光,后来这树虽然仍在脱皮,却失去了药性。

我忍不住嘀咕一句:一有贪心,六根难净。

庙堂之高,名山僧占,我只想回到我应该待的地方。是啊,不管你爬多高,总得下来。上与下都是一种享受,人生又何尝不是如此,皆由平凡开始,最终又回到平凡。小人物是这样,大人物也是这样。所以,人在高峰时,就应当想着下,下是必然的,下来后也应当像在高峰时一样快乐。高处有高处的美,低处有低处的乐。你已经阅尽了高处之美，回过头来再感觉一下低处的快乐，有什么不好呢？你原来不也在低处吗？

天上有太阳，不大。空中在雨洒，更小。我老家把太阳雨叫下白雨，究竟是白色的雨呢还是这雨白费了工夫，我始终没弄明白。要不看石板路和松木栈道，真不知道在下雨呢。麻风细雨打湿衣裳，碎嘴不停吃断家当。衣裳未湿呀！莫不是全叫皮肤吸收了，这可比护肤品好，回西安保不准有人会说我又年轻了几岁呢。

回到住地，肚子正饿，炊事员张爱娟蒸了多年不见的杠子馍，大如碗，有麦香，加上凉拌黄瓜、回锅肉炒洋芋片，外带一大碗稀饭，只吃得头上出水，不知今夕何夕。

情人眼里出美景

过去多是在报端，在电视画面里，在别人的口碑中，当我走进峡谷，触摸这儿的微风和流水，才发现，这美，是这样的真实，这样的简单，这样的触手可及。

青山寂寂，河水涣涣，我想把自己多少有些疲惫的心，任由轻风抚摸，交给碧水淘洗。心情一好，便想与一些小生灵逗个乐子。早晨吃的玉米糁，走时忘记嗽口，找一浅滩，掬起一捧，倒进口中，仰头呜呜噜噜一阵，脖子一伸，吐入滩中，引来数尾细鱼前来争食。鱼儿们不懂成语，自然不怕我说它拾人牙慧。

路边有铜壶接水，导管是一节细竹筒，一颗一颗地滴答。我很是不解，路外溪水潺潺，奔流不息，举手之劳就会盈壶。那人说了：山里人，不急。它滴它的水，我干我的活，两不耽搁。真有此理。我一时无语。

一看标识，情人谷，我单身一人在这儿溜达，算是糟蹋了让人心动的名儿。这名儿初听不新，因为别处早有。仔细一想，也有它的道理，就像山里人给小孩取名，你喊黑娃子，我也喊黑娃子，你叫狗娃子，我也叫狗娃子，并不显得重复，时间一长就习惯了，就熟稔了。亭台之下的两排长椅，很少有人落座，穿黑色晚礼服的水鸟，同我一

样,孤零零地在椅背上走来走去,左顾右盼,不是觅伴,而是觅食。

没有情人,并不是没有想法。我退到河之床上对天仰望,这对情人高家庄的高,任由我穿再高的鞋跟,也难以望其项背。以我之见,不如叫情侣峰(这名也不新鲜)来得准确。只能守望,不能亲近,端庄得很有分寸。一魁梧,一娇小,两座山峰相向而坐,似在促膝长谈,不管冬夏,忘记岁月,成为永恒。不像现在的年轻人,今天相识,明天拉手,后天就想谈婚论嫁,急功近利,十分现实,烧火等不得粑粑热。恋爱少了害羞的过程,成了程式,没味,无趣。

空气中弥漫着淡淡的清芬,是草木香味儿。原来这儿有化香和香果树,还有白楠,据路牌介绍:樟科,楠属,热带常绿阔叶树种,圆锥花序,果球形,木材及枝叶果均有香味。我就仔细瞅那叶片,嗯!眼熟,大集体时见过,漆匠必备之物。漆刀切开树皮,就用这种树叶折个斗儿在下面接着,收漆时取下在桶沿上一刮,浪费很少。队长找有经验的人到深山去采,早去晚归,几十张一捆,像银行里的票子,回来过目之后,让我在工分本上记上十二分。

树香逗人爱,人有体香更逗人喜欢。小说《肉蒲团》写一女子,身上异香袭人,迷倒许多情场老手,难以自拔。我们大队有一女子,名叫万仁秀,人称万人迷,结婚数年,没有生育,长得很平常,脸上还有雀儿斑,不搽胭抹粉,身子自来香。曾听大人们津津乐道,若能与她做一夜夫妻,十年不近女色都成。

扯远了一点儿,还是回到当下吧!金丝峡有这么多的芳香植物,一个人何孤之有?林和靖能梅妻鹤子,我也可以与树定情,与树交友。我就是一棵能走的树,它不过来,我就过去。耳畔似有稼轩的词句飞来:我见青山多妩媚,料青山见我应如是。

碧玉潭有游客垂钓,"武器"装备非常精良,我问这儿水小,能钓起大鱼吗?那人说:不奢望大鱼,有小家碧玉就成。大家藏闺秀,小家生碧玉,我先一愣,再醍醐灌顶。

每天从峡谷回来,我就像一坨海绵,饱汲了水汽,比城里做美容还要清爽。长久地居住在有水的地方,或者不厌其烦地重复一条峡谷,在市衢的人看来,是天大的福气。我不是做个样子,而是率先垂范,身体力行,渴不渴每天都要捧几捧一饮而尽。认得认不得的人,乐意学我的样子,面对一溪美水,像吸奶的孩子,一头扑到母亲的乳房上面,躬着身子行一个大礼,掬一捧清泉,从指缝间慢慢筛入口中,打不打饱嗝无人追究,却要缓不过劲儿似的,面朝流水,亦痴亦呆,半晌无语。

金丝峡的水、石、木、藤、草都是智者,无忧无虑,纯情无欲,让我找回童心状态。这种状态任何势力不能冒犯,也无法冒犯,因为它是"空"的,坦荡荡如蔚蓝的天空,空洞洞如脚下的幽谷。

傍晚时分,周程推门进来,打过招呼就忙着换上正装,脱下来的衣物扔了满床,顾不得收拾,急急地就出了门。一会儿篝火晚会开始,才知道小伙子要临时客串主持,南京旅游协会会长带了二十多家旅行社老总前来考察,用主持人的话说:山含情,水含笑,金丝峡欢迎远方的客人到。

陪同的刘凤鑫即席赋诗:有朋远方来,搭建友谊台。共谋双赢路,大家都发财。

热闹也不好捧,客人喝了酒,无论熟不熟,不管会不会,拉住就要上场,服务可到家,话筒递嘴边,出丑也不能退缩,只好唱了几句商南有我老家也有的陕南民歌《摘黄瓜》:姐在园中摘黄瓜,郎在外头打泥巴,打掉了黄瓜花。打掉公花犹似可,打掉母花不结瓜,回去爹娘骂。

南京的摄影家黄苏平有些醉意,大声喊:我们都姓黄呀,咋就非唱摘黄瓜?我有优势,手上握着话筒,声音更大:咋了?就要唱两条老黄瓜!

掌声响起来。

不以无人而不芳

昨晚雨下了一夜,今早仍未停,我撑着伞踽踽独行。路中一棵树,因为它的缘故,道不得不弯。我用耳贴近树干,会听到树的心

跳,准确地说,是树喝水的声音。往上一抬头,一滴巨大的水滴从叶片上滑落下来,准准地落进我惊讶的嘴中。那是真正纯正的水,来自高高的云朵,来自谁都想去而谁也没去过的天堂。从绿色叶脉上经过的水,有草木味儿,是软体翡翠,是真水。

沿着水走,石板路像上了一层釉,启功先生题写的"兰花谷"三字,被雨一洗,更加鲜亮悦目。有人说,这是一处国内罕见、秦岭最大的兰花带,总长约三公里。峡不应该叫白龙,就叫空谷幽兰多好,文雅,禅意,不想来都不成。世居山林,如此爱兰,不多见,诚可贵。就像山里人要走出深山一样,就像惠民政策里的移民搬迁,不管兰愿不愿意,喜不喜欢,也要移植一些在路边,供游人近距离地观赏,品鉴。深闺虽好无人识,一睹芳容大路旁。

兰的加盟,给金丝峡增加了文气,并非只是说道,只是品种,而是厚度,是旺盛精力的一种发散,是个性张扬的一种引领。

许多次从翰墨崖路过,总无兴致,今天被雨一泼,新墨未盖住旧墨,反倒有了层次,那竖着的不规整线条,真像兰的叶片呢。薄雾徐徐,帘卷帘开,整个崖壁就是一幅传神的水墨画。再看路里,一菟兰草独坐怪石之上,仿佛郑板桥的小品,活灵活现地在眼前抒发着古意。

兰花的叶、花和香味儿独具四清,即气清、色清、神清、韵清。不说花的冰清玉洁,就是那飘带似的长叶,柔而有骨,细而不薄,给人谦谦君子之感。一株兰花就可以香溢数丈,数万株兰花一同盛开,肯定是芬芳远溢清,香飘云天外,那盛大的场面,播芳的气浪,宏渺,壮观,仿佛置身了众香之国。

金丝峡的掌门人胡金鑫,对兰情有独钟,他有过这样精彩的描述:金丝蕙兰,香气悠远,时隐时现,时有时无,时浓时淡,时近时远。不见其影,能闻其味,一盆在室,满屋皆香。贴鼻细嗅,其香不在,后退数步,馥郁又至,真乃只可远闻不可近嗅也!

中国的文人,自古多才而多情,总是赋予花草树木以人的品格和灵性,再从中提炼出人格参照,由俗及雅,由形入神,呼朋唤友,观赏吟咏，不吐不快，好诗好词，好文好赋，加上文人的高境风骨，哗啦一下，一包袱全抖落在你面前，看你还无动于衷不？兰花自古受文人圣贤的热捧，同梅、竹、菊同誉为花中"四君子"，自然留下许多脍炙人口的佳作。孔子说："芝兰生于幽谷，不以无人而不芳；君子修道立德，不为困穷而改节。"评价之高，爱慕之情，溢于言表。《四君子赋》中说："兰，幽而不病。处深山，厌都市喧嚣，不以境寂而色逊。居幽谷，喜明月清风，不因谷空而貌衰。"刻画到位，无人能及，圣者之气，王者之香，数千年不衰，得谢他们才是。鲁迅的"独托幽岩展素心"，一言九鼎，真知灼见，入木三分。

上网时读到一篇叫《幽兰操》的美文，喜不自禁，知道了两千五百年前，孔子自卫返鲁，过隐谷之中，见芗兰独茂，喟然叹息，就停下车来，援琴鼓之："习习谷风，以阴以雨；之子于归，远送于野；何彼苍天，不得其所！逍遥九州，无所定处；时人谙蔽，不知贤者；年纪逝迈，一身将老！自伤不逢时，托辞于芗兰云。"这就是古琴曲《碣石调·幽兰》的来历。可以想象端坐琴前的孔子，是如何苍老和失意，却无从得知那丛深谷幽兰，在泠泠七弦声里作何想，它怎会料到，一曲碣石调之后，自己就成了承载中国文人文化品格的一个巨大的符号，并被后来人传唱不已。韩愈在一千年以后唱和，他比孔子旷达，也比孔子更多地注意到兰本身的美："兰之猗猗，扬扬其香。不采而佩，于兰何伤。今天之旋，其曷为然。我行四方，以日以年。雪霜贸贸，荠麦之茂。子如不伤，我不尔觏……"多喜欢那些句子，每一个音节都旷世独立。"为王者香"其实太狭隘，配不上兰花。"荠麦之茂，荠麦有之。君子之伤，君子之守。"谁的心里没有兰的理想，但是大多数人，只能像荠麦那样生存。

金丝峡景区管委会新近出了一本画册，名叫《空谷幽兰》，多是兰草开花的情影，可贵的是配了许多古今文人描写兰花的好诗，我在信手拈来的同时，对这一弘扬兰文化的举动，拍手叫好，敬意有加。

咏冬梅的多，咏冬兰的无，让我几乎愤愤不平。我曾在严冬里打柴，眼睛为之一亮，雪中兰草，一抹墨绿，才叫高洁呢，才叫不凡

呢！表里坚贞，高格韵清，守静自矜，素面朝天，清英雅秀，孤洁幽独，飘逸若仙，非尘中之物能比。矜则幽，幽则静，肖云儒先生有一段话，并非说兰，却适合兰：静可凝神，静可养心，静可启思，静可去芜，静可生美，静可延寿，静乃人生大要也。

其实，这世上有一些东西是难以言说的，不说比说出来有力，只是人的记性差忍不住偏要说的。佛就不说，佛只是拈花一笑。

秦岭生兰草，兰草金丝峡的好。不怪兰，是我自己来迟了，看不到花，闻不到香，只能看叶观草了。没能亲历和感受兰花展的盛况，没能一睹兰花仙子们的芳容，但花梗未脱，余韵犹在。错过了花期，不能再错过雨中访兰的机会。我真想问，换了环境，芳邻多了，习不习惯？有风吹来，纷纷点头。雨打树叶，毕剥有声，路遇一亭，坐下酸劲儿上来，就想出一联：兰是美人无碍瘦，树如朋友不嫌多。

再走，收到朋友用短信发来的诗，有"半天云雾半天雨，半是诗情半是画"的句子，正好与我此时的心境契合，就忍不住凑了几句：夏雨洗青山，丛林隐蕙兰。花褪叶更幽，林下舞长剑。鸟鸣烟岚动，空谷响飞泉。快哉君子风，小隐山水间。

后面上来不少游客，雨水浇不灭他们的兴致，比我走得还快，听口音是西安来的。一中年女士对前面的男士大声喊：你是八国联军啊，掠夺我们的氧气，这么拼命往前赶，还给我们活路不？那男士回一句：我要是八国联军，首先把你掳走。这种调侃，见功力，得雅趣，比我们说负氧离子多少多少有力度得多。

旅行是一个快乐的过程，在快乐自己中，也快乐着别人，即便像我这样听来的快乐，也都觉得好玩儿，偷偷地畅快好一阵子。

道法自然的别有洞天

那天我在石燕寨，玄武殿前正在搞建设，雏形已出，只是院子有点儿乱。净地不静，心烦意乱，只有古老的椰树一动不动，仿佛很镇定。我久久伫立在那儿，别人以为又来了面壁的出家人，听那些石头的心跳，生与死的轮回对视，以及渐行渐远的香火烟尘。见到诚明，他似乎有点儿不高兴，我问了一些很八卦的问题：

玄武是谁？

张三丰。

他那么忙，能来这儿吗？

你们行游，道讲云游。

过去的庙在山后，没有现在大吧？

牛大压不死虱，山高遮不住太阳。

现在香客多还是过去多？

过去人手少，现在游客多。

我是佛道不分，佛厉害还是道高明？

佛法无边，道法自然。

我应该感谢不高兴，只有这个时候的回答最简洁明了，一点儿也不拖泥带水。

好一个道法自然，金丝峡建设中的全面生态化，是有"道"的，是顺其自然的。比如坚持规划先行，杜绝盲目开发；坚持原汁原味，避免生态失衡；坚持永续利用，不做一锤子买卖。原则是宜曲不宜直，宜粗不宜细，依弯就势，避石护树，原始本真，藏巧于拙。无心插柳，有心护生，为生态旅游的健康发展，提供了一份可资借鉴的鲜活样本。

一问一答，短语相接，尽管有些拧巴，却透着玄机和睿智。就想到金丝峡的大小洞窟，一看都清楚，细读又不懂。那些优美的传说，还是留待导游们讲吧，我不能抢了他们的饭碗。

有点儿累，刚好路边有石凳，一声声带着山林草木香味儿的缥缈鸣奏从绿树间划过，叶片儿被震得簌簌颤抖，从空中飞过，也不忘亮一嗓子，一出声，就有高难度的音准，形成一道抛物线般的音弧。石桌后面的草丛或林间，有四五只小鸟在试唱，声音不大，却纯正，是我听到的最稀缺的天籁。内心还在想，若那道长的胡须是白的再密长一些就好了，那就像半山腰的一缕白云，半握稀疏的斜阳，几声或高或低的鸟啼，和一把野芹菜一样湿漉漉的思绪。"道"无处不在。

"道"是一个难解的题。

金丝峡经过漫长的地质运动,形成了大小各异的洞穴,每当我捧着茶壶经过时,就会想起两句老话:洞内乾坤大,壶中日月长。洞不重要吗?结婚的新房,为啥叫洞房?道家评星论级,为啥说第几洞天?

说一处小洞,小如耳朵,大不过斗方,人称耳洞。专业人士说,此洞属可溶岩地区常见的一种发育不完全的干溶洞,洞口有被差异溶蚀的突起和凹陷,极似人耳。别说人耳,牛耳也没它大。每次从洞外路过,总要停下来,不是望,而是听,想听听它在听什么。树大招风,耳大招雷,要不怎有如雷贯耳一说!是看景不如听景,还是请君为我侧耳听?是百闻不如一见,还是耳提面命!听溪唱水吟,还是鸟语虫鸣,我看它最喜欢游人的空谷足音、赞歌笑语。

再说大洞,人称金狮,又叫太平。还是太平好,太平盛世,盛世成事,盛世美景,多么叫人向往啊!洞极险要,当地百姓过去曾在此躲避战乱和匪患。虽然我不想进洞,洞在一个景区却少不得,如同旅游的六要素,缺一不可。

天生一个仙人洞,无限风光在险峰。仙人也好,道家也罢,都喜欢躲藏,弄些玄虚,悟些虚空,以区分他们不是芸芸众生、凡夫俗子。要想看景,还得冒险,打开窗户,洞开视野。即便钻进峡谷,也不想让人门缝里看,扁的是风景,是好奇心。宽的是视野,是心境。人家瞧不上,自己得瞧上自己才对。

我不愿意钻洞,林下却是我的喜爱之所,刚好还有石桌石椅,就坐下来掏出一份《金丝峡周报》,阅读那份宁静。

叫人心动的婀娜之瀑

婆活着的时候,见我要出门,爱说两句话:一是"走路不用问,大路没得小路近";一是"隔山不远隔水远"。现在看来,的确是"老"话了,尤其我这几天在金丝峡,亲眼目睹下雨涨水难挡游人脚步的情景,遇水就搭桥,逢崖凿栈道,大路小路畅通,山也不隔,水也难阻。

　　雨断断续续下了三天，溪流应该丰满一些了，应是听雨观瀑的最佳时机，我便打着伞，迈着不急不缓的步子，走出浑身的舒坦。栈道上铺了散发香味儿的松木，养脚，外面还有护栏，不怕趔趄，也不怕想多重的心事。

　　过了月牙峡，转个弯就听到很大的水声，循声快行数步，就看见一潭碧水，飞瀑垂帘，玉骨不怕雾锁，冰肌自有仙风。锁龙瀑布像个害羞的姑娘，躲在深闺，只有乘上竹筏才能见其真容。比前几次大了，气派了，一波三折，烟雾蒸腾，丝绸飞舞，宛若仙女浣纱。龙最好别锁，人都寻自由，何况龙乎，如果实在要"龙"，就叫龙吟瀑布吧（我又犯职业病了，平常改文章改惯了手脚，见啥都想动一指头。别理睬，你们照旧）。

　　瀑下的潭皆如瓮状，壁围皆石，苔藓青碧，水草繁茂，细浪似煮，水花如雪，不知其深几许？目光上移，有瀑如练，套牢这瓮，似要提溜而去。这是酒瓮，装了刚烤出来的苞谷酒，多鲜美啊，还冒着热气呢，酒未沾唇，先自醉了。清亮绝尘的纯净之水自瓮沿漫出，哗哗如轻歌，淙淙如低吟，很明快地甩出一条长长的水袖，四周草木按捺不住，舞之蹈之起来。有水鸟飞来，临水照镜，尽管在不停地点头，却找不见自己的影子，贴着水面做几个高难动作，如箭一般"射"进了丛林。取出数码相机，胡乱照了几张，瓮中捉不住鳖，捕捉到几个令人叫绝的镜头也好。

　　前不久，我在一份材料上看到上海华东师范大学旅游系主任楼嘉军教授的一段高论：在地壳运动导致的强烈侵蚀切割作用下，由水流通过形成的瀑布和涧溪优美地貌景观，以水流倾注的声、下跌水流形态的形、白色或彩虹的色、水汽或雾气的汽和清凉宜人的凉，吸引着古今中外的游客，其本质上是以奇特地貌景观和跌水景观为双重吸引物的一种旅游方式。特别是随着旅游成为现代人们的一种生活方式后，瀑布旅游成为最具吸引力的专项旅游产品之一。

　　根据楼教授的研究，瀑布类型大体可分为八种，按瀑布水流的高

宽比,可分为垂帘型瀑布和细长型瀑布;若按瀑布岩壁的倾斜角度,可分为悬空型、垂直型、倾斜型;按瀑布有无跌水潭来分,可分为有瀑潭型瀑布和无瀑潭型瀑布;按瀑布所在地形可分为名山瀑布、岩溶瀑布、火山瀑布和高原瀑布;按瀑布的跌水级数,可分为单级型瀑布和多级型瀑布;按瀑布水流量的洪枯多寡,可分为常年性、季节性、偶发性瀑布;按瀑布的气势大小,可分为雄壮型和秀丽型瀑布;按瀑布的发生学原理,可分为断层瀑布、堰塞瀑布、袭夺瀑布、侵蚀瀑布和喀斯特瀑布。

我比对了一下金丝峡的瀑布,这八个方面,似乎都有,只是比名瀑的气势小一些,声音弱一些。这儿有峡谷呀,植物众多,地质构造复杂,抱团出击,打组合拳,美不死你,也能迷倒一大片。

也有学者说,西方是蓝色的海洋文明,东方是褐色的山地文明。无论怎么说,瀑布旅游就是山与水的融合,是人与自然的互动。水是单向的,玩水是互动的,是体验性旅游产品。把文化注入旅游,旅游就有了魅力,瀑布旅游的玩水文章,重在深挖文化内涵和外延,让瀑布旅游成为文化产品,让人们"玩物励志"。这话说得太到位了,谁叫金丝峡美景太多,每人再多长几双手几双脚几双眼睛也忙不过来,不过他们早有这方面的意识,撑着竹排让人近距离观瀑拍照,戏水荡桨,打打水仗,对对山歌,乐不思归。

金丝峡的瀑布有十几级,一级一景,级级不同,若沿袭我过去的想象,就该叫金发女郎。尽管现在有的口号喊得很响,动不动就是冲出亚洲,走向世界,我还是认为金丝峡的瀑布是村姑,是山里的美女。有人会说,太多不行,眼花缭乱,会看走眼。我说不怕,有的可看成撒娇,有的就当成生气,有的可认为在大笑,有的权当是在耳旁说悄悄话呢。

别人亲水,我要亲瀑,就坐了竹筏钻了进去,不怕湿身,接受洗礼,真正感受一回高下错落飞姿各异的瀑布之雨。猛烈处如千万斛珍珠弹跳,腾空的那一刹那又如千万簇羽毛飞扬。人虽不能随羽毛而飘荡浮漾,却能够站在瀑底,双手托起大把大把的珍珠,看它们化幻为晶露，为彩虹，为紫气，为烟岚。这里的山水，可谓动中有静，静中有动。就像熊召政说的：静是恬静，动是生动。人不能创造奥秘却可以千里迢迢寻找奥秘，前提是你必须对自然抱有宗教般的情感。

螺旋崖上的意外之喜

什么事做半截，就会落下心病，就老惦记。上次到螺旋崖遇雨，中途返回，不是非要了却心愿，是想看看远近闻名的超级向导刘兴周，还有那如同前线指挥部一样的土房子。

想啥来啥，刘凤鑫带着周程、程靖来了，说马上出发，今晚就住在螺旋崖。

有钱难买心里想，我高兴得差点儿蹦起来，脚下生了风，浑身来着劲儿。我们今天能走在如此平坦的栈道上，能从容地欣赏如画的美景，真不能忘了一些人的好。

在白龙湖，刘凤鑫一一指点：这儿原来是芦苇荡，也叫无人谷，石燕寨只有一个人，黑龙峡叫死亡谷。垂钓乐园的范玉琴听到说话，硬要我们上船歇一会儿。程靖有事在后面，为了等她，就没谦让，又是泡铁观音，又是倒葵花子，我知道，这一方面是主人的好客，一方面是对开拓者们的尊重。

阳光再强，照进峡谷里就迅速减弱，或顶光，或斜射，成了某种需要。刘凤鑫跟昨天见到的谭学礼一样，且行且停，一边走，一边示范着教周程拍照。他这是兼得呢，也叫两不误。

沿着我上次走了一半的路而上，越走越亮堂。小周和小程都没来过，小周汗流浃背，出气像是拉了风箱。小程满面通红，帽檐下像是藏了一只红苹果，面皮丝绸一般很有水色。

刘兴周在院坝边上迎接，前几天还在县城治疗冠心病，听说我们要来，特意赶了回来，为了减轻我们的愧疚，他笑着说：你们不来，今天我也要回来。

老人个头不高，头发稀薄，眉毛却浓，腰不弯，背不驼，举止大气，谈吐自如，非常干练，骨子里透着自信，显然是见过大世面

的人。

老两口儿生养了四个女儿，成人后都到了山外，二女儿虽招了上门女婿，也是常年随夫在外务工，家中仍留二老。吃尽闭塞苦头的人，做梦都想着出路，想着开发。

三间土墙房，一间偏厦子，经过三十几年的风雨，墙皮脱落，泥瓦不全，显出破败之相。房梁上挂着的腊肉，有的已经起了霉斑。劈柴码得周正，廊柱和门扉上的春联，仍是那么鲜红。围绕房屋的十二棵核桃树，一派生机，硕果累累。门前的那棵最大，主人说，按今年的长势，能收二百斤干果。

突然，电闪雷鸣，狂风大作，真担心负重的核桃树会倒，还好，只吹落几枚劣质的青果。古人云："木秀于林，风必摧之。"风是树林的思想，林是风的理论园地。树大招风，树也能优胜劣汰，就像修枝打尖，经风这一免费梳理，今年的核桃一定会个个饱满，果仁厚实，卖一个好价钱。

朝石燕寨方向一望，众皆惊艳，一弧美丽的彩虹横空出世，我们仿佛到了童话世界。从前见到的都没有这次的大，也没有这次的亮，更别说那色彩，那弧线，那飞跨两山之间的壮观。一会儿成了两个，只是上面的颜色淡些，不知是折射，还是反光，抑或就是母子虹。就像买鸡蛋论个数，刚巧碰到一枚双黄的，这要是在城里，非大呼小叫不可，眼前的小山村，却是那么寂静，那么淡定。我们到处找角度拍照，不是树挡住了视角，就是缆车线破坏了画面，怎么也拍不全。好在我们能目睹，有回味，可以津津乐道。如同一位绝色美女从眼前走过，看了正面还要看背影，一直看到淡出江湖，相机没留影，心里却记着。

事先没有设计，做梦都难想到，这就叫艳遇，是意外之喜。尽顾了掠美，什么时候停的电，毫无感觉。没电并不影响我们的惊喜，更不会影响食欲，烛光晚宴很有情调，我就像回到了童年，回到一个叫草鞋垭的山村，回到能接地气的老屋饭桌前。刚采的山菇、野芹菜、灰灰菜，才割的韭菜，现挖的洋芋，还有腊肉、豆腐干，满桌子满碗，洋溢着热情。刘兴周很想同老伙计一醉方休，怎奈有病在身，几次划拳输了，嘴里说着"我尝尝这酒咋样？"正要端杯，被女婿接过去替了，只好边收手边解嘲：越是喝不了，这拳就越不争气。搁以往，划十下肯定会赢八下。

人生地不熟，这话不属于今晚。这场景太熟悉了，从不喝酒的我，足足喝了二两，没有醉态，只是话多了一些，酒不大，话大：这次一定好好写，不说语不惊人死不休，也要写得不一般！

漏斗似的小山村装着厚道

同一张床，分盖两床被子，我和刘凤鑫同床并未共枕，相同之处又增加一个，择铺，就是每到一个新地方，第一晚上会失眠，奇怪的是，昨晚都睡得很香，倒头就放了鼾声。我知道，这间屋曾住过金丝峡的开拓者，这张床曾留下决策者们的梦话。

我有早起的习惯，刘兴周比我还早，我们就在鸟语和炊烟的相伴下，在阶沿上开始了对话：开发金丝峡，数你最积极，会有好处吗？

你看到的，我住的这地方像锅底，没有出路，十年前更难，连两块学费都交不起。虽然不懂旅游，却懂客走旺家门的道理。路一通，游客到，穷山沟不富也会变面貌。

有一个典故，叫到处逢人说项斯，你这是到处逢人说峡谷，有人理吗？

开始没人理，说我神经有问题。外出办事时，到过一个旅游景点，一袋烟的工夫就会走到头的干水沟，搞得那么火，我们有这么好的资源，不红起来我把名字倒着写。

你住的地方这么偏僻，人家会住你这儿吗，还要你当向导？

我这是叫花子的三升米，自讨的，但我乐意。这世上没有坐享其成的理儿，那些领导是我请都请不来的，并不嫌弃住宿条件差，油盐淡薄。只是苦了老伴儿，为凑不满一桌好菜急得双脚跳，曾瞒着我四处开借。也没得啥好吃的，最好的东西是土豆炖土鸡。有次一下子来了二十几人，买了四只土鸡，本村的人没让上桌子。

刘凤鑫听我们说得热闹，顾不上洗脸，跑出来插了一句：顿数多了，自然不好意思，就象征性地补偿一点儿，开不出发票，数额肯定有限。有人就编派着作践我，螺旋崖的鸡老远见到刘凤鑫来了，腿脚快的满天飞，腿脚慢的就筛糠（发抖）。我也不反驳，只要人家畅快。

笑过转身接着问老向导，像狗仔队一样穷追不舍：你最难忘的是哪一件事？

是两次遇险，一次是带路探险，照过去打猎采药的方式，遇到深沟不得过，就砍一根木棒，搭成独木桥，踩到上面一滑，磨得锋快的弯刀飞到对面岩上又飞转来，我下意识地一接，三根指头差一颗米削掉了。同伴李录军忙撕了半截衬衣包扎，回家倒了半斤苞谷酒，总算没有感染。一次是大冬天里，扛了八十斤铁丝，脚刚踏上独木桥，木棒一转，一下子掉进一丈八尺深的水潭里，好在我会水，爬起来身上很快就结了冰，为此住了四十天的医院，算是捡了一条命。

最高兴的事呢？

那当然是多年的心愿得以实现，我们现在守着的不再是穷山沟，而是人见人爱的山清水秀，峡谷奇观。看到游客来来去去，照相留念，心里就像抹了蜂糖。过去是个啥样子，小伙子连媳妇都找不到，团转有二十八户，走得只剩八户，现在有的还想搬回来。

最不喜欢的事呢？

听别人说金丝峡的坏话。一次邻县的几个游客抱怨，四面都是山，有啥看头！我回敬一句，兔子都晓得不吃窝边草呢，你们脑壳都叫山碰出疙瘩了，还来看山，去看海呀！气得他们一脸的笑。我有四个女儿，没有儿子，金丝峡就是我的儿子，谁要说三道四扔点儿垃圾什么的我就心疼，就像吐到我脸上一样。

趁对话间隙，刘凤鑫指着进门右手一间房说，第一篇新闻就是在那个床上草成的，回去改了改，征求了几个人的意见，送审时县上一位领导害怕失实，叫先不要发。我去找县委办一位副主任，也有些担心，我就拍了腔子，出了问题，文责自负，这才盖了章。

周程从外面进来，刘兴周打量一下，说这小伙子守财，一辈子钱用不出去。我惊讶着他会看相，就问为啥？他说你没看他的鼻子，两个窟窿罩得严严实实。周程笑着问：我能讨几房老婆？一房，一脚蹬到底（意为白头到老）最是福气。我叫他看看我的面相。他说，你年轻时受过苦，不过晚年还行。是真是假，我都释然。

我不是好写手，却有一副好心肠，喜欢情景再现，设身处地。当年在这里会聚的人，有的功成名就，有的还在为金丝峡的发展殚精竭虑，但不管是谁，只要在刘家住过一宿，吃过一顿，都不会忘记这三间土墙房，都不会忘记刘兴周这样可爱可敬的农民兄弟。

我在想，这名儿若用方言，应叫螺丝，却唤了书面语的名称，雅致，有文墨。离开时我们朝山上走，目的是好好看一眼小村的全貌。

像一个漏斗，装不住物欲，装得下厚道。

一棵树就是一处景点

作为原生态旅游景区，金丝峡里的有名和无名的树木数不胜数，但那棵生长在一块完整巨石上的铜钱槭，却成了著名景点，成了精神象征。这是因为这棵树没有按常理出牌，没选择平坦肥沃的土地，而是把自己的根揳进坚硬的石头里，把丰富的内心世界藏到夹缝之中，且郁郁葱葱，枝繁叶茂。就像我们人类，不管路途多么遥远，专程来钻山缝，挤峡谷，内心的喜悦和热情掩饰不住，用文字记，拿相机拍，叫嘴巴说。

那些被人敬佩的树木，往往生长在一些不可想象的地方，或禅意，或灵异。水滴可以穿石，树生可以破石，我仔细地观察了几回，真不知是树籽掉进石缝里所致，还是树根撑破了巨石？看到这棵倔强而茂盛的树，不由得人不感慨那种知难而上顽强拼搏的奋斗精神，那种不守成规敢为人先的创新精神，那种石树共生的和谐精神。而这，正与"艰苦创业、善谋实干、愈挫愈强、共建和谐"的金丝峡精神吻合。我抚摸着这棵被当地百姓称作摇钱树的石生树，一摇就有钱，再摇长精神，就想起伟人的两句话：物质可以变精神，精神可以变物质。

树扎根在生硬而富有灵气的石头上，石头如母亲的乳汁滋养着树。谁说这石没柔情？谁说这石没营养？就想起大集体时，队长说得一句蛮话：一个石头四两油，没得石头吃狗屎。

石生树其实是一种植物的根劈作用，树根就是利斧，剖开坚硬的岩石，然后又长相厮守，相依为命。当根实在扎不进时，学会通融，顺势而为，在石面上蠕动尺许再见缝插针，展现着顽强的生命力，践行着求索演进的全过程。听到一位路过的游客大声说：你们来看，生命的力量有多么强大！

这棵树其实很普通，身子骨瘦削着，稀稀疏疏的树枝恣意地伸展着，高挑并不伟岸，挺拔却不健硕，不抬头就很难看到"金钱"（树叶）。看多了，赞誉多了，它就不凡了，就"精神"了。我知道它的不屈，它的不易，如果它能言语，我知道它要说什么：命运选择了生养之地，就得面对，就得应付，就得高昂着头颅挺直腰板做树。

在这一点上，人就不如树了，也不如石了。树的伟大在无私，石的伟大在不朽。我久久地站在树下，久久地沉思，久久地感动，见一次就要感慨一次，感慨一次就要深深地鞠上一躬。

金丝峡的植物到底有多少？恐怕没人说得清。要说那些崖上水边草丛路沿的树和藤，都长得顺眼，没有一棵是丑的。认得的有野葡萄、灯台树、红豆杉、五角枫、四照花、领春木、中华猕猴桃、君迁子、竹叶楠、野核桃。

听说陕西省植物学界专家、西北农林科技大学副教授吴振海在金丝峡拍摄《地理中国》地质片，意外发现一片九头狮子草，说是迄今为止秦岭地区的首次发现。九头狮子草属双子叶草本植物，是唇形目爵床科观音草属，别名接骨草、土细辛、万年青、铁焊椒、绿豆青、辣叶青药、天青菜、金钗草、蛇舌草、化痰青、铁脚万年青、九节篱，分布在长江流域以南的广东、云南、安徽、福建、浙江、湖南等地。喜生于山坡、林下、路旁、溪边阴湿处，《植物名实图考》《分类草药性》均有记载。祛风清热，散瘀解毒，凉肝定惊，对感冒发热、蛇虫咬伤有一定疗效。金丝峡属北亚热带气候，特殊的地质条件形成了独具特色的弱光照、潮湿、凉爽的自然条件，为其生长提供了很好的环境。吴教授说，此次的发现，扩充了秦岭地区植物区系，丰富了秦岭地区药用植物资源，使九头狮子草的分布由南向北扩展了一个纬度，为金丝峡原汁原味原生态完好的生态系统和亚热带气候找到了又一个依据。如此说来，非辞章不能抒其情愫，特凑"蝶恋花"一则为寄：金丝峡里出仙草。九头狮子，竟然无人晓。自生自灭自逍遥，心香一瓣知多少？绿肥红瘦花朵小。行色匆匆，怎抵淡定好。过路君子若相告，隐居最好莫打扰。

有一些树未挂牌我也认得，比如扁柏，胡金鑫说是侧柏，他学的是林，当然权威，我是听大字不识一个的婆这样叫的。家里杀了过年猪，婆叫我去砍一捆扁柏树叶，好熏腊肉。那味道真好，比檀香深沉，无香椿浓烈。柏伯同音，一个旁木，一个旁人，就想到父亲，他若有哥，他哥我就该叫伯了。一般柏树叶都有尖利的刺，扁柏却没有，肉嘟嘟的很有感觉，于是就想去摸，去捏，然后把手指放到鼻子上闻。还有不起眼的籽儿，颜色比叶深，我是从未品尝过，听说中成药里有柏子养心丸，不知是不是扁柏树籽制成？一种树有香味儿，并不稀罕，这香要是能养心，比养什么都强。在去石燕寨的路上，看见扁柏了，忍不住手痒，折一枝把玩，只觉清香洋溢，淡雅，干净，低调，仿佛是男子汉才有的体香。没有媚劲儿，更无俗艳，当然是男人的清正之气。想拿回去夹在我最喜欢看的书页里，尽管有些自私，有破坏生态之嫌。柏香，书香，禅意，理趣，冥冥中就把书橱当成佛了，比烧什么高香都好。好像一些古老的寺庙，建筑时使用柏木的多，除了材质笔直且有韧性，恐怕就是这样的香之故吧。

与这些可敬的树们打了私交，有了感情，觉得它们同人一样，应该也有心灵。它们在这儿寂静无声地扎根，生长，不问晨昏，不计得失，餐风饮露，阅尽沧桑。看着我们这些两脚动物自以为是，感觉良好，来去匆匆，名来利往，甚至为了一些鸡毛蒜皮的小事大呼小叫，呼天抢地，不知作何感想？

我始终认为，树是人类的朋友，而且是最靠得住的朋友。不论亲

疏，无论大小，我们都应该去认识，去结交。金丝峡里的一些树，别处也有，只是他们懂得游客的心事，挂上精美的标识牌，让我们随时都可以做着生动的功课。这对我很重要，在抒情愿望得到满足的同时，觉得不虚此行，生态不虚，看得见，摸得着，比什么都实用。

如果有来世，我真希望成为一棵树，坐胎在这美丽的金丝峡里，不一定在路边上，视线看不见的地方也行。

心情好一切都好

有的时候，生活不会老是顺风顺水，就像人会打盹，犯迷糊，朝你不喜欢的方向发展，比如坏情绪，突发的愤怒或绝望。要扭转这些趋势，一个很好的技巧就是故意制造一个顿号，到金丝峡谷里坐一坐，最好能住上几天，借这个短暂的停顿，就会明白许多事情。应对任何痛苦的正确方式是心理疏离。

掐指算来，到金丝峡已有一些时日，这不是顿号而是省略号，不走都走熟了，不喊都喊亲了。白龙峡、青龙峡、黑龙峡，三峡一条线，美得无边边。

除开青龙，黑白二龙在一条线上，曲里拐弯，一根筋似的。中国有句古语，叫事不过三，我就走过三道弯了，还想往前走，不由自主地来一回三思而行。石壁上有人刻了"峰回路转"四字，就想起清人恽正叔论画的几句话：意贵乎远，不静不远也。境贵乎深，不曲不深也。一勺水亦有曲处，一片石亦有深处。绝俗故远，天游故静。

真害怕再回到城里，天天鬼吹火般赶路，挤公交，避人流，哪有这样的弯让你"三思"，哪有这样的曲径让你"款款"而行呢？空气是清新的，雾气是潮湿的，流水是清亮的，鸟鸣是婉转的，很适合我们这些在闹市里挣扎得太累的人，在嘈杂中差不多忘记了自己姓甚名谁的人，来做一次精神的逗留，反刍着收收心。哈哈，这样直接的要求却这样绕着弯子说出，却也是峡谷幽默的一种性情释放。

河对面的树梢上传来了鸟的叫声，这里的鸟语好像也带着浓重的地方口音，我听了半天，一句也没听懂。一边听着鸟唱虫鸣，一边将手慢慢浸入水中，让涓涓细流从指缝间轻轻滑落，感到一种柔情静静地在心头流淌。这儿的水，是动感的，是线性的，会转圈，能拐弯，亦能折叠，既让你感受到它的静水流深，也让你体味到激情与活力，推动你，映照你，养活你。有江南少女纤巧的细腰，有秦岭汉子的温文尔雅和容清收浊、吐故纳新的宽怀度量。

沟是水的来龙去脉。有沟便有水。住在真山真水里，真的是一种福分，我一直以为，与山亲近着，与水亲近着，慢慢地，人也变得很真切了。在我感觉中，秦岭是一阵乱斧劈成的，最小的石头也是直立着的，一群群向上的山峰，把天空挤窄了，于是一切的渴望更是努力着向上攀登。在峡谷，树木高大的不多，一律中等身材，越是处在谷底，越是向上生长，谁都想伸长脖子望远一些，高看一些。

就这么一个峡谷，过去叫穷山恶水的地方，上承雨露，下接地气，既和古风倾情相守，又与水土肌肤相亲，多么形神兼备，得天独厚，让人从骨子里羡慕啊！我在这里自由自在地望岳、穿林、过桥、探洞、观瀑、戏潭、听泉、逗鸟、赏花、玩石、抚藤、羡草，思与境接，皆成挚友，尘虑不消也会稀释大半。

我亲耳听一位游客对她的同伴说，跟团走太急，下次我一定抛却俗事，独自一人在这里住几天，把脚步放慢，把架子放下，与自然交友。快节奏的工作，使城市人养成了快餐式的生活方式。他们来看峡，多是走马观花，没有多少人静下心来坐一坐，慢悠悠地走一走，真是可惜了这美妙的行程。

小时候，肩头扛着木柴，又沉又硌人，像嵌进皮肉里了，就跑，跑不动了就疾行。婆是小脚，走不赢我，就在后面大声喊：鬼撵到来了哇，跑那么快！那时急啊！急着回家，急着吃饭，急着长大，急着早些像大人一样喝酒吃烟坐上席。

旅行就是放松心情，放慢脚步。我不明白，出来就是玩儿的，还那么急不可耐，还那么心急火燎，又不是夸父，要追日头呢！又不是猎手，要撵山呢！那些爱弹嫌抱怨的人，不是心急就是心情欠佳。慢慢走着多好，走一程，想一程，好多的急，在一程山水一程风中得到

挥洒，冰释，原来走路是消音器呢，是缓冲带呢。好多事，是急不得的，好事不在忙上，心急吃不了热豆腐，就像商南人送客时说的话：路上慢点儿哟！

来了，比不来幸运；慢走，比疾行带劲儿；坐下来细品，又比慢走多些味道。

面对这里任何一处所在，做几次深呼吸，浮躁的心马上就有一种被浸润的感觉，粗糙的皮肤眼见得在舒展，仿佛花儿遇到了雨露，鱼儿回到水中。如今城里人都希望提高生活质量，提升幸福指数，让快节奏的日子收收脚，不然心跳跟不上，灵魂也跟不上。

我不知道是否应该感谢过去的落后、荒凉，抑或是无路可走，才保住了这样一处净土？

心情是最好的理由，也是最好的风景。这里打动我的，不是具体的哪一个物件，它是一个整体或细枝末节，就像金丝峡的野核桃树，不仅仅有青悠悠的果实，还有铁色的树枝，脉络匀称的阔叶，就连爬上叶片的昆虫、飞上枝头的蜻蜓、落在树梢的小鸟，我都喜欢。

心情欠佳时就觉得没啥看头，满心满眼都是缝隙，幽暗。其实，只要你愿意抬头，上面还有蓝天、白云，以及阳光的耀眼和峡峰的明媚。在生活中，我们也应该适时地找一个"黑暗"的环境，把自己浮躁的心灵置于其中，品味一下寂寞和孤独所带来的惶惑。这样，当我们再次走出"黑暗"的时候，才会加倍珍惜头顶的阳光。

作家熊召政说：在我的行迹中，有一类地方去一次，就不想再去；有一类地方很想念，但去了一次就失望；有一类地方不去时会想念，去了更想念。我说：金丝峡，就是这最后一类地方，就是一个能让心安静下来的好地方。

2011年6月10~7月4日记于商南金丝峡，7月28日完稿于西安
（全文6万字，有删节，部分章节曾刊发于《中国旅游报》和《陕西文学界》）

第四辑 小赋与序

不知有赋,无论诗文。是我在一篇随感中的一句话。这不是谦词,是实情。不过,现在胆大的人多的是,在下冒失一点儿,看官也许理解。把几篇小赋与序作放在一起,是它们有着共同的特质:有人请。既然请写,是人家看得起,不能硬骨翘皮,拿五作六。岚皋有句老话:收拾打扮看身上,吃饭穿衣量家当。我这种修积,原本作不得序,请到来的,多以旧谊为要,友情为重。

岚皋有景入画来

岚皋原名砖坪,因修建汛址时发现汉砖而得名。清末民初时,土生土长的一帮秀才,嫌名字土气,非要改一下不可,并且振振有词:门前流的是岚河,《水经注》上有岚谷,志书上有岚河书院,理由充足,口气很大,一点儿没有商量的余地,非岚皋二字莫属。反正改个名字又不违祖制,何况你们跋山涉水,舟车劳顿而来,国务总理伍廷芳够哥们儿,大笔一挥,不要一文润笔费,就畅快地批了。可别小看了这一改,一改出锦绣,马上就有了雅致,就有了韵味,就有了文气。据传中国历史上许多人就是改了名号,才一举成就大业的。景点也改名字,笔架山全国有十几处,名字再好重了就掉价,就与县名要改一样,改比不改要好。笔架山的"上级"叫南宫观山,四个字读起来拗口,遂有了现在的南宫山。我之所以要喋喋不休地说这些,是因为自己赞赏前辈们的书生意气,欣慰着出生在这个地方,于是骨子里有了它的元气,血液里有了它的细胞,头发丝里有了它的基因,写作文本里也有了先驱们的气质和文脉,啊哈!一生一世算是与"岚皋"这两个字打不湿扭不干了。

生活在这里的人是认可这两个字的,就是在最困难的时候,也不择嫌,穷也要穷快活,别人戏说岚皋难搞,就会急,就会红脸,就会力争。好搞要我们这些人吃干饭?识文断字的人更喜欢,取名都爱用"岚"字,熨帖,适宜,贴皮巴肉,恰到好处,男儿女儿都适宜。"岚"字分开也不错,山是青山,是宝山,是奇山。风是风光,是风致，是风花雪月，是风情无限，是让人挺直腰板的风骨。

石是水之根，林是雾之源，岚皋因林而俊，因水而秀，因雾而丽。可别小瞧了这气脉，岚皋人只要还有一口气，就不会倒下，就不会服输，就要一气呵成许多事情。

上苍对岚皋的厚爱，使这个地方有了温暖的气候，洁净的空气，丰富的资源。除了森林、草地、山川、动植物以外，岚皋还拥有穿城而过的岚河，这条母亲河把几十公里的奇丽风光赠给了我们，使岚皋有了滋养所有生命的源泉。那些奇形怪状的巨石，那些随波逐流后躺在沙滩上的卵石，那些数不清的奇花异卉和珍禽异兽，还有那些被磨碎了的沙粒，青葱的山岭，五彩的巉岩，金色的沙滩，茂密的森林，起伏的草甸……这是一种无与伦比的生命活力，这一切，都使我们的生活五彩斑斓起来，稀客的旅行轻松有趣起来。人，自古以来是江山的精灵。物我不能合一，是不会产生美感的。反过来，生命的绚丽离开了伟岸的自然这一参照物，便显得苍白无力了。

生活在岚皋的人是幸运的，是幸福的，是艳福不浅的，是天天能抱得美色归的。开门就是美景，推窗即是霞灿，推脱不掉，挥之不去，撵它不走。细心的人会发现，在岚皋住得久了，说话的声音都夹杂着色素，注视的目光都染了暖意。岁月无情，生命短暂，有多少人终其一生也不曾面对这样的美色，拍下这样的美景，享受这样的美意。

我常在深思中领悟，在我们痛苦的时刻，我们最需要安慰；在我们悲伤的岁月，我们最需要关怀；在我们孤独无助的伶仃里，我们最需要被爱；当衣食无忧过上好日子时，我们需要精神上的愉悦。在现代文明铺天盖地裹挟之下，许多人愈来愈找不到一触即发的灵慧了，这不仅是一种灵性的退化，更是一种人文的消亡。好在有仕君他们这些摄影家为我们留下瑰丽曼妙的永恒，留下了人与自然、心与梦想融会贯通的一帧帧剪影。

智者达其慧，仁者传其韵。人生之路的尽头大家都一样，差异在于各人选择的路途不同，走法不同，沿路的风景不同。在我们离开人世的时候，什么也带不走，我们享受的是人生的过程，能留下的是我们的足迹，通过"悦目"而给观者传导尽可能多一些"赏心"的东西。拍片之胜，本不在所见景物怎样独特，乃在于灌注其间的情致兴会之独到。这些剪辑的美丽，让我们在陋室便融入了自然，凝固的鲜活原来是可以串起这么多美好的心情啊！爱世界上所有的事情可能是一件易事，认真地去爱一件事却很难。我羡慕搞摄影的人，他们是美的殉道者，是艺术的朝圣人，手中的镜头能叫时间定格，让芳华永驻。长长的胶卷就是一级级台阶，一直通向艺术的远端。门是我们的生命通道，我们对门有许多期许，比如快乐，幸福，宁静，智慧。小小快门却是美的门扉，就是美妙之门，就是快乐之门，就是能让风景凝固的众妙之门。

　　站在这些心血之作面前，仿佛读懂点什么，摄影是仕君的乐趣所在，是他一生都在坚持的信仰，就像爱可以无由而至一样。无论于对错，无论成功或是失败，无论内部的疑虑还是外界的眼光，无论于千秋万载的身后，只在此时此刻，只在于自己认定是对的。而我，学识薄，资性浅，诗文不能兼善，品赏不过皮毛。借以存身的，只是些散淡的文，芸窗之中，多得烟霞供养，草叶恩泽，不敢有半点儿懈怠和清高倨傲。景无定式，文无定法，这一辈子虽不能像摄影师那样移万千神秀于纸面，只要时常寄情绿野，不负林泉之约，也就聊以自慰了。

　　生活中能让我们感动或者伤感的东西已经越来越少了，而感动和伤感，都需要一颗能够安静下来的心。我们并没有多少时间可以和自己的心灵近距离地交谈，更多的时候，心灵往往成为最远的距离。当人生画卷合上时，记忆敞开着。摄影使我懂得，爱一个人，不仅要爱她年老的脸上沧桑的皱纹，还要记取她年轻时姣美的容貌，替她保存人生最华灿的记忆。生命的多彩不是因为美丽我们才活着，而是因为我们活着生命才变得更加美丽。我相信，无论是养尊处优的达官贵人，还是奔波劳碌的贩夫走卒，无论是高卧林泉的隐士，还是躬耕山野的农夫，都会对仕君的照片认同，感兴趣。

我和仕君都是岚皋的儿子，算盘李树上有我们的青涩，五月桃上有我们的红晕，谦恭的稻穗上有我们做人的德行，满园翠竹里有我们奉行的节操。说实话，那些成功的岚皋人，一个接一个走向了更为辽阔的远方。但我们一直站在岚皋，站在岚河，站在陕南，站在巴山，和那些以苦为乐、以影当歌的人一起喜怒哀乐，一起一日三餐，一起生老病死。我会一直聆听他们的心声，触摸他们的温差，凝视他们的举止，感受他们的呼吸，代替他们说出深藏于他们内心的那些美和好，善和良，慈和爱，并以此作为自己一生神圣的使命。我也始终坚信，美景在神灵附体的一瞬间，那一束让人眼前一亮的光芒，可以把魂魄照耀得更加明亮；是春暖花开的片刻间那一股自然流淌的溪水，可以把心灵洗濯得更加干净；是种子破土的一刹那间娇羞欲滴的嫩芽，可以把人性点染得更加富有良知。而我也将听从太阳的召唤，像岚河水一样自然流淌，像巴山画眉鸟一样忘情歌唱，用饱蘸本土夜色的笔，记录岚皋人的生活变迁和心灵波动。因为除此以外，我似乎已经没有其他更好的、善待自己的生活方式了，也没有其他更好的、感恩先祖的报答途径了。不管别人怎样看岚皋，怎样说岚皋，在我心中，如同邱仕君的照片，很纯，很美，很慈祥，很有人情味。万善孝为首，我和仕君此时都想燃点一瓣心香，向高天厚土表达最诚挚的问候；长跪不起，向生我养我的地方感恩戴德。

照片都是有阳光的，别人借光，我就沾光，难怪早上醒来，一床阳光半床书，诗书做伴忆梦乡。好香用以熏德，好茶用以涤烦，好景用以暖心。美色对于摄影，犹如生命之于水，呼吸之于空气，雨露之于花朵，人之于灵魂。没有光，何来影？没有美，何来色？正如台湾作家刘墉所言：你可以在月光下认识你的情人，你一定要在阳光下认识你的终生伴侣。在仕君的镜头下，凝固的是那一刻的灵光，抓住的是大自然中最美的一现，展示的是那一刹那的激情，体味的是一种如诗如画的空灵。湿湿的泥香，淡淡的花香，幽幽的草木香……一切都让人只想闲下来，慢下来，消停下来，除了享受，还是享受，享受这难得的惬意的好时光啊！想想，我足不出户，照片就把一切都带给我了。不求繁丽，不逐时风，醇厚洒脱，清朗俊雅，体现出作者的山水之情，林泉之心，仁智之乐。看了美图，才知道岚皋美色是可以装进腰包的，是可以捧在手上的，是可以拿起走的。就像一卷行李，一个铺盖卷儿，可以带回去枕席而卧，光明正大的金屋藏娇，天天顾盼生情也没有人说三道四。

对于摄影，我是外行，内行谈门道，外行凑热闹。对从艺者来说，我是妒忌仕君这个家伙的，为啥他可以在岚皋山水间行走自如？他凭啥比比画画按按捏捏几下就这么风光无限？想不通睡到磨盘上就想转了，这个浮躁的年月需要林泉山野之气的润泽，这个烧火等不得粑粑热的快餐时代，更需要这样的视角冲击力。不得不承认，这个家伙精神世界是丰富的，目光是敏锐的，头脑是灵醒的，在这方面的才情，他是过人的，是超常的。不服，你去耍几下试试！文字写得再用功，再精短，忙啊，应酬啊，哪有时间静下心来读那些一看就眼皮子打架的方块汉字。

仕君热情刚毅，充满着活力，与人交朋友挥洒自如，与大自然交朋友挥金如土。他可以变卖家产，他可以"山门立雪"（坐等半月拍雪景），有时候他甚至不要身家性命，即使不是最好的季节，也能找到最好的时机，坚持以谦逊的态度寻找自然界的善面和美丽的元素。这样的人百事可为，百做百能成，这样的人能把自身潜能发挥到极致。摄影，让他更加热爱生活，热爱大自然，热爱大自然中的所有生灵。珍爱生物，礼善众生，大自然是他的良师益友，是他的红颜知己，是他的灵魂之所。能和自然交心的人，就是真君子，就是大善人。逃离城市生活的浮躁独享孤寂，在他所钟情的乡野中寻找影像与心灵的映照。礼敬大地，寄望山水，谦卑上苍，崇尚天籁，让无限的万水千山堆积于胸，把宏阔的视窗开向辽远，取之自然又超越自然，友善地对待一切植被物种。在这方面，仕君比许多人都要高出一篾片。

有许多人曾经弹嫌岚皋的山太大，太高，知难而退，一筹莫展，而仕君恰恰相反，站在岚皋风景的制高点似嫌不够，还要花重金租来

飞机航拍。好心总有好报,他高看了故乡,别人也会高看他。要说写文章,这就是大手笔。要说体育竞技,这就是高难动作。要说做人,这就是高人。小处看精妙,大处观气势,别看仕君平时夹着尾巴低调做人,拍起照片来却有大将风度,拍的照片很有大家风范。现在不少人背着相机,多是附庸风雅,而仕君不玩儿就不玩儿,要玩儿就玩儿"格",要玩儿就玩儿大的,要玩儿就玩儿远些,高校有他的展板,国外有他的奖项,西安的一条街都被他的照片覆盖了,就连都市的公交车的脸蛋屁股上都贴着他的"金"呢。

有人说,摄影其实很简单,按下快门就行了。问题是你动情吗?你愉悦吗?你舍得玩命吗?我想仕君是在按之前,是会把它看成了喜悦之门,快乐之门,畅快之门的。快门按下了,作为已经过去的瞬间消失了,但作为一种情感和历史的存在,它却永远鲜活着,那种感觉和畅快,用语言文字是难以描述的。徜徉在拍摄乐趣里,不用问,心态是平和的,心情是舒畅的,日子是好过的,人生是快乐的。因为快乐,所以简单;因为简单,所以干净;因为干净,所以美妙;因为美妙,所以幸福。一幅好的照片是一个人视角和修养的体现,同样的风景,在不同的眼中有不同的认知,所以说,照片是一个人的思想聚焦,是一个人心灵的印证。仕君将稍纵即逝的瞬间,以最认真的态度和最有力的形式化为永恒,因而他的照片是耐读的,是愿意多看几眼的,祛火明目,明心见性,满足着许多人的视角快感。

这个世界上有许多人一事无成,并不是他们笨,也不是世道对他们不公,而是老找不见目标。说白了,最精彩的发现往往就在比别人多看几眼,多跑几趟,多停留一些时间。仕君拍照时,情绪是激动的,投入是全身心的,他不是用手,也不是用眼,而是用心。仕君是和尚娃儿不挨磬槌——懂经。守望一个地方不挪窝,找准适合自己的角度,锲而不舍,雷打不动,不拍出满意的作品不罢休。爱之愈切,感受愈深,坦露真性情,释放大智慧。

时光易逝,照片永存。不管别人怎么看,我是喜欢仕君照片的,也就是说,仕君的照片合我的口味,对我的脾气,能尿到一个壶里。

要不然，我不可能对它的照片喋喋不休，不可能对它的照片抒那么多的情，更不可能合作出版一本摄影散文集。不知道是他的照片影响了我的写作，还是我的文章做了他照片的注脚，反正我们是图文并茂，葫芦配了当当，西瓜配了龅牙腔。用身边好友的话说：他们两个一个拍照片，一个写文字，好得无疤无印，穿了连裆裤哩！话又说回来，一张照片只是一个单一的平面瞬间，你不要期望值过高，它承载的东西必定有限。

人间有大善，天地有大美。仕君的照片大气，旷达，雄浑，构图严谨，用光考究，取景见趣，刚健有骨，内涵丰富，耐人寻味，很有含金量。调节了我们的心情，振奋着我们的精神，涵养了我们的眼，滋润了我们的肺腑，震撼了我们的心灵。同时，这些照片教我平静，教我知足，教我真实，教我热爱生活，教我除了对万物之灵长好以外，还应该"好"些别的，教我在无声的相纸上聆听天籁之音。吃菌子莫忘了疙蔸恩，我们要记住一些人的好，譬如邱仕君这个家伙。岚皋应该记住这个人，岚皋的历史应该有他的一席之地，岚皋人应该从他身上找到某些自信。

写了上面一些话，突然想到邱仕君这个家伙真聪明，是一只狡猾的狐狸，拍了那么多的照片，他自己不说，让我们口无遮拦，一吐为快。言多必失，豆腐多了是水，赶快打住，如果有失口的地方，请多多包涵！

（邱仕君大型画册《山水岚皋》序）

秦巴贤叟

一个真正的朋友,应该是春风得意和失意背运一个样,在位和不在位一个样,天天在一起和多年不见一个样。这样的朋友够朋友,这样的朋友才是长远的朋友。与这样的朋友交往,无须设防,在一起很放松,很舒展,也很受益。

我和张国华先生不仅是朋友,还是文友、网友。竹林出七贤,岁寒有三友,两个下了岗的汉子应该是赋闲之人、退隐之士、君子之交。

国华退休,我退二线,两个人不谋而合,都有一个"退"字。退字好哇!退而思贤,退一步海阔天空。记得刚退休不久,在路上遇见,我问:最近忙啥呢?他脱口而出:闭门思过,想一些在任时做得错事。我在惊讶的同时,又多了几分敬重,这不是《左传》所言"进思尽忠,退思补过"嘛。现在许多人都在想个人得失,想社会的不公,想组织的撇弃,想有恩于人没得到回报,总之是想法太多,怨气冲天,谁还有心思想自己的过错?这种胸襟,肚里能撑船,肩头能跑马。我比国华年轻,腿脚灵便些,因而就信马由缰,四处游荡,弥补一些过去走不脱的缺憾。脚不走,并不是心不能走,想法不能远走高飞。国华在家里思过之余捣鼓起摄影、电脑、写作、组织一些活动,这哪一样是松泛的?哪一样不叫人敬佩有加!这样说来,我是退而没隐,国华是退而不闲。

有一天,我把《粗茶有味》刚放在博客上,就有叫"秦巴闲叟"

的网友跟帖：很高兴看到你的新博文，见文如见人。不到两天，又有留言：博文全看完了，无意中找到的，在西安闲转一文（指《在西安走村串巷》），有意思。愿你在西安有更大的收获。我回复：谢谢您的鼓励，好像我们早就认识，请报上尊姓大名。不久后，又在另一篇博文下说：为看你的博文，发发感慨，取了专用的笔名。有一天闲来无事，突然想念起你来，就在百度上输入你的名字，才发现你的博客，令我惊喜。一口气看完二十六篇博文，为更好地和你交流，就注册新浪博客，我弄了三个小时，弄不好，后来，女儿张曼帮我注册，终于能发评论了，好高兴！知道我是谁了吧？正看《金丝峡走笔》呢。我忙复言：哈哈，您是张总！好高兴在这里与您见面。您一直是我写作上的挚友，没有您的鼓励，我不会坚持到现在。金丝峡走笔是应我供职的杂志社之命写的，六万字，不是很精细，因笔记本硬盘坏了，照片丢失，求助朋友要了几十张，才陆续放到博客上。现在正写海归大学生创业的捷星快餐，有五万字，我可能本月十号回草鞋垭为父亲祝寿，到时有机会面叙。祝身体健康！

  就这样，我们经常在网上交流，在博客上相遇，过一段日子没有博文上传，"秦巴闲叟"就会催促。我也觉得对不住网友，虽说是私人空间，也不能应付，还要尽可能地朝好的写。每发一篇，他多是第一个发言，旁征博引，表扬加鼓励，鞭策着我不停地写，不断地更新。

  最近几年，国华曾经组织过几次大的活动，邀请退休的老同志、老同事到南宫山、千层河、武学馆、双丰桥禁赌碑游览观光，我有幸应邀参加过两次。二三十人同行，策划统筹，联络安排，吃喝拉撒，刻碟留念，加上七嘴八舌，口咸味淡，众口难调，身累心更累。还有七八十岁的老人，虽说有专人照顾，仍要替他捏着一大把汗。菩萨保佑，老天有眼，抑或是自己的福分和修积，每次都会顺利成行，安全返回。

  国华取"秦巴闲叟"作网名，是说出生、求学在关中，工作、退休在巴山。这样说，国华有两个故乡，比我多出一个，两处扎根，两

地寄情。难怪处事得体，有大气象，具大心胸，舍得吃大亏，思维超常，赋而不闲。在任时不显山，也不露水，特别是在为文方面，收敛得平心静气，谁都没看出留了那么一手，继《平凡的人生》印行之后，又洋洋洒洒编写了一本几十万字的大书。一大包书稿清样提到我家来，真有些猝不及防，大吃一惊，连说：厉害！真厉害！走了之后，我慢慢翻阅，文字是优美的，语言是精妙的，文章是真挚的，可以说是图文并茂，杂而有章。古稀之年，文思正盛，没事找事，无事谋事，这哪是闲叟？分明是有德有才而又贤能通达的老人啊！这闲是大闲，是雅闲，是闲不住，是忙里偷闲，是闲而有道。我改一字，叫秦巴贤叟。孔子都有七十二贤人，我们泱泱大国和偌大个秦岭巴山，岂能没有几个贤德之人？国华是贤人，是社会贤达，是贤才君子。

  多一个故乡，就多一份牵挂；多一些念想，就多一份担当；多一副情怀，就多一些忧乐；多一副笔墨，就多一些华章。写了眉县，还要写岚皋，二者平分秋色，都不荒废，顾此不失彼，手心手背都是肉。

  国华除了贤，还有智，不跟风，不随声附和，见解独到，自作主张，有自己的思想，有棋高一着的人生坐标。如果还要改一字的话，应该叫秦巴智叟。他的智表现在舍弃，用自己的体己约文友相聚，用积攒的私房著书立说，还把收藏多年的好书送人，这叫散财修为，舍财积福，不当守财奴。秦巴贤叟，多可爱的老头儿！我要向国华学习，见贤思齐，在有生之年用好手中的笔墨，神闲心不闲，散淡文不淡，闲（咸）吃萝卜淡操心，力争做一个不招闲言、不吃闲饭、不亏晚节、不讨人嫌的好老汉。

2013 年 1 月 1 日于芳草居

（张国华《我的光影世界》序）

根在故乡

我曾经说过,人是行走的树,树是站立的人。益鹏不是大鹏鸟,虽然飞了,隐隐地有一根线在拽着,或是他的母亲,或是他的友人,或是生养之地的一捧泥土。他应该是一棵树,一棵会走路的树,并且走得顺畅,很出人意料。有的人一走就不知道自己姓什么了,嫌老家穷,骂故乡落后,用岚皋话说:尻子一抬灰都不沾。益鹏不是这样,树身子走了,影子还留在襁褓里,胎盘还埋在故土之中,根还扎在家乡的泥土里,打断骨头连着筋呢,牵一发而动着全身呢。

水往低,人往高。是鲤鱼就要跃龙门,是鸿鹄就要展翅飞。当然,不是你想飞多高就能飞多高,不是你想高就会高人一筹。人一生走来,非常不易,除了自己努力,还得有贵人相助,高人赏识。金榜题名、洞房花烛、他乡故知自是幸事,关键时刻,有人拉一把,一个陡坎就轻松自如地迈过,也算是最大的人生之幸。前提是你是不是一块好钢,值不值得别人提携。有的人欲望太多,吃着碗里的,望着锅里的,等于自寻了烦恼。益鹏这人容易满足,随遇而安,顺其自然,从不主动要求调动升迁。不挑剔,不显摆,知足常乐,走到哪儿就觉得哪儿好,放到哪儿都有用武之地,不择嘴,不挑食,布衣便装,箪食瓢饮,粗茶淡饭,素面本色。记得画家刘小东说过:家乡是一个人牵制人的地方,不用说教但可以自我束缚的地方。如果没有家乡,人就失去这个束缚。没有后边的东西拽着你,人都勇往直前,就会变得险恶,毫无顾忌。益鹏懂得这个道理,也向前,却不奋勇;也冲锋,

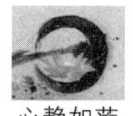

却不陷阵。

益鹏最可贵之处是做人低调,说话低调,做事低调,为文低调。出版了一本诗集一本散文集,搁到旁人,早就闹叫着要加入这协那会的,他很自谦,说条件不够,充其量算个业余作者。我们相处二十多年,从未见过他高喉咙大嗓门讲话,也未见他跟谁争个你高我低。低唱浅斟,低声细语,温文尔雅。低调好哇!面对种种压力和诱惑,表现出一种精神放松,进而达到拼搏而不被虚荣所累,既能融入社会,又能超越社会;既会工作,又会生活;既能拿得起,又能放得下。低调,其实又是一重天。有内涵、有修养、有本事的人,才敢于向别人低头,因为他知道自己的实力,有充分的自信,从不在乎自己低一点而被别人瞧不起,因为他懂得丰满的谷穗总是低垂着头的道理。低调,又何尝不是一种内心常态。强中自有强中手,高人背后有高人。世上没有最高,只有更高,高处风大,高处不胜寒嘛!谁也不可能总是站在巅峰上不下来,因此,何不把自己看低一点,随和一点,自谦一点呢?

这么多年了,事务缠身,从未中断过写作,虽然时断时续,时冷时热,总算坚持下来了。这其实是一种热爱,唯有对生存达成这样的热爱,才会甘愿坚守,就像去坚守真正的爱,去守望一种不求回应的付出,这本来就是人生最难的一件事,所以也显出了不易中的最美。这最美的光彩,就在于敢于坚持自己的操守,还有愿望,还有初衷不悔。文字是可以养心的,也是可以寄情的,甚至是可以托付的,甚至是可以诉说的,这一切,足以让情感饱满、灵魂富足吧。益鹏的写作,全凭兴致,就像一个出身在衣食无忧的家庭里的女孩子,自己喜欢绣花,终究只是私底下的爱好,因为既不指望它挣钱糊口,又不指望它传播出去扬名,因此没把它当了正经营生。文学只是他生活的一部分,像血缘一样无法剔除。毫无疑问,他真的爱文学,而且是很纯粹的那种。却不用它来改变命运,用它来养活老婆孩子,因而就挥洒自如,有感而发。

然而有一点却是坚定不移的,面对所谓的人情世故,从不会轻易改变初衷，仍然踏踏实实地做着值得做的事情，安天分而守本己，相信自己这样做是对的，相信自己的美好愿望是有路可行的，都说天道酬勤，难道不酬本分吗？那个年代，要想从乡下调进县城，又从县城调到市上，不请客送礼，忙前跑后好一阵子，是根本不可能的事。益鹏不动声色，稳坐渔船，步步高升，先是借调，后又正式调动，自己没淘一点儿神，算是坐享其成了一回。你别不服气，那可是凭真本事写出来的，嫉妒，怨愤，没吃到葡萄说葡萄酸，都没有用。好事成双，同样的经历，在益鹏身上又演绎一遍，举家调进了省城，不是他求别人，而是人家要他。这更让有些人不能理喻了：他小子命太好了，好事都让他赶上了！一分钱不花，一点儿关系没有，凭啥？我知道答案，凭的是勤奋，诚实，厚道，还有做人的本真。

  做人做到这个状态，先要有个前提：无求。用文人的成句，就是：人到无求品自高。用岚皋的土话，就是：人不求人一般高。益鹏的确是生性散淡之人，把复杂的事情朝简单的去做，对名和利的欲望尽可能的收束。到了这个地步，人才能完全放松，唯有真正心的放松，才有兴致去做自己想做的事情。有些人终其一生，活得太累，想做点儿什么，念头一起就很严肃，太把事情当回事了，结果总是沉重。就说写作，动机应该是感兴趣，是消遣，好玩儿，别太在乎。人生若是不好玩儿，活得有个什么劲儿？

  没有世故圆滑，没有堕落猥琐，这样的人足可以淡定，足可以从容，是因为有足够的期待，有足够的坦诚，从而让岁月流淌成一种美、一种问心无愧。于是，狭小有可能变得阔大，封闭有可能变得开敞，偏执有可能变得畅达，乃至悟通。境界可以是美的，情思可以是美的，文字更可以是美的。人生是需要找到一种意义的，这属于生存的精神领域，是一种真正的寄托。最最宝贵的是他对家乡的热爱，不是官样文章，也不是半推半就，而是发自内心，是刻骨铭心的那种。他太爱家乡了，出自本能，或叫天性，喜欢家乡慢了半拍甚至一拍的节奏，山风是缓慢的，时光是缓慢的，只有缓慢才能清晰地感觉到生命的进程。跑得太快了，会收不住脚步，这个时候，就会梦到生养之

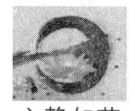

地，心的律动一下子慢下来，晓风徐行，舒缓有度。就想：故乡不是调节器吗？是调适心情、安妥心灵的温床。

这是一种大爱，是一种把乡愁变成乡恋的大境界。温婉湿润的心绪，是润物无声的熏陶，是另一种不同方式的浸染。在西安出版了一本散文集，取名《南望故乡》，岚皋在西安之南，殷殷之情溢于言表。工作再忙，每年都要回老家看看，一点儿看不到衣锦还乡的神色。在街上遇到岚皋人，总要劝说着朝家中礼让，实在脱不了身，也要就近找一家餐馆叙叙旧。平时也未闲着，电视、报纸、网络是他关注了解家乡的窗口，有了灾情，他着急上火，寝食难安。有了变化，他喜上眉梢，撰文欢呼。出了纰漏，他憋闷脸红，无地自容。改古人名言，就是：先家乡之忧而忧，后家乡之乐而乐。

乡恋是无由的，并非花落花谢时的一缕暗香，更多的时候，是一种揪扯，一种触动。其实，生存的很多事体本无缘由。乡情谁能搬得动啊！就这么牵着，绕着，有时不得不学会摆脱，学会暂忘，把注意力转向稿纸，转向文字。

正如树木越是并且越能向高处繁茂地伸展自己，越是并且越能将自身更深更广地充实到泥土的空隙之中，越是身不由己地奔向广阔、自由的新世界，越是深切地感受故乡的美丽，故乡的细微变化，故乡的不可多得。人都有百年之后，那个时候，爱乡爱土的人，根就会成为傲骨，成为叫作根雕的艺术品，成为后人的案头清供。

岚皋因有益鹏这样的儿子而欣慰，益鹏因有岚皋这样的故乡而底气十足。

2011年4月10日于西安市西梢门御笔华章

（陈益鹏《族亲屐痕》序）

文思若涛故园情

我在文化馆办《岚水》时,以发现新人为己任,编辑是兼职,创作辅导才是正业。有一天,在《安康日报》副刊《山花烂漫》上看到四句小诗,署名"岚皋药材公司待业青年杜文涛",便推荐给主编李发林老师看,他当即放下手头的事,约我一路去寻。老式的院落,狭窄的小屋,昏暗的光线,有人喊了几声"小杜",一位十七八岁的小伙子迎了出来。人很精巧,也很清纯,瓜瓜气气,灵灵醒醒,说的是岚皋语音却夹杂着汉中话的尾子。听说县上办有文学刊物,他大喜过望,当即交给我们一叠。我们还告诉他,县上马上要召开文学创作会议,请他参加,他喜不自禁,连声说好。

1982年的文学创作会议,是岚皋有史以来规模较大的一次,有四五十人参加,文涛是最年轻的一位,也是听得最认真的一位。会后,他文如泉涌,频频出手,题材广泛,套路很多,《岚水》上时有他的作品发表。他似乎什么都想写,什么都能写,拾到篮篮都是菜,诗歌、散文、随笔、言论、知识小品、民间文学、新闻报道,多方出击,四面开花。虽然多是小文章,但小是大之本,小的一多,就会形成气候,如同麻风细雨打湿衣裳,小雪的节令一过就是大雪。后来果然就大了,讲话稿能写几千言,报告文学过万字,最有说服力的是一本厚厚的个人专著《创业巴山》。

喜欢看书,喜欢买书,也喜欢藏书,我们就多了一层交情,不时地从他那儿借些书看。借了还,还了借,用岚皋话说,叫有借有还,

再借不难，像一根无形的丝线，缝制着叫作友情的纽带。我订的散文杂志，每年自己装成合订本，他说太麻烦，杂志社年年都有精装合订本，第二年就把头一年的给我买上，就像草要返青，树要落叶，绝不会错过季节。

文涛人缘儿好，逗人爱戴，淡然功利，没有怪脾气，为人诚朴、谦逊、儒雅。他在与我的交往中，从不炫耀自己，总是赞美他人，习惯于关注别人的成就，有时打电话，有时当面报告，说某人在某大报发了作品，或是某人在某杂志获了大奖，比自己中了状元还要喜悦。

他尊称我是老师，说实话，他读的书比我这个老师多，老师没能给学生作文写几句评语，倒是他这个"学生"为我写了创作介绍文字。1989年5月6日的《安康日报》周末版，用了几乎大半个版面，刊登了他写的《巴山的儿子》，副标题"记岚皋县青年作者黄开林"。这对我来说，是一个有分量的宣传，也是第一次得到如此规格的"表扬"。有一次回老家，乡上一干部在酒桌上当着我父亲的面说，你们老大可真有两弯刀，报纸上的表扬稿都有一拃多长了呢！父亲望了我一眼，拿起酒盅竟忘了与客人碰杯，自个儿先饮了一盅，那眼神真像是儿子光宗耀祖了一回。

我们之间是君子之交，天天见和多年见是一样的，不见面却灵犀着，挂念着，这可不是"不怕贼偷就怕贼惦记"，而是文友之间的记挂，是兄弟之间的牵绊。我们离得最远最久的是他在西安上大学，最近是在政府办公室和宣传部的一间大办公室里共事，那时他写新闻，把岚皋狠命地往外鼓吹。也写讲话稿，让领导过足话瘾。忙里偷闲，不时也有散文随笔报告文学见报。我佩服着他的适应能力，就像一把草籽，撒到地上，一遇春雨就破土萌芽，葳蕤一片。新闻的平实，提笔就来；文学的抒情，落纸就有；讲话的套路、场面话，挥洒自如。在政府办公室工作时，窗外有一棵桂花树，枝叶几乎要伸过来与我们握手了，葱茏滴翠，清远溢香，我熟视无睹，他却在烦琐的公文之余，写了一篇很优美的散文。这就是嗅觉，就是灵感，就是超乎常人的用心用情。

人一生该干什么，命中已经注定，文涛先爱文学，后干新闻，再当领导，似乎都得心应手，一路顺风。早些年，没有电视，更没有网络，每天三遍的广播是非听不可的，听得最多的是文涛写的新闻，是那个时期的听觉盛宴。话有几说，巧说为上。一个普通的事件，经过他的眼睛和笔，就变得与众不同，有了价值。人有慧根，文有慧眼，他总是在细处觅得宽广路，小处开着大境界。在一个县上，局长的官不算大，也不算小，就像公鸡头上的四两肉。有文气，有骨气，有社会责任感，就应该是称职的文人。文化人当了管文化的官，入情入理，实至名归，我们比他自己还高兴，起码他是内行，是靠舞文弄墨写出来的，懂得写作的甘苦，体恤耍笔杆子的艰辛。

　　文涛平常说话轻言细语，非常谦恭，文字叙述也徐缓有度，有条不紊，像小溪的流水，亮亮的，清清的，淡淡的。

　　谁人不起故园情？最难得的是，文涛有两个故园，一个是出生地南郑，一个是生长地岚皋。手心手背都是肉，多一个比少一个的境界要宽，念想要多。也许对出生之地记忆不多，交道不深，笔下的文字更多的是岚皋的人和事，山和水。于是，他在书写自己"一个人"的感受时，他把"岚皋"当作一个更大心理情感上的人生历程，一个精神的锚地，进行真诚而坦诚的表述。看得出来，他比一些正宗的岚皋人还岚皋人，比土生土长的岚皋人还要巴心贴肺热爱岚皋。有一段时间，他被借调到安康市政府，任《安康经济研究》副主编，正在惋惜岚皋又少了一个文人时，没过多久，他又悄悄地回来了，人往高，水往低，学一次真正的水是需要勇气的。他就学了，就上善若水了一回，这种超乎常人的举动，我能理解，因为岚皋是他生命中记忆最清晰的原风景，是铭刻在他内心深处的文化符号。往事如风，经历无价，爱过，也恨过；苦过，也乐过。脚下的土地，童年的旧事，成长的路向，出门的游历，林林总总，散散淡淡，不管章法，家长里短，随意道来，汇聚成册，身体力行着文化上的"汗滴禾下土"。

　　文涛原本应该收获得更多，写得更好，在文坛上更有所作为。有所得，就有所失，文涛为此焦虑过，一见面就说想写这，想写那，一

大堆题目整装待发,嗷嗷待哺,怎奈政务缠身,应酬太多,心难安静。有一身武艺,施展不开,浑身筋骨都会酸胀,手上的关节就会痒痒。我同情这种无奈,理解这种迫不得已。自己不能搞,也叫别人搞不成,这是小人。自己没时间伏案写作,叫有闲暇的人著书立说,这叫大胸襟。经过调查摸底,加上平时自己的留心,知道哪儿有现成的书稿,哪里有有价值的资料,文涛就发动有专长的人搜集撰写,局里出资印刷,先后主持编印了《岚皋民歌50首》《岚皋民间故事》《岚皋民间歌谣》《岚皋纪游》《走进岚皋》《岚皋创作歌曲选》。此外,还专门为李发林出了个人专集《小河涨水》,为郑功荣出了《岚皋历史掌故》。

有人对我说,文涛这几年尽做傻事,热衷于给别人作嫁衣。我忙打断:此话差矣!文化局长重视地方文化,合情合理,很务正业,是忠于职守的一种表现,是心胸豁达的一种践行。

文涛在为文为官两条道上行走,而且走得驾轻就熟,相得益彰,兼收并蓄。官可以卸任,人可以离去,只有文字不朽。再过几十年,人去文在,相信后人对功过是非会有自己的评判。

文思若涛笔生辉,落纸当起故园情。生养之地,一往情深。笔墨所致,才情毕现。

人一老,话就多,我不能再唠叨了,赶快看文涛的书要紧。

(杜文涛散文集《巴山深处》序)

出书缅怀李发林
——写在《岚河与您相伴》前面的话

万事都有因由，编印这本书也不例外。在李发林老师逝世周年之后编印一本纪念文集，许多人都大感意外：人活成这个样子，真不枉尘世走了一遭。

李发林老师活了七十多岁，人活七十古来稀，因而他的去世，后人不要过分哀伤，朋友不要过分悲痛，弟子不要过分伤感。悲是大悲，丧是喜丧，逝是仙逝。

老师离世，第一个通知我的是杜文涛。编辑这本纪念文集，文涛和我发起，弟子们群起响应。我和文涛都是李老师的学生，我只有一张大嘴，一管老笔，文涛是地方文化官员，责无旁贷地召集会议，管饭管酒，还有烟茶伺候，倡导撰写文章，叫我口无遮拦地谈意义和写稿要求。一位业已退休的李老师同事说：一个人故去了，聚会悼念，编书祭奠，算是在一个县域里开了先河，太感人了，太难得了！在岚皋，有几人能享如此规格的殊荣？

我曾经说过：往小里说，一个人故去了；往大里说，一个时代结束了。师弟们不要误读，结束的是李发林文艺创作时代，而不是岚皋的整个文艺事业。这就是我们编写此书的目的，一方面缅怀一代文人，一方面展示新的阵容。当我匆匆急就那篇小文时，没想到推敲，也没有润色，只想着要快，要尽快把消息传播出去。按理我不应该那么仓促，那么急躁，非常欣慰，陆续有滕兴泽、吕湘艳、陈益鹏、吴

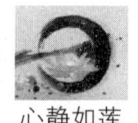

应勇、谢承海自觉自愿而又自发地写了文章，或发在自己的博客上，或传到互联网上，由政府网站推出。特别是唐新民，在上海看到我的文章后，放下手头繁重的工作，写了一篇感人至深的怀念文章。他在电话里说，多年未写了，有些力不从心，传给你希望能把把关。我也没有客气，改了几个地方，还加了标题，推荐给了政府网站。

编写纪念文集会后没几天，张国华就把稿子送上门来，这又让我喜出望外。一位老同志，且又不是本地人，如此积极，如此情真意切，真让人有些始料未及。罗长柱虽然交稿最晚，却是言辞老辣，令人咀嚼。让我没有想到的是，李老师的三个女儿都写了文章，且都言之有物，感人至深，要知道，她们当中大都从未写过文章呀！

我们在念叨李老师的好时，千万别忽视了一个默默无闻的人，那就是他的老伴余美桂女士。她是那么贤德，那么任劳任怨，那么悄无声息。我曾经对李老师说过，你写了那么多文章，为啥不好好写一下可爱可敬而又可怜的老伴儿。现在就是拿着放大镜找，还能找到那样的老伴儿吗？他点点头说，要写的，要写的。我直言不讳，不怕你多心，你在家里横草不拿，竖草不拈，饭来张口，衣来伸手，除了会写，你还会什么？他使劲儿点了点头。过了不久，他把《小河涨水》的后记拿来，里面有一段写老伴的文字，虽然字数不多，算是动了真情，眼眶里蓄满着泪水。我在想，如果没有余美桂的奉献，李老师还能写这么多吗？还能源源不断地写下去吗？

正写到此处，忽然接到李辉苗从邮箱发来的一篇长稿，一口气读完，唏嘘不已：李老师的老伴还能写文章？不仅写了，而且写得如此生动，如此情真意切，这是爱之所为，情之所动，字字有情，句句含泪。我们没想到，李老师如果在世也不会相信。能写的没有好好写写老伴，从不写的却写了大名鼎鼎的发林丈夫。余美桂这样的老伴儿不仅仅是可以，而是可爱，可敬，可人意啊！

很少写文章的原文化馆长黄传武，娓娓道来，善于捕捉细节。孙子辈的文枫，出手不凡，颇见功力，让人眼前一亮，真乃后生可畏矣！还有杜文涛、徐远航、王道志、王兴波，他们有的是一方"诸侯",政务繁忙。有的挂职在外,身不由己,都不推辞,数易其稿,用感动二字似乎不足分量,应该是感慨万端,感人肺腑。

在这里要说明的是,我对有些文章做了一些删节(主要是跑题跑得厉害),订正了个别词语,更换了几个标题,如有不妥,万望海涵。

毛泽东说过:村上的人死了,开个追悼会。用这样的方法,寄托我们的哀思,使整个人民团结起来。李发林的去世,我们不仅送葬,开追悼会,还撰文纪念,出书缅怀,可见这种方式是高规格,是善行,意义非同一般。

2012年5月8日于芳草居

匀一点儿时间给写作

人总是要老的,老了保险有人养,这是多好的善果啊!无论何方人氏,不问高低贵贱,只要按规定办理有关手续,就可以登堂入室,坐享其成。人若活到这个份儿上,就安逸了,就有想头了,就能颐养天年了,就无后顾之忧了。对这样的单位,虽然交道不多,却让人充满着敬意和期许。"养老"二字好啊!一听就亲切,一说为孝道,一动有善举。加上"保险",就吃了定心丸,就可以把枕头枕高些了。老有人养,老有靠山,这不是现代版的世外桃源吗?这不是人情味儿很浓的文明社会吗?

听说岚皋县养老经办中心要编一本职工作品集,令许多人惊讶,真是出其不意,这就要让我刮目相看了。小小单位,门槛比别人的低,门脸比人家的窄,根基比邻里的浅,占地不过数亩,人不过十员,却个个动笔,人人能写,这叫素质,这叫文运,也叫奇迹。写什么?不讲究,怎样写?也不重要,关键是都敢写,都能动笔。我佩服这样的素养,我赞赏这样的态度,我感动着这种超乎常人的举动。不是出自对本职工作的热爱,不是责任心的驱使,不是个人修养的蓄积,不是知书达理的传承,是不可能做到这一点的。我曾经口出狂言:写作不是谁都能摆弄的,得有修养,有灵慧。看了这些长短不一、体裁各异、层次不同的文章,我恐怕得改改口了。

古人有言:千军易得,一将难求。听到郑军这个名字,一下子想到正规军,对于写作,他却是业余的,是草根的,是"土八路"的。

要紧的是，他是头儿，是领军人物，领导带了头，群众有写头。强将手下无弱兵，强者身边有书生。写手云集的地方，不仅领导有方，而且自己笔力过人，收到这本集子的文章，多半都出自他之手。个个出力，泰山可移。人人动笔，创造奇迹。这样的集体，坚不可摧，无往而不胜。这样的单位，和气生财，长盛不衰。

并不是篇篇都很上乘，字字都是珠玑，有些显然还很稚嫩，但这却是他们工作之余的心血之作，是一种精神耕作，是一种才华展示。编这本书的人很有眼光，可以说是慧眼独具。星转斗移，时过境迁，好多事都会忘却，唯有这些文字不朽。

现在的人没有一个不忙的，行色匆匆，争先恐后，急起直追。连恋爱都省却了害羞的程序，别说动手写，连抬一下眼皮看几页书都成了奢侈的事。读了这本小册子，我由衷地要说：写作是美好的。写作多好哇！要写，就得学，就得读，就得兼收并蓄，博采众长。写作既丰富人生，锻炼自己，也能启迪后世，白纸黑字留一笔宝贵的精神财富。因此我要说：再忙，也要匀一点时间给写作。

2009年8月4日

（岚皋县养老经办中心《职工作品集》序）

美景美食成绝配

南宫山的峻秀,千层河的幽静,神河源的空旷,蜡烛山的险峻,加上岚河水上漂流的放松,已经成为游客心中的五张名片。

岚皋有美景,美景伴美食,这是天作之合,更是人间绝配。我这人好吃,一听说有好吃的,就来精神,就急不可耐。人活一世,连吃都不"好",还能"好"什么?有人会说,还有好色。佛语中讲了,色即是空,空即是色。我这人实在,空话少说,空事不做,空头支票不开。挣钱不挣钱,先弄个肚儿圆。

别以为吃就是柴米油盐,鸡毛蒜皮,大到治国之道,小到人际往来,都离它不得。《道德经》里就有"治大国若烹小鲜"的话。还有一句老话,叫作"民以食为天",这就是说,只要与吃有关联的事,就是天大的事。当《岚皋美食精粹》的清样送到我手中时,眼睛一亮:哇,这么多好吃的呀!这不但是好事,还是天大的好事。刘华弟要我在前面写几句话,不假思索,欣然同意。这就如同瓦楞缝隙里冒出来的炊烟,菜未上桌前蹿出来的香气儿,我的文字赶在正文之前,占了先,等于坐了一回上席,不吃香也会跟着吃一回香了。

人老了就有毛病,老爱谈年轻时的饮食记忆。好汉不提当年勇,我算不得好汉,提提也无妨。

我喜欢羊肉,却不喜欢羊油炒菜,婆有办法,变戏法似的弄来核桃、花生、芝麻之类,苞谷面炒酥一拌,说是羊油茶,饥荒年代,不亚于山珍海味。前几年到巴东,端来一钵,说是土家族名菜,我一尝,这不是饿饭时婆做的臭豆渣烩芥菜吗?我上学时,遇上青黄不接,天天吃南瓜酸浆粑,婆叫我找来桐叶,嫩南瓜炒青椒,与浆粑一块儿包成三角,当成锅贴一样做,剥开叶片,其色墨绿如玉,其味鲜香无比。有一次,婆宣布下午吃肥肉,我们半信半疑,端上桌的却是煎得二面黄的冬瓜,上面撒了芝麻面,明知受骗,还说好吃。家里请了几个人做活,婆用石磨推了黄豆,和苞谷米一起下锅,起黑早用小火慢慢熬煮,黄昏时才吃,那种醇香绵软,无法用文字形容,现在偶尔也在小吃摊点吃一碗,模样相似,却不是那个味儿。别人送来两升糯米,婆悄悄对我说,今天发狠做活路,中午"做神符"。把生腊肉切成小条,和淘洗过的糯米一同入锅,开锅后小火慢烹,锅盖一揭,香味四溢,尤其是锅巴,焦黄油亮,嚼起来脆响一片。母亲到仙人脚(老家草鞋垭的一个小地名)打猪草打回来一篮气味浓郁的树叶,生熟猪不吃,婆说是神仙树叶,洗净在开水锅里搅动,过滤冷却就成碧玉翡翠似的神仙豆腐。后来我写成专文,发在省报上,声名随之大震,成了非物质文化遗产。有一回随父亲到亲戚家去,主人连说好客没得好招待,忙上楼剔下一方腊排骨,剁成小截,清水干焖,吃起来原汁原味,香透肺腑。有一年,我在孟石岭一个叫九台的地方搞路线教育,女主人炒了一碗洋芋片,味道特别,我问了做法,说是放化猪油柴火干炒,起锅时浇上蒜汁即成。我这样如数家珍,津津乐道,犯了上了点儿年岁人的通病,逮住机会就口无遮拦,大放厥词,赶快打住。

　　人一生的口福之乐,也许都有定数,没吃到的不要眼馋,吃到的也不要炫耀,我之所以拉杂写了一些片断记忆,是受了这本小册子的启发。说实话,岚皋美食非常丰富,我提到的和这本书上写的,只不过凤毛麟角,难免挂一漏万。出专集也好,办烹饪学校也好,只是起了一个好头,真正叫抛砖引玉,放长线钓大鱼。这些年我也走过一些地方,如果没遇上好景致,吃一顿好的,也叫不虚此行。有时看到的美景早已忘记,品尝到的地方风味小吃,却挥之不去,成为我笔下的文字或朋友聚会时的谈资。

好茶配好水,美景配美食。这叫葫芦配了当当,茶壶配了缸缸,西瓜配了龅牙腔。游历了岚皋美景,品尝到岚皋美食,这是锦上添花,是鱼与熊掌的兼得,这样的美事,相信所有的人都不会错过。物以类聚,人以群分,我好吃,也希望天下所有的人都好吃。酒肉穿肠过,文字留心中,相信这本小书不会只是我一人叫好,在这纷繁的世间,一定还会有另外的同好能与之共鸣,并掩卷回味,神不守舍,或许动步专程到岚皋一趟,不为养眼,专为暖胃。

2013年9月9日于芳草居
(《岚皋美食精粹》序)

碗场坝广场赋

美丽岚皋，山高水长。如诗如画，人间天堂。
水围城秀，岚河流芳。南宫山奇，神田草香。
溪流千层，山耸烛光。盛世盛举，开发碗场。
眨眼工夫，鸡变凤凰。场坝宽平，吞吐八荒。
妙手天成，锦绣华章。漫步其间，豁然开朗。
见者称庆，蒙福四方。亭台轩榭，曲径回廊。
浮雕石刻，诗壁画坊。松竹桂杉，疏篱短墙。
小径幽静，大道畅扬。飞瀑流泉，声若钟响。
花木扶疏，鸟语花香。清风徐徐，湖水汤汤。
杨柳依依，乾坤朗朗。门户洞开，无须设防。
若谷虚怀，人来人往。兼收并蓄，博采众长。
设施超前，功能多样。演艺集会，声势浩荡。
人约黄昏，半城空巷。霓虹闪烁，华灯初放。
沿堤信步，随时登场。娱乐休闲，神怡心旷。
音乐悦耳，荡气回肠。以水为墨，抒写健康。
舞之蹈之，欢快奔放。游乐嬉戏，童话园庄。
竣工抒怀，慨然吟唱：
政通惠风畅，河滩变广场。
碗里乾坤大，湖中日月长。

2013年3月22日于西安

双丰桥禁赌碑楼修复记

　　双丰桥四郎庙重修，耗资百余万，半载工竣，文涛弟驱车邀余偕妻于辛卯年冬前往探视。雨后初晴，天朗地阔，霜叶流丹，万物如洗，两座石桥以老带新，如弯眉含情，顾盼生辉。读碑品楼，匠心毕现，勒石浆砌，工程坚固，古朴典雅，修古如古，焕然一新，真乃"坏者补之，朽者新之，创始者粗成于前，继任者媲美于后"也。殿阁楼台，飞檐挑脊，有翔龙舞凤之势；四角飞檐，雕梁画栋，呈映日辉霞之彩。白云青山仰高风，农舍田园得真趣；溪旁鸟语随清风徐来，悦耳泉音伴云雾缭绕。移步桥上，俯首思忖，只觉此桥非桥，功能失而精神现，镜鉴也，典籍也，图腾也，足以大壮观瞻，开启崇奉之心，教化之功远胜过沟壑河矣！

　　四郎即杨泗郎，水神也，古人以为建了此庙，就能扼住水患，护佑二桥。怎奈天灾人祸，鬼神无力回天，八十八年后水毁一座，手足分离，兄弟失伴，双丰成了单收。"文革"期间，有激进无知者上房拆瓦卸椽，毁庙砸殿，"威镇双丰"也未镇住无德行径，可叹一代胜迹土崩瓦解，成为断壁残垣，关牛栏猪，清静福地变成饲养之所。四郎的不作为，让世人心寒，故改四郎庙为禁赌碑楼矣！所幸六通碑刻嵌入墙体，保存完好，成为珍贵历史文献，深山老林禁赌开风气之先，涧溪沟壑建桥成美谈之资，精神物质双遗产福泽子孙，让我们受用不尽。

　　风霜雨雪不减古风之威，世事沧桑方显今人之德。欣逢盛世，政通人和，省文物局慧眼识珠，拨巨资复修，县文化部门全力实施，专业施工单位精心抢修，恢复殿宇，补修石桥，善举义行，人天共睹，上下齐心，得以玉成，所作所为令先贤九泉含笑，其理其义与古人一脉相承，此举此行让山水感戴动容。思草创之艰难，想当今之勋绩，寄厚望于后世，特勒石记颂，以彰胜迹。

2011 年 12 月 5 日

心静如莲
XinJingRuLian

青莲书院赋

西安南山，草堂寺畔。美庐精舍，书院青莲。
窗明几净，曲廊回环。亭台楼阁，树茂花繁。
芭蕉一丛，修竹数竿。朝闻鸟啼，夕醉烟岚。
夜捧月华，日纳霞灿。世外桃源，风雅无边。
枣木家具，删繁就简。根艺奇石，美轮美奂。
书案落座，气定神闲。册籍林立，书香弥漫。
主人好客，敬茶为先。把酒桑麻，推杯换盏。
谈笑风生，手不释卷。通古博今，诗文兼善。
琴棋楹联，出手不凡。宝地贵府，幽静庭院。
修身养性，悟道参禅。高士乐隐，颐养天年。

2010 年 12 月 20 日于西安

茶食本方赋

龙安茶园的李峰开发出系列茶食兼得的粗粮方便食品，叫我写几句话，刻在店铺大堂上，于是就有了下面这段文字：

茶食本方者，茶与果、药、粗粮结合，配以民间单方也。茶是龙安香茗，果是核桃，药是银杏、怀山、枸杞，食是苦荞、燕麦、青豆、糙米。因要磨成粉，兑开水成糊状即食，又名难得糊涂。聪明者喜茶食，明白人选糊涂。香飘飘兮诱人，色朦胧兮目眩。看其首创，实是真传，选料严谨，推陈创新，食其简便，品其味长，远以啖之，飘飘欲仙也！茶食之道，贵乎本真。得本真者得心源，得心源者得大寿。遂有个中三昧一说：高者得其意，中者品其味，下者果其腹。民以食为天，圣贤之愿；食以粗为上，布衣之想。盛世物阜，温饱不愁，白米细面退避三舍，五谷粗粮登堂入室，坊间小吃食疗兼口福之乐，乡野之味地道如家常便饭。一碗，血压降也；一捧，血脂散也；一钵，血糖减也。细嚼慢咽，清香适口，大快朵颐，酣畅淋漓，更有肝脾受益，血管软化，益寿健体，真是福莫大焉。

庚寅年七月廿六

宏一达鉴祭

岚皋之东，三峰高耸，初曰笔架，后称南宫。
水出幽谷，石隐林中，笔架凝翠，奇秀峭雄。
天地形胜，鬼斧神工，美不胜收，风情万种。
古栎枯荣，宝莲泉涌，石螺号响，呼雨唤风。
苔藓明暗，预兆歉丰，莲花石盆，巧夺天工。
始为道教，创立北宋，道光年间，宏一登临。
达鉴通鉴，结草为棚，钵盂盛露，福如山重。
讲学传道，醍醐灌顶，施舍布医，习术练功。
广结善缘，惠及信众，道佛更替，香灯日盛。
精舍禅寺，祥瑞独钟，沧桑屡经，灵验始终。
坐化得道，仙体腾空，百载风雨，完好如童。
十年浩劫，磨难接踵：
庙宇毁弃，神灵蒙尘，僧侣云散，钟磬息声。
时逢盛世，如浴春风，改革开放，人和政通。
旅游兴县，受益大众，修桥补路，再塑金身。
步道阶梯，亭台楼阁，略加点染，美妙天成。
游人瞻谒，额手称庆：善举可嘉，无量之功。
不腐真身，香火供奉，保佑游客，福寿康宁。
苍山如洗，满目葱茏，金顶日出，吐气若虹。
云蒸霞蔚，浪起涛涌，人间仙境，魅力无穷。
山是奇山，身是真身：
大仙恩化，世代传颂，人民幸福，其乐融融。

第五辑 他人评点

文章一经问世,任由他人评说,对读者是一种引导,对作者是一种鼓励。说得在理,在行,本人只顾埋头挥写,根本末想到述有另一番理趣,这是多么重要的点化啊!有时候,几句话,一段文字,就能点石成金,化腐朽为神奇,让作者顿然开悟,天朗地阔。这些难能可贵的文字,难免有溢美之词,好在自己知道轻重,知道山外有山,不会飘飘然而妄自尊大。其实,写作只是喜欢,消遣,仅此而已。

黄开林散文的一二三

张胜利

安康是个散文大市,近七成的作者都在致力于这个文体的创作,其中不乏好手高者,黄开林可要算是成绩突出的佼佼者当中的一个。

对黄开林的散文创作,众多论者多方面进行了研讨,好评如潮。我只能另找大家尚未注意到的地方,以自己的发见谈个一二三。

一种文体

黄开林对抒情、记游、叙事及议论等散文,都有涉猎。但是,我觉得,在安康,有一种文体却是属于黄开林单耍的"独角戏",这就是婚礼祝词。

早在1996年,黄开林就在《演讲与口才》杂志上,发表了为同事陈光浩、熊玉琴夫妇所写的新婚致词《普通的祝福》。精彩的文章,不仅让全国的数百万读者知晓,又被李嗣水主编的《演讲词分类评析》一书收入,还加上了多出原作一百来字的评析文字,实属罕见。

此后,黄开林又为几对新人陆续写下了《一生的守护》《五月的祝福》等数篇婚礼祝词。其中《春晖暖心张弛自力》,又被《演讲与口才》编辑姬静,以与原作同等数量的文字所评点。

这些婚礼祝词,篇篇珠玑,句句温馨,喜味犹存,广为传诵。它让文人案头的高雅散文,走向了普通百姓的日常生活,增强了文学作品的实用功能,为建设和谐社会添上了几束喜庆的橄榄枝。

两类修辞

在黄开林的散文作品中,常常可以见到对某一个词或某一个字,所做的或拆合或释义或强调或发挥等着意使用的修辞现象。翻查了几部修辞书,暂无与其相类的阐释与解说。对这两类修辞现象,我姑且称之为"析字"与"析词"。

拆合,如《茶之间》文中,"茶字拆开,就是人在草木中。人若能经常与草木为伍,朝夕相处,那该多好哇!"

释义,如《气节》一文对该词的解释:"气者,骨气,自然之气也;节者,节操,高风亮节也。"

强调,如《千层河水韵》开头,对"千"的有意连用:"花有千树,谷有千穗,佛有千手,浪有千重,河也有千层。"

发挥,如《横溪河》一文,作者认为,"横"其实也是一"直",进而联想到把路走直,把人做正,把事办实的基层政府为民服务的廉政准则。

还有,《小蒜味长》中对"小"的阐发,《草色掩映的土屋》通篇对"草"的赞美,《本家是黄连》结尾对"黄"姓出人意外的牵连,等等。

需要指出的是,"岚皋"这个县名,曾被人戏解为"山高风大白舍本"。而黄开林却运用"析词",对生养过自己的故乡的县名,做了深情赞赏,而又全新的诠释与解读:"岚,林中之雾气。皋,水边之高地。"此说一出,引用甚广,流播甚远,成了宣传岚皋,推介岚皋的响亮的广告语。

"析字"与"析词",在黄开林的作品中比比皆是。它们成了作者阐发文意,借题发挥,纵横联想,谋篇布局的重要手段和拿手好戏,是对安康散文创作的独特贡献。

三套文笔

文学最终拼的是语言。多数散文作者,总以抒情美文作为自己的主要体式和语言形式。黄开林则抒情文、议论文和演讲词三驾马车并驰,熟练地操纵着三种文体,践行着三套文笔的写作。

抒情美文,是黄开林全力以赴,主抓主打的散文类型,占了他作品数量的大部分。《春到神河源》《雨中清荷》《心静如莲》等,是其挂一漏百的代表作。这类美文,往往描绘细腻,情感充沛,文思隽永,韵味悠长。人们每每赞其作品"精致,唯美",大多指的就是这类佳作。

议论散文,是安康作者较少涉及的领域。有人尝试过,但多属杂文一体。倒是丁文文笔不老,近作《中国癌》等,新人耳目。黄开林则以"刊首语"的形式,较早地涉足过这一领地。散文集《家在岚皋》中的"卷首小语"专辑,散文新著《心静如莲》中的"随手而记"专辑,是其集中展示的作品。这类议论散文,重说理,有文采,以思想和艺术并茂,是其值得注意的另一类散文作品。

不唯书面语言精彩,根于口语的演讲词,也是黄开林屡用屡爽,游刃有余的语言表达方式。还在20世纪90年代,黄开林就在《演讲与口才》杂志上频频发表作品。家人的生日聚会,森林公园的评审会,粮油公司的开业庆典,乡镇文明户的挂牌仪式,这些发生于一个小县城的,对于全国来说,并非多么起眼的小事件,为什么总是能一次又一次地被激赏在全国性的重要刊物上?个中奥秘,就在于事虽微而文却妙,作者娓娓动听地诉说,加上生花妙笔的渲染,一次又一次地征服了编辑和读者。

为了推介岚皋的旅游资源,作者一次推出十五万字的《岚皋生态旅游导游词》,导游词可阅读可讲解,何尝不是一部长篇巨制的演讲词?

读读他的近作《在女儿婚礼上说的话》吧,那可真是情真意诚,实话成串,妙语如珠,就是不愿感动的人,也会被感动一回的。

谈了黄开林散文的一二三,感受最深的是作者对文学创作的专注与挚爱。"精于一""一个人一生只能做一件事",是对他准确的评价。倘若心思不纯,今日集邮,明日武术,后日书法,大后天又佛

教，然后还要宣称"我爱文学"，那还会有今天的黄开林，还会有黄开林散文的一二三吗？

张胜利，男，出生于1945年9月，党校教员，业余作者。

家的名字叫岚皋
——陕西作家黄开林散文集《家在岚皋》浅评

卢修宾

（一）

阅读陕西作家黄开林先生的散文集《家在岚皋》，是又一次唤醒了我过往的心灵铭记。这种源于心灵的铭记，在记忆中无疑是最深刻的，因为这个记忆相关于曾经生活过若许经年的家乡。于先生和我来说，这个地方就是岚皋。读黄开林的散文集《家在岚皋》，是聆听一曲生命的歌者献给乡土的一曲沉缓而朴素的恋歌。

这个关于岚皋，关于家园，关于乡土的记忆，同样关于文学，关于心灵，以及生命之魂。

因其如此，岚皋这个地方，总是令人魂牵梦萦。无论何时何地，它都以一种不可阻挡的力量走近我，以一种伟岸的方式支撑起过去的全部记忆以及未来勇往直前的力量。岚水岸边的岚皋小城，小城外那一片绵延了很远的山与河流之间的土地，这片掩映于绿树野花里的土地，于我来说就是心的天堂心的家，无论走到哪里，它始终温存了心灵里一抹最温暖的记忆：家的名字，叫岚皋。一种近乎骄傲而自豪的心态，迫使我更是一如既往地逢人就说的。

阅读《家在岚皋》，是再次清晰了我的家乡记忆。

《家在岚皋》以文学的方式、以散文的方式、以心灵的方式，让我又一次回到久别的岚皋。可以这么说，是《家在岚皋》唤醒了我的

童年,唤醒了我散落在那块土地之上的青春,唤醒了我对这方土地的一往情深,以及那些褪色的年少时代对未来的无穷向往,还有永恒的对这一片涌动了热情的土地的梦想。我们铭记家乡铭记童年铭记梦想,其实都源于曾经生活过的脚下的这方土地。深入土地,是我们回到家乡的唯一路径。著名作家张炜先生就直言不讳地把散文集定名为《大地的呓语》,毫不掩饰自己对土地的依恋和热爱;萧红有一条河,还给这条河流写了传记;贾平凹有商州,就写出了商州的一录再录三录;美国作家梭罗通过自己别闹市居乡间的三年历程,终于写出了讴歌自然讴歌土地的永恒名著《瓦尔登湖》,梭罗写出的文字,是对一个湖泊及其周围一片自然乡土的无限热恋。同样,面对《家在岚皋》,读者的阅读感受是与《大地的呓语》和《瓦尔登湖》中别无二致的情怀。

趋向客观地说,世界之大,让岚皋这片土地不具有更多的优越性。在整个人类生存的大地上,岚皋只是这个星球密布的宇宙当中一个细微的点,这样的一个点,当它还不足以像世界上其他著名地方一样引起世人足够重视的时候,岚皋却足以唤醒生存在这方土地上的子民们的珍视。热爱乡土,既是一种应该,更是一种必然。当我们在心灵的成长史上历经全部磨难过后,接纳我们的除了乡土之外,再没有其他任何地方。也许正是基于这样的心路历程,无论我们是否为基督或者穆斯林,也不管我们是否有神论或者无神论,乡土情怀,已经成为我们实现灵魂皈依的唯一途径。由是我始终固执地以为:作家只所以选择文学的方式切入世界,其真正目的是为在实现自身灵魂皈依的同时,为那些众多灵魂无措的生命盲从者指引归途。

回家,让心灵回家,或许是实现生命价值和发现生命光明途程的终极方式。心灵敏感度超强的作家们,对乡土的依恋自然更加强烈。正是在这样的背景之下,家乡在其子民们的生命过程中,从来就无以替代,而终于至高无上。

从此种角度出发,《家在岚皋》像其他所有伟大作家和伟大作品一样,依然是讴歌梦中的童年,童年里的家园,家园中的梦想,梦想中的乡土，以及对乡土的无限依恋。一方土地养育一方子民，一方土地养育一方文化。由此我理解为什么在如此众多的汉文字里，黄开林选择了《家在岚皋》这个极为朴素的名字为散文集命名。这种超境界的抉择，来自作家的心灵，同样来自作家心灵内存对岚皋这方土地的无疆大爱。

散文集《家在岚皋》，是生命的歌者献给乡土的一曲沉缓而朴素的恋歌，这显而易见。

（二）

黄开林散文最本质最鲜明的特质，是作家对故土的热忱和依恋。褒扬与讴歌故土亲情，抒发与记录作家的这份热忱和依恋，是黄开林散文的永恒主题。

作家为什么写作？作家写作为什么？黄开林先生用散文的方式，为所有爱戴他和他的散文的读者给予了朴素而最直接的答案。这诚如上帝即是先知。也因此而论，作家的写作不需要答案。写作就是写作，其主题是十分鲜明的，任何虚空与矫饰的写作者，都不可能掩盖事件真相下心灵的真实，散文家黄开林用他对故土的满腔热忱和无疆大爱，捍卫着心灵的真实与写作的高贵。由是出发，读者不难感知作家写作时的心路历程，在朴素、典雅、高贵、哲学的散文叙述里，黄开林始终坚持了自己对故土亲情的永恒歌唱。

散文集《家在岚皋》第一辑《故土亲情》的小序中，黄开林对自己的心灵进行过最彻底的剖白，这种剖白无疑是作家式而趋向心灵真实的。"我非常珍视自己的每一个脚印，勤于记录，乐于重温，敢于献丑。即使我那样固执地在这儿居住，相守相处，不离不弃，也很难说就了解岚皋，懂得家乡。"这种近于谦恭的对灵魂的自我拷问，是作家真性情的恣意流露和无掩饰的表达，因而让读者感知作家对故土的"不离不弃"的爱。作家同时说道："亲朋好友，吃喝劳作，风土人情，悲欢离合，都有许多铭心刻骨的东西，因而就想写，就想说出来让别人分享。"写作在这里已经成为作家的使命和生命自觉，以

至于终于完成最忠诚的宗教般的升华,面对故土,"我对养育之恩的报答,就是不停地写作"。当作家写作的初衷从自发变为自觉的时候,这种出自心灵的表达方式,让作家的文学叙述在思想升华后完成了哲学性表达,作家自身已经以心灵的方式切入现实世界,成为所生活着的这个地域的一部分而终于不可割离。

黄开林的散文取材朴素平凡而取向是典雅高贵的,日常琐细的生活事物,司空见惯的某个意象,身边随时可触及的平凡人事,都可能触发他叙述的灵感而成为他妙笔下生发的瑰丽花朵。一个在乡镇行政区划调整过程中被撤并的村名,一串父老乡亲们劳作过程中发出的连枷声,一阵从青瓦灰墙的土屋里冒出来的炊烟夹杂的饭菜香味,乡人们劳作过程中最普通不过的场景,在作家的笔下心头都产生千丝万缕的情愫。《芳流》《连枷声声》《烧烤毛芋香喷喷》《积肥》等诸多名篇,在抒发作家对故土的热忱和依恋的同时,在故土亲情的褒扬与讴歌背后,不仅让读者感受岚皋地域文化的独特魅力,同时品评出作家的生花妙笔和生活哲学的喷发。黄开林散文的朴素、典雅与高贵,就真切地恣意流露了。

《家在岚皋》共分六辑,《故土亲情》作为第一辑出现,收入黄开林记录岚皋乡土亲情的散文四十余篇,成为整本书的重点。从作家自身的编辑意图上,我们不难观照作家对故土亲情的"执着"与"珍视"。褒扬与讴歌故土亲情,抒发与记录作家对故土的这份热忱和依恋,是黄开林散文最本质最鲜明的特质,也是黄开林散文的永恒主题。

"流连在故乡的山水间,常常要被一种生命的景象所打动,被黄钟大吕般的天地玄黄所征服。"作家黄开林的此种些微之物亦能唤起的潮涌般的情怀,源自于对故土岚皋的无限热爱,这显而易见。也始终一贯地契合了作家的超越世俗的悲悯情怀,从而直扣抒发故土之爱的主题。

(三)

黄开林散文的哲学意义。

黄开林散文在记述岚皋故土乡情的同时,除了作家对一方水土的不吝笔墨的颂扬之外,其文学哲学意境已经成为作家散文创作过程中最经典的范式。黄开林散文突出的哲学意境,除了在很多篇章中,以点睛方式出现以外,更多地集中在他创作的大量的卷首篇章里。这些颇具哲学意境的名篇佳制,其在全国范围产生的巨大反响远远超过那些记述岚皋风土人情的寻根散文。可以毫不掩饰地说,黄开林创作的以哲学意境为底子的卷首篇章,在全国是独树一帜而自成一家的。这一类散文,在黄开林整个创作过程中,既是重点也是经典。无论是质量还是数量,都堪与全国任何名家相媲美,终成大家。

　　在《卷首小语》一辑里,黄开林的哲学散文得到全方位的集中展示。《卷首小语》中大量篇章不仅哲学意境深厚,同时不乏精神与文气互重的佳构,《气节》《自重》《自尊》等篇章,都显见作家精神与文气的高贵和典雅;《慎独》《宁静》《淡泊》《随意》等篇章,则透露出作家心灵超越一般境界的闲适和内心深处的宁静,让人看到一位阅尽人间美景而终归平淡的智者形象;《日子》《朋友》《距离》《品书》等篇章,则从日常琐屑之中窥见人世的美好,这既使黄开林散文哲学意境得到集中展示,同时又让读者感受到作家对这个世界趋向真实的美好愿望。黄开林散文的哲学意境和精神与文气集中展示的作品,在《新赋试笔》中亦有展示,我是始终疑心这些作品或是因为工作或是因为友情或是因为邀约的应试之作,但我依然为其中言外之言、意外之意、象外之象的意境所折服。这亦如记录亲情的一株小蒜也能让作家顿悟生命的哲学意义:"小是大之源,戒小恶可以保本真,积小善终能成大德。"

　　在黄开林的散文里,基于哲学意境之上的选取,理所当然地让这些原本琐屑而平凡的意象变得有意义,充满哲学理趣,而变得高贵。

　　阅读黄开林散文,首先是阅读其哲学意境之上的高贵。

(四)

　　"伟大的风景,是为那些小艺术家而存在;

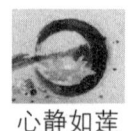

平凡小风景,往往为那些大艺术家存在。"

黄开林先生的散文为我们再次诠释了这个经典的艺术规律。黄开林散文意象多选取一些微不见经传的小事物、小人物、小场景、小世界,在这些小事物小人物小场景小世界里,却无一不包含了大道理。这类主题意象的选取和艺术手法的巧妙处理,是黄开林散文的又一独特之处。

黄开林散文取材小,寓意深,看似信手拈来,却是精雕细琢。

取小材见大道理,如《小蒜味长》《故乡黄花菜》《养人的苞谷》《爬树》等篇章,以及《半途小集》中黄开林语画的这些散文篇章,都是以小见大的经典作品。《半途小集》以语画的方式一一叙述,文章短小精致,类乎美国作家怀特笔下的经典短章随笔,让阅读意象趋向熟悉,同时意味隽永而永存含蓄。我尤其喜爱这类本土作家、本土画家、本土艺术完美结合的表达形式,这不仅仅完成了对一个地域的诗意传达,同时实现了艺术的升华。诚然,黄开林语画不是艺术首创,著名作家贾平凹文章与诗书画俱美,是出版过《贾平凹语画》的诗、书、画合三而一的文集,阅读黄开林散文集《家在岚皋》中《半途小集》一辑,感受大同。艺术的相通,无论是于黄开林、怀特,还是同样出自陕南的贾平凹,其艺术修为各有侧重,同时也互相通融。

在艺术的行当里,大家并不都依赖大风景,大风景是美丽的,小风景同样小得美好。黄开林对艺术的终极追问和自觉锻造精神,决定了他无论面对大场景大事件还是小场景小世界,都从容自在而终于在不经意之间流露出于艺术造诣之上的闲庭信步。

(五)

黄开林是乡土情结浓郁的作家。黄开林是不可多得的具有强大反思精神的寻根作家。黄开林是始终如一地在苦苦寻找其写作的根,心灵的根。

这显而易见,因而也更加无须质疑。

阅读黄开林的散文，其散文的整体乡土意识是十分明显的，更加明显的还有他执着于乡土艺术的自我觉醒。

　　阅读黄开林散文的最大收获，是他站在自己的立场上，以一种平凡的方式宣告了艺术的不平凡。作为一个长期固守同一地域的作家，其对岚皋地域风土人情、物产风物、社会面貌、历史掌故等方面，一定有其自身独到的理解。也许黄开林从来没有想过要成为这一独特地域的代言人，但是不经意之间他已经不自觉地始终在为这一地域以一种文学艺术的方式代言。我从来不认同文学艺术是一种圈地运动，但文学意义之上的圈地运动，未尝不是一种恰当的表达方式。一个作家，他写他脚下熟悉的土地，写他身边最熟悉的生活，写他周围最熟悉的物事，写他最刻骨铭心的经历，理所当然。无论是久远的过去，还是火热的当下，还是充满不可预知的变数的未来，艺术家的表达对象和阐释对象，往往是自己最熟悉的那块地域。陈忠实的白鹿原、贾平凹的商州、陈长吟的汉水、鲁迅的鲁镇、徐志摩笔下反复出现的江南的桥、余华的南河头，这些在作家作品里反复出现的意象，是作家认知世界、进入世界、阐释世界的切入方式，这是一种心灵的方式，趋向心灵的真实，任何游离在心灵之外的艺术方式，都是伪艺术。因此，黄开林始终以此种趋向心灵真实的方式，在苦苦追寻这样一种意境而终于独达高标："登大草原，入大境界，展大胸襟，得大智慧。"

　　黄开林散文因其对表达意象的熟稔，对故土亲情的"执着"与"珍视"，对艺术的高度自觉与热爱，对生命、命运、理想的追求和精神生活的刻意，让他的散文始终葆有生命的尊严和高贵，从而最终实现文学艺术的升华。褒扬与讴歌故土亲情，抒发记录作家对故土的这份热忱和依恋，黄开林散文在自觉追求这一最本质最鲜明的艺术特质和永恒的艺术主题的同时，完满了其作为乡土作家和寻根作家的灵魂拷问与艺术追求。

　　黄开林始终在寻找他心灵之上的根，同样也是寻找文学艺术的根。我们从哪里来，要到哪里去；我们想做什么，我们能做什么，

《家在岚皋》或许已经给予我们最真实而最可靠的回答。

（原载 2012 年第 2 期《杭州湾》）

卢修宾，男，1970 年出生于陕西岚皋县堰门村卢家四房院子。1997 年 8 月赴浙江省平湖市工作，现为平湖市文化馆副馆长，浙江省作协会员。

干净的散文
——读黄开林散文集《家在岚皋》

曾德强

收到黄开林新近出版的散文集《家在岚皋》（紫香槐散文丛书，太白文艺出版社出版），第一印象便是：装帧素雅，编排别致，篇幅短小。仔细阅读，我便透过这些朴素而优美的文字，对这位文友固有的治学严谨、创作严肃增添了一分了解和敬重。一句话，他的散文是干净的。

第一辑《故土亲情》所收的篇幅最多，岚皋的风土民情、亲朋好友及其吃喝劳作、悲欢离合等等，都艺术地记录和回忆于此。这是乡土作家黄开林的重头戏，也是作者恋乡情结的有力诠释。内容虽然较为驳杂，但其表述都是惜墨如金的，其文字都是耐看耐读的。看起来是在随手挖抓，散漫随意，但它一直通向人最本原的深处——心灵或者灵魂。

第二辑《游历偶记》所录，也基本上是作家在本乡本土的踪迹。他吃的这些"窝边草"，虽然千姿百态，但都直指一个主题：热爱家乡。正如其"提要"中所说："我永远都是家乡的行者，永远都是岚皋的歌者。"其行心无旁骛，其歌奉献真情。爱一个地方爱得如此深切，如此贴心巴肺，实在让人感动。

后三辑《新赋试笔》《婚礼祝词》《半途小集》，则更见作家的语言文字功力，文笔简练，感情细腻。其结构紧凑和文字锤炼，令人佩服不已。

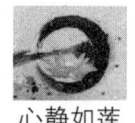

由《岚皋县赋》就可以窥一斑而知全豹："美丽岚皋，山环水绕。空气新鲜，生态良好，历史不长，人却居早。扼巴渝之咽喉，据陕南之险要，北依汉滨，一母同胞（岚皋县古属安康县，即现汉滨区——引者注）。西临紫阳，一河之遥；东接平利，峰拥岭抱；南界重庆，巴山互靠。……仙境岚皋，佳景天造。南宫山神奇险峻，火山石林云海雾涛，千年古栎雷劈不倒，宏一大仙真身不腐，石螺一吹声传九霄。神河源植被丰茂，清纯本色原汁原味；巴山之巅碧溪芳草，乳状草甸连绵起伏，奇花异草眼福大饱。千层河水色山光，天然氧吧润肺醒脑，对影梳妆目明齿皓，流泉飞瀑如带似练，一层一景空谷雅调……"你看，这是多么干净和优美的文字！

六篇《婚礼祝词》都露脸于结婚典礼仪式。无论是谁在那样的场合发表演讲，都不可能是长篇大论，黄开林的祝词更是干净利落，别开生面。我参加过许多婚礼，耳闻目睹了主持人的风度翩翩和妙语连珠，但其中一些话语就显得俗套，内容过"黄"，而黄开林的祝词构思精巧，格调高雅，内容健康。同一题材要写得与众不同非常不易，而开林兄却做得十分出色。他往往根据新郎新娘的姓名做一番解析、引申和比喻，使人顿悟之后进入一片妙境，情到理到，理到趣到，也使每一场婚礼都具有不同于他人的特点，让人们在婚庆时快乐身心，增长知识，加深感情，留下美好的记忆。把婚礼祝词收进散文集，是一种大胆的尝试，让我们在产生新鲜感的同时，也体味了中国汉字华灿多变的魅力。

《半途小集》所载文章应该属于文艺评论和知识小品。前半部分是作家为2002年县报《一文一画》栏目而写的专稿，因画家邵向群突然去世而戛然止步，后半部分是作家欲为南宫山的旅游写一批知识性文章，因县报的停刊而收手。这二十一篇散文都不超过千字，显得非常精巧，有话则长，无话则短，张弛有度，不枝不蔓，是典型的精短散文。后半部分各篇的结尾都是一首诗词，将所写的对象进行高度的艺术概括，独具特色，言简意赅，韵味无穷。

第四辑《卷首小语》都是两个字标题的短文，多发表在一些刊物的卷首,其中一些还被收入文集。作家就气节、精神、自重、自尊、慎独、认真、日子、宁静、朋友、友谊、朴素、善良、距离、品书、淡泊、真诚、阅历等二十四个词汇做了深刻的解读,给人以哲思、睿智和美感。我是将其当作经典来读的,不是读一次就插进书架,而是置于床头,不时翻阅,犹如欣赏着美妙的音乐伴随入眠。例如,在《感动》一文中作者写道:"感动自己,就是一次灵魂的洗礼;感动别人,就是一次美丽的征服。由感动到行动,就是一次心灵净化的过程。"又如《品书》中说:"品书的人,眼能辨真伪,肩能担道义,手能著文章,心能装天下。"《拥有》中的妙语更是令人读之如饮甘露:"人生的磨砺告诉我们,要想过得平静,就得减少贪欲,把自己的需求放在最低的位置。岁月的经验告诉我们,要想过得坚强,就得击败懦弱,让生命化成一棵挺拔的栋梁。社会的摔打告诉我们,要想过得雅致,就得扼杀平庸,去攀登别人望而生畏的高度。"这些话不都是哲人睿语吗?去哲人的思想宝库里遨游一番,你的行囊一定是十分充盈的。

读黄开林的《家在岚皋》,让人感到他是一个"纯天然无污染"的人,不然,怎么能写出如此纯净清爽的文字!徜徉其中,犹如观赏那淙淙流淌的小溪,体味那微微拂面的春风。在物欲横流、道德滑坡、黄段子满天飞的时代,心里不干净的人是交不出干净的散文的。真正的作家就应该蓄养一颗干净的心,写干净的文字,在生活里是一个干净的人,而不应是流俗的制造者、速朽文字的炮制者。他应该追求写作的难度、思想的深度,而同时保持一份汉语的纯净,捍卫汉语的大家风范。

当然,《家在岚皋》也不是完美无瑕的。我认为,在编排上,把第四辑《卷首小语》置于最后作为第六辑,恐怕更合理、更妥帖一些,因为本书中唯独这一辑不是"吃窝边草"——写岚皋的山水和物事的,也是本书中思想最深邃、视野最宽广、走得更遥远的一组文章,与其他五辑显然有别,应该放在最后"压阵"。书中还存在个别篇什标题字号不统一、校对不细致的问题。有的文句似有过于雕琢的痕迹。这些小毛病瑕不掩瑜，我对这部干净的散文及其干净的作者是推崇备至的。

（原载《书海》2008年第5期）

曾德强，男，紫阳人。中国作家协会会员、《中国作家》签约作家，现供职于安康市人大常委会。著有长篇报告文学《中国之痛》《安康精神》《阳晨崛起之谜》，散文集《品茶论道》等。

是为真性情

梁真鹏

岚皋的黄开林是散文作家，近些年来，他蛰居山城一隅，默不作声地先后弄出了《巴山女儿红》《岚皋赋》《岚皋生态旅游导游词》，一本比一本精美，一本比一本醇香。最近，又折腾出一本由他配文、邱仕君摄影的岚皋风光摄影散文集《彩翠成岚》，在安康尚属首次，引起了业内人士遥相祝贺，连连竖起大拇指。

作家是靠作品来说话的。黄开林不善言辞，正应了那句话，口锐者天钝之，目空者鬼獐之。他不抽烟不喝酒不跳舞，唯一喜爱静静地读书，悠闲地写作，每每游离在官场与作文的边缘，沉湎在做人与作文之间。他又是一名科级"官"员，饭得亲自吃，厕所得亲自上，文章还得亲自写，创作是第二产业，三两年出一本书，虽不是高产，每本书却没辱没个儿的名声。做官有忧国忧民之心，写作有闲情逸致之文，是为真性情也。想写就写，不想写给钱也不写，他是犟人，也是匠人，反弹琵琶，匠心独运。他说过，人的名字虽是符号，但与你有了瓜葛，就不能糟践，红口白牙，白纸黑字，要对得住"黄开林"三个字呢！依开林的性情，若生活在古代，想必会是有为的道人或是德劭的高僧，即使做官，怕也是陶潜式的采菊东篱下，悠然见南山。可他生存在今天，在扎势成风的今天，他生活得自自然然，普普通通，就像在花花的世界里，遇到了一个乡下的亲人，让人亲近让人信赖让人温馨。

前两年,陕西师范大学李青林教授和博士生导师刘惊铎来岚皋讲学,两人中,一位搞生态散文研究,一位搞生态德育研究,在来岚皋的路上,被蜡烛山的云雾缭绕所沉醉,总觉得岚皋山美水美但缺乏点儿什么,漫无目的地在街上转悠的当口,偶尔发现了平凹题名的《岚皋赋》,随即被里面的文字所迷醉,这不是名副其实的生态散文嘛,他乡遇知音,辗转寻找,一定要见见岚皋土著作家黄开林,说山外有山,没想到小小县城藏高人,称其为不为名利累,随物赋形,随性情而发感慨,是健康地写作。现在能健康地写作的人实在太少太少了,看到《岚皋赋》,才知美山美水还有美文章,岚皋文化底蕴深厚,并不缺乏什么。事后,还一再嘱咐黄开林有什么新著,一定不要忘了给寄一本,让喧嚣的都市注入一丝清新的雾气。开林反而惴惴不安起来,人家是大学教授,咋会喜欢上咱们这样山里人的东西呢?

其实,喜欢他散文的人还真不少呢!许多熟悉开林的人都为他惋惜,以他的成绩和文学素养到外面倒腾,定会混个人模人样来,起码也比现在滋润。但他似乎心不在焉,一方水土养一方人,说不定出了岚皋还写不出文章哩。他说,山可以离,水可以离,愁更可以离,农家最离不开的就是脚下的土地。一旦离开,生活没有着落,心也没有着落,梦也没有着落。说这样的话时,从他眼镜片的光晕中,可以看到深邃的目光透出一份坚毅和信心。他懒得挪动,也不愿在人多的地方走动,至今也未混出个著名来的什么,依然醉心于读书,继续走朱自清、杨朔的路子,并把他们的风格发挥到极致;醉心于清词丽句抒情感,描山绣水写散文,散文总带着浓浓的书卷气,在田园牧歌中放飞自己的闲情和哲思,水到渠成而又美不胜收。岚皋的一山一水成为作家的精神家园、梦里水乡,他有责任和义务把它们变成美文,奉献给来游玩的客人和读者。妻子有心想在街上弄个门面,退休后经个商什么的,他一百个不答应,成天操心经商,那样破坏了心境,哪里还能静心创作?自己的书籍出版,书商跟中介人给不给稿费都不在意,只图畅快了一回,哪能在全民皆商中凑热闹!

按说,黄开林的散文很有特色,他在谜语、碑铭和演讲词方面也很有研究，是《演讲与口才》的优秀撰稿人，获陕西省自学成才奖。正是坚持有所不为才能有所作为的原则，主动放弃其他领域的嗜好，或者说，其他领域的爱好奠定了散文创作的根基。他的散文上过《人民日报》和《美文》这样有影响的报刊，在西安、上海等地屡屡获奖，在当地文坛引起良好的反响。哲学家海德格尔说，人应该诗意地栖息……我想，诗意地栖息，不是说每个人都像诗人、艺术家一样地生活，而是诗意地存在着，历史地存在着，实际地存在着。他生活在陕南岚皋这块美丽的地方，难得的是拥有一颗平常心，沉浸于山水，仁者乐山，智者乐水，一有闲情就爱写些寄情山水、慰藉心灵的抒情绘景文章，总让人读后嫉羡而又爱不释手。啥时再见开林兄，得说，看了您的散文，才是真正的精神食粮，让咱想凑合出本书的念头赶快打消吧！

（原载 2005 年 7 月 17 日《陕西日报》）

梁真鹏，男，陕西省作协会员，省杂文学会常务理事，现供职安康日报社。

岚皋的另一座山

杜文娟

认识黄开林先生已经是很久以前的事了，那个时候应该上高中一年级或者二年级，岚皋县城常驻人口不足万人，加之文涛兄也写作，认识他就比较容易。那时的黄老师不戴眼镜，皮肤很白净，一副温文尔雅的样子，在岚皋县文化馆工作，住在最里边，与李发林老师做邻居，显得庭院深深的样子。李发林搞民间文学研究，收集整理和撰写了许多脍炙人口的民间故事。黄开林搞散文写作，当时在岚皋被称为"岚皋二林"。因为跟李发林老师的女儿苗苗玩耍，常常会跑到黄开林老师的家里。记忆中他的妻子张琴是岚皋最漂亮的女人，穿一件黑地黄花的衣服，坐在巨大的木盆边洗衣服，修长洁白的双手在规则的搓衣板上来回搓洗。

那个时候的岚皋县城，电视还没有普及，电影也不常能看到，文涛兄偶尔会拿回一本油印杂志《岚水》，封皮和内页都是普通白纸，里面有诗歌、散文、民间故事，也有小小说。因为写的都是岚皋的山山水水，感觉就特别亲切。正是从《岚水》里，读到了岚皋众多作者的作品，更多的是读到了黄开林老师的优美散文。岚皋的冬天寒冷极了，下晚自习后独自走在漆黑的小巷里，恐惧和害怕油然而生，这时，夜空就会飘扬着一个声音："请听岚河之声节目，下面播诵黄开林的散文……"饱含激情的女声在幽静寒冷的夜晚，显得异常温馨，异常优美和遥远。就是在这样的夜晚，我知道了什么是新闻，什么是散文,有时候为了把一篇文章听完,会站在幽暗的小巷末梢,一动不动地倾听,会把迎面而来的人吓得大呼小叫。

县广播站的晚间播音给那时的岚皋小城和广袤的岚皋山川带来过无限生机和美丽。那些美丽正是黄开林和他的文友们奉献给家乡的地方风味"小吃",有的篇章我至今记得,他写滔河的一条小路,用烧过的石炭渣子铺成,写到了竹林和树木,用了"曲径通幽"这个词。那是我第一次接触这个词,虽然不理解词的意思,但隐隐约约明白这是一个蕴含很深的词。多年以后,在我的作品中也多次用到这个词,每次用到,就会想起岚皋的幽暗街巷,和街巷上空飘逸着的、甜美的声音和华美的乐章,就会想起黄开林老师和她漂亮的妻子。

某一年的春天,在回岚皋的路上,因为正在修路,车颠簸得很厉害,但发现一个女孩一直低头看一本书,觉得奇怪,这样的路竟然还有人如痴如醉地读书?便歪着头,伸长脖子去看,一看便看见了《巴山女儿红》,赶快要了过来,知道是黄开林的散文集,便翻阅起来,女孩盯着我,一脸茫然。《巴山女儿红》里面的散文诗比起"广播时代"的散文,更加精致,更加完美,这也是我读到的岚皋本土作家中最系统、最优美的散文诗集。

后来,黄开林老师的信息便铺天盖地,一会儿到了县志办,一会儿到了政府办,一会儿编《岚皋报》,一会儿负责岚皋政府网站,让人关注的还是他的作品,《岚皋赋》《岚皋生态旅游导游词》,一本比一本精美,一本比一本醇香。《岚皋赋》,赋岚皋,集美文、风俗、抒情、感物抒怀于一身,其特点是唯美,美是它的风格和标签。2004年,出版了一本由他配文、邱仕君摄影的岚皋风光摄影散文集《彩翠成岚》,这是一本装帧精美,图文俱佳的作品,是岚皋美文美景的集中表现。也是外界了解岚皋,岚皋赠送贵宾的绝佳礼品。书中收录了岚皋的四季美景,更收录了黄开林的美妙文字和刚柔并举的心灵史。从去年开始,在岚皋政府网站上陆续看到一些老照片,照片旁边配有文字:"回忆是世界上最美好的事情,怀旧是岚皋人心中永远解不开的结。喜欢保存老照片的人,是怀旧的人;懂得旧情的人,是真正热爱生活的人。每个人都有属于自己的记忆，历史是一条奔腾不息的长河，珍贵的照片将会给当代和后世的人们，掀起一波又一波的感情波澜。永恒的是百姓，不朽的是故乡，难忘的是旧照。"这样细腻的文字，这样直指人们软肋的话语，肯定出自黄开林老师之手，也是他的创意，因为只有他才有这份雅致，才有这份温暖柔和的心境。一打听，果然如此。前不久，听文涛兄说黄开林老师正在出版《老照片》，心里豁然开朗，黄开林老师真是个有心人，每做一件事都不声不响，但都在预料和铺垫之中。

　　黄开林老师已经是非常出色的散文家了，他的文字早已穿越秦巴山，越过长江黄河，但他从来没有懈怠和停留过，勤奋和努力令人感动。蛰居山城一隅，默不作声地书写着岚皋，岚皋之所以不断地有作品和作者走出大山，与黄开林的言传身教息息相关，与他的影响和带动也分不开。从油印刊物《岚水》到广播站的文学宣传，到《岚皋报》和岚皋政府网站，再到他的多部个人作品集，他对岚皋文学和文化的贡献，都是有目共睹的，是里程碑式的。至今，他在公开刊物上发表的作品应该超过了三百万字，这是岚皋的奇迹，在安康文坛也属罕见。

　　随着岚皋旅游业的兴盛，南宫山逐渐被外界认识和喜爱，成为陕南的名山，人们只要到岚皋，都要登一次南宫山，而到了岚皋的文化人，都想见一见黄开林，黄开林以他独有的魅力巍然成山，成为岚皋的又一座山，一座小有名气的山，一座看不见摸不着的精神之山。他是岚皋的财富，更是岚皋的骄傲，岚皋因为有一个叫黄开林的作家而更加光彩照人。

（原载 2007 年 5 月 21 日《安康日报》）

　　杜文娟，女，陕西岚皋人。著有长篇小说《走向珠穆朗玛》，小说集《有梦相约》，长篇纪实文学《阿里阿里》，散文集《杜鹃声声》《天堂女孩》。鲁迅文学院第十四届高研班学员。中国作协会员。

为岚皋代言的作家
——看黄开林新书《流年顾影》

王晓云

黄开林先生是我的文兄,作为同是岚皋籍的作家,我对他的写作充满崇敬。

黄开林文兄的出道,当然远比我们远,那时候还是懵懂的少女,但是我就看到开林先生的书是一本本地出,他写的"巴山女儿"(《巴山女儿红》)是那么唯美,那么婉转,仿佛是我们窗前歌唱的画眉;他写的梦花,朴素开着浅紫色毛茸茸的花,却是暗里可以托梦的神秘的宝贝……我喜欢开林的散文,那时候,时光还那样早,空气显得充满了香氛,在我们那样的女孩子时代,我是多么向往,原来女孩子,是可以称得上女儿红的。

稍后,我终于有机会去到县城,见到了在全岚皋人们心中鼎鼎大名的开林老师。他坐在一个阔大办公桌的后面,我去见他,显得很不安。那时候,我是一个对于文学和生活都很懵懂无知的人,可是我看到他参与编辑的县志,我的心里还是立即起了激动之情。在此之前,我不知道岚皋还有什么作家,还有什么秀才;在此之前,我尚不知道文学,它有着怎样的轮廓!然而我就是很勇敢,我跑到政府办去找他了。至今我清晰地记得,当时去见他的场景……我并不知道他在哪个办公室,问了好几个人,他是一个文化人,一个令我们仰慕的人,然而我不知道他长得什么样子,也不知道他会怎样地对待我。

十几年后,当我们又开始重新交往时,实际上,这才几乎是我们

的第一次交往。我清晰地听到了那时他对这件事情的评价，他是那样的扭捏，清纯，他单纯的思想仿佛是我多年以后在文学道路上照耀我前进的一盏炫目的明灯。

之后不算短的时间，我们有一些书信往来，当时电子邮件已十分普遍，可开林还是说他很喜欢温润的文字，他的文字方方正正写在娟静的纸上，看起来是那样美好，那样的有书卷气，它们带给我在上海寂寞的时间，一种同时来自家乡和文学的安慰。

时值开林先生的新书《流年顾影》出版，我却拉杂地写下了这些敏感的，似乎完全属于个人之间交往的一些温柔的文字。我在想，作为一个地域的文化人，又在同一时代，原本并不会很多，我们总会有一种帮衬或传承的东西，这种东西有时恰恰也许比那种泛泛关于文字评论之谈会更有价值。因为文学，首先就是做人学。

在这里，我还要提到一下李春平，我初去上海的时候，也还并不会写小说，就是因为看到春平先生在《上海小说》发表的一个中篇，就从此也开始了写作小说之路。我要说的是，也许开林也就是我们，是以后岚皋很多文学作者的一个先路，或者一面旗帜，说这样的语言，有点儿"危言耸听"，但确实，有一定的价值。

时值今日，不少媒体都断言，安康的文学在全国或者本省几乎走在了一个自身历史从没有达到的高点。这绝不是孤立的，处身在其中的每一个作家，其实都不是孤立的，这也是傅雷译丹纳著的《艺术哲学》上，一个很重要的观点，在此，我引用一下。

那些时代的交往，都显得平常、悠远而又宁静。岚皋的小城，喜欢下一点儿小雨，有时候我们都撑着伞，走在尚没有改造的岚河边。那时候还有另一位文学写作者邱祖凤姐姐，有次我们乘车，路过岚花路，遇见她和先生散步，雨花宛若山花，开在了两人的半边面颊。

我每次见开林，都是在他的办公室里，他让门轻轻地开着，留着一条小缝。我就想笑他，这种公务员的出身。多年来，我几乎没有和开林兄一起吃过一顿饭，没有一起去户外散过一次步，没有任何一起开会的经历，采风的际遇，我给他打电话，他就说，来吧。我坐下来，坐在他的办公室，可以望见远处的群峦，山峦那样的逶迤，颜色那样的葱翠，阳光从开了一半的百叶窗照下来，这时候，我们知道什么是"流年"。

《流年顾影》是一本让我很感动的书，我对它的感动，不仅仅出于我是一个岚皋人，我对于那些事件的亲切，而是因为，这是一种文体，是一种让我们很感动的文学之一种。事实上，纪实，有时候有着比小说更为丰富和广袤扎实的功底，《三国演义》和《水浒传》，也都是在前人流传和加工的真实故事上进行演绎的。甚至浪漫奇诡的《西游记》，也不能脱离玄奘《大唐西域记》的影子。还有我一直很喜欢的福克纳的小说《献给爱米莉小姐的一枝玫瑰花》，那种美国南方小镇的气息，那样一种让人惊悚沉迷的悬念，就发生在一个终身以抒写自己邮票大的故乡的优秀作家身上。

开林握有了这样一种资源，在2007年之前，几乎在漫长的达三年之久的实践摸索中，开林先生几乎搜索遍了岚皋的所有先志方略，那些陈旧黄色的纸片，在清新安宁的空气中散发着重新变得温暖鲜艳的气息，这种气息，让一个热爱文字的男子痴迷。消逝，消逝到最后，在刚一发掘的时候，就显然变成了新锐，继而传承永恒。开林就是做了这样一件工作。

中国的摄影技术在近现代由洋人从海外带入的时候，也同样带进了我们这个一样受着西风东渐影响的内陆的小城。那时候，有很多时髦的男男女女，有他们的救国理想，他们的爱情，身世，浮沉，哦，这些，我们都不得而知。但是开林告诉我们，比如说《王子绍》、比如说《陈可庄和他的关门弟子》、比如《老红军赵兴让》。那些旧时代的风云重新凸显，在我们这个如今生活，看起来很小而又很温热的城。

还有，该纪实文本带有一定的政治性。比如说，从中共岚皋县《一届一次党代会》写起，到《二届一次妇代会》《青年积代会》等等。这里有一种流程，一种既是官方的，又是民间的流程，它让我们更加地看清世象，因为任何一个哪怕大到很大的世界，还是小到很小

的村镇，它都有一种结构，有一种总体，迟缓的，在既定的程序下流动的一切，这决定和构成了我们的生活。

开林就是这样提纲挈领，一下子打开了我们的心扉，让我们看到了一个我们所关注，而他所描述的异彩纷呈的世界。在这个世界里，有很多我们所关注的东西。前段我去见了在安康小时候我们经常在一起的小表姐，她找出了一张老照片，在80年代，那时我们还很年轻，都是尚未长成的十几岁的年纪，表姐看到这张照片，突然一阵唏嘘。流年，对哪个人又还不是这样呢？在古希腊的传说里，流传据说有一种吞噬一切的怪兽，人类很庆幸，说几乎从未遇到这样的怪物，然而，有次有个留学海外的学者告诉我，这个怪兽当然有……那就是时间！不过是早晚而已，不过是大小而已，不过是快慢而已，时间是个无所不能的怪兽，它影响了我们存在的一切！

人类，就只剩得下惺惺相惜了。在有限的时间，我们怀念时间，在时间之内，又可以有新的怀念。重叠，这是一个难以说清的谜团，宛若博尔赫斯笔下越说越说不清扑朔迷离的《小径分岔的花园》。而我们就只好停下，以一个人有限的记忆，慢慢咀嚼这一切吧。

上海，是可以怀旧的，是中国近现代经济最发达的城市。北京，也是可以怀旧的，有皇城根下流芳的京城故事。而西安，更不用说了，十三朝古都，别人说随便在地上拾个石子，就是前朝历代的文物了。岚皋，也可以怀旧，一个小县城，然而它安顿了很多人的一生！

这种让人惊悚的命题里，其实有着许多的曲折，曲折对任何一个或伟大，或平凡的人来说，都是一样的。

我很高兴，开林给一个县城，进行了这样的梳理。其实，中国近现代，是一个特别值得爆发和记录的时代，从这个时代往后，我们的生活从来没有像现在这样和世界接轨过，我们的科技几乎到了这个时代才有了爆发的力量，这些年的时代发展，是过去那几乎多少个千年所有科技文明的总和。我们幸而赶上了这样的时代。

在开林的笔下，我们听到一个西部小县城的心声，这里边有保安团，有还乡团，有抗日卫士，有民族起义，有历届县委县政府，有数年青春回声，有百姓的衣食住行，有家族的兴衰变迁，这同样也是中国人民生活的一个缩影。谁说一个西部的小县城，它所烛照的又不是整个人类文明进程的一部分呢？我们在这里听广播，看电视，了解国家和社会的新闻，享受从境外传来的遥远完美的机器，工业文明，时代文明，奇风异俗，我们内心的感佩。

最后，开林先生突然笔锋一转，开始怀念我们的家乡了：《我们的小城》《回老家》《故乡的老树》《那个时代的装束》《第一辆自行车》，他可说和我们这个时代和小城从未稍离。然而，爱欲弥深，这和西大那些从外面来到小城的人感受不一样，他们从外面来，带来了清新的春风，他们离开了，青春在这里打了一个很结实，很结实的结。岚皋仅只是一段时间，长进了他们的血液里。而开林和他们不一样，开林，他从容地端在这里，听窗外的凉风。

除了《流年顾影》以外，开林还写了很多其他的书，如《巴山女儿红》《岚皋赋》《彩翠成岚》等等。开林是一个有见地的作家，他写的《藤系南宫山》一直都让我记忆尤深，他对于家乡山水的热爱，常让我汗颜。

我常常想，岚皋的确是需要像开林这样的作家，他长在一个县城无所不在而又举重若轻的深部，他是整个县城的一部分，是机械的城市发出的民间的声音，民间，让城市获得了活力。其实，任何一个地域，都应该有这样近乎于方志和代言的作家，他的全部意义，也许等再后来的时光流逝了以后，我们的后人，还可以从这儿看出这种文化的价值。

当然，在我们岚皋，还有着其他很多优秀的作家或者作者，比如说李发林老师、陈益鹏、杜文涛、杜文娟，曾经也写出很美丽作品的钟良红，等等。

我仅以此为感，为开林的新书《流年顾影》写下自己很想说的一些话，这个书印得十分精美，我建议，也不仅仅是这个小县城的人，他们都应该看一下的。

2007年11月29日于岚皋

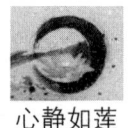
心静如莲
XinJingRuLian

王晓云，女，1977年5月出生于岚皋佐龙，中国作家协会会员。陕西省作协文学院首届签约作家、上海文学创作中心注册作家，供职安康市文艺创作研究室。著有长篇小说《梅兰梅兰》、中篇小说《上海的苏》、中短篇小说集《飞》、长篇纪实文学《读懂浦东》《重庆人在上海》《河流与山的秘密》。曾获《人民文学》创作培训部新作优秀奖、陕西省首届柳青文学奖、《上海采风》杂志新都市小说奖。

一次地方历史文化的负重之旅
——《流年顾影》的心灵超越

李茂询

（一）地方民族文化的激情回声

《流年顾影》的出版，是作家黄开林对地方历史文化的热烈缅怀，也是热爱乡土、热爱地方民族文化的激情回声。这正如他在后记中所说："永恒的是百姓，不朽的是故乡，难忘的是旧照。"而"回忆是世界上最美好的事情，也是非常揪心的事情。怀旧是难受之后的受活，是怅惘之后的愉悦，是情感交织着的一个解也解不开的结"。面对几千张跨度六七十年且又纷繁复杂的老照片，要做好其文化价值的发现的发掘工作，不但要实现艺术的转化，更需要生命的投入。开林是一个极认真的人，所以他经常在自己高设的栅栏里进退两难——"照片又不说话，得靠自己去打听，有了有价值的照片，却寻不着文字材料，有了珍贵的记载，又找不着好照片"，要将个性化创作融进历史事件之中，所以一经投入，便是三年时间。

好在开林同志并不孤立，他的领导、同事和朋友虽没说他在为岚皋打造文化航母，为岚皋软实力的提升做着一项浩大工程，但都知道他不是为一己之私，是在为岚皋实实在在地做事，理解、体恤和关照，使他有信心苦熬到画上最后一个句号。

连带以前出版的《巴山女儿红》和《岚皋赋》，一个作家倾力于故土文化建设，这在陕西乃至全国，也为少见。说《流年顾影》的出

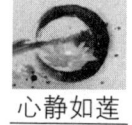

版是一次地方历史文化的负重之旅,实不为过。

其意义不仅仅如此。

从形式上说,《流年顾影》给我们显示了一种与自然遗产和文化遗产的沟通方式,使人可看、可读、可忆、可思,于伤痛与愉悦中有所警悟。而从地方民族文化的认知过程上讲,是开林同志将个人的忧患意识,转化为对祖国对家乡的忧患意识。带着读者作者心灵的超越——因为这部特殊的书,揭示了地方历史文化的生命之痛,描述了地方历史文化的生活之乐,预想着地方历史文化的生息之望。

(二)揭示了地方历史文化的生命之痛

出生于20世纪70年代以后的人,对于"反右""大跃进""四清社教""文化革命"等一连串阶级斗争运动,怎么也弄不明白它的缘由和过程。《流年顾影》便揭示了那些年代人们的生命之痛,在违反自然规律和社会经济发展规律、人文关怀缺失的情况下,以盲目为神圣,以无知为高明,以狂悖为真理,使整个民族在莫名的陷阱里不能自拔。

面对这样一批老照片,开林同志进行了本体式的描述,思辨式的行文,其中不乏调侃和幽默。譬如岚皋的"土著右派"孙波平(时为滔河小学教师),一说共产党的干部是"世袭",二说"农民入社不是自愿的,是卡进来的",又说"一定要解放台湾的口号提了五年了,我怀疑到底是武器不行,还是害怕美国?"作者在这里的思辨是:"以我愚见,孙波平的这些所谓右派言论,看不出有什么恶毒之意,更提不上反党反社会主义。"结果是被定性为反革命分子,判处有期徒刑十二年,剥夺政治权利五年,直到1979年才给予平反。而茨竹小学教师徐文敏,因为说了"孙波平对肃反有意见,我非常同意",又说"粮食政策简直迷信化了,谁说粮食不够吃,就给扣上资本主义帽子",说"绿化是一山栽树两山空。农村里一个运动压一个运动,把人整得昏头昏脑"。经过十九次交代,十二次围剿,才承认"孙徐联盟",结果被开除公职,劳教三年。对此,作者的评判是:"我个人以为，徐文敏只不过替老乡孙波平说了几句公道话，根本算不上联盟，更够不上右派分子急先锋。他的一些话现在看来，仍是那么纯朴、实在，不但不反动，而且可爱、可贵。"

对于狂热的"大跃进"，作者用了"听老辈人讲"总揽全文，当时是"森林被砍，古树被伐，炼出来的都是鸡屎疙瘩"。遗憾的是没有此类照片让人一览"鸡屎疙瘩"的奇观。

作者借用西北大学下放干部王毅的回忆，对当年"卫星田"的蛮干做了如下评判："我分配到城关镇新华农业社劳动锻炼，带领下放小组十二名成员和几位社员。在岚河平坦处选了一块五分二亩的耕地，施足农家肥两万斤（全队集中尚缺千斤），尿素一百斤，撒播麦种五十二斤，结果亩产只有四百七十五斤……如果把这些人力物力分配到十亩麦田里，每亩增产五六十斤是手到擒拿。"而对于当年的"吃食堂"，作者以一首谣曲做了点睛之笔："走进食堂门，稀饭一大盆，盆里照进碗，碗里照进人，不是跑得快，稀乎淹死人。"还美其名曰"共产主义"。于是有了后来人为的饥饿年代——三年"自然灾害"。

对于"文化革命"，作者举了其中一例，当年他就读的溢河小学，一位平时不好好学习的姓高的同学，趁机成立了"云水怒"战斗队，无须领导承认，也不要谁批准，就像一个大蜂包，第一件造反行动就是把教师厨房里的柜子撬了，把几斤猪油倒进锅里，派人拔了一大堆萝卜，再倒上几十斤苞谷糁，一大锅"懒饭"烧得皮焦里生。而对"文革"中的"清理阶级队伍"，作者调侃地说"见了广"：1969年2月1日，岚皋县革委会在城郊麻柳坝举行万人清队誓师大会，张如乾等历任县级领导三十六人，按敌我矛盾揪斗。后来"革命深入"，将全县二百六十二名县、社干部全部打倒。对此的评判，也借用了被揪斗的陈声环的一首打油诗："万人大会河滩开，牛鬼蛇神站两排。你们都是走资派，帽子都要反起戴。揪斗勇士冲上来，强压低头不许抬，一压一伸复昂仰，二人同唱戏一台。大会开到四点半，散会不许走田坎。人人要扭忠字舞，扭完回家吃晚饭。"

这里另外需要提及的一件事情，是作者对"刘新华事件"的选择。新中国成立后正在新婚姻法实施的时候，作为县妇联干事的二十五岁的刘新华，却因为婚姻不能自主，遭人强行求爱和流言蜚语制造者的诽谤，以及领导的冷漠和打击，于1952年1月21日投岚河自尽。这篇文章，我读得十分压抑。我在想，可能是这件事情意义上的强烈诉求，让作者的心情因为痛惜而转为悲愤。这事提醒我们，在任何年代、任何地方，人性中的灵魂渣滓，都有可能泛起。

对于这段历史照片的选择和文字综述，作者是认知、心性、人格的。我看到了其中的超越，不仅是创作的，还有心灵的。

（三）描述了地方历史文化的生活之乐

在理想与现实的矛盾中，尽管总有污秽、缺陷和纷扰伴随，但生活还是美好的，生活着是美丽的。《流年顾影》选用了不少照片，用了许多诗意的语言，为我们描摹了那个年代人们对自然环境的欣赏，对古朴民风的赞美，对文化艺术的追求，对真诚关怀的感慨，对劳动创造的赞扬。

第138页和139页中的六张照片的说明文字，就挺有意思。六位西大干部摆渡过河照片下的文字这样写道："蒋传章……李培业知道，坐这种交通工具，可比坐城市的公共汽车有意思，宽展、舒心，目极四野，万千思绪一船收尽。"而在一大伙人在麦田的合影下只有精彩的一句："在那缺衣少食的年代，麦田就是最好的风景。"对《水围城》中多幅大照片的释文是："搭眼一看，还以为是漓江山水呢。""水围城全貌多像一幅太极图，还有一匹不走的'骆驼'，如果把旧县衙修复起来，就是一处很美的风景。"对联合大队的梯田、1958年的明珠坝、道教圣地香炉石等处，更是不乏笔墨，大加赞词。梯田是"照片拍得很美，既大气厚重，又极具诗情画意……新闻性观赏性并举。"明珠坝是"……那一畦水田和一湾流水，在西大下放干部心中，都是一派田园风光。"关于香炉石的文字则有四段，有旧志记载，有作者观想，有传说故事，有乡人诗句，烘托出无限的自然之美。

对岚皋古朴民风民俗的赞美，开林可谓倾尽全力。如在《修房造屋》的图文配置中，就有过精彩描述："上梁之前，要用香米供奉，请许多人来陪梁、祭梁。祭梁仪式由木匠主持，将事先准备好的公鸡冠子掐破，让血滴在大梁的中心和两端，有的还在梁中放五谷盐茶和当年的历书。开头语为：'今日祭梁，天地开张，财源旺盛，人强马壮。玉女金童齐着力，金梁升上主华堂。'接下来是踩梁，两人各执一把装有核桃、板栗、蒸馍之类的斗，在梁中交换位置，边踩边唱：'保梁粑，三月下种四月插，五月六月勤薅草，七月八月谷回家。粑撒东，后辈儿孙在朝中；粑撒西，三更灯火五更鸡；粑撒南，燕子双双把泥衔；粑撒北，大厦落成千秋业。'唱一句往下撒一把，陪梁的人齐声喝好！"对于打铁的习俗，则引用了一首十分风趣的童谣与历史上的张献忠、李自成挂钩："张打铁，李打铁，打把剪子送姐姐。姐姐留我歇，我不歇，我要回去打毛铁。毛铁打了二斤半，婆娘娃子都来看。叫你躲，你不躲，烧了奶子莫怪我。"而在割漆习俗的叙述中，除了首尾详尽交代，中间还用岚皋民歌《上漆山》作为点睛（歌词太长，不便引用）。至于挑夫背老二、栽秧、打谷、养蚕、放排、婚丧嫁娶等，都有真实写照。

　　开林同志用独立的一章，显现了那个年代岚皋人民对文化艺术的追求。从对皮影艺人艺术活动的倾情描述，到俱乐部、文化馆、广播站、文化站、收音站、《岚皋报》《岚水》文艺刊物，以及笔架山影展、电影、电视、乐队、文宣队等所有的文化艺术活动，都进行了真情再现，不废当地名家，也不忘普通文艺工作者。一些照片及其说明文字让人十分感动，有的又让现在的人感到幼稚可笑，如352页一张文宣队歇息的小照，文字注释为："走累了停下来小憩，也不忘摆个革命化的战斗姿势，革命熔炉真能让人意志如钢，也能让人不可理喻。"在370页一张小照下面也不乏调侃："摆这么整齐的姿势合影，肯定是某次培训班结业了。"而329页的一幅照片，则再现了村民对文化的渴求："文化站的演出精彩不精彩，从观众的表情就可以看出。"

　　对真诚关怀的感慨，这里仅以三例说明。一是7页中间的照片，

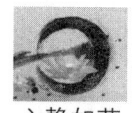

正文中做了这样的描述:"走在最前面穿草鞋挽裤腿挎草帽的是县长吕永善。1983年7月31日,大道河特大洪水将整个街道洗劫一空。你看,这些真正视老百姓为衣食父母的领导,正急如星火地赶往受灾现场。真不知道用什么词来评价这些人民公仆。用轻车简从吧,大步流星,何来的车辆?用风尘仆仆吧,一路泥泞,何来的尘土?"第345页小照下的文字注释是:"邱仕君初学放电影,师傅陈振华并不放心,总要在旁边悉心指导。"第169页的两帧小照,一幅是西大下放干部索士杰用推子为邻居小孩理发,一幅是西大下放干部李红玉为老乡的孩子补衣服,注释文字说:"……不仅感动了我们,也感动了记者,竟然上了《人民画报》。"因为作者明确知道人与世界和人与人之间关系的意义,这些才成为了我们应当认识和审美的对象。

开林对那些进行创造性劳动的人物,都不吝篇幅,给予了热情的关注。诸如为岚皋的解放和岚皋县志做出贡献的知识分子王子绍、省邮电劳模邓开新、优秀知青王建元、芳流公社八一大队的女漆匠方传明、为生漆研究取得成果并留下许多珍贵照片的刘邦杰、劳动模范张启莲、养蚕模范汪兴洋、种树成林的徐文敏、体育先进陈义民、皮影艺人马明齐和李兴友、书法家卢树立、曲子艺人田兴智、为文化事业一生敬业的李发林、赤脚医生孟昭燕、为搜集岚皋民歌做出极大贡献的下放干部焦文彬和田舍郎、与岚皋深深结缘的李培业、生动感人的医生孙朝润……无论是"土著"或是"外进",只要为岚皋人民做了有益的事情,岚皋的历史都没有忘记。于此也激励着当代和今后在岚皋工作、生活和劳动的人们,应该积极向上,做出创造性的贡献。

(四)预想着地方历史文化的生息之望

《流年顾影》的功绩,是做了人的内宇宙的主体性开掘,使当代人能以各自的思想文化应力,去感受外宇宙的脉搏并与之相通共进。作者将老照片的微弱信号做了合乎事实而又艺术的放大,让生活本身蕴含的哲理有了鲜明的魅力。看着过去的,做着现在的,想着将来的,开林给了岚皋人和其他人一个不错的比照蓝本。这个蓝本里,既有对传统文化传统美德的追寻，也有对自然和文化遗产维护的诉求。

在《赵明磊保存的照片》一节里，所展示的八幅照片及其说明文字，使我们看到了民国初年有产者的服饰文化和室内装饰的文化氛围。《杨和尚》一节，又看到了岚皋当年的宗教文化情状。而对孙朝润，作者用了六幅照片两段文字，主要从道德情操上对一个医者进行了灵魂式追寻。其中一段介绍道："有一年的大年三十，茶棚大队社员龚仁兴病危，孙朝润听说后，立即出诊。当时大雪封山，路径难寻，他心里念着病人，一路疾奔，不小心从悬崖上跌进沟里，当他清醒过来，发现左胳膊摔坏了。他挣扎着找来葛麻藤，吊着胳膊，忍着剧痛，步行五十里，不仅给龚仁兴看了病，还巡诊了四家病人，直到天黑尽才回到卫生所。"《回老家》和《故乡的老树》则是两篇优美的配照散文，说："老家是根，是靠山，是惦记，是指望……是用不着客套，也无须掩饰，是你放松心情享受亲情的乐园。"而老树是"日月无私照，大树无私荫，守道忘势，仗义忘利，仰视高风，孤立清真……"借物喻德，将对家乡的希望，人的操守，予以美好的追寻和歌唱。

对自然和文化遗产维护的诉求，《流年顾影》里有着许多表露，只要用心理解，就不难发现作者的渴望。譬如《搜集岚皋民歌》一节写的是焦文彬、田舍郎等人在1958年对岚皋民歌的搜集整理，而想说的何尝不是当代岚皋人对此事的探究和态度？《采药》一节，写的是岚皋中药和民间草药先生杨老四的事情，而隐含的当然是对岚皋药产业药文化的发展和发掘。其他如《石板房》《武学馆》《墙院子》《水围城》《明珠坝》《肖家坝》等篇章，许多地方既有丰富的文化积淀，又有美丽的自然景观，一旦整理修葺出来，必将极大地丰富岚皋的文化旅游资源。

岚皋是作者的生息之地，如果没有如此大爱，就没有如此的关切，相信开林的追寻和诉求定会引起人们热烈的响应。

（五）"集纳"型笔路和生动融合的写法

照片是不语的历史，散文是裸着的灵魂，要使二者达到完美的结

合，自然得另寻秘境。对此，开林运用了"集纳"型笔路和生动融合的写法，使《流年顾影》显得别开生面，耐看，耐读，耐品味。

"集纳"型笔路的特点，是采用多个小主题呼应一个大主题的方式，来展开内容，组织材料。以一堆小事件合成一个大事件，以若干琐细事件共同阐扬一个大现象、大感动、大概念。《流年顾影》八章二百二十四节，最少的《峥嵘岁月》十二节，最多的《故土难离》四十二节，每一章的题下有非常凝练的"引首语"，它如一个聪明的智者，引领各节闪亮登场，从而从生活的渊泽里捕捞起种种值得一提的回忆和种种不尽的可爱，悟出人人能悟但未必悟出的人生真谛。

生动融合的写法是《流年顾影》的另一特点。这一特点是对前一特点的支持与充实。如果前一特点是骨架，则这一特点便是血肉。两点结合，便是骨肉好书。这里试举数例，予以说明：如《峥嵘岁月》引首语中一段话："乱世出英雄，也出大乱子。何况这是人为搞乱了的社会，出些笑柄，出些疯子，不足为奇。大事是大地方干的，小地方想闹大事，难免走样，难免变形，难免要集体反思。大浪淘沙，谁都有可能卷进去，关键是不能丢了做人的底线。"析辩而富哲理，是对岚皋"文革"情状的检索式勾勒。而《农村开会》一节的文字，俏皮生动，特别是结尾一段的语言接力，很是风趣："队长说明早修堰，传到门外成了明早背炭……前面讲'路线是个纲，纲举目张'，后面就成了'路线是个纲，缸是一个木缸……'"作者的奶奶听广播，把"文化大革命就是好"，听成"蚊子搭在身上就是咬"，把"农业学大寨"，听成"农民要种菜"。写石板房是"远看就像隔壁孬娃子刚剃的头，青杠杠的……太阳一照，室内到处都是'聚光灯'……"生动富有情趣的话语，使相配的老照片顿时鲜活起来。

本书若说遗憾，是岚皋饮食文化的缺失。不知是老照片难以搜求，或是那些年代的确吃不着什么名堂，不过，再简陋的饮食，也是对今日生活的映照。再就是"文化革命"冠以"峥嵘岁月"，让人难以认同，当然，我们不能以"狰狞"冠之，倘以"本土文革"或"文革写忆"或其他名目冠题，或许可行？另外，"故土难离"，也值得商榷，对于长住地，只能是"乡土"，只有远走他乡的人，才有"故土"一说，如果换成"心中山河"或别的什么，或许能贴近本土民众的心意？当然这是我的一点儿小看法，妥与不妥，作者读者自有分辨。

又及，如能建立一处"岚皋近代历史文化记忆馆"，当是为天下先的动人之举。

李茂询，男，原安康市民间文艺家协会主席。

历史的复活及昭示

——黄开林《流年顾影》读后

曾德强

早就听说乡土作家黄开林在搜集翻腾岚皋老照片，拟配以怀旧散文出版。我盼望着他的大作问世，可是迟迟不见露面。慢虽慢，慢工出细活，如今终于收到了厚厚的、古色古香的《流年顾影》，真是"犹抱琵琶半遮面，千呼万唤始出来"！粗略翻阅，便有两种感觉跳入脑际：这是一项非常浩大的文化工程，却由一个文人完成了（其他支持者另当别论）；以文说图，许多陈年旧事因之而鲜活起来，具有别样的意蕴。

发生在岚皋那片土地上的数十年间的往事，包括政治风云、时代变迁、人物事件、民间习俗等等，经过几十年人事更迭、社会变化，都沉睡甚至"死"在了档案里、报刊里、图书里、影集里、镜框里，当然，也有一些还残存在人们的脑海中。那些老照片虽然散落在各处，但是它将瞬间变作了永恒，以其他任何记录手段都无法比拟的真实性、直观性，记录着社会演进的踪迹，记录着被许多人淡漠了的和鲜为人知的物象。开林兄以其固有的对故乡的痴情和对事业的执着，翻文档、钻书阁、查典籍、奔乡间、跑街巷，大海捞针般地多方搜罗到三千多张照片和底版，又经过认真考证、反复筛选，将七百余幅老照片配以精美的文章，汇集在这部三十八万字的《流年顾影》中。这需要付出多么艰辛的劳动，调动多少知识储备，倾注多少才智！而实施这项工程并不是缘于上级安排的工作任务或利益驱使，而是完全出于一种本能及一种怀旧心理。这是那种浮躁、势利、贪婪、鄙俗、崇拜金钱和权力的人绝对不愿做也做不到的事情！开林兄高雅的追求和高尚的精神境界着实令人敬佩！

这部书的历史价值和教化作用也不可低估。它别开生面地复活了一个县治的一段历史。它像地方志，却比一般地方志更鲜活、更有趣；它像散文集，却比一般散文集更形象、更直观；它像史书，却比一般史书包容更宏阔、更贴近平民百姓的生活。因而，当你被书中那些各具情状的照片激活尘封已久的记忆，或与教科书里的内容联系起来时，会蓦然觉得，原来那个年代那个地方还有如此有趣的故事、有意义的事情，那些老照片所蕴涵的信息是如此之多，所释放出来的魅力是如此之大！正如著名作家李春平在《序》中所说："今天的我们，成了昨天历史的看客。我们看到的，是历史的满目苍凉，是岁月的风霜雨雪；我们感受到的，是今是昨非的沧桑巨变，是人类前进的滚滚车轮。"

虽然对那些"历史的碎片"只是浮光掠影，却能使人生出许多感悟，诸如学习、借鉴、感恩、珍惜、反思，等等。

《修西窑堰塘》，是1974年4月西窑修堰塘专业队留念。衣着朴素的城关公社西窑大队的社员们，拿着锄头，或站或蹲在刚刚竣工的堰塘边，大多是一脸的开心和欣慰。这口能灌溉三百多亩水田的堰塘，西窑至今都在受益，称得上真正的甘露工程。我想，当如今的西窑晚辈们看到这幅照片，吃到新米的时候，该不会忘记前人为我们造的福吧？我们应该学会感恩。

一个县委书记跟三个农民在一起学习毛主席著作的老照片，也让人在感受视觉冲击的同时受到教育。县委书记张如乾在盛夏下乡时，见几个社员在路边"歇伙"，便走向前去同他们亲切攀谈。他问农民学没学毛主席著作，回答是文化浅，学不懂。他便蹲下来，坐在草棵上，从衣袋里掏出毛主席著作单行本《实践论》和自己的学习笔记，让他们自己念一段，他讲解辅导一段。他和农民一样，戴着草帽，穿着草鞋，若不是他拿着折叠扇、戴着手表，你能从那种融洽的气氛中

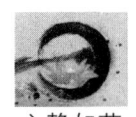

分出谁是官谁是民吗？如今的"公仆"应该从张书记身上汲取一点儿什么营养吧！

《医疗队在岚皋》，展示的是大城市的医疗专家在农村受到欢迎的历史瞬间。二十年前我国著名妇科专家王秉正在室内做的有关生育科学方面的报告是否受欢迎，从室外拥挤着的听众的背影就可做出准确的判断。在看病难看病贵成为社会之痛、中国之痛的今天，相对来说占了太多便宜的城市大医院，是否应该更多地支援一下农村医院，更多地体恤最大的社会弱势群体——农民呢？

看到《收音站》这篇短文和老式收音机，仿佛有一种恍如隔世的感觉。其实，那不过是五十多年前的事情。那时，一个县只有一台收音机，上级和境外的信息就靠收听新闻并记录之后给领导汇报、给其他人传播。而今天的电视、互联网、手机等现代传媒和通信工具，把偌大的世界变成了"地球村"，随时随地都可以知晓外面的世界，真正是"秀才不出门，能知天下事"。我们应该感念前人的创造，珍惜今天的生活。

"大炼钢铁"，是典型的头脑发热，违背自然规律和经济规律的瞎折腾。我听父母说过，那时，全民都没日没夜地烧（背）"黑棒槌"，对森林资源造成了毁灭性的破坏，也导致了庄稼的大面积荒芜。《看稀奇》这幅照片，反映了那时的"稀奇事"层出不穷，可实践证明，"大跃进"带来的是大倒退。我们再不能干那样的蠢事了！

《战斗友谊万古长青》，再现的是"文革"期间岚皋两大造反组织之一的工农联盟革命造反司令部那"如火如荼"的日子。那是一个非理性的时代。对那时的盲目崇拜和政治狂热，现在的年轻人可能觉得不可思议。那么，今天我们就多一分理性和独立思考，少一点幼稚和"假、大、空"吧。

《庆"九大"召开》，将一个县级城市举行声势浩大的游行，庆祝党的全国代表大会召开的史实再现了出来。游行的人们如潮水般涌动，场面热烈，盛况空前。这样的举动也只有在那个特殊的年代才会出现。正如书中所说："那个时代就是这样狂热，饭可以不吃，觉可以不睡,运动不能不参加。"那么,今天我们应该痛定思痛,多干实事,少搞运动。

西北大学分三批数百名干部下放到岚皋劳动锻炼,以及综合性大学——岚皋大学创办,对一个县来说,恐怕是空前绝后的大事件。近半个世纪的历史烟尘,不仅没有湮没那段峥嵘岁月,反而因了此书的出版而使之历久弥新。书中用了较大篇幅回顾了这段历史,让人看了大长见识,感慨万端。

《流年顾影》中再现了不少历史人物,譬如老中医陈可庄、大知识分子王子绍、老领导李波香、老红军赵兴让、下乡知青王建元、城市投递邓开新、劳动模范张启莲、养蚕模范汪兴祥、爱植树的徐文敏、发挥余热的吴显耀等,他们不一定是伟人、名人,却具有非凡的经历,具有各自的特点,给人以很多启迪和教益。非凡历史人物被称作"活化石"。他们身上的丰富历史符号,或散发着无穷的道德感召力,或凝聚起无尽的历史认同感,或激发起他人连绵不断的历史触摸感。时光总要过去,今天的每一个生活片段都将成为明天的历史,而历史对明天的人来说,又意味着可以正言行,可以明得失,可以知兴替。时光的流逝不仅可以涤荡痛苦,抹杀耻辱,淡漠情愫,也能稀释一个民族的集体记忆。在那些人物遁入历史烟尘时,我们如何在没有他们的时代里,仍然感知乃至渗入曾经的历史脉搏和精神?现实总在不厌其烦地证明:年青的一代对很多重要的历史感到懵懂乃至误解,对历史的嘲弄乃至肢解、易容比比皆是,尤其对我们这个民族曾经历的重大苦难要么一知半解,要么闻所未闻,历史的虚无主义开始在多少人身上生根发芽。一个民族一旦缺乏从历史中吸取教训和养分的能力,必然难获"明得失、知兴替"的收获。

《流年顾影》将真情和诗意的感动,带给在巨变时代的潮流中涌动的人海,体验历史的大背景要我们承载的磨难与坎坷,品尝生活的细微要我们承受的挫折与失落,回味岁月的风霜雨雪赋予我们的悲伤与欢笑。

读了这本书,除了情不自禁赞赏和敬佩之外,也想从中挑出一点

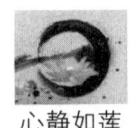

儿"刺"来。因为把书里的"刺"挑出来晓之以众，对作者、读者和社会都是有益的。但翻来翻去，却很难逮住什么"把柄"，进而下个什么否定性的结论。因为图片资料如此浩繁而芜杂，加之其他种种限制和制约，能弄出这么一部书已经非常不易了，况且开林兄做学问本来就是那么严谨认真，力求完美，能说什么呢！我有三点看法，也许有一点儿参考价值。一是有的照片太小。这本书的主体和主导是"影"，那么就应多给点儿版面，把一些小得叫人看不清的照片放大，如第170页的歌曲《劳动锻炼小唱》就不妨稍微突出一点。二是有的照片可以不上。如第393页里的一幅张女士在河边的照片没有什么积极意义（且前面已有她的照片），以删去为宜。三是有的字太小。如每一部分（章）的第一个页码中的提要性、概括性文字，非常精美，是画龙点睛之笔，况且版面空间很大，因此应将字号放大一些，这样使"导读"内容更突出，读者尤其是老年读者阅读起来更轻松。

　　前人留影于我们，我们也会留影于后辈。让我们在回望历史的同时，以自己应有的方式来凝固、传承历史的经验和教训，观照今天，观照生命，依然保持对前辈、对民族历史的深度记忆，直到永远。

（原载《书海》2007年第6期）

散文作家的道义和使命
——从《流年顾影》看黄开林的散文创作

方晓蕾

　　岚皋有山曰南宫，岚皋有水叫岚河；山之巅，水之滨，有林叫开林。这开林就是黄开林。他既是我的兄长，也是我的老师。知道他很早，认识他也不迟，有十余年了吧。这么多年的感受是，他不仅仅是一名作家，而且是一名有道义的作家，富有使命感的作家。有人说，黄开林是岚皋的文化名片，我觉得，这话也太没有内涵了。黄开林决不仅仅是一张装潢门脸的名片，他于岚皋的作用不是如同名片那样间接的，而是如同从岚皋走出来的知名作家杜文娟所言：黄开林是岚皋的另一座山。不过在我的眼里，他更应该是一片林，与山与河并为岚皋风景的林地：不张扬，纯净，又富有内涵和自己独特的魅力。

　　上面这些想法，是在我拿到黄开林新著《流年顾影》后突然的所思。《流年顾影》这部书已经有很多方家发言了，说它的文化价值也好，谈它的史料价值也罢，反正是蔚为大观。著名作家李春平在给它的序言中就说道："其意义之深远，内涵之阔大，不言自明……发黄的老照片配以精彩美文，让我们听到了隐藏在老照片背后的声音，让我们目睹了一个县治的时代缩影和历史变迁。"李氏的说法很中肯也很到位。但我读《流年顾影》后，有这样几点思考：

　　它是一部历史。历史是人写的，每一部历史其实都是当权者的狗皮膏药，只要于己有用的东西，都往上贴；或者说，所谓的历史不过是一块遮羞布，遮住不想看的，留出有用的部分供大家瞻仰。这是毋

庸置疑的。但黄开林这部书，我说它是历史，只能是如同《史记》这样的历史。若说这是拔高的话，那它就是一部真实的野史或者裨史。为什么这样说呢？史料的真实可靠是《流年顾影》的最大特点，这有照片为证，又有作者之言，不添言不加醋，如实记之，秉承史家之风格。

它是一部散文。这话一定没人反对，这本身就是一本散文集，而且是大散文，一部优美的大散文。文字纯净，力求每一个字每一句话都落到实处，又让每一个字每一句话恰到好处，具有开林散文一贯的风格。黄开林散文的特点，记得我在七年前的一篇小文中就有过论及，如今他行文更加成熟，他的文字结实华丽，格调热烈苍凉，体式的开放与灵动，并具有感同身受的悲悯情怀，可以说把散文写到了耐品耐读的火候，让读之者为之惊讶。

它是一部小说。我说这话就会有很多人不同意了，但这是我的读后神来之思。为什么这样说呢？你看看这部书吧，它记录了20世纪50年代初直到80年代中期三十多年的历史，分章分节，有人有物，有血有肉，有故事有情节。我刚拿到这部书时，就挑着读了其中的《刘新华》等几篇写人物的，感受特别深，当时，知名报告文学作家曾德强君刚好给我来电话探讨这部书，问我的感受，我当时脱口而出：我是当小说来读的。他很惊讶，我说：你不用惊讶，现实永远比小说还小说。说完这话后，我自己都释然了。有什么比现实更精彩更让人痛心呢？

这是我读《流年顾影》的感受。在我看来，到此时，黄开林的散文已经完全成熟了，具有了"黄氏风格"。散文在中国是最为成熟的文体之一。它不仅在古代有辉煌而悠久的深厚传统，在现代也算是成就最高的文学门类。如果从《尚书》算起，中国散文的历史有三千年之久。一代又一代的高手名著，使这一文体在设文表志、抒情叙事、语言意境等方面，都积累了无比丰富的经验。《论语》《战国策》《史记》等等伟大的作品都是传统的散文，也是最接近散文本质的作品。现代散文也因为鲁迅、梁实秋、林语堂、周作人、沈从文等一大批散文大家的话语实践，把散文证实为人类精神与心灵秘密最自由的显现方式。我们发现，真诚与自由是散文精神的核心，也是散文创作必须弘扬和坚持的品质。具有真诚和自由双重品质的作品，才透射着人性、真理、批判和独创的光芒，也才有幸获得了散文的尊严和独立。黄开林的散文就是在坚持这种可贵的传统，并且坚持不懈地探索散文的写作方式，从而达到一定的高度。

每一位作家都有一个自己的精神寄托，这就是作家的使命和道义。散文作家更是如此。作为一种文学样式，散文应当具有什么意义呢？散文作家的意义又在何处呢？有人会这样问。散文的意义，当然应当有教育意义，但不会再像以前要求的要有政治意义，尽管不排除教育意义里会包含政治意义。当代散文的观念会有另一种回答，即散文要有娱乐的意义，在其中，当然会包含审美、教育等。弗·沃尔芙说过："在所有的文学形式中，散文是最少要求使用多音节词的一种。控制它的原理很简单，因为散文理应给人以乐趣：促使我们从书架上取下它来的愿望纯粹是为了获得乐趣。散文中的一切都必须服从这个目的，它应当从第一个字开始就使我们陶醉，直到读完最后一个字才清醒过来顿时感到耳目一新。其间，我们能亲身体验到种种的欢愉、惊奇、意趣和愤慨；或与兰姆一起高翔于幻想的天上，或和培根一同深潜到智慧的洋底，但我们绝不可被唤醒。散文必须把我们包围起来，并在现实世界面前拉起一道帷幕。"这里主要强调了散文的欣赏性。这种欣赏是纯粹的，无功利、无杂质、无表面性。那么，黄开林散文的意义又在哪里呢？我不妨这样回答你：在文字的美，在场景的美，在他所描摹的人物风情的美。若你纵观黄开林的全部创作经历，你就会发现，岚皋的山山水水是他的寄托，是他写作的源泉，是他取之不竭的精神领地。他把岚皋化作美丽的文字流于自己的笔端。他的散文是具有无限欣赏性的，这种无限美丽又与岚皋的美丽山水形成互动，让黄开林的文字，同时也让岚皋充满了魅力。

当然，更重要的是，黄开林的散文体现了一个作家的良知，更体现了一个散文作家的道义和使命。我不敢贸然揣测他的心理，但从他

的几本已经出版的文集和已经发表的散文作品中可以看到：岚皋成就了他，他又无时无刻地不在回报岚皋。拿李春平的话说："在黄开林的身上，彰显了一个文化人的良知，释放着一个探索者的情怀，担当着一个作家的道义。"李春平的话不是空穴来风，而是对黄开林几十年创作的小结。而这个小结可以说全面地总结了黄开林散文创作的特点。

（原载2008年3月12日《安康日报》）

    方晓蕾，男，1970年出生于陕西镇安，主治医师，供职于安康地区中心血站，安康市作协副主席。2009年加入中国作家协会。著有诗歌集《爱情与生活》，散文集《我是世间有情人》《我在生活》，短篇小说集《方晓蕾小说选》。作品曾获全国校园诗歌大赛二等奖、陇南春杯诗歌散文大奖赛三等奖、第五届小小说大奖赛三等奖、《陕西工人报》1996年度优秀作品奖、《陕西日报》报告文学征文奖第一名、《陕西工人报》1997～1998年度文学作品一等奖。

读黄开林和他的《流年顾影》

陈益鹏

每有新作问世，开林兄都要送我一本。今年他又出新书了，厚厚的一叠，书名叫《流年顾影》，安康著名作家李春平作序，中国文史出版社出版。翻开扉页，上面有他的赠言："故乡是根，故乡是文脉，故乡的历史需要你去书写。"记得去年春节前夕，开林兄在寄给我的新年贺卡里也有这样一句充满期望却令我抱愧的话："你是飞出大山的鹍鹏，希望能常听到你凤鸣九皋的黄钟大吕。"

开林兄是高看我了。我想，原因大概在于我和他既是同乡，又是文友，而他又是一个恋旧和重情的人。他的这种情并非小情调，看重的是朋友之情，看重的是故乡之情，所以才会有这本充溢着浓浓乡情的"厚重"之作。

《流年顾影》的作者是我敬佩的人

我和开林兄的交情始于20世纪80年代初。那会儿他正在县文化馆和李发林老师共同执编油印的《岚水》文学季刊，在本县文坛已是大名鼎鼎。我作为岚皋县本土的一名业余文学爱好者，有过几次登门讨教的经历。但真正走得频繁且热乎，是后来他在县志办编写县志的那段日子。因为对散文诗的共同爱好，我便常常去拜访他，请教他，和他探讨创作中的一些问题，拜读他刚刚写出来的新作。每次去见他，他总是很安静地坐在县志办那个只有几平米左右的小房间里，默

默地做他的事情。他在编撰县志的间隙,几乎每日坚持写一首散文诗,不时地总会从报刊上见到他的大名,令我好生羡慕,同时也给了我莫大的启迪和鞭策。那时对他的散文诗甚是推崇备至,曾写过一篇有关他散文诗的小评,登在当时他常发稿并获奖的《陕西人口报》上。

　　开林兄性情沉稳,心态平和,总是那么不急不躁,不张不狂,从从容容,踏踏实实做自己想做的事情,写自己想写的文章,并且总是学啥像啥,干啥成啥,着实令我既敬佩又羡慕。早年他醉心灯谜,便有一连串的谜论文章见于大小报刊;说写散文诗,更是连篇累牍,一发不可收,一集《巴山女儿红》烘热了半个巴山;续写散文,一集《岚皋赋》道出岚皋百般娇媚,万种风情;与岚皋生态旅游结缘,经他妙笔点缀、邱仕君摄影合成的《彩翠成岚》图文集,让人大开眼界;一本厚厚的导游词,将岚皋的秀山美水说给山里山外慕名而来的游人。如今,他又将探掘的笔触伸向岚皋历史的纵深,埋头书案,行走乡间,历时三载,打捞出被岁月尘封的精彩碎片,捧出一部洋洋大作,实乃可喜可贺!早在他从事县志编纂之时,我就猜想他定会利用手头的那些"边角料",发掘整理出一些有价值的文化"副产品"。因为他是一个有心人。有心人,天不负。果不其然。现在看来,这本《流年顾影》虽与《岚皋县志》没有直接的关系,却应该与他编辑县志这段经历有着某种关联,至少可以说,是编辑县志造就了他的历史眼光,牢固了他的家乡情结。

　　如此一心一意坚守岚皋大地,几十年耕耘不止,收获不断,这不仅需要耐心和毅力,更需要有报效故土的赤子之爱和对家乡父老的绵绵深情。而这些,开林兄都具备,所以他能走到如今这样一个令人仰望的高度。

我和《流年顾影》有特殊关系

　　《流年顾影》和我有一些特殊关系,是我必须说点儿什么的另外一个理由。

首先,《流年顾影》这本书里有我的一张照片。不是个人单照,而是1982年县文化馆举办文学创作会议时的集体合影。那年我十九岁,刚参加工作,热衷文学创作却又不得要领。对我来说,那次会议是一次具有启蒙性质的入门会,因此,有着特殊的纪念意义。另外,《流年顾影》摘引了我1988年发在《陕西工人报》有关电视地面接收站的一篇散文。这样,我在《流年顾影》里也算图文并茂、有鼻子有眼了。当然,更值得一提的是,《流年顾影》还涉及我的父母,尤其给了我母亲(谭开翠)不少的版面,这对母亲来说是一件很荣耀的事情,令母亲非常开心。之所以会有我父母的照片,是因为我的父亲和母亲都是当年岚皋大学的学生,母亲学医,父亲习教,尔后双双成家立业,从此脱离农业生产,步入工薪阶层,并因此而荫及后代如我。可以说,我也是岚皋大学的受惠者之一。所以当开林兄为搜集老照片托我与西北大学下放岚皋的退休老干部李昭淑教授联系,做一点儿有关老照片的传递工作时,我备感荣幸,慨然应允。

如今,《流年顾影》终于面世,我岂能无动于衷?只是每当念及开林兄激励我的那些话,我都会心头为之一颤,愧意顿生,汗颜不已。因为自从1998年走出岚皋落户西安,面对高强度、快节奏的工作,作为单位的综合秘书,常常需要早去晚归、加班加点,根本无暇顾及舞文弄墨。加之腰椎增生,视力不佳,持不住长久屏前夜坐,因此不得不暂时疏远了文学创作,也不敢再轻言文坛物事。但是,面对《流年顾影》,无论手中的笔有多生涩,我都必须说上几句,否则,于心不安。

阅读《流年顾影》后的感觉

《流年顾影》虽然不是正史,却比正史更可信、更耐读。它的真实性,因为有图片立此存照,而令人无可辩驳;它的观赏性,也因了丰富多彩的图片和图文并茂的编排形式而得以强化。

《流年顾影》不是纯粹的散文,却有着散文的韵致和魅力。贾平凹在写《老西安》时,编后评价其文:"既使人感到意境的混沌苍茫,

又使人在质朴率直的奇思妙想的揶揄里得到会心的一笑"。在《流年顾影》里,我也常常能找到可以"会心一笑"的地方。

比如第四章《峥嵘岁月》中的《庆"九大"召开》有这样一段文字:"拍摄地点有点儿像是在河街,路面刚刚平整过,前面有抬主席像的四人,紧接着是两人抬'敬祝毛主席万寿无疆'和'热烈庆祝九大'牌匾,下来是红旗方队和锣鼓队。再下来就是无数人抬着的彩楼,上面张贴有马恩列斯毛的标准像,真难想象,如此狭窄的街道怎么能通过这么多人和抬着的'庞然大物'?每个人的身上负担都不轻,胸前的毛主席像章足有品碗大。不过,那时候能抬主席像,能走在游行队伍前面,就是一种荣耀,是一种政治身份的体现。如果成分高了一点,或是历史上有讲不清楚的地方,想出力都没得资格。"看后令人忍俊不禁。尤其大配图上那个胸戴品碗大像章的主角,竟是当今岚皋大多数人都很熟悉的、令人尊敬的、正直有为的张国华先生,就更可乐了(可见,在那个时代谁都不能免俗)。这幅图的解说文字是:"抬这样的巨幅画像和牌匾,是真正的'抬举',一生中能有几回?一回中又有几人?"看到这里,着实让我辛酸地大笑了不止一次。

还有第六章《坐看云起》里《农村开会》一节的描写也很有意思:"牵扯到切身利益,就要问坐在门口的,一场语言接力就开始了。遇到前面的耳朵不好使,话就会传错,队长说明早儿修堰,传到外面就成了明天背炭。队长说明天到保管室分茗,传到后面就成了明天到莲花池间苗。前面讲'路线是个纲,纲举目张',后面就成了'路线是个纲,纲是个木缸,短底莫张(怎么也不理睬)'。他还自言自语:瓦缸易碎,木缸结实,有道理!有道理!"语言非常风趣、幽默。

《流年顾影》不是小说,却涉及了岚皋众多的跨越漫长历史的风云人物,而且自始至终贯穿着作者的身影和思想。作品多角度、全景式地展现了岚皋半个多世纪以来的风云变幻,像是一台"你刚唱罢我登场"的多幕剧,更像是一曲多声部的波澜壮阔的交响乐。

一卷在手,阅遍人间春夏秋冬;管中窥海,尽知天下潮涨潮落!

关于《流年顾影》的结构和风格

著名作家冯骥才写过一部名叫《一百个人的十年》的书，通过采写一百个历经"文革"的具有代表性的人物故事，控诉那段令人不堪回首的辛酸历史。它的引人入胜之处在于：一百个人有一百个不同的故事，每一个故事的前面，都有一个线索式的故事纲要，而在每个故事的结尾处，又都有一句点睛式的格言警语。比如《崇拜的代价》这篇故事的结尾警语是："被崇拜者搞垮崇拜者，是一种心灵屠杀。"《唯一没有贴封条的嘴巴》的结尾警语是："'文革'的发生，一半是因为封住了人们的嘴巴。"点到为止，不做过多的评论，但却能给人以启迪。

关于《流年顾影》的结构和书写风格问题，开林兄曾跟我在一次电话里顺便有过小小的探讨。我担心由于他这部作品的题材过于地方化，如果泛泛写来，可能会有碍市场销路。我的意思是能否做成解剖式的，多一点思辨的东西在里面，即用当代人的眼光去审视和反思过去那一段历史，若能从中总结出一些值得后来人吸取的教训，发掘出当代社会理应坚持的东西，这样看上去，或许更深刻、更有意义一些。而开林兄则主张据实写来，不加雕饰，重在呈现历史本真。萝卜白菜，各有所爱；炖炒蒸炸，各有各的烹法。现在看来，《流年顾影》这样的结构和书写也并没有什么不好。让事件自己说话，让历史还原它的本来面目，给读者留下更多思索和回味的空间，也未尝不是一着高棋。

国人常说这样一句话：越是民族的，就越是世界的。虽然《流年顾影》只是一家之言，包罗的也只是一县之事，但却可以说是近代中国的一个缩影，具有多个层面的研究价值。透过其中的万象，可以探知中国社会发展的原动力和生生不息的内在秘密。这可以帮助外部世界更深地了解中国，进而读懂中国。因此，也可以说，《流年顾影》是有着"世界意义"的。

如果说还有什么不足，我认为在文章的归类上似乎还有可推敲之

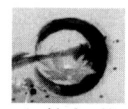

处。比如，第一章的《生漆生产报告会》《女漆匠》《生漆研究》《生漆收购》，第二章的《割漆》《吴富荣的漆根育苗》，第八章的《漆树》《漆乡新貌》等等，似乎可以归入一章，这样显得紧凑、凝练一些。在整个章节的安排上，如果以时间为序，按大的年代划分，再以"事件""人物""轶闻"或"风俗"等归纳篇目，也许整体上能给人一个更加明晰的感觉。

最后，我还想说的是，如果开林兄有意对"盘中"的这道"菜"尝试一下其他的烹法（比如说写成小说），我想或许还可以烹出更多、更鲜、更美的"佳肴"来！

写于 2007 年"国庆"期间

陈益鹏，男，陕西岚皋人，现居西安，供职于中国长城资产管理公司西安办事处。陕西省作家协会会员。著有诗、散文诗合集《在山一方》、诗文集《激情岁月》、长篇小说《恍然如梦》。

读《流年顾影》想起一些往事

徐开满

读完黄开林先生于丁亥年出版的《流年顾影》全书，我非常地惊讶和感慨。惊讶的是：开林君竟在半个世纪后，能将当年我的母校——陕西省为数不多的县办岚皋大学办学实况及西北大学下放干部、我们的代课老师们艰辛的劳动锻炼，兼职义务教学的全过程，用历史旧照片，配以精彩的文字叙述，真实地全部记录下来载入史册；感慨的是：这是我市第一部将文字与旧照结合，图文并茂的佳作，在安康乃至陕西文学领域独领风骚，填补了弥足珍贵的空白。多次品读之后，我感慨万端，情难自抑。

我沉浸在自豪和满足之中，感谢之心常存。是《流年顾影》激励了我压抑太久的怀旧情愫；是《西大履痕》激发了我思念西大老师的感恩情怀；是《校园忆旧》激活了我尘封多年的校园情结。

在大半生的教书读书生涯中，最令人感动、亲切的，莫过于我和老伴一起读《流年顾影》的情形。那天书一到手，老伴就和我一起先查阅目录（有生以来第一次）。急忙翻到第五章《校园忆旧》，引起了我老伴的极大兴趣。她迫不及待地要和我抢着先看里面的照片，原来是20世纪50年代末，母校岚皋大学成立、开学时，最令人难忘的西大下放干部、我们的老师们的照片及各科学生的合影照都一一配发在该章中间。他们一个个笑容满面，亲切可敬。我逐一观看，如见我师。

我就把书让她拿着：俩人头挨头，脸对脸地逐一欣赏，辨认每张照片中的人，姓甚名谁，哪位老师给哪个班代什么课，都能说出个子丑卯酉来。在《岚大开学》这一节的几张照片中，背景是岚皋县政府大门上悬挂着横竖两块"岚皋大学"校牌。老伴指着这一张："这是杨隆标、宋宁坤、李培业老师……"我说："是的。他们十几位都是师范科的代课老师。"老伴又接着指向另一张，我抢着说："中间高个戴眼镜的是阮大文老师，左旁挨着的是周德禄，右边隔一个是黄照庚，最右边是杨葆塘老师……"老伴接道："阮老师给工科代化学入门，黄照庚代化工课，周老师代数学，杨老师代物理。"我们不急于读文字叙述，只顾一张张先看照片，有种先睹为快的感觉。

突然，我们翻到一张留有"岚大男女篮球队59·4"题字的照片时，一下子吸引住我俩的眼球，目不转睛。仔细辨认：后排站着九名男篮队员中，右一是我们的体育老师、篮球教练梁蕴章，另八名是岚大各专科学员；前排蹲着的八名女篮队员中，左三右手按着篮球的是一位年仅十七岁的小姑娘，她竟然是我现在身边、年龄六十九岁、已结婚四十多个年头的老同学、老伴侣李桂兰女士。此时，老伴喜形于色，精神焕发，激动地仔细凝望着自己青春妙龄，如出水芙蓉般的倩影。一会儿，眼眶内已聚满了晶莹的泪花，好一阵紧锁双眉的沉思：可能她在回想当姑娘时的天真活泼、调皮任性；或在怜悯岁月不饶人、夕阳催人老的已逝年华；抑或在感慨岚大同学中，成双成对如我夫妇健在的恐怕难寻第二对了！一会儿，她的眼神突然又明亮起来，双眸眯成一条缝，绽放成一朵菊花。她又一个个指名道姓地说出每个男女同学的名字，我一一答着："是，是的。"倏忽，我的眼前浮现出工科这名小女生的靓丽身影：乒乓案前反扣杀的迅猛快捷，篮球场上传球投球的优雅身姿。当现实中的我俩眼神再次相遇时，老伴真像一朵美丽的玉兰花。的确，她是我心中永远欣赏不够的圣洁之花。

再看到《工科到安康实习》这一节中，三张实习结束时，厂方职工欢送纪念照中都有我和老伴。虽然影像人多模糊，但各自的尊容仍能清晰可辨。我和老伴是岚大工科同班毕业的第一批学员，一路风雨兼程，潇洒走来。如今年近古稀，身体硬朗，子孙三代，家庭和睦，心宽意乐，颐养天年。可以说，我俩都是岚皋大学兴衰史的当事见证人之一。

接着我们又把第三章《西大屐痕》中西大下放干部劳动锻炼的百多幅照片逐一观看，心中有些怆然，更有喜悦。岚皋大学于20世纪50年代末的大跃进时期，在西北大学下放干部倡导下创建，是所全省唯一县办综合性民办大学。"今天提到岚皋大学，人们都感到很神秘，也很神圣。当年，一个山区小县，一个文化落后的巴山深处，能创办一所综合大学，的确是个奇迹。"黄开林如是说。

我是1958年8月份考入岚皋大学工业专修科，9月17日，同行丁曰庆等三位同学步行三天来到巴山深处的岚皋小城。9月20日参加岚皋大学开学典礼，会议在县人委礼堂隆重举行，县上党政领导和单位三十多位负责同志参加了大会。9月22日正式开学，我们工科共九十余人。拥挤在县商业局腾出的一间大房子里上课，桌椅板凳都是机关捐赠的。科主任邱新柳老师讲学校的规章制度，政治老师蒋畅民讲岚大办学特点。学校设置工科、农科、医科、会计、师范五个专修科，全校共有三百五十五名学员，学制除会计半年，师范科一年，其他工、农、医三科两年。

那是个物质最匮乏的年代，每学期学生交伙食费五元，讲义费两元，伙食极简单，每天早餐大半桶稠糊豆儿（苞谷糁），每人一个大棕色土碗，八人一桌，围地成席，由一人给分舀成八碗，菜是萝卜白菜为主，一般下午都是四两杠子馍（馒头），大半碗南瓜或白菜汤。每周调剂生活，吃一顿米饭，有四个菜（带点儿肉星）、一个汤，饥肠辘辘的我们连五分钱一个的鸡蛋三分钱一个的坑坑馍都买不起，都盼望周六能解一下馋。

在岚大学习中，除了掌握一定的专业知识外，最大的收获是业余读了许多中外优秀文学作品：中国"四大名著"等古典小说、唐诗宋词及现代优秀长篇小说一百多部（篇），为我后来的文艺写作奠定了一定的基础。

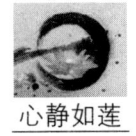

在《校园忆旧》中,有一张西大老师的合影照,背景是老县衙,油漆木格窗棂,院中有一棵高大的紫荆树,旁边有花草树木、石桌石凳,是课余休闲读书的清静之地,这张照片深深地吸引了我。啊!那是我的初恋圣地。进入岚皋大学时,我们正值青春岁月,豆蔻年华,无论是心理和生理都有了接近异性的渴望。开学不久,我就爱上了同桌的桂兰,找机会单独接近她,经过几次试探,觉得她对我也有意思。

该书第三章《西大屐痕》,感人至深。这是开林君重点专写西大干部在岚皋下放锻炼的实况记录,是全书重量级的篇章。其内容宽泛,情节曲折,生存艰辛。"那是一个朴素的年代,就像那个时代的装束,单调明了。那又是一个狂热的时代,就像患一次感冒,发烧总有退烧的时候。"开林君字里行间充满着忧患意识,同情之心,人皆有之,仁义道德,永不泯灭。从这里,我读到了一个人的良知,读到了一个人的正义,读到一个人高尚的灵魂。这正好说明,开林君的文品正如他的人品,温良恭谦让,仁义礼智信。

开林君用照片说话,全面记述西大干部在岚皋劳动锻炼的真实过程,他们与群众同甘共苦,同吃同住同劳动,虚心向劳动人民学习。他们不仅支援了山区建设,给山区送来了宝贵的科学文化知识,也给山区人民带来了建设美好家园的信心和力量。

合拢书,老伴激动地说:"不知这些老师还健在吧?若在,都是八九十岁的高龄了。"我说:"学高寿长嘛!他们一定都还健在。在咱们有生之年,我一定要写成一篇怀念西大恩师的纪实文章,一定抽点儿时间去西大拜访我们的恩师。"老伴说:"那好,一定得去!"。

我感慨《流年顾影》这部巨帙,我把它视为珍贵的经典史料,精心珍藏;把它当成高雅的阳春白雪,咀嚼品尝;把它认定为天然的陈年佳酿,保存的时间愈久,它将会愈加馥郁清香,韵味悠长。

(原文9000字,有删节。原载2012年第2期《旅途》杂志)

徐开满,男,出生于1945年,汉滨区退休教师,曾在岚皋工作16年,现居安康市汉滨区关庙镇周台社区。

丢失的老照片

张树梅

2008年清明回乡,受邀与党(永庵)叔一行回岚皋看千层河。一路上心里别别扭扭,我对党叔说:岚皋是我的出生地,这些年怎么越来越淡忘她,感觉自己像个无情无义的浪子!

黄开林夫妇接待了我们,初遇不知他是岚皋的文化名片,因为这些年我从未打听关注过家乡文坛的任何人和事。只感觉他温雅、宽厚得像个大哥,就礼节性称他夫人张琴叫"嫂子",又虚荣地摆出一副省城女子的架势,多少流露出大都市的优越感和傲慢,心中惦记见我小学、初中的老师同学们,怠慢着他们的热情安排。

离开岚皋时,开林大哥没有一句多余话,这个从未离开过岚皋城的敦厚男人,送我一本《流年顾影》。

返回西安的火车上,随手翻开《流年顾影》。瞬间,我被震撼了,这正是我关于岚皋城丢掉空白的那一段记忆,了解父辈所需要的东西,此时此刻书捧在手里沉甸甸。明白他交给我一个厚重的岚皋城。那一帧帧发黄的老照片将我尘封的心门叩响,又链接到梦中的岚河:

时而湍急的浅流,时而旋转的深潭,清澈见底的河湾——

河滩晒太阳的幼鳖,打水仗的小伙伴

从狗洞爬进去偷苹果的苗圃

吊桥,莲花渡,石板房外的桃花,透过阳光的花格窗

学校组织野营拉练寻找工兵地雷插上红旗的蜡烛山……

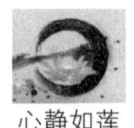

按动记忆的快捷键，找寻那些重回时光风景里晃动着的一张张曾经熟悉的面孔：

看中医号脉开方子的熊明朗叔叔

玉霞的妈妈，我的小学校长王曾仪老师

当过初中班主任的王成明老师

曾经让全国人民知道有个"岚皋"的王建元叔叔

爱照相的刘邦杰叔叔

爱唱歌跳舞的小城美女田祥云姑姑

植树的高茂叔叔

宣读大会闭幕词的张学成叔叔

借条围巾留影的诗人、歌词作家党永庵叔叔……

近些年我一直试图了解父亲，没有天，哪有地？没有父亲，哪有我？我所做的一切都是为了读懂父亲，读懂父亲也是想读懂我自己。

《流年顾影》中的七百多张老照片，仿佛带我进入时空隧道，看见了父辈青春的容颜，那些叔叔阿姨们藏在照片背后的故事，将如翩翩蝴蝶引领我走进父母的小城春秋。不走近他们，我将无法读懂二十二岁的父亲和十八岁的母亲从岚皋启程的十八个春秋。

听见开林大哥说：人人都有年轻的时候，人人都有风流倜傥的青春年华，人人都有一段刻骨铭心值得称道的经历。

我热泪盈眶……

听见开林大哥说：老家是什么？老家就是一个人的出生之地。老家是根，是靠山，是惦记，是指望，是一辈子住得少想得多的地方……不管你走多远，飞多高，家会在老地方等你。无论你腰缠万贯，还是穷困潦倒；无论你孤身一人，还是拖家带口；无论你名声显赫还是平头百姓，家总会敞开温暖的怀抱接纳你，包容你。

我泪如雨下……

（原文 2000 字，有删节）

张树梅，女，网名雪狐，祖籍陕南汉阴，生在岚皋，长在安康，居西安三十年，供职某航空企业。

形散神聚

——散文《小蒜味长》赏析

梁真鹏

黄开林的散文《小蒜味长》去年12月9日在人民日报发表。我以为,这是一篇难得的佳作,也是开林先生的一个新收获。

故乡的小蒜,遍地都是,何趣之有?但在作者的笔下,锦上添花,不失为野菜之妙品。"相对大蒜而言,小蒜就太微不足道了,严格地讲,充其量只能排在野菜之列。难能可贵的是,它既可以当菜食用,又可以当佐料调味,还可以供人观赏。大蒜食后嘴里总有那么一股难闻的味儿,而小蒜却让人唇清气爽,齿颊留香。"开篇干净简洁,明白如话,不故作高深,不先声夺人。

说《小蒜味长》是写小蒜烹调的作品,毋宁说它是一篇怀旧叙事的美文。因为它寓趣于事,融理于情,于不知不觉中阐发哲思,不留痕迹,叫人称快。儿时帮婆挖小蒜:"有时她把我叫上当帮手,怕我不乐意,就用物质刺激:'晚上煎小蒜鸡蛋吃。'一听就让人流口水,乖乖地上了坡。"童年稚事,犹在眼前晃动。小蒜的样子呢?"有的像隔壁二丫散开了的麻花辫,又像是雷子炮上的药捻子。颜色墨绿,油汪汪的似能拧出春色来。别看小蒜细皮嫩肉,用手很难拔起来,弄不好叫你人仰马翻,它纵是身首断裂,也不轻易就范,有宁折不弯的个性。"扑拙中见幽默,敦厚中见精神,于会心处,掩口失笑。写小蒜也在忆人:"婆说大蒜虽好这阵儿还不能吃,小蒜是草味却久长,当蔬菜青黄不接时,它就是宝。"

　　散文贵在情真，形散而神不散，海阔天空，任君遨游；风筝飞得再高，线仍在放飞人的手中。且看作者是怎么升华主题的："小是大之源，戒小恶可以保本真，积小善终能成大德。当我慢品细嚼父亲送我的腌小蒜时，我想起婆带我挖小蒜度荒年的情景，也想起婆那句随便说出来的大实话：小蒜味长。"戛然而止，韵味绵长。

　　　　　　　　　（原载 2001 年 2 月 28 日《安康日报》）

读《宁陕行走笔记》

钟 帆

近日,上网查阅宁陕县作家协会网易邮箱,为《秦岭笔会》挑选稿件,拜读我市岚皋县作家黄开林先生专为我县写作的长篇散文《宁陕行走笔记》,颇有感触。他以宁陕的一架岭、一座庙、一个峡、一只鸟、一条路、一条河、一棵树为写作描写对象,采取游记移步换景的方式,将宁陕的自然景物和人类活动联系在一起,写得绘声绘色,引人入胜。通篇七节一万二千四百多字,张弛有度,运笔自如,既连缀成篇,又各自独立,不仅有自然景色,还有人物事件,更是把历史和现实、感受与体验完美地融合在一起,有深度、广度,又有厚度,读来饶有兴趣。

黄开林先生是我省知名散文作家,岚皋县政府办公室的主任科员,先后在县邮电局、文化馆、县志办、宣传部、政府办工作,编过《岚皋报》,主持过政府网站,出版有多部书籍。退居二线后,在西安一家文化公司里做事,曾经专门为五岳之一的华山、陕北宜川壶口瀑布、商洛市商南县的金丝大峡谷写过散文,还在《陕西日报》上发了两个版面的通版。尤其是长篇散文《让心安静下来的地方——金丝峡行走笔记》洋洋洒洒写了二十八节六万字,记游览胜,笔法细腻,起承转合,巧妙自然,似黄钟大吕,如行云流水。《独步华山》《壶口势若虹》等篇章也都是精短散文的上乘佳作,读来亲切爽口,让人耳目一新。他还出版过《巴山女儿红》《岚皋赋》《岚皋生态旅游导游词》

《彩翠成岚》《流年顾影》《家在岚皋》等个人专著,早已是出了名的大家。据他自己说:"先前见到别人写的长篇大作十分羡慕,感觉自己咋就写不出长篇散文呢?现在想想,只要把景物与人物联系在一起,就会有许许多多的话要说,许许多多的事要干,毕竟人才是世界的主人。境由心生,景遂人愿,突出人的智慧和创造,只要稍加梳理,也能够写出长篇大作。"

有了写名山大川的实践经历,黄先生有了十足的底气,增强了自信。这次应县作协主席阮杰先生之邀,愉快地答应,前来我县专门为宁陕创作长篇散文。我们是打心眼里的感动和兴奋,唯有尽心提供方便,竭力搞好服务,尽到做主人的责任,才能体现宁陕人民的热情和豪迈。由于同黄先生是第一次谋面,彼此之间不太熟悉,先前只是多次在报章杂志上拜读过先生的大作,可以说是久闻其名,不见其人,今日会面颇有相见恨晚之感。我还显得有些小心谨慎,也不那么放得开,平时里的豪爽之气在大作家面前荡然无存。

黄先生和唐新成县长曾经在一个部门工作过,是多年的老朋友,私交深厚,关系很好。当阮杰将邀请黄开林到我县进行散文创作的事宜汇报后,唐县长表示赞同,并叮嘱大力提供方便,好好接待故乡的文化名人。

我因要到安康江南印务有限公司去校对《基石》书稿,故没有全程参与陪同黄老师的宁陕之行,只是在他来和返回的时候,参加了迎接和送别。无酒不成席,无烟不成礼,黄老师人品高尚,不喜烟酒,偶尔小酌,也是性情所致。毕竟烟酒犹如毒药,是既浪费钱财,又折人寿的坏毛病,自觉抵制是值得大加赞许的难能可贵的举动。我们之间少了客套,多了一点儿了解和实惠,我想只要不挑剔,粗茶淡饭,管饱是没问题的事情。

原本打算第二天就要下安康办事,可档案局沈局长没有等到县长签字,领导的事情太多了,简直是顾不过来,实在是没有办法,耽误了一天。直到第三天早上签了字,照了编辑合影,吃过中饭才动身到安康。

安康之行来回两天，校对完《基石》，将书稿交给印刷厂，签订了印刷合同，我便匆匆赶回宁陕，休息一天，第三天便和阮杰一起陪同黄先生翻越平河梁、月河梁到秦岭顶上采风，从蒿沟穿越到西汉高速返回。黄先生在宁陕一共待了一个星期，这天是他在宁陕待的第六天。

山里的天气就像是小孩子的脸，一天三变。上半天阳光灿烂，下半天风雨大作，夜里月光如水。由于高山地区气候垂直性变化大，我们在一天之中感受到了春夏秋冬四季的变化。

下面选录黄开林先生《宁陕行走笔记》之一"走上一架岭"中部分精彩文字，与大家共飨：

从县城出发，先上的山不叫山，叫平河梁。梁好哇，不屈的脊梁，扛起一轮火红的朝阳。风儿掠过，放诸碧野，树木涌成另一种波涛。平河也不错，让人想起平和，再急性的人，上得梁来，心态就会放缓一些。雾气浮来，远远地飘荡，峰谷犹如含烟。一会儿来，一会儿去，逗你玩儿呢！以林为伴，以天为家，聚散无定，逍遥无所羁也。下了坡又上，叫月河梁，月亮之河，多么浪漫，多么富有诗意，不想写几句也会手痒心动。明明是山，却拿两条河说事，可见古人的用心，水柔，山硬，柔能克刚，刚柔并济。不怕写不出诗来，就怕你不在乎。

过肠子峡，七弯八拐，有界碑路边而立，抬头望，西安界也，背面看，宁陕界也。没有到顶，心有所不甘，只好越界行动。刚才还是晴朗一片，转眼竟大雾弥漫，真不知在哪儿生根，从何而来？到了南北分水岭，也不管看得清看不清，慌忙拍了几张，我们穿的短袖，难以招架这透骨的幽寒，露在外面的胳膊起了一层鸡皮疙瘩。我朝长安方向跑了几步，说是分水岭，两边植物的模样差不多，你分了系，它们不分；你分了水，它们不分；你分了家，它们还是不分。

我从巴山来，巴山没有秦岭高，自然要有敬畏之心，不可能大喊大叫。人在高处，心境常常归入平淡。这样的岭，是需要仰对的，是

需要默然致敬的。

下山时,雾又退了,就想:秦岭不是叫人看的,是叫人念的。

若说宁陕是诗意的,秦岭就是散文的,看起来散,其实不散,形散而神不散。就想起在宁陕工作了九年的刘云弟,原来在巴山写诗,一到宁陕就改弦更张,写起了散文,仿佛前世今生的约定,胸襟别具,所有的叶汁露珠都成笔下的墨水,把宁陕的秦岭写得汪洋恣肆,把秦岭的宁陕写得风生水起。古人要人过留名,刘云是人过留文啦。

秦岭是一部大书,《风吹过秦岭》是写大书的书,在这两本书里,我读出一山精神,满岭气节。

多好的文字,多有思想和精神,我真的佩服得不得了。他的创作经验再一次向人们证明:人不要小看自己的能力,只有没有想到的想法,没有做不到的事情。我急忙把《宁陕行走笔记》拷入U盘《秦岭笔会》重点稿件文件夹,准备在近日分期隆重推出。

(有删改,原文2700字)

钟帆,原名钟嘉焜,男,宁陕中学高级教师,宁陕作协副主席兼秘书长。

后　记

　　时间是一种生命，读书是一种云游，写作是一种精神。人无爱好，总觉无趣。爱好且又业余，只当是玩儿，不求闻达于世，只求尽情尽兴。

　　我是常人，平常心态，平凡人生。尽管苦过，累过，努力过，写龄不短，将近四十年，出过五六本书，百把万字作品，心里很清楚，还真算不得什么，用岚皋话说：提不上秤。世界上有太多的优秀作家，优秀文学，优秀书籍。我相信定数，一辈子走多少路，穿多少衣，消多少五谷，活多大年纪，写多少文字，冥冥中似有安排，不可强求。我知道轻重，背颈窝里几根毛，摸得到，看不到。我说过，除了写，一无是处。有所得，就有所失。失掉多少都不怕，怕就怕失之东隅，收不了桑榆。回报是有的，朋友的肯定，读者的赞许，命运的改写。

　　一篇文章不是靠几句话撑起来的，一本书也不是靠几篇文章凑合起来的，收集起来的这些习作，是六七年的劳动，有请到写的，有逼着写的，更多的是自己要写的，不敢说纵横捭阖，汪洋恣肆，开启心扉，有一两篇能打动人或者能存活过几年，就算是烧了高香了。这一切都得益于家乡的水土，感恩着父老的教诲，朋友们的鼓励鞭策。一个稍有成就的作者，离不开水土滋养，摆不脱乡风熏染。

　　我出生的地方很小，弹丸之地，小家碧玉。小也有小的好处，小得干净，小得可爱，小得无遮无拦。就像烹熟了的饭菜，种出来的瓜

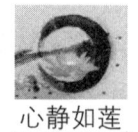

果,等着我去捡拾,乡音、俚语,随手而拈,方言、土话,俯拾皆是。以致电视台想拍电视散文,普通话无法播音,当头浇了人家一盆冷水。你弄不成,我写得成,我不能专为拍电视而写。不附势,不跟风,不媚时,狷介率真,由着性子来,小文人也要有自己的独立人格,离不开血性和骨气。写作是最寂寞的事,单打独奏,孤掌也鸣。我为自己而活,也为自己而写,内心清明,自成格调。

做人,简单随和,大大咧咧,不拘礼数。写作,随心所欲,想写就写,不想写就玩儿,从不呕心沥血,也不会阿谀讨巧,更不会见眼生情。热闹场合着一处冷眼,冷漠之地燃一簇热情,正是这种反常,让我的文章略有新意,总有一两句话出味。不入流,不入圈子,不浪一文不值的虚名。说我文章写得不行,或者说我写不了大东西,不辩解,不生气,我行我素,"涛声依旧"。

要么不做,要么做了不说,或是先做后说。人如其文,文如其性,尘土衣冠,江湖心量。信奉站就站直,倒就倒正,落地生根。羡慕高士之清,闲者之逸,隐者之乐。说到做到,做不到承认不行。完不成就不答应,答应的事决不失言。说话语速不快,写作细活慢工,如同庄稼和果木,生长期长的好些。正写文章呢,有人喊玩儿,或是有忙要帮,搁笔就走,不怕断了思路,回来继续,太当回事儿就成不了事儿。写作这事儿,谁都能行,不在乎文化的高低,阅历的深浅,只要醉心于内在的追求,承受着常人的漠视,肯琢磨、善思谋、会读书就行。人一生做不了多少事,认准了,就一路走好,心无旁骛。要说文学和写作能够给人带来什么,那就是乐趣,精神过瘾。

我总结一条,相信美好、相信善良、相信世上还是好人多。随着年龄的增长,书越读越少,却喜欢有乡音缭绕土生土长的心灵之韵。我希望我的书里面很静,很净,让你的心平静下来,哪怕一小会儿。老僧说得家常话,老作者写得寻常事。跟许多老了的人一样,喜欢清静,就把"心静如莲"做了书名。这是心灵的润泽,或叫人性的超度,如果我的想法与您一致,感悟正好与您合拍,那就叫缘,是前世今生的修积。心静,安之若素,心平气和,是人生高境,是一种看不见的繁花似锦，比波澜壮阔、轰轰烈烈更耐人寻味品咂。断断续续写的东西，长短不一，参差不齐，就像有些人爱存破烂一样，这也舍不得，那也不愿丢。你不愿意忍痛割爱，别人可以取舍，经过文友把关，自己筛选，虽说扔了十多万字，还有这么厚一摞，您不一定全看，随便翻翻就行。

　　出一本书，就像盖一座小楼，得许多人帮忙，欠一堆人情。有些人请都请不来，有些旧账未还又添新账，有些你不麻烦反要得罪人家，有些帮了你并不需要回报。吴应德先生是领导，又是知心朋友，拨冗提笔，写了两千多字的序言，其情切切，其语殷殷，令人无比感动。周康成书记一到岚皋工作，就给予我极大的关心和厚爱，主动询问、调研岚皋文化的历史和现状，不断鼓励我继续发挥余热，多为地方文化做贡献。杨义龙县长，亲自打电话请我为新广场写赋文，出于对我个人的尊重和信任，聘我为第二轮县志主编。张胜利老师，年近七旬，老伴卧病在床，在清样稿上纠错，取舍，标注，还抽空赶写了热情洋溢、见解独到的评介文章。黄开林何德何能，能交上如此贴心巴肝的朋友？长期关注并给予我许多帮助的还有赵乐斌、陈长吟、刘云、张永强、李茂询、卢修宾、周邦基、曾德强、方晓蕾、梁真鹏、邱仕君、张国华、陈前平、杜文涛、杜文娟、王晓云、陈益鹏、李峰、马新斌、唐子钧、袁少川、徐远航、王道志、王兴波、刘志海、谢承海、滕兴泽、王正清、沈荣华，当然还有我的妻子张琴、女儿黄杉、女婿刘欣。

　　在此，谨以《心静如莲》一书敬献给故去的婆、外公、婶（妈妈）以及还健在的82岁老父亲！聊表我对他（她）们的深切怀念和无限敬爱之情于万一。

黄开林
2014年5月15日